Le Testament
des Siècles

Du même auteur,
aux Éditions J'ai lu

La louve et l'enfant, *J'ai lu* 6757
La guerre des loups, *J'ai lu* 6935
La nuit de la louve, *J'ai lu* 7331

Retrouver l'auteur sur son site :
http://www.henriloevenbruck.com

Henri Lœvenbruck

Le Testament des Siècles

© Éditions Flammarion, 2003

À Delphine

PROLOGUE

Le vent nocturne soufflait sur les montagnes crayeuses du désert de Judée. C'était le souffle grave et continu qui annonce la venue de l'aube, l'heure où les premiers vautours commencent leur ronde silencieuse au-delà des sommets de la Palestine.

À l'est, les étoiles d'un ciel cendré se reflétaient encore sur l'eau huileuse de la mer Morte, au milieu des larges blocs de sel gris. Le point le plus bas du globe. Là soufflait le vent qui s'engouffrait entre les dunes blanches, dans les vallons sinueux, à travers les campements de Bédouins et jusqu'aux canyons culminants.

À quelques kilomètres de Jérusalem, et si loin du monde pourtant, dans le secret des cimes invisibles se cachait la silhouette basse d'un antique monastère. Bloc de pierre grise marié à la paroi rocheuse. Austère construction ouverte seulement par de primitives fenêtres. Aucune route, aucun chemin ne pouvait y mener le voyageur imprudent. Rien ne semblait relier cette bâtisse inaccessible au reste du monde. Ici régnait en maître le silence du désert.

Des bouquetins épars entouraient le bâtiment, dans les rares zones de verdure, grimpant les larges escaliers érodés, taillés dans la roche jaune. Une poulie en bois grinçait en se balançant le long de la façade. Au premier étage, la lumière vacillante d'une bougie brillait derrière une fenêtre.

Dans cette petite pièce dénudée priait un vieil homme.

Vêtu de toile blanche, le crâne dégarni, les yeux fermés, il psalmodiait à genoux, courbé devant la fenêtre. Sa longue barbe grise frottait sur sa poitrine au rythme de ses révérences. Malgré le silence des lieux, on entendait à peine le son de sa voix grave.

Quand il eut fini sa prière, il se releva lentement, puis il marcha vers le fond de la pièce où une grande vasque de pierre se détachait du mur. Elle était pleine d'une eau froide où le vieil homme plongea ses mains. Il fit couler l'eau sur son front, sur son visage, puis sur ses pieds, prononçant de nouvelles prières indistinctes. Il marchait les pieds nus en symbole de sa communion avec la Terre. Car ici la Terre était un être vivant et sacré.

Enfin, il retourna sur sa modeste couche, une couverture posée à même le sol. Là, il s'allongea sur le dos et garda les yeux ouverts quelques instants. Aucun des douze autres religieux qui vivaient dans ce monastère oublié n'était encore réveillé. Les murs ancestraux du lieu étaient emplis d'un silence magistral. Mais dehors, le vieil homme pouvait entendre le bruit continu de la nuit. Il laissa son esprit s'évader dans le murmure nocturne. Invita le sommeil au rythme de sa respiration.

C'était un homme juste et sage, qui avait consacré sa vie entière à la communauté du monastère, attendant comme ses frères l'avènement de la Nouvelle Alliance. Il avait été initié à l'âge de treize ans et n'avait jamais quitté le monastère depuis lors. Comme ses frères, il observait scrupuleusement toutes les lois de la communauté, ne se nourrissait que de pain, d'eau, de racines sauvages et de fruits, et tentait de cultiver en lui-même pureté et humilité. Comme ses frères, il partageait son temps entre la méditation, l'agriculture et l'artisanat. Et comme ses frères, il avait depuis longtemps oublié la réalité du monde profane. Oublié ses parents, sa famille, Jérusalem, et ce que les hommes en avaient fait. Dieu seul occupait sa vie. Dieu, et son dernier secret.

Soudain, ce fut comme si la nuit se taisait, étouffée. Les pleurs des chacals s'éteignirent d'un seul coup et les vautours se firent silencieux.

Le moine ouvrit les yeux et se redressa lentement. Il tendit l'oreille. Mais tout s'était tu. Il ne restait que le souffle du vent. Quelque chose d'anormal.

Tout à coup, il y eut le bruit étourdissant d'une énorme explosion. Comme un point d'orgue incongru dans le silence nocturne. Les murs et le sol vibrèrent et une grande lumière blanche apparut au-delà des fenêtres.

Le vieil homme se leva et courut vers la porte. Quand il sortit sur la longue coursive qui surplombait les jardins du monastère, il découvrit avec horreur les hautes flammes qui envahissaient les parois. Puis il y eut une nouvelle explosion, et une autre encore. L'écho assourdissant des déflagrations semblait ne jamais vouloir s'éteindre. Des blocs de pierre entiers se détachaient des plafonds et des murs et venaient se fracasser le long de la coursive ou dans les jardins en contrebas.

Le vieil homme ne savait que faire. Dans quelle direction courir. Où chercher refuge au milieu de ce déluge incompréhensible. Petit à petit, d'autres moines firent leur apparition aux portes du couloir. Et leurs visages, comme le sien, étaient marqués de terreur. Nul ne pouvait comprendre l'origine de cette apocalypse soudaine au milieu de la nuit.

Bientôt, une fumée opaque monta jusqu'au premier étage et enroba tout le bâtiment.

Le vieux moine toussa pour chasser la fumée acide qui pénétrait dans sa gorge, puis, dans la panique, il se décida à courir vers les escaliers les plus proches. Plié en deux, il longea la rambarde de pierre et passa dans le vacarme à travers les flammes et la fumée. Au milieu de la coursive, il aperçut soudain l'un des membres de sa communauté qui s'écroulait devant lui comme foudroyé. Le dernier venu. Le plus jeune.

Les mains tremblantes, les yeux emplis de larmes, il s'approcha lentement au-dessus du corps sans vie de son frère. De longues traînées de sang se dessinaient progressivement sur la longue robe blanche.

L'atmosphère devenait de plus en plus irrespirable et la chaleur des flammes lui mordait les joues. Mais le vieil homme se laissa tomber sur les genoux. À présent, cela ne faisait aucun doute. Il ne sortirait jamais vivant de cet enfer. La mort était partout autour de lui. Bientôt elle l'emporterait.

Il prit la main de son compagnon étendu devant lui et ferma les yeux. Une seule pensée l'habitait à présent. Était-il pur ? Avait-il atteint la pureté au sein de sa communauté, maintenant qu'il devait rejoindre l'Éternel ?

Il y avait un secret tout au fond de son âme. Un secret jamais partagé. Comme dans le cœur de tous les hommes. Le dernier rempart de l'intimité. Alors, était-il pur ?

Il pria pour que Dieu l'acceptât en son royaume, et soudain il sentit une douleur immense à la poitrine. Comme une piqûre foudroyante.

Il trouva la force de sourire, puis, alors que les flammes entouraient son corps immobile, il mourut.

Quand le vacarme se tut enfin, dix silhouettes noires sortirent rapidement et sans bruit du bâtiment en flammes. Dix hommes au visage masqué. Mitraillettes MP-5 modifiées, systèmes de visée laser, boussole numérique, GPS, interfaces de commande projetées, combinaisons en kevlar, ils portaient sur eux près de cinquante kilos d'équipement.

L'intervention avait été étudiée et préparée avec minutie. Chacun savait ce qu'il avait à faire. Le plan des bâtiments s'était affiché en images de synthèse sur leurs interfaces. Des gestes cent fois répétés.

L'attaque n'avait duré que quelques minutes. Les points rouges clignotants s'étaient éteints un à un sur les écrans de verre. La plupart des moines furent tués dans leur sommeil. Aucun n'avait donné l'alerte. Aucun ne survécut.

Quand les dix mercenaires descendirent la pente ocre du mont enflammé, emportant avec eux un trésor dont ils ne pouvaient imaginer l'importance, le vent nocturne soufflait encore sur les montagnes crayeuses du désert de Judée.

*Je suis le ténébreux – le veuf –, l'inconsolé,
Le prince d'Aquitaine à la Tour abolie :
Ma seule* étoile *est morte, – et mon luth constellé
Porte le* Soleil noir *de la* Mélancolie.

Gérard DE NERVAL, *El Desdichado*

UN

Je n'avais pas revu mon père depuis onze ans le jour où un notaire m'appela pour m'annoncer qu'il était mort.

On ne sait jamais vraiment que dire dans ces moments-là, et je sentais que le type au bout du fil était encore plus gêné que moi. Le silence qui s'installait n'avait plus rien à voir avec le décalage du son entre Paris et New York, ni avec le fait que cela devait bien faire quatre ou cinq ans que je n'avais pas dit un mot de français. Je ne savais simplement pas quoi dire.

Onze ans que je vivais à New York, sept que je travaillais comme scénariste pour la télévision et que les producteurs du cru se pâmaient devant la *French Touch* que j'avais apportée au *Saturday Night Live*, trois que ma série *Sex Bot* faisait un carton sur HBO parce que les spectateurs n'avaient pas l'habitude d'entendre parler si ouvertement de sexe à la télévision, et seulement un an que j'avais décidé d'arrêter de jouer les millionnaires désabusés qui claquent leurs dollars en coke et en restaurants de luxe parce qu'ils ne savent plus quoi faire des zéros qui s'accumulent au bout des chèques. Le jour où Maureen m'a quitté, j'ai compris que l'Amérique avait fait de moi le pire des Américains et que j'avais franchi depuis trop longtemps des limites qui ne méritaient pas d'être franchies. Se faire larguer par une actrice de seconde zone qui passe plus de temps le nez dans la poudre que sur un plateau vous remet vite les idées en place. Je n'ai jamais retouché à la coke. Nul ne peut autant la haïr que celui qui l'a jadis tant aimée. Tout cela m'avait remis sur une sorte de droit chemin. Un chemin triste et solitaire, mais où j'essayais de ne plus faire de mal à personne, à moi en premier.

Bref, la France n'était même plus un souvenir, mon père à peine un cauchemar et Paris se résumait à une tour Eiffel de carte postale. Mon passé était si loin que, dans les restaurants de Greenwich Village, je trouvais exotique que les serveurs me disent « *Monsieur* » dans un français approximatif.

— Comment est-ce arrivé ? balbutiai-je finalement, faute de mieux.

— Un stupide accident de voiture. Mon Dieu, c'est tellement stupide… Vous pensez pouvoir venir à Paris ?

Venir à Paris. Aussitôt, l'idée que mon père était donc mort devenait plus réelle. Plus concrète. C'était l'un de ces moments où le présent est chargé d'un événement si fort qu'on peut sentir passer les secondes. On entend presque cliqueter la mécanique immense d'une horloge imaginaire. Je n'ai jamais autant l'impression de vivre que pendant ces silences. Les silences qui accompagnent les drames. Je suis de ceux qui sont restés des heures assis devant CNN à avaler leurs clips en boucle pendant les guerres du Golfe ou l'attaque du World Trade Center parce que j'avais le sentiment de m'inscrire dans l'Histoire, de vivre chaque seconde d'un passage, d'une charnière. De participer à une émotion de masse. D'être vivant, en somme.

Et là, silencieux devant mon téléphone comme devant les images de deux tours qui s'effondrent, je me sentais vivre. Et pourtant, cela faisait longtemps que je me fichais complètement du sort de l'homme qui m'avait mis au monde.

— Je… Je ne sais pas. Est-ce vraiment nécessaire ?

J'imaginais la surprise du notaire de l'autre côté de l'Atlantique.

— Eh bien, commença-t-il lentement, il faut régler les histoires d'héritage, et puis, l'enterrement aussi, comment dire... Vous êtes sa seule famille... Mais si vraiment cela vous pose problème, nous pouvons essayer de voir cela par téléphone.

J'avais bien envie de dire oui. Adresser un dernier pied de nez à ce vieillard borné qui, après tout, n'avait pas, lui non plus, essayé de me contacter pendant ces onze années. Mais quelque chose me poussa à venir. Peut-être cette envie de changer. De remettre les pieds sur terre. Et puis, bien que protégé depuis onze ans dans le cocon new-yorkais, quelque chose s'était brisé dans mon amour pour ce grand idiot de pays. J'avais du mal à continuer de jouer à l'Américain. Au fond, la mort de mon père tombait presque bien. Une bonne excuse pour aller revoir la France.

— Je vais essayer de prendre un avion dès demain, lâchai-je finalement en soupirant.

Le lendemain, après avoir réglé tant bien que mal tous les détails avec mon agent affolé, je décollais à 14 h 28 de Kennedy Airport, direction Paris, abandonnant derrière moi la *skyline* défigurée du royaume de la télé câblée.

*
* *

J'en fus bientôt certain : j'étais heureux de retrouver Paris. Ou de quitter New York. Ma vie aux États-Unis était devenue trop complexe. Passionnante et terrifiante à la fois. Comme la plupart des habitants de Manhattan, j'avais avec l'île qui ne dort jamais une relation d'amour et de haine mélangés qui nécessitait un peu de recul.

Contrairement à l'image puritaine que les Français se font de l'Amérique, j'avais trouvé dans la télé câblée de New York beaucoup plus de liberté qu'aucun producteur hexagonal ne pouvait m'offrir. Dans chaque épisode de *Sex Bot,* je racontais la vie sexuelle mouvementée d'un nouvel habitant de Manhattan. Dans les moindres détails. Un par un, je faisais la peinture des mœurs de tous les habitants de la ville, sans aucun tabou, sans retenue aucune, mais, si possible, avec un zeste de cynisme. Homosexualité, triolisme, éjaculation précoce, échangisme, plus j'en rajoutais, plus cela plaisait. Bien sûr, la télé américaine n'avait pas eu besoin de moi pour parler de sexe, mais je crois bien que j'étais le premier scénariste à mettre en scène une vérité si crue. La première capote qui éclate à la télévision, c'était moi. Les premiers débats sur l'odeur de la sueur après l'amour... Encore moi. Tout le monde y trouvait son compte. Les obsédés se délectaient dans les scènes chaudes, les névrosés se sentaient moins seuls, les New-Yorkais se complaisaient dans leur spécificité, les autres s'extasiaient ou feignaient d'être choqués... La nouvelle mode consistait à deviner, quand on rencontrait quelqu'un, quel était son personnage préféré dans la série. Bref, le succès est allé beaucoup plus loin que je ne l'avais rêvé, et surtout beaucoup plus vite. *Sex Bot* était dans le vent. « *Trendy* », comme ils disent. Tombé au bon endroit, au bon moment. Soudain, je n'avais plus besoin de réserver des mois à l'avance pour dîner aux meilleures tables de la ville. On voyait ma tête sur tous les plateaux de télévision et à la une des plus mauvais magazines. Puis je me suis retrouvé dans les bras de Maureen, avant de passer dans les bras de la cocaïne, pour finir dans ceux d'un médecin spécialisé dans la toxicomanie et d'un avocat expert en divorces de personnalités... Pour la plupart des gens, le mariage est souvent le plus beau jour de leur vie. Pour moi, ce fut peut-être mon divorce. New York m'a offert tout cela et bien plus encore.

Ces années étaient passées très vite, trop vite, je n'avais jamais vraiment pris le temps de réfléchir à ce qui m'était tombé dessus. Il était temps de prendre le large. De retrouver un type que je pouvais voir dans la glace en me réveillant, sans me demander qui il était et ce qu'il foutait là. Et puis surtout, il ne faisait plus si bon vivre chez l'Oncle Sam.

La tête collée contre la vitre du taxi blanc qui me conduisait à l'hôtel, je redécouvrais Paris en silence à travers les vagues de buée que mon souffle dessinait sur le verre devant moi. J'avais demandé au chauffeur de passer par le cœur de la cité pour profiter tout de suite du spectacle. La pluie, finalement, ne gâchait rien. Elle enrobait la ville dans un éclat étrange et lourd, faisait briller les trottoirs, sonner la route, courir les gens. Des ballets de parapluies se croisaient sur les passages piétons. Tout était d'un gris bleuté. Les gens, les maisons, la Seine et ses quais enfouis, le ciel. Rien ne pouvait mieux accueillir mon humeur égale et froide ce jour-là. J'étais heureux d'être triste.

Paris n'avait pas beaucoup changé en onze ans, à part peut-être la Bastille qui semblait porter un masque maladroit, une couche de platine trop épaisse, mal étalée. Tous les cafés ressemblaient aux *lounge bars* de New York, orange, noirs, et boisés, bondés et froids à la fois. Et l'opéra de verre, si beau fût-il, déséquilibrait l'ensemble, comme si l'on avait déplacé le centre de gravité de cette place ancestrale. J'étais parti pour New York juste après que l'opéra fut achevé, et je n'avais pas eu le temps de m'y habituer.

Bref, je me réjouissais à l'idée de visiter à nouveau la ville de mon enfance quand le taxi me déposa enfin devant mon hôtel, place Vendôme. Dave, mon agent, en bon Américain, n'avait rien trouvé de mieux que de me réserver une chambre au Ritz et cela ne m'enchantait pas particulièrement.

J'avais quitté Paris fauché, je revenais presque millionnaire. Dépenser mes dollars en Amérique ne me faisait plus peur depuis mon divorce – *toujours ça que mon ex n'aura pas* – mais ici, dans cette ville où j'avais mes racines, cette ville qui m'avait vu gamin paumé ou adolescent amoureux, j'éprouvais une sorte de malaise à l'idée de descendre dans un hôtel où, onze ans plus tôt, je n'aurais pas même pu m'offrir un petit déjeuner sans devoir réclamer au paternel un argent de poche dont je ne voulais guère.

Je me dépêchai de faire monter ma valise, jetai un coup d'œil amusé à la chambre somptueuse – dorures, boiseries et draperies à souhait – et quittai cet hôtel surdécoré pour me rendre chez le notaire. J'avais beau appréhender ce rendez-vous, je voulais me débarrasser de l'affaire au plus vite.

L'étude de Maître Paillet-Laffite se trouvait dans un vieil immeuble de la rue Saint-Honoré. Toit arrondi d'ardoises gris-bleu, façade de pierres blanches salies par le trafic, grandes portes en verre, tapis au sol et ascenseur ridiculement engoncé dans une cage d'escalier trop étroite, c'était l'immeuble parisien par excellence. Maître Paillet était le notaire de famille, celui de mon père et de mon grand-père, mais je ne l'avais vu qu'une fois et pas dans les meilleures circonstances, le jour où l'on enterra ma mère au cimetière Montparnasse. Comme la plupart des amis de la famille, il était venu pour découvrir avec horreur que je me retrouvais seul devant la tombe. Mon salaud de père n'avait pas fait le déplacement.

— Asseyez-vous, Maître Paillet va vous recevoir dans un instant.

J'avais oublié le bruit magique des vieux parquets parisiens. Il n'y a pas un seul appartement à New York dont le sol grince avec ce charme désuet. En passant par la porte que m'ouvrait la rondouillarde secrétaire tout sourire, je ne pouvais m'empêcher de penser à la salle d'attente du cabinet dentaire où je passais tant d'heures dans mon enfance, mort d'inquiétude devant les piles froissées de *Madame Figaro*, *Paris Match* et autres glorieux magazines en entendant au loin le cri strident des fraises...

Mais le notaire ne me fit pas attendre bien longtemps et je me retrouvais bientôt assis devant son large bureau de ministre, admirant un faux Dalí dans son dos. Un tableau de Jésus, plus blanc que blanc, comme s'il attendait sur sa croix que Martin Scorcese vienne lui changer les idées.

— Bonjour, monsieur Louvel, merci d'être venu si vite...

En vérité, le Christ dalien en contre-plongée et au corps blafard semblait veiller sur lui.

Il posa ses deux mains sur la chemise cartonnée devant lui.

— Excusez-moi si je vous parais indiscret, reprit-il, mais vous n'avez pas revu votre père depuis...

Je quittai le tableau du regard et souris au notaire. C'était un petit homme replet à la peau bronzée et ridée. Les cheveux noirs, courts, épais, les yeux profonds, il avait le physique d'un Corse mais le tact discret d'un Anglais. D'après mes calculs, il devait avoir atteint la soixantaine mais n'en paraissait pas plus de cinquante. C'était un de ces types qui, après un certain âge, terrifiés par leur bide, arrêtent le scotch et passent au Perrier rondelle. Je l'imaginais fort bien en train de jouer au golf à Saint-Nom-la-Bretêche ou au tennis intra-muros. Et je l'imaginais aussi en train de crever, la tête enfoncée dans la terre battue, foudroyé par une crise cardiaque sous le regard terrorisé d'un ami avocat qui l'aurait fait trop courir.

— Depuis onze ans. Je l'ai vu une seule fois après l'enterrement, je n'ai pas eu le courage de lui mettre mon poing sur la gueule, et je suis parti aux États-Unis.

Le notaire hocha la tête, faisant mine de ne pas relever ma dernière remarque.

— Vous êtes son seul héritier. Sa seule famille.

Il parlait vite. Comme s'il avait déjà répété la scène dix fois dans sa tête.

— ... Mais votre père avait tout prévu, vous n'aurez pas à vous occuper de l'enterrement, juste quelques formalités à signer.

— Tant mieux.

— En revanche, il y a la succession... Il vous lègue tous ses biens et vous allez devoir décider ce que vous voulez en faire.

— Je vois. Je ne suis pas vraiment intéressé par son argent. Mais il y a peut-être des choses de ma mère... Le reste, on le donnera à des œuvres, cela évite de payer des impôts, n'est-ce pas ?

Paillet se frotta le menton.

— J'ai ici la liste de ses biens, Damien. Vos parents avaient tout de même beaucoup de tableaux qui ont de la valeur. Il faudra que nous en parlions. Et, en effet, il y a sûrement aussi des choses qui ont appartenu à votre mère dans l'appartement de Paris, et peut-être quelques-unes dans la maison à Gordes...

— Où ça ?

Il releva les yeux vers moi sans lâcher ses lunettes qu'il tenait collées sur son front.

— Gordes. Votre père a acheté une maison en Provence il y a environ deux ans. Vous n'étiez pas au courant ? C'est là qu'il a eu son accident. C'est dans le Vaucluse, plus précisément...

— Mais qu'est-ce qu'il foutait là-bas ? Je croyais qu'il détestait la province !

Le notaire ne répondit pas. Il avait l'air gêné. Il me tendit ce qui devait être une photo de la maison.

— Le... le corps est encore là-bas ? demandai-je en saisissant le cliché.

Le mot « corps » a du mal à sortir quand on parle de son propre père... Il y a des tabous auxquels même les plus cyniques n'échappent pas.

— Non, il a été rapatrié à Paris, et l'enterrement, si vous n'y voyez pas d'inconvénient, aura lieu après-demain.

— À Montparnasse ?

Le notaire acquiesça, embarrassé. Mon ordure de père avait eu le culot de demander qu'on l'enterre près de sa femme, dans ce cimetière où, à ma connaissance, il n'avait jamais mis les pieds ! Je devinais dans le regard de Maître Paillet qu'il craignait ma réaction. Mais, à la réflexion, cela ne me dérangeait pas plus que ça. Je ne suis pas du genre à aller pleurer sur une tombe. Pas besoin de la pierre pour me souvenir des gens, et ce symbole-là ne me parlait guère. Si le vieux avait espéré se racheter une conscience en demandant à reposer près de la femme qu'il avait abandonnée, cela ne changeait rien pour moi. Qu'il soit enterré là ou ailleurs, le mal était fait, et ça ne changerait pas non plus grand-chose pour ma mère à présent...

Je regardai la photo. C'était un Polaroid, mais on voyait bien la propriété. Une petite maison de pierre, étroite, plantée au milieu d'un jardin fleuri. Cela ne ressemblait tellement pas à mon père ! Mais le connaissais-je vraiment ? Après tout, il avait eu le temps de changer pendant ces années. Autant que peut changer un homme.

— Gordes est l'un des plus beaux villages de France, vous savez, perché en haut d'un rocher, c'est... c'est magnifique. Je ne l'écoutais pas vraiment. J'essayais de comprendre.

— Comment l'accident a-t-il eu lieu ?

— Il était deux heures du matin, votre père a raté un virage, la voiture est tombée dans le ravin... À cinq minutes de chez lui...

— Qu'est-ce qu'il foutait en voiture à deux heures du matin dans ce village paumé ?

Maître Paillet haussa les épaules.

Il y avait quelque chose qui ne collait pas. Je n'arrivais pas à m'imaginer la scène. Le vieux achetant une maison dans un petit village du sud de la France. Il y avait peut-être une femme là-dessous. Mais le notaire n'était sans doute pas au courant...

Mon père était né à Paris et y avait toujours vécu. Il y avait fait ses études, et il y avait travaillé. Il avait rencontré ma mère à Paris, il l'avait épousée à Paris, il lui avait fait un enfant à Paris et il l'avait abandonnée à Paris quand le cancer s'était pointé. Il avait horreur de la campagne, horreur de la province ; la banlieue, pour lui, c'était déjà trop loin. Je n'arrivais pas à trouver une seule foutue excuse pour qu'il se soit sauvé dans le Sud comme un banquier à la retraite.

— J'aimerais bien aller revoir l'appartement de Paris, déclarai-je simplement en feignant un sourire.

— Bien sûr. Faites attention à l'alarme, je vais vous donner le code. Avec tous ses tableaux, votre père avait fait installer une alarme dernier cri.

Le notaire était manifestement pressé de se débarrasser lui aussi de cette affaire. Je ne sais pas quelles étaient devenues ses relations avec mon père, mais je voyais dans ses yeux qu'il n'avait pas oublié l'enterrement sordide de ma mère...

Il me présenta deux trousseaux de clefs et une chemise cartonnée.

— Voilà le code de l'alarme, les clefs de l'appartement, celles de la maison, celles de sa voiture, qui se trouve dans le parking à Paris... Place 114. C'est une 406. Il y avait aussi une voiture à Gordes, mais elle est à la casse... Je ne suis pas sûr de ce qu'ouvrent toutes les autres clefs mais vous trouverez sûrement. Et quand vous aurez le temps, il faudrait que vous regardiez tous ces documents et que vous les signiez...

Je me levai en lui tendant la main.

— Je n'ai rien à faire pour l'enterrement ?

— Non, non, je m'occupe de tout, votre père avait arrangé cela. Toutefois, vous pouvez peut-être prévenir les gens de votre entourage...

Je fis signe que oui, mais au fond je me demandais bien qui je pourrais prévenir.

Le vieux était mort seul, il irait seul en terre. Et si des larmes devaient couler sur mes joues, elles seraient pour ma mère, dont le souvenir ne pouvait s'empêcher de revenir.

*
* *

Mes parents n'avaient pas déménagé depuis ma naissance. Plutôt aisés, ils avaient gardé ce cinq pièces moderne rue de Sèvres d'où mon père pouvait partir à pied pour la place de Fontenoy. Il avait occupé toute sa vie un haut poste administratif à l'Unesco.

Mon père était un personnage étrange. Quand on ne le connaissait pas trop, il paraissait délicieux. Attentionné, fin, cultivé. Bibliophile éclairé, amateur d'art, intellectuel de centre gauche, on l'écoutait dans les salons parler de Montaigne ou de Chagall, on lui posait des tas de questions et on le présentait fièrement à ses amis. *Et en plus, M. Louvel trouve encore le temps de travailler à l'Unesco*. Très grand, élégant, il semblait figé dans le charme de la cinquantaine, tempes grisonnantes, rides du sourire. Il gardait toujours une main dans la poche de son pantalon, avec la désinvolture gracieuse d'un dandy. Les gens l'adoraient.

Mais en réalité, mon père était un parfait salopard. Je l'ai vu serrer beaucoup de mains, mais je n'ai pas un seul souvenir de lui embrassant sa femme. Ou son fils. Quand la porte se refermait derrière le dernier invité, mon père disparaissait dans son bureau et on ne l'entendait plus parler jusqu'à la prochaine réception. C'était comme si cet homme avait passé sa vie à regretter non seulement de s'être marié, mais bien pire que ça, d'avoir fait un enfant. Et quand on est l'enfant en question, c'est assez dur à accepter.

Je me souviens qu'un jour j'ai assisté à une conversation assez touchante entre deux amis. L'un avait un père intello qui détestait le sport, et l'autre un père sportif qui détestait les intellos. Résultat, mes deux amis enviaient chacun le père de l'autre. Moi, je n'avais ni l'un ni l'autre. Mon père n'avait rien à partager. Même son amour des beaux livres et des tableaux, il le gardait pour lui. Il se contentait de les mettre assez haut pour que je ne puisse pas les attraper. Je n'avais aucun rapport avec lui. Ni tendre, ni conflictuel. Rien.

Mais c'est seulement quand les médecins ont annoncé à ma mère qu'elle avait un cancer que j'ai compris à quel point son mari était une ordure.

Ma mère était tout le contraire de son époux. Je n'ai jamais vraiment compris d'ailleurs pourquoi les deux s'étaient mariés. Sans doute une histoire de confort. Mon père avait besoin d'une ménagère et ma mère d'un compte en banque. La seule chose que je puisse reprocher à ma mère, c'est de n'avoir jamais osé hausser le ton, ni sur moi, ni sur son mari. C'était une dame généreuse, tendre et douce. Elle était belle, jusque dans ses yeux, dans les gestes de ses mains, mais dans ses choix aussi. Fille d'une famille bourgeoise de la région bordelaise, elle avait dû renoncer à beaucoup de choses en épousant mon père, et je crois que, toute sa vie, elle regretta d'avoir quitté la province sans jamais oser l'avouer à son Parisien de mari. Après la troisième fausse couche, son médecin évoqua même la possibilité que Paris ne fût pas pour elle l'environnement idéal. L'année d'après, pourtant, j'étais né. Et je crois que la joie de ma mère fut inversement proportionnelle à l'embarras de mon père.

Chacun de ses gestes, chacune de ses attentions était comme une excuse pour l'égoïsme de mon père. Comme si elle avait voulu compenser, me dédommager. Je n'ai jamais cessé d'adorer ma mère. J'ai passé quatre mois à ses côtés, dans sa chambre d'hôpital. Quatre mois pendant lesquels nous avons inversé les rôles. C'est moi qui ai compensé l'absence cruelle de mon père, et moi qui ai appris le secret des sourires gênés.

Chaque fois que la porte de sa chambre s'ouvrait dans mon dos, je la voyais lever des yeux pleins d'espoir. Mais ce n'était jamais mon père qui entrait. Alors elle souriait au visiteur, au médecin, à l'infirmière. Sa bouche souriait. Mais ses yeux, eux, disaient bien autre chose.

Je n'ai jamais su trouver les mots qui auraient pu lui faire oublier. Je ne suis pas sûr que ces mots existaient. Quand j'y pense aujourd'hui, je me demande où j'ai trouvé la force de l'accompagner ainsi, tout seul, jusqu'au bout. Je ne me posais pas la question à l'époque.

Mais je crois savoir aujourd'hui. Je crois savoir où je puisais ma force. Dans la haine. La haine que je vouais à mon père. Au bout du compte, je pense qu'il est providentiel qu'il ne soit pas venu non plus le jour de l'enterrement. Cela aurait pu tourner mal...

Au lieu de ça, je suis parti pour New York.

J'avais tout cela en tête en montant dans le petit ascenseur de la rue de Sèvres. Tout cela, et beaucoup d'appréhension.

En ouvrant la porte, je fus saisi par l'odeur de l'appartement, une odeur que je n'avais pas sentie depuis plus de dix ans. Sans doute ne m'avait-elle jamais paru aussi forte. Le parfum sec et antique de l'osier. L'odeur qui pour moi évoquait Bordeaux, mes grands-parents, des jeux d'enfant, des mois de vacances, ma mère... Tous les volets étaient fermés et l'appartement était plongé dans l'obscurité totale. J'attendis un moment avant d'allumer.

Je refermai lentement la porte blindée derrière moi et appuyai sur l'interrupteur. Je vis alors ce qui avait été mon *chez moi* pendant plus de vingt ans. Le salon double au plafond si haut, les meubles anciens qui me semblaient plus sombres et plus petits, les nombreux tableaux, peintures contemporaines originales, dont un Chagall – mon père vénérait Chagall – et une huile de Duchamp, la cheminée condamnée avec ses deux chenets en buste de hussards, le lustre en bois, le grand canapé de cuir brun, les épais rideaux bleu roi, le persan usé et à droite, sur une table basse, cet énorme poste de télé démodé aux gros boutons chromés... Rien n'avait changé. Rien, ou presque.

Une seule chose différait, et cela me frappa tout de suite tant cette différence transformait la grande pièce.

La bibliothèque était vide.

Elle ne contenait plus un seul livre, plus un seul bibelot, plus rien du tout sur les étagères en chêne qui zébraient le mur blanc en face de la fenêtre. Rien qu'une fine couche de poussière. Or, mon père avait une collection remarquable, inestimable. Éditions originales, estampes, reliures... Je me souvenais de quelques ouvrages auxquels il tenait particulièrement, comme cette édition originale sur vélin de *La Chute de la Maison Usher*, traduit par Baudelaire, ou une reliure signée Dubois d'Enghien des *Contes et nouvelles en vers* de La Fontaine, mais surtout, l'intégrale en in-douze des *Voyages extraordinaires* de Jules Verne chez Hetzel. Je l'entends encore expliquer à ses invités que les collectionneurs négligeaient à tort cette édition au format poche alors qu'elle constituait en réalité l'édition originale – en dehors de la publication en périodique – et que ces livres étaient souvent ornés de gravures tirées des publications in-octavo qu'on ne trouvait pas toujours dans les éditions en grand format plus célèbres.

À l'époque, tout cela pour moi était du charabia, mais cela ne m'empêchait pas, la nuit venue, d'emprunter ces volumes en cachette pour lire Jules Verne à la lueur de ma table de nuit, sentir l'odeur des vieilles pages, passer mes doigts sur les fines gravures tout en voyageant aux Indes ou dans le cœur de la Terre.

Où donc étaient passés tous ces livres ? Je décidai d'aller plus loin, visiter les autres pièces, et en quelques minutes je fis le tour de l'appartement pour découvrir qu'il ne restait plus un seul livre chez mes parents. C'était d'autant plus étonnant que rien d'autre ne manquait.

Je secouai la tête pour tenter d'éclaircir mes idées. Avait-on cambriolé l'appartement ? Il n'y avait aucune trace d'effraction. Mon bibliophile de père avait-il décidé d'emporter tous ses livres dans le Sud ? La chose était possible, certes, mais un peu étrange par son extrémisme ! Et pourquoi aurait-il emporté tous les livres et pas un seul tableau ? Il aurait même pu se contenter de faire une sélection d'ouvrages, ceux qu'il n'avait pas encore lus par exemple. Combien de gens se disent qu'ils attendront la retraite pour lire la pile de livres en retard qui s'accumulent sur toutes nos bibliothèques ? On a même inventé un mot, pour ça : bibliotaphe. Mais de là à tout prendre... Non, il y avait vraiment quelque chose de bizarre.

Je décidai donc d'appeler le notaire, et tout en composant son numéro, je me dirigeai vers la cuisine pour me servir un whisky. Juste un petit whisky.

— Allô ? Maître Paillet ? Damien Louvel, à l'appareil. Je vous appelle de chez mon père...

Il y avait encore une bouteille de O'Ban dans le placard de la cuisine. La marque préférée de mon père. Un des rares goûts que nous partagions.

— Tout se passe bien ? s'inquiéta le notaire à l'autre bout du fil.

— Oui. Simplement, savez-vous où sont passés tous les livres de mon père ?

— Ah, oui. J'aurais dû vous prévenir, en effet. Il a tout vendu il y a deux ans pour acheter la maison de Gordes. J'ai réussi à le dissuader de revendre ses tableaux, mais pas les livres…

— Il a vendu *tous* ses livres ? m'étonnai-je en refermant la bouteille de whisky.

— La collection complète. À un collectionneur d'Amiens.

— Cela a suffi à payer la maison de Gordes ?

— Non, quand même pas. Je crois me souvenir qu'il en a tiré environ six cent mille francs. C'est pour ça qu'il voulait aussi vendre quelques tableaux. Mais j'ai fini par le convaincre qu'il valait mieux vendre ses actions…

— Je suppose que vous avez bien fait. Mais je suis très étonné. Il tenait tellement à ses livres ! Il devait avoir sacrément envie de cette maison !

Le notaire ne répondit pas. Je le remerciai et raccrochai.

Je restai presque une heure dans le salon à regarder cette bibliothèque vide, assis sur le canapé, mon verre de whisky à la main. S'il y avait eu une télécommande, j'aurais sans doute allumé la télévision, zappé bêtement de chaîne en chaîne, bercé par la marche chromatique des différents canaux. Mais j'étais coincé là, immobile, et les idées se bousculaient dans ma tête. Pourquoi avais-je l'impression si forte que quelque chose clochait ? Était-ce tout simplement parce que j'étais devenu un étranger et que j'avais du mal à admettre que des choses concernant ma famille pussent ainsi m'échapper ? La maison dans le Sud, l'accident à deux heures du matin, la bibliothèque. Je n'arrivais pas vraiment à faire le point et je maîtrisais mal mon humeur. Par moments, des vagues de colère venaient chasser celles de nostalgie, puis le whisky mélangeait un peu tout ça, et ma fierté, elle, refusait d'admettre que la mort de mon père pût m'affecter de quelque manière que ce fût. Et pourtant... Tout cela ressemblait à un mauvais feuilleton. Celui dans lequel un fils regrette de n'avoir pas eu le temps de se réconcilier avec son père. Sauf que là, je ne regrettais rien. J'étais seulement triste et déboussolé. Et surtout, j'étais seul. Vraiment seul pour la première fois. Ne pas avoir *envie* de revoir son père est une chose, ne pas *pouvoir* revoir son père en est une autre.

Soudain, la sonnerie de mon téléphone portable me sortit de ma torpeur et je me levai pour attraper l'appareil vibrant dans ma poche.

— Allô ?

Je reconnus tout de suite la voix de Dave Munsen, mon agent. La Stephen D. Aldrich Artists Agency m'avait collé ce type depuis le succès de *Sex Bot*, et le pauvre bougre faisait tout pour me faire plaisir sans parvenir à cacher son angoisse, qui n'était sans doute qu'un pâle reflet de celle de ses supérieurs : j'étais aujourd'hui leur principale source de revenus et si je venais un jour à changer d'agence, ils avaient embauché tant de monde ces derniers temps qu'ils devraient alors sans doute mettre la clef sous la porte. Ils étaient donc aux petits soins avec moi et étaient passés maîtres dans l'art de la flatterie... Ce qu'ils ne savaient pas, c'est que je n'avais aucune intention de les quitter, mais je dois avouer que je ne pouvais m'empêcher de profiter de la situation pour les faire marcher en laissant le doute planer... Je m'amusais comme un gamin avec les nerfs de Dave, un petit jeu cruel, certes, mais j'espérais que le bonhomme avait fini par le prendre au second degré. Et après tout, leur pourcentage sur mes droits de *Sex Bot* devait les aider à supporter tout ça...

— Tout se passe bien, Damien ?

Depuis deux ans que Dave faisait des efforts considérables pour essayer de prononcer mon prénom *à la française*, je ne pouvais m'empêcher de rire dès qu'il s'adressait à moi.

— Ouais, *Daaaave*, tout va bien. Ne t'en fais pas !
— L'hôtel ?
— Bah, c'est le Ritz, quoi...
— Ah, je ne connais pas vraiment, tu sais que je ne suis jamais allé en France... Au fait, j'ai oublié de te le dire hier, mais nous avons une agence à Paris qui nous représente. Si tu as besoin de quoi que ce soit sur place, je suis sûr qu'ils pourront t'aider. Ce n'est pas une très grosse agence, les Français n'ont *pas* de grosse agence, mais ils sont adorables.
— Je sais, Dave, je *suis* français, tu te souviens ?
— Oui, oui, bien sûr. Et tu veux leur numéro ?
— Non, non, ça ira, je te remercie... Par contre, j'aurais besoin que tu me loues une moto.
— Tu ne veux pas te déplacer en taxi ? s'étonna-t-il.
— Dans Paris, si, mais je vais faire un long trajet...

Je devinais sa tête rien qu'au silence qui suivit. Dave et sans doute toute l'équipe Aldrich avaient peur que mon séjour en France ne s'éternise. J'avais déjà deux semaines de retard sur la livraison finale des derniers scénarios de la troisième saison de *Sex Bot*, et la production appelait sûrement tous les jours à l'agence pour manifester son impatience grandissante. *Mais pourquoi ces foutus Français sont-ils toujours à la bourre ?* Les scénarios étaient tous finis, mes producteurs avaient engagé une armée de scénaristes, de *story editors* et de *script doctors*, mais je devais toujours passer derrière, ajouter ma patte et donner l'accord final.

— Tu... tu vas où ? bégaya Dave.
— Je vais dans le sud de la France.
— Quoi ?
— Je vais à Gordes, en Provence. Mon père avait acheté une maison là-bas, j'ai deux ou trois trucs à régler.
— Tu en as pour longtemps ?
— Je ne sais pas.

Je devinais les doigts de Dave qui se crispaient sur le combiné.

— Mais... Mais la *deadline*, Damien ?
— Je viens de perdre mon père, Dave, lui répondis-je en feignant d'être choqué.

Pouvais-je être plus cruel ? Le pauvre garçon resta silencieux. Je décidai de mettre fin à son angoisse...

— Allons, je serai au calme là-bas, et je pourrai finir mon boulot tranquillement dans cette petite bicoque. Ne vous faites pas de soucis à l'agence. Je vous envoie la version définitive des scénarios par mail dans les prochains jours.

Je raccrochai en souriant et regardai mon reflet dans le grand miroir du salon. J'essayai de voir sous mon visage les traits de mon propre père. De reconnaître ses yeux. Sa bouche. Mais tout ce que je voyais, c'était une barbe de trois jours, des cernes et quelques épis en bataille dans mes épais cheveux noirs. Quelque chose d'irréel. Un autre moi que je n'avais pas vu depuis longtemps, et qui n'avait pas vraiment envie d'écrire des histoires de cul new-yorkaises...

Je décidai de profiter du temps qui me restait à Paris pour aller user mes semelles dans ses étroites venelles, boire jusqu'à la lie la liqueur d'un Paname bicéphale : noble et chargé d'histoire le jour, snob et sensuel la nuit. Je sautai de guide en guide, du musée d'Orsay au Louvre, goûtai le luxe du Dodin Bouffant et le tartare des brasseries, admirai la patience des chauffeurs de taxi au milieu d'une circulation impossible, souris aux Parisiennes aux longues jambes sur les Champs-Élysées, donnai des pièces aux chanteurs du métro, me plongeai dans l'électronique épaisse des clubs nocturnes où je bus quelques verres de trop et passai la nuit avec une Anglaise que je ne me souvenais même pas d'avoir invitée quand, au petit matin, je soulevai le drap blanc qui couvrait son corps endormi. Comment puis-je m'oublier ainsi dans les bras d'une brune ? Avec combien de femmes ai-je couché, au sortir de soirées new-yorkaises, sans vraiment m'en rendre compte, sans vraiment le vouloir, comme la pire des crapules, le plus indifférent des sales types ? Et pourquoi ? Après m'être sevré de la blanche, j'avais trouvé dans l'alcool une compagne moins dangereuse mais qui m'entraînait souvent dans des aventures inavouables. La chambre d'hôtel portait les stigmates d'une nuit d'abandon, et quand la jeune fille s'en alla, discrète, elle ne me donna ni son nom ni quelque promesse stupide, mais seulement un tendre baiser. Ce fut une autre passante, comme toutes celles qui m'avaient glissé entre les doigts depuis ma séparation d'avec Maureen et sa poudre infâme. Ce matin-là, comme beaucoup d'autres, je me fis la promesse de ne plus boire ainsi.

Deux jours avaient passé, et, le front assailli par une solide gueule de bois, j'enterrai mon père, seul, sous le regard discret de deux ou trois croque-morts. Quand ils firent descendre le cercueil tout en bas du caveau, j'essayai d'apercevoir la boîte où gisait ma mère, mais le fond était bien trop obscur. C'était un puits immense, prêt à recevoir des générations de cadavres empilés, et le concept de la mort me parut soudain terriblement matériel.

Je donnai deux billets à ces braves hommes en bleu qui passent leur journée à partager nos deuils et porter nos cercueils, puis je partis profiter de ma dernière soirée au Ritz à déguster des cognacs aux truffes dans le bar Hemingway, en écoutant un pianiste trop sage qui faisait sonner tous ses titres comme des ballades de Sinatra.

DEUX

Quiconque a déjà fait un long trajet en Harley, même sur une Electra Glide, l'un des modèles les plus confortables de la gamme, comprendra que j'aie préféré faire le voyage en deux jours. D'abord pour profiter du paysage – le principal plaisir de conduire à moto – et ensuite pour m'épargner les douleurs qui menacent tout postérieur soumis aux vibrations prolongées d'un bicylindre en V. Je décidai donc de faire un petit détour touristique afin de couper le trajet en deux.

Je me laissai charmer par ce pays incroyable où l'Histoire surgit à chaque petit village, derrière chaque colline, de clochers en abbayes, de rues pavées en nationales sinueuses, passant devant le regard paisible de vieillards adossés aux bancs publics, retrouvant l'odeur et le bruit des troquets où tout le monde se parle, oubliant New York, enchanté.

Je passai une nuit épouvantable et bruyante à Clermont-Ferrand, dans l'un de ces motels jaunes minables où je dus faire la queue aux douches en caleçon, puis arrivai trop tard au rez-de-chaussée pour que le tenancier désagréable accepte de me servir un misérable petit déjeuner. Après deux nuits au Ritz, le charme d'un Formule 1 semble finalement assez fade…

Je descendis en hâte sur le parking pour lancer à nouveau le moteur de ma belle immigrée qui – comme moi – se fit une joie de retourner sur les routes enrouler les virages et voir défiler le goudron. Je m'engouffrai dans les gorges de la Lozère sous un soleil radieux. En fin de matinée, je déjeunai en vitesse puis quittai à contrecœur les belles montagnes du Gévaudan pour obliquer vers l'est où j'espérais trouver les réponses aux questions qui me hantaient depuis deux jours.

J'arrivai bientôt sur le plateau du Vaucluse et aperçus enfin le village de mon père, comme la lumière au sortir d'un tunnel.

Le notaire ne m'avait pas menti. Gordes est effectivement l'un des plus beaux villages de France. Je n'oublierai jamais la vue qu'offre le relief de la route lorsqu'on arrive sur le flanc opposé et qu'apparaît soudain cet oppidum haut perché, pyramide de pierres sèches qui montent en spirale au milieu des monts verts.

Gordes est l'un des miracles du paysage français. Pendant des centaines d'années, la ville s'est érigée avec goût, épargnée par l'urbanisme sauvage, comme si un bon génie avait veillé à sa logique architecturale à travers les siècles. Les maisons grises ou blanches, tout en hauteur, semblent épouser le mont, lui dessiner des colliers de pierres. Enchantement monochromatique, la ville se détache des terres ocre de la Provence comme une pièce montée où l'architecture des hommes et celle de la montagne se confondent avec harmonie. Parmi les oliviers, les chênes verts et blancs, les cèdres et les acacias, les maisons se dressent au-dessus des terres du Lubéron comme pour veiller sur elles.

J'arrêtai la moto de l'autre côté de la vallée, descendis, et restai de longues minutes, hébété par la splendeur unique du panorama. Le soleil de mai commençait à peine à disparaître derrière les monts verts. Je remontai sur la Harley pour découvrir le cœur du village sous les derniers rayons de lumière.

Mon arrivée sur la petite place centrale au pied de l'imposant château ne passa pas inaperçue. Il y avait peu de touristes en cette période de l'année, et les vrombissements de mon moteur attirèrent quelques regards amusés. Je me dirigeai vers la terrasse de l'un des nombreux cafés qui entourent le parvis, enlevai péniblement mon casque et demandai à un serveur s'il pouvait m'indiquer la rue où se trouvait la maison de mon père. Il acquiesça comme s'il comprenait enfin la raison de ma présence et m'indiqua la route à prendre.

Je suivis les ruelles caladées qui s'insinuent dans les ombres du vieux village et arrivai devant la maison que j'avais vue sur le polaroïd du notaire.

C'était dans une petite rue silencieuse et étroite, très en pente, et la maison de pierres sèches, volets fermés, se dressait derrière un jardin peu profond. Une grille noire fermait celui-ci.

Je garai provisoirement ma moto sur le trottoir d'en face car il était légèrement plus large. J'accrochai mon casque derrière la selle, espérant que les voleurs à Gordes proliféraient moins qu'à Paris. Je sortis toutefois mon sac et mon ordinateur portable des sacoches arrière et les glissai sur mes épaules. J'avançai vers le portail couvert de lierre en cherchant le trousseau au fond de ma poche. Mes pas résonnaient entre les murs de la ruelle. Je mis du temps à trouver la bonne clef, mais quand enfin la serrure céda je poussai la grille et entrai lentement dans le petit jardin au sol couvert de cailloux. Un carré de chênes entourait la maison, et çà et là survivaient avec peine quelques plates-bandes abandonnées.

J'avais l'étrange impression d'être observé. Impression sans doute causée par le silence soudain qui avait suivi l'extinction de mon moteur. Je jetai discrètement un regard aux fenêtres des maisons alentour, mais je ne vis personne qui m'épiait. Je souris pour chasser cette impression stupide et me dépêchai de pénétrer dans la maison.

Je restai un instant immobile dans l'entrée et observai partout autour de moi. L'idée que mon père ait pu revendre tous ses livres pour acheter cette maison continuait de m'étonner. Si beau que soit ce village, je n'imaginai pas mon père entre ces murs. Et pourtant, il me semblait bien reconnaître un manteau, une table, peut-être même ce miroir. Mon père avait bien vécu ici, et tout laissait croire qu'il y avait vécu seul. Peut-être n'y avait-il même pas de femme derrière tout cela...

Sans prendre le temps d'enlever mon blouson, je déposai mes bagages dans l'entrée et entrepris de visiter toutes les pièces de la maison. Au rez-de-chaussée, il n'y avait qu'un immense salon-salle à manger, l'entrée, avec une petite porte sous l'escalier, et une double cuisine. Rien ici n'attira particulièrement mon regard. Les pièces étaient fonctionnelles et impersonnelles. Aucun tableau, aucune photo, rien qui n'indiquât une volonté de mon père de s'y sentir vraiment chez lui. J'empruntai l'escalier de bois grinçant et visitai le premier étage. Coincées sous le toit pentu, il y avait là deux chambres et une salle de bains. L'une des chambres était celle de mon père, et l'autre, à peine aménagée, n'avait sans doute pas servi depuis très longtemps. Mais je ne remarquai rien de spécial ici non plus.

Que mon père eût vendu tous ses livres était déjà difficile à croire, mais qu'en deux ans il n'en ait pas racheté un seul me paraissait encore plus invraisemblable. Et pourtant, j'avais beau chercher partout, pas un seul livre, pas un seul tableau.

J'avais remarqué depuis le jardin deux lucarnes de chaque côté de la porte d'entrée qui témoignaient de la présence d'un sous-sol. C'était ma dernière chance de trouver une réponse. Mon dernier espoir. Je descendis sans attendre vers la petite porte que j'avais aperçue sous l'escalier.

*
* *

De toutes les portes de la maison, celle sous l'escalier était la seule qui fût fermée. J'essayai les nombreuses clefs que m'avait données le notaire mais aucune ne correspondait à la serrure. Je regardai autour de moi, dans l'entrée, près du téléphone, sur une petite table, mais nulle part je ne vis une autre clef.

Je retournai dans le salon, puis dans les chambres, perdant patience, j'ouvris tous les tiroirs les uns après les autres, les placards, les boîtes… Mais toujours rien.

Je m'assis un instant face à l'entrée. Je voyais la petite porte en bois depuis le fauteuil où je m'étais installé. Que pouvait-il y avoir derrière cette porte ? Pourquoi mon père avait-il fermé sa cave ?

Ne pouvant plus contenir ma curiosité, je me levai précipitamment et me décidai à enfoncer la porte. Évidemment, c'est beaucoup plus facile à dire qu'à faire… Mais après plusieurs tentatives, un dernier coup de pied parvint à faire sauter les gonds et la porte céda enfin. Elle s'écroula de l'autre côté et dévala avec bruit les marches d'un petit escalier de bois. Quand l'écho de sa chute s'éteignit enfin, je m'avançai lentement vers le seuil et cherchai à tâtons l'interrupteur de l'autre côté du mur.

La cave s'emplit enfin de lumière et je découvris alors le spectacle tout à fait insolite qu'offrait le sous-sol de cette petite maison du Vaucluse. Je compris aussitôt que l'impression étrange qui me hantait depuis ma rencontre avec le notaire était plus que justifiée.

Alors que tout le reste de la maison était parfaitement rangé et presque vide, le sous-sol, lui, était surchargé dans un désordre indescriptible. C'était comme si mon père n'avait vécu que dans cette seule pièce, comme s'il n'avait acheté la maison que pour cette étonnante cave voûtée.

Des étagères déséquilibrées par des piles de livres emplissaient trois des quatre murs. Il y avait là encore plus de livres que n'en contenait la collection parisienne que mon père avait revendue. C'étaient des centaines de volumes, enchevêtrés les uns par-dessus les autres sans aucun ordre apparent. Sur le quatrième mur, des coupures de presse, des photos et des notes manuscrites étaient épinglées les unes sur les autres dans un fouillis indicible. Cela ressemblait au tableau de bois d'un commissariat de quartier où les affaires s'amoncellent de jour en jour. Et au milieu du mur, comme coincés entre les couches de papier, brillaient deux larges cadres.

Je descendis les marches du petit escalier, qui tenait davantage de l'échelle, et je découvris les deux tableaux. Une reproduction fidèle de *La Joconde*, et une gravure ancienne, remplie de détails minutieux.

Je fronçai les sourcils et franchis les dernières marches.

Au milieu de cette pièce humide et sombre, deux grandes planches posées sur des tréteaux supportaient elles aussi de hautes tours d'ouvrages anciens et modernes, certains encore ouverts, d'autres menaçant de faire écrouler la structure tout entière. Depuis le sol, on voyait également s'ériger des colonnes de livres et de papiers au milieu d'un fatras monstrueux de bouteilles vides, verres ou tasses renversés, papiers chiffonnés, cartons bondés, emballages, poubelle débordante…

Lentement, je m'approchai du centre de la cave en essayant de ne rien renverser sur mon passage. Un à un, je vis les titres des ouvrages entassés sur les deux tréteaux. Il y avait d'abord de nombreux livres d'histoire ; je remarquai pêle-mêle des titres comme *L'Église des premiers temps* ou *Jésus en son temps*, *Les Arabes dans l'Histoire*, *Mahomet et Charlemagne*, des livres sur l'Inquisition, sur la papauté, des livres d'art, dont plusieurs sur Léonard de Vinci. Mais la plupart des ouvrages qui étaient dans cette bibliothèque souterraine traitaient d'ésotérisme, d'histoire secrète et autres sciences occultes, ce qui, de la part de mon père, me paraissait tout à fait incroyable. Il y avait là tous les traités notoires du parfait petit occultiste. Kabbale, franc-maçonnerie, templiers, cathares, alchimie, mythologie, pierre philosophale, symbolique... Tout ce que mon père détestait, du moins était-ce l'impression que m'avait laissée ce cartésien athée.

Aucun Dumas, aucun Jules Verne, aucun de ces livres qui avaient jadis fait la fierté et la joie de mon père. Comment avait-il pu revendre son intégrale des éditions Furne de Balzac pour acheter à la place des livres de poche sans valeur ? Ce n'était plus la bibliothèque d'un collectionneur de livres anciens, mais celle d'un étudiant ou d'un chercheur. Ici, l'édition n'avait aucune importance, seul comptait le texte. Et cela me paraissait d'autant plus incroyable que le sujet de son étude avait apparemment un rapport avec l'ésotérisme...

Mais ce n'était pas le plus étonnant dans cette bibliothèque souterraine.

Après avoir feuilleté quelques livres, incrédule, je remarquai dans le coin de la cave qui était à ma droite une large structure en bois des plus étranges. Cela ne ressemblait à rien que je pusse identifier, sinon un curieux appareil de mesure ou d'astronomie ancien, inachevé. Le tout avait la taille d'un meuble moyen et s'élevait à hauteur de poitrine. Au centre de la structure, un boîtier percé semblait pouvoir coulisser en tous sens grâce à un réseau d'arcs de bois gradués qui se croisaient sous lui.

Je m'approchai bouche bée de cette composition énigmatique, et posai la main sur le boîtier. En effet, on pouvait le faire coulisser horizontalement et verticalement. Et à l'intérieur se cachait un réseau complexe de verres et de miroirs.

Je reculai, hébété, et me laissai tomber sur une chaise au milieu de la cave. Je me frottai les yeux comme pour être sûr que je ne rêvais pas. M'étais-je trompé de maison ? Impossible. J'avais l'impression de vivre une hallucination, ou une mise en scène. Je m'attendais à voir surgir les fomenteurs hilares d'une grotesque caméra cachée. Et pourtant, tout cela était parfaitement réel. Non seulement mon père avait bien acheté une maison dans le Vaucluse, mais en plus il y avait mené des recherches des plus étranges, enfermé dans une cave, à prendre des tas de notes sur des centaines de livres, avant de mourir dans un stupide accident de la route ! Sans parler de cette curieuse structure en bois qui aurait très bien pu être l'invention d'un génie monomaniaque de Jules Verne. La réalité en demandait trop à ma crédulité pourtant bienveillante... J'avais écrit suffisamment de scénarios loufoques dans ma vie pour refuser d'accepter tout cela comme la simple vérité. Mais puisque je ne rêvais pas, il y avait sûrement une explication.

La surprise passée, je ne pus retenir une sorte de fou rire gêné qui résonna dans la cave, accentuant mon malaise et ma solitude. Mon père avait-il sombré dans la démence ? S'était-il laissé embarquer par une secte ou une société secrète pseudo-ésotérique ? J'aurais aimé croire qu'il n'avait eu qu'une innocente intention de s'informer un peu, mais la configuration de cette cave témoignait d'une frénésie et d'un acharnement qui ressemblaient plus à du fanatisme qu'à de la curiosité. Je commençais à penser que mon père avait dû devenir fou et succomber à la manie des analogies occultes où histoire et mythes se confondent dans une forêt de contresens, de mensonges, d'illusions plus ou moins volontaires et de miroirs déformants.

Je m'avançai à nouveau vers l'une des deux tables, et tentai de déchiffrer un cahier de notes de mon père. D'abord, je ne parvins pas à lire ce qu'il avait écrit. Je reconnaissais son écriture, mais pas la langue qu'il utilisait. Cela ne ressemblait à rien. Puis je compris.

Les notes étaient écrites à l'envers. En français, certes, mais de droite à gauche. Cette fois-ci, j'en étais sûr, mon père était bien devenu fou. Je décodai péniblement quelques lignes confuses, abrégées, et repérai deux ou trois mots qui revenaient régulièrement, quand, soudain, la grille du jardin s'ouvrit avec bruit au-dessus de moi.

Le grincement me fit sursauter, je lâchai le carnet de notes et me penchai pour essayer d'apercevoir, à travers la lucarne, qui pouvait bien entrer ainsi sans prévenir. J'aperçus deux silhouettes, vêtues de manteaux noirs qui me parurent un peu épais pour la saison… La découverte de la cave m'avait plongé dans une ambiance étrange qui dut nourrir ma paranoïa, et je me levai en silence, les mains tremblantes.

Quand la porte d'entrée s'ouvrit lentement sans même qu'on ait daigné sonner, la peur acheva de m'envahir et je me tins immobile au bas de l'escalier. J'entendais les bruits de pas qui s'approchaient de la porte au-dessus de moi. Étaient-ce des cambrioleurs ? Des gens qui savaient que mon père était mort et que la maison devait donc être abandonnée ? Mais dans ce cas, pourquoi ne s'étaient-ils pas étonnés d'avoir trouvé la porte ouverte ? J'essayais de me persuader que ma peur était déraisonnable, et je serrais les poings pour trouver le courage de monter l'escalier.

Je fis un pas vers la première marche. Le bruit en haut s'était arrêté. J'inspirai profondément. Je fis un deuxième pas. Le sang battait dans mes veines. J'avais mal aux mâchoires tant je serrais les dents. J'essayai alors de me relâcher un peu quand je vis apparaître la silhouette de l'un des deux hommes en haut de l'escalier. J'eus un geste de recul et retins mon souffle. Lentement, l'inconnu avançait vers la cave.

L'idée qu'on puisse me prendre moi-même pour un cambrioleur me poussa à signaler ma présence. Je n'avais pas le temps de réfléchir. Mon instinct prit le dessus.

— Qui va là ? lançai-je bêtement avec la voix la plus grave que je pusse me composer.

Aussitôt, la silhouette se figea, puis les deux hommes se précipitèrent vers la sortie de la maison.

Sans réfléchir, je montai l'escalier quatre à quatre pour les rattraper.

Arrivé dans l'entrée, j'entendis leurs pas sur les cailloux du jardin. Je me jetai à leur poursuite. Je pus enfin les voir. Ils n'avaient rien de simples cambrioleurs. Une longue voiture noire les attendait quelques mètres devant la maison. Ils passèrent chacun d'un côté du véhicule et ouvrirent les portes.

Je manquai de tomber en glissant sur les cailloux du jardin, mais je parvins à reprendre mon équilibre et, d'une certaine façon, cela accéléra ma course. Quand j'atteignis la rue, le moteur de la voiture s'alluma. Je me précipitai vers l'avant droit du véhicule, dans l'espoir irréfléchi de voir leurs visages ou peut-être même de les arrêter. Je m'agrippai à la portière quand la voiture démarra dans un crissement de pneus. À cet instant, je reçus ce qui devait être un violent coup de poing, qui sembla venir de nulle part, et je perdis connaissance au beau milieu de la rue.

*
* *

Quand je revins à moi, je n'avais aucune idée du temps que j'avais passé dans le coma. Mais au-dessus de moi se dessinaient lentement les traits d'une femme qui me dévisageait.

Les questions se bousculaient dans ma tête, mais j'étais encore sonné, du sang coulait sur mon front, et j'attendis un peu avant de me décider à parler. Le décor de la rue tournoyait autour de moi comme sur un carrousel.

La femme qui me regardait devait avoir trente ans, peut-être un peu moins, la peau terriblement blanche, les traits fins, des cheveux noirs et raides, soigneusement coupés aux épaules, et, derrière le verre brillant de ses fines lunettes dorées, il y avait dans ses yeux noirs une sorte de sérénité rassurante. Elle avait un côté « Années folles » qui se mariait étrangement à ses allures de femme fatale. Moderne et rétro à la fois. Elle était mince, grande, et un maquillage discret complétait son image de mannequin de cire.

Je fus saisi dès le début par une analogie troublante. Amusante, presque. Elle était le portrait craché de Mia Wallace, le personnage d'Uma Thurman dans *Pulp Fiction*. Froide, profonde, excessivement sensuelle.

Elle esquissa un sourire.

— Qui êtes-vous ? articulai-je enfin, regrettant aussitôt d'avoir parlé tant ma tête me faisait mal.

La jeune femme posa un doigt sur mes lèvres.

— Une amie de votre père.

Une amie de mon père ? Mon père avait des amies ? À Gordes ?

— Levez-vous, je vous conduis chez moi, ce n'est pas prudent de rester ici.

Pas prudent ? J'avais trop mal pour protester et la laissai m'aider à me remettre sur mes jambes. Elle m'emmena jusqu'à sa voiture, une Audi A3 noire arrêtée au milieu de la rue. Je m'assis sur le siège passager et elle me demanda les clefs pour aller fermer la maison de mon père.

Elle revint avec mon sac et mon ordinateur portable, les jeta sur la banquette arrière et s'installa au volant.

— On ne peut pas laisser la maison comme ça, marmonnai-je.

— Ne vous inquiétez pas, j'ai tout fermé. On reviendra dès que je vous aurai soigné.

Avant que j'aie eu le temps de me demander si je devais faire confiance à cette inconnue, la voiture avait déjà quitté Gordes et quelques minutes plus tard j'étais allongé chez elle, une petite maison en bas du village, dans une chambre décorée comme une maison de poupée.

Il y avait deux valises posées sur un canapé, une table basse avec un plateau à thé, et un décor un peu kitsch fait de mauvais tableaux et de bibelots dépareillés.

La jeune femme apparut à nouveau à côté de moi et commença à me désinfecter le front avec un coton imbibé d'alcool. Je serrai les dents pour ne pas crier au contact brûlant du liquide sur ma plaie, puis elle me fit un bandage avec délicatesse. Je me laissai faire, captivé par son regard. Ses petites lunettes dorées donnaient à ses yeux noirs un éclat singulier.

— Vous vous êtes cogné contre le mur de crépi en tombant, dit-elle en s'éloignant vers une petite table où elle remplit un verre d'eau. Vous vous êtes un peu ouvert, mais rien de grave.

Elle m'apporta le verre et me tendit un cachet.

— Ça devrait calmer un peu la douleur.

« *Je suis une amie de votre père* », avait-elle dit. Était-ce plutôt sa maîtresse ? Était-ce à cause d'elle que mon père était venu s'enterrer ici ? J'avais du mal à y croire. Elle était bien trop jeune et sans doute trop Uma Thurman pour lui... J'avalai le médicament. Cette fille me paraissait étrange.

— Vous avez appelé la police ? demandai-je en essayant de parler le moins fort possible, de peur de réveiller à nouveau la douleur à mon front.

Elle hésita avant de me répondre.

— Pas pour le moment. Si vous voulez, on peut les appeler, mais nous avons d'abord des choses à nous dire... Il vaudrait peut-être mieux que vous vous reposiez, avant tout.

La situation était de plus en plus surréaliste. Je levai l'oreiller derrière moi et me redressai péniblement.

— Non, non. Je ne comprends pas bien ce qui se passe... Pourquoi m'avez-vous amené chez vous ? Et la maison de mon père... Ils vont revenir !

Elle reprit mon verre vide et retourna vers la table.

— Vous voulez un peu de thé ? me demanda-t-elle en se servant une tasse.

— Qu'est-ce que je fais chez vous ? répétai-je, impatient.

Elle porta la tasse fumante à ses lèvres et avala une gorgée.

— Je pense qu'il n'est pas très prudent de rester dans la maison de votre père pour le moment. Vous êtes mieux ici.

— Pas prudent de rester chez mon père ?

— Vous avez vu votre tête ? Vous croyez que les deux types qui vous ont assommé étaient là par hasard ?

Je secouai la tête, consterné.

— Mais alors pourquoi n'appelons-nous pas la police tout de suite ?

— Parce que, mon grand, quand je vous aurai dit ce que j'ai à vous dire, vous n'aurez peut-être plus envie d'appeler la police...

Mon grand ? Mais qu'est-ce que c'est que ce ton condescendant ? Pas étonnant que ce soit une amie de mon père...

— Qu'avez-vous à me dire, *ma grande* ?

Elle fit une grimace amusée.

— D'abord, dites-moi ce que vous avez vu chez votre père, demanda-t-elle lentement comme pour calmer le ton de notre conversation.

Je soupirai. J'avais l'impression que le cauchemar qui avait commencé depuis mon entrée dans la cave ne faisait que continuer. Le calme et le charisme de la jeune femme me mettaient fort mal à l'aise ; je ne comprenais rien à ce qui m'était arrivé et elle semblait avoir tous les pions en main. Ou en tout cas, elle paraissait en savoir bien plus que moi. J'avais besoin d'informations mais il était clair que je n'en obtiendrais pas sans en avoir donné moi-même.

— Des tas de bouquins, des notes, des paperasses. Tout un bordel... Que savez-vous à ce sujet et d'où connaissez-vous mon père ?

Elle posa sa tasse vide sur la petite table et partit s'asseoir en face de moi dans un fauteuil crapaud. Elle croisa ses jambes d'un geste élégant et appuya ses deux bras sur les accoudoirs. Il y avait quelque chose de factice dans ses gestes sensuels. Comme si elle jouait à un jeu dont j'ignorais les règles.

— D'accord. Ma version de l'histoire, dit-elle. Je suis journaliste à la télé...

Et soudain, cela me parut une évidence : plus je la regardais, avec son aisance et son maintien, l'assurance moqueuse dans ses yeux, plus je me disais que ce devait être une femme... attirée par les femmes. Pour parler simplement, quelque chose dans son allure lui donnait un air de lesbienne. Ou peut-être de l'image que se font les imbéciles comme moi d'une lesbienne. J'avais beau avoir vécu pendant plus de dix ans à New York, j'avais beau avoir tout écrit sur le sexe et la sexualité, j'étais toujours fort mal à l'aise face à l'homosexualité. Surtout quand elle se nichait derrière le regard d'une femme splendide. Mais pourquoi diable ne pouvais-je réagir en adulte ? Ou en New-Yorkais ? Ne pas me troubler...

— Sur quelle chaîne ? la coupai-je en essayant de masquer mon intuition.

— Canal Plus.

— Vous travaillez pour les infos ?

— Non, je fais plutôt des documentaires, du journalisme d'investigation. Je travaille pour une émission qui s'appelle *90 minutes*...

— Très original ! ironisai-je. C'est le *Sixty minutes* de CBS mais en plus long, c'est ça ?

— Si vous voulez... L'émission américaine *Sixty minutes* est en effet l'une de nos références. Un clin d'œil à un certain journalisme à l'américaine.

Une journaliste engagée. C'était donc ça. Je commençais à mieux comprendre le personnage.

— Personnellement, repris-je, à part le journalisme gonzo qui me faisait bien marrer, et des exceptions comme Michael Moore et son équipe, je trouve les journalistes américains de plus en plus mièvres...

— Depuis Reagan, c'est un peu vrai, concéda-t-elle. Mais bon, c'est tout de même en hommage à cette émission, surtout pour ce qu'elle était jadis, que nous avons appelé la nôtre comme ça.

— Je vois.

— Ce genre d'émission manquait ici...

— Vous avez une spécialité au sein de l'équipe ?

— Depuis le début de ma carrière je me suis consacrée aux Moyen- et Proche-Orient, et je m'intéresse de plus en plus aux religions. À vrai dire, j'ai commencé à me faire connaître sur le service public avec une enquête sur les otages au Liban... Vous vous souvenez ?

Me souvenir. Depuis mon retour, je ne faisais que ça. Me souvenir de mon père. De ma mère. De mon pays. Comme d'un vieux film dont on se rappelle à peine le nom du réalisateur.

— Oui, oui, je me souviens que tous les soirs au Vingt heures on avait droit à : *150 jours de détention pour Jean-Paul Kaufmann, Marcel Fontaine* et blablabla... Vous deviez être très jeune !

Elle sourit.

— C'était en 88, j'avais dix-neuf ans. Avec mon bac en poche depuis deux ans et un DEUG d'histoire, j'avais décidé de jouer les baroudeuses. J'étais un peu inconsciente, mais très motivée, et j'ai eu mon quart d'heure de gloire en jouant les reporters avant l'âge. Depuis, j'ai fait pas mal d'enquêtes sur l'Iran, l'Irak, Israël, la Jordanie. Après plusieurs séjours à Jérusalem, je me suis intéressée à l'histoire des religions. J'ai réalisé deux documentaires sur le Vatican... Bref, pour en revenir à notre sujet, votre père m'a contactée il y a un an pour me parler d'une découverte *extraordinaire* qu'il aurait faite...

Elle sortit un paquet de cigarettes de la poche de son pantalon puis elle continua à parler tout en enlevant délicatement le film de cellophane.

— Pendant un an, il m'a rencontrée plusieurs fois. Je ne le prenais pas vraiment au sérieux, mais je n'ai pas l'habitude d'envoyer bouler les gens qui m'appellent. Il me posait des questions étranges, sur la religion, sur les Arabes, il me disait qu'il avait une révélation à me faire mais qu'il était encore trop tôt... J'ai fini par le trouver sympathique.

— Sympathique ?

— Oui. Plein de tact...

— Bien sûr ! soupirai-je en levant les yeux.

La journaliste semblait trouver mon agacement amusant.

— Puis un jour, il m'a promis l'exclusivité de ses révélations si je l'aidais dans ses recherches, et il y a dix jours il a réussi à me convaincre de venir à Gordes. Mais avant qu'il ait pu me dire de quoi il s'agissait vraiment, les choses ont mal tourné.

Je fronçai les sourcils, mais elle continua :

— J'étais sur le point de rentrer à Paris quand j'ai appris que vous alliez débarquer à votre tour. Je suis venue vous prévenir qu'il n'était peut-être pas prudent de rester chez votre père, mais apparemment je suis arrivée juste après le gong...

Nous sommes restés de longues secondes à nous dévisager en silence ; moi qui essayais de comprendre ce qu'elle venait de dire, et elle qui attendait que le déclic se fasse dans ma tête. Elle alluma une cigarette.

— Qu'est-ce que c'est que ces conneries ? balbutiai-je finalement. Et comment ça, *les choses ont mal tourné* ?

— Une voiture qui sort de la route à deux heures du matin, des types qui vous surveillent nuit et jour, des documents qui disparaissent, moi, c'est ce que j'appelle mal tourner... Sans parler de votre belle bosse sur le front. Qui vous va à ravir, d'ailleurs.

Elle se tut et me fixa longuement. Je pouvais lire sur son visage une forme de défi. Peut-être m'étais-je montré un peu trop pressant. Nous n'étions pas en train de parler, nous étions en train de lutter. Et quelque chose me disait qu'à ce jeu-là je n'avais aucune raison de gagner.

Il fallait que je donne une autre chance à cette conversation. J'avais besoin de me ressaisir. J'avais besoin qu'elle me raconte tout cela calmement. Tout ce qu'elle avait à me dire. Si folle que semblait son histoire, je devais l'écouter jusqu'au bout.

— Comment vous appelez-vous ? lui demandai-je enfin.

Elle avala une longue bouffée de cigarette et recracha la fumée dans un sourire. Elle n'était pas dupe. Je pense qu'elle savait exactement par quelles phases mon humeur passait depuis qu'elle m'avait ramassé dans la rue. Cela fait sans doute partie des premières facultés d'une journaliste. Une forme de clairvoyance.

— Sophie de Saint-Elbe, dit-elle en me tendant la main.

De Saint-Elbe ? Ça lui va beaucoup moins bien que Mia Wallace...

Je souris à mon tour et lui serrai la main.

— Écoutez, madame de Saint-Elbe...

— Mademoiselle, corrigea-t-elle en feignant d'être vexée.

— Mademoiselle, finalement, je veux bien un peu de thé. Il sent bon...

Elle approuva.

— C'est du Darjeeling. Je ne bois que ça. Le thé, c'est un peu comme le tabac. On s'accroche vite. Je ne peux rien fumer d'autre que mes Chesterfield.

Elle éteignit sa cigarette dans un cendrier, se leva lentement, enleva ses chaussures l'une après l'autre sans se baisser, marcha vers la petite table et me servit une tasse. Chacun de ses gestes était d'une sensualité étrange. Sa façon de remonter délicatement ses lunettes avec son index, sa façon de fumer, sa démarche. Elle avait le physique d'une jeune yuppie et les gestes las d'une vieille actrice sur le retour, une ancienne pin-up désabusée. Un cocktail d'une puissance érotique certaine, mais complètement décalée...

— Je comprends très bien que vous ayez du mal à me croire, poursuivit-elle. Moi-même, j'ai pris votre père pour un gentil fou, au début. Vous prenez du lait ?

— S'il vous plaît...

Elle laissa le thé infuser quelques instants avant de verser un nuage de lait. Elle sortit une nouvelle cigarette de son paquet et la coinça au bord de ses lèvres. Puis elle m'apporta ma tasse de thé sans allumer sa cigarette. La tête droite, les lèvres pincées, les mains enfoncées dans les manches trop longues de son gros pull, elle marchait sur un fil imaginaire, les pieds nus, alignant gracieusement ses pas. Son attitude avait quelque chose de théâtral. Comme si elle ne laissait rien au hasard. Elle me tendit mon thé et je me relevai complètement pour m'adosser au mur. Elle retourna vers le large fauteuil, s'appuya sur les accoudoirs pour hisser ses pieds sur le siège et s'asseoir en tailleur.

Je bus quelques gorgées. Son thé était délicieux. Son sourire aussi.

— Sophie, vous voulez bien me raconter tout ça un peu plus précisément ?

*
* *

Je me souviendrai longtemps de la première phrase qu'eut la journaliste quand elle commença à me retracer toute l'histoire. « *Avant tout, je veux que vous sachiez que je ne sais pas quel secret votre père a découvert. Mais une chose est sûre, tant que je n'aurai pas trouvé, je ne vivrai plus que pour ça.* » Je me souviendrai longtemps de cette phrase, parce qu'elle résume à elle seule ce qu'est devenue ma propre vie depuis ce soir-là. Et justement, j'avais besoin de changement. Je n'étais pas venu en France simplement pour mon père.

Inconsciemment, peut-être, j'étais venu chercher un nouvel aiguillage. Comme un oral de rattrapage. Celui que la journaliste avait à m'offrir n'était certainement pas ce que j'aurais pu imaginer, mais je ne suis pas du genre à chipoter.

Un an auparavant, mon père avait donc appelé Sophie de Saint-Elbe parce qu'il estimait qu'elle serait intéressée par son histoire, et qu'en plus elle saurait être coopérative et discrète. Il ne s'était pas trompé à ce sujet. Bref, il lui annonça qu'il avait fait une découverte fabuleuse qui, selon ses propres mots, était sans doute l'une des plus grandes des vingt derniers siècles. Rien que ça.

— Au début je me suis bien sûr méfiée, m'expliqua la journaliste, vous ne pouvez pas imaginer le nombre de plaisantins qui nous appellent pour nous dire qu'ils ont des révélations incroyables à nous faire... Mais votre père n'était pas comme les autres.

— C'est le moins qu'on puisse dire.

— Il m'a appelée régulièrement pendant un an et nous nous sommes rencontrés à plusieurs reprises. Il était très courtois et me posait des questions extrêmement pointues. C'était devenu un jeu pour moi de trouver les réponses. Parfois, je devais le rappeler au bout de plusieurs jours de recherche. Et puis, il y a un peu plus d'une semaine, il m'a faxé deux documents et m'a laissé vingt-quatre heures pour prendre une décision.

— Quelle décision ?

— Abandonner mon travail en cours, venir à Gordes et l'aider dans ses recherches, quel que soit le temps que cela devait prendre.

— C'était quoi, ces documents ? demandai-je, intrigué.

Sophie de Saint-Elbe, avec une lenteur exagérément dramatique, prit une nouvelle cigarette dans son paquet. Sans me quitter des yeux, elle l'alluma.

— Avez-vous déjà entendu parler de la pierre de Iorden ?

— Non, avouais-je.

Nouveau temps mort. Ses yeux me dévisageaient.

— C'est une relique.

— Une relique ?

— Oui, le christianisme regorge de reliques plus incroyables les unes que les autres. C'est une vieille histoire...

— Vous voulez dire, une relique comme le suaire de Turin ?

— Exactement. Pour consacrer une église, il était jadis absolument nécessaire que celle-ci contienne les restes du saint auquel elle était dédiée. Le culte des reliques s'est ainsi perpétué, à tel point qu'on a recensé des choses aussi folles que des plumes de l'archange saint Michel, des prépuces de Jésus...

— Vous plaisantez ?

— Pas du tout, l'Église a consacré au moins huit prépuces de Jésus ! Sans compter les innombrables épines de la couronne, les kilomètres de morceaux de la Croix ou les litres de lait de la Vierge... La France à elle toute seule en a réuni toute une collection : la croix du Christ, son sang, les langes dont il fut enveloppé bébé, la nappe de la Cène, le sommet du crâne de saint Jean-Baptiste, et j'en oublie ! Quoi qu'il en soit, la pierre de Iorden est l'une des reliques les plus mystérieuses de l'histoire chrétienne. Un bijou qui, selon la légende, aurait appartenu au Christ.

— Un bijou ? Il n'avait pas fait vœu de pauvreté ?

— Non, cela ne se posait pas vraiment dans ces termes. Mais c'est vrai qu'on a du mal à s'imaginer Jésus portant un bijou. Je vous rassure, ce n'était sûrement pas une bague de chez Cartier. Cela devait être assez sommaire. Et bien sûr, ce bijou aurait disparu, ou, pour beaucoup, n'aurait jamais existé... Toutefois, votre père m'a faxé deux documents qui, selon lui, prouvent que cette relique était bien réelle. Mais ce n'est pas tout. Il m'expliquait au téléphone que ceci n'était qu'une facette de sa découverte...

— C'est-à-dire ?

— Ses recherches ne tendaient plus à prouver que cette relique existait – cela pour lui était acquis – mais plutôt à comprendre ce qu'elle signifiait. Car selon lui, elle avait un sens précis et très important, mais il refusait de m'en dire plus si je n'acceptais de venir l'aider.

— Cela a suffi à vous convaincre ? C'est un peu farfelu, non ?

— J'ai étudié ses deux documents toute la nuit, et le lendemain, j'ai accepté.

— Pourquoi ?

— L'un des deux documents qu'il m'a faxés est un document... inédit. C'était le début, la première page en tout cas, d'un manuscrit d'Albrecht Dürer, le peintre allemand. Après quelques recherches, j'ai découvert qu'il s'agissait d'un manuscrit auquel plusieurs critiques font référence mais qui n'avait jamais été retrouvé. Si le document de votre père était authentique, cela suffisait déjà à faire un sujet intéressant pour moi... Je n'étais pas convaincue qu'il y ait derrière tout ça une trame aussi importante que le prétendait votre père, mais je me suis dit que cela valait le coup que j'y regarde de plus près.

— Ce document parlait de votre pierre de Iorden ?

— Je ne l'ai pas entièrement déchiffré, et votre père ne m'a envoyé que le début, mais il y faisait référence en effet...

— Et l'autre document, c'était quoi ? la pressai-je, intrigué.

— Un texte de Charlemagne, faisant l'inventaire des biens qu'il offrit à Alcuin, son plus fidèle conseiller, quand celui-ci se retira dans l'abbaye Saint-Martin-de-Tours.

— Et alors ?

— Dans la liste, il y avait la pierre de Iorden.

— Intéressant, concédai-je.

Elle éclata de rire.

— C'est le moins qu'on puisse dire ! Deux documents faisant référence à cette pierre, l'un datant du IXe siècle, l'autre du XVIe, je vous avoue que j'avais très envie de voir s'ils étaient authentiques ! Je suis venue à Gordes le lendemain même. Je suis d'abord descendue dans un petit hôtel du centre-ville et j'ai rencontré votre père dans le restaurant au rez-de-chaussée. Il était complètement stressé, me parlait à voix basse, regardait partout autour de lui. Il n'a rien voulu me dire de précis, m'a expliqué que c'était encore trop tôt, et m'a donné rendez-vous pour le lendemain midi, dans un autre restaurant, *plus discret* selon lui. En partant il m'a demandé de faire attention, mais il n'a pas précisé à quoi. Très honnêtement, j'ai pensé qu'il était complètement tapé. Le problème, c'est que pendant les vingt-quatre heures qui ont suivi, je suis persuadée d'avoir été espionnée. Au début, j'ai cru que je me faisais des idées, mais je me suis vite rendu compte que je ne rêvais pas. J'ai été suivie toute la journée par deux types en noir. Probablement les deux types qui vous ont assommé ce soir. Avec leurs costards noirs, moi, je les appelle les corbeaux. Le lendemain, votre père n'est pas venu au rendez-vous. Il avait eu cet accident...

Elle leva les yeux vers moi d'un air désolé. J'hésitais à lui dire que la mort de mon père n'était pas si pénible que cela pour moi...

— Vous pensez que ce n'était pas un accident ?

— Quand je suis rentrée à mon hôtel, on avait fouillé ma chambre de fond en comble et on m'avait volé l'un de mes carnets de notes et les deux documents faxés par votre père. Je me suis dit qu'il se passait vraiment quelque chose d'anormal, et j'ai décidé d'y regarder de plus près. J'ai appelé mon rédacteur en chef pour lui demander si je pouvais faire un sujet là-dessus au cas où je trouverais quelque chose. Il m'a donné trois jours. J'ai ensuite appris que vous veniez ici...

— Comment ? la coupai-je.

Elle me regarda en souriant. Comme si elle appréciait ma méfiance.

— Par votre agence. Votre père m'avait dit qu'il avait un fils, j'ai eu envie de vous rencontrer pour voir si vous saviez quelque chose. J'ai donc fait des recherches sur vous. Quand j'ai découvert ce que vous faisiez, j'ai fait croire à votre agence que je voulais vous interviewer sur *Sex Bot*, qui, comme par hasard, va être diffusé sur Canal cet été...

— Merci, je suis au courant...

— Les gens de votre agence m'ont dit que je ne pouvais pas vous joindre parce que vous étiez parti pour le sud de la France, chez votre père. J'ai décidé de vous attendre tout en continuant mon enquête. Après l'épisode à l'hôtel, j'ai loué cette maison aux frais de l'émission. Je me suis enregistrée sous un faux nom, un peu à l'écart de la ville, mais je ne suis pas sûre d'être vraiment anonyme...

Elle fit une pause et joua plusieurs fois avec l'ouverture de son Zippo avant de reprendre :

— Alors, à votre avis, on prévient la police ou on essaie de comprendre ce qu'il s'est passé ?

J'aurais juré qu'il y avait quelque chose de malicieux dans son regard...

— Vous avez dit aux responsables de l'hôtel qu'on avait fouillé votre chambre ?

Elle fit non de la tête.

— Si on raconte tout ça à la police, ils vont nous prendre pour des dingues ! déclarai-je en ricanant.

— Vous n'étiez absolument pas au courant de cette histoire ?

— Non. Je suis venu ici parce que je trouvais curieux que mon père ait acheté cette maison... Vous imaginez ? Je trouvais *ça* étrange !

Elle haussa les épaules. Elle m'observait avec une intensité nouvelle. Ses yeux respiraient la soif du scoop.

— M. Louvel, dites-moi exactement ce que vous avez vu dans la cave, me demanda la journaliste en s'avançant sur son fauteuil.

En cet instant je devais prendre des décisions importantes pour la suite des événements. Allais-je essayer de comprendre les secrets de mon père, et si oui, allais-je le faire avec Sophie de Saint-Elbe ? J'étais certain qu'elle n'avait pas tout dit. C'était une professionnelle et elle gardait sûrement quelques atouts en poche. Mais n'en avait-elle pas suffisamment révélé pour que je décide de lui faire un peu confiance ? De plus, si je voulais comprendre quelque chose à cette histoire, elle me serait sûrement d'une grande aide. Et puis, surtout, mademoiselle de Saint-Elbe était tout simplement une femme avec laquelle j'avais envie de passer un peu de temps... Tout chez elle respirait l'aventure, l'inattendu, l'inédit. Toutes ces choses qui me manquaient depuis trop longtemps. Je me fichais qu'elle fût lesbienne ou pas. Sophie de Saint-Elbe me plaisait.

Je lui adressai un sourire et essayai de me souvenir de ce que j'avais vu dans la cave.

TROIS

La journaliste nous prépara à dîner pendant que je lui racontais le plus précisément possible ce que j'avais vu chez mon père. Le plus simple aurait certes été d'y retourner ensemble, mais il était tard et l'accueil peu chaleureux qu'on m'y avait réservé nous décida à attendre le lendemain pour y mener une enquête plus approfondie.

— Je vous préviens, m'interrompit-elle, il n'y a pas grand-chose dans cette cuisine, je ne sais pas ce que je vais pouvoir nous préparer… Je vais essayer de vous faire quelque chose de circonstance : à la provençale.

J'étais assis au bord de la table de cuisine, encore un peu sonné, et je la regardais aller et venir des placards à la cuisinière, des tiroirs à l'évier. Elle n'était pas chez elle et cherchait à tâtons tout ce dont elle avait besoin. Mais elle savait ce qu'elle faisait. Cela faisait longtemps que je n'avais pas vu une femme préparer un dîner avec autant d'adresse. Après onze ans passés dans une ville où l'on ne mange qu'au restaurant, j'avais oublié que le plaisir du repas commence par sa préparation. Toutes ces odeurs qui se mélangent, ces couleurs qui se composent…

— Ce qui m'a le plus étonné, repris-je en la suivant du regard, c'était cette machine archaïque bizarre, dans la cave. J'ai pensé que c'était peut-être un objet qui était déjà là quand mon père a acheté la maison, une sorte de vieil appareil de mesure, ou je ne sais quoi... Mais en réalité, j'ai l'impression qu'il n'était pas là par hasard. Il ne détonne pas avec le reste de la pièce.

— Comment ça ? demanda-t-elle tout en découpant en morceaux un filet de dinde.

— Il y avait une copie de *La Joconde* sur un mur et de nombreux livres sur Léonard de Vinci. Or cet appareil ressemblait tout à fait aux machines étranges que de Vinci dessinait sur ses codex, vous savez...

Elle hocha la tête. Je m'interrompis pour la regarder faire. Elle procédait avec agilité et douceur. Et gourmandise. On le voyait dans ses yeux.

Jamais je n'aurais su faire ces gestes pourtant si simples. Ne serait-ce que sa façon de tenir la poêle pour faire dorer la viande dans un mélange d'huile et de beurre témoignait d'une habitude et d'un savoir-faire que je lui enviais. Mais j'étais prisonnier du cliché masculin. Mon père ne faisait pas la cuisine ; je ne faisais pas la cuisine. Je n'étais qu'un prétexte de plus pour les féministes du monde entier.

— Ce n'est pas tout, repris-je comme elle commençait à couper tomates et poivrons en petits dés sur une planche de bois. Les notes de mon père étaient écrites à l'envers...

— À l'envers ? s'étonna-t-elle avant de se retourner vers moi un couteau dans la main droite.

— Comme celles de Léonard de Vinci. Ce malade écrivait toutes ses notes à l'envers, de la droite vers la gauche, comme dans un miroir. Vous l'ignoriez ?

— Maintenant que vous me le dites, ça me rappelle quelque chose... Ce n'était qu'un jeu d'esprit, non ? Rien de bien extraordinaire.

Elle se retourna et éminça des oignons, de l'ail et des branches de céleri.

Je haussai les épaules.

— Non, bien sûr, rien d'indéchiffrable non plus. Mais je dois vous avouer que cela me laisse encore plus perplexe que je ne l'étais déjà... J'ai l'impression d'une incroyable mise en scène. Mon père n'était pas un type bien, loin de là, mais ce n'était pas un psychopathe non plus. Et pourtant la cave que j'ai visitée tout à l'heure était bien la cave d'un malade mental !

Elle ajouta les légumes à la viande, saupoudra le tout de thym, de sel et de poivre, puis elle laissa mijoter le plat derrière elle. Elle alluma une nouvelle cigarette et me tendit le paquet que je refusai en fermant les yeux.

— Allons, dit-elle, ce n'est pas être malade mental que d'écrire à l'envers... Votre père disait avoir découvert un secret *extraordinaire*. Peut-être que ce secret – authentique ou non – l'a plongé dans une ambiance un peu mystique... C'est très à la mode, le mystique ! France Télécom organise même ses réunions dans les locaux de la Rose-Croix en ce moment !

— Quelle horreur !

— Ou peut-être votre père était-il fan de Léonard de Vinci, tout simplement. Écrire à l'envers n'est pas un jeu plus fou que faire les mots croisés de Michel Laclos tous les matins... Vous avez eu le temps de lire ces fameuses notes ?

— Vaguement. Je ne suis pas un pro de la lecture inversée !

— Vous avez remarqué quelque chose de spécial ?

— Je n'ai pas compris grand-chose. Mais il y avait deux mots qui revenaient régulièrement, sur plusieurs pages.

— Mais encore ? me pressa-t-elle.

— Le premier, je m'en souviens bien, était une abréviation, « I.B.I. »...

Je vis aussitôt dans ses yeux que l'abréviation avait un sens pour elle... Je penchai la tête dans l'attente d'une explication.

— *Iéshoua' bèn Iosseph*, expliqua-t-elle. Jésus, fils de Joseph, tel que l'a fidèlement traduit Chouraqui.

J'acquiesçai.

— Bien sûr. J'aurais dû deviner...

— Puisque le secret de votre père concernait apparemment la pierre de Iorden, il n'y a rien d'étonnant à cela, en effet... Et le deuxième mot ?

Le fumet de la dinde commençait à emplir la cuisine.

— Pour celui-là, je ne suis pas sûr. On aurait dit de l'allemand. « Bildberger » ou quelque chose comme ça...

— Bilderberg ? demanda-t-elle en fronçant les sourcils.

— Oui, c'est ça ! m'exclamai-je, étonné qu'elle connût ce mot que je n'avais moi-même jamais entendu auparavant.

— Vous êtes sûr ? insista-t-elle comme si la nouvelle la dérangeait.

Mais j'étais absolument certain. L'image très précise du mot m'était à présent revenue.

— Oui, *Bilderberg*. Qu'est-ce que ça signifie ?

— Très honnêtement, je ne sais pas grand-chose à ce sujet. Je me demande ce que ça vient faire là...

— Mais c'est quoi ? insistai-je, impatient.

— Une sorte de *think tank* international. Vous savez, ces groupes de pensée qui sont devenus très à la mode aux États-Unis de nos jours.

Je ne comprenais pas vraiment de quoi elle parlait. Elle dut s'en apercevoir et me fit un sourire gêné.

— Je ne peux pas vous en dire beaucoup plus, vraiment, je n'ai que des souvenirs flous sur le Bilderberg. J'ai dû lire un article sur lui il y a très longtemps dans un journal, rien de plus. En gros, ce sont des gens – politiciens, économistes, industriels et intellos – qui se retrouvent tous les ans de manière plus ou moins officielle pour parler de l'avenir du monde.

— Charmant ! On se croirait en pleine théorie du complot... Je ne savais pas que mon père était un adepte des *X-Files*.

La journaliste inclina la tête d'un air amusé.

— N'exagérons rien, ces gens-là ne *décident* pas de notre avenir, ils en *parlent*. Je ne pense pas qu'on puisse véritablement parler de complot...

— Si vous le dites ! ironisai-je. C'est quand même dingue que vous autres journalistes ne nous teniez pas plus au courant de ce genre de choses !

— Il y a tellement de « *ce genre de choses* » à couvrir !

— Vous avez un accès au web ?

— Il y a une prise téléphonique, et mon ordinateur est dans la voiture.

— J'ai le mien ici. On pourrait faire des recherches sur le Bilderberg...

— Oui, mais d'abord je vais finir ça, dit-elle en montrant la poêle derrière elle, et ensuite on va manger tranquillement, sur la table de la salle à manger, comme des gens civilisés...

— Bien sûr, répliquai-je, gêné.

Elle se retourna et lia la sauce avec quelques cuillerées à soupe de crème fraîche. Elle laissa cuire son plat encore une dizaine de minutes pendant que je l'aidais à mettre le couvert.

Je crois bien qu'en onze années de vie new-yorkaise, je n'ai pas dressé une seule fois de table chez moi. C'est tout juste si je ne me trompais pas de côté entre les couteaux et les fourchettes. J'avais l'impression de faire une cure de désintoxication. De réapprendre des gestes simples. J'avais honte, mais cela m'amusait.

Quelques minutes plus tard, la journaliste entra dans la salle à manger avec son plat et annonça en imitant l'accent méridional :

— Fricassée de dinde à la provençale ! Un peu élémentaire, mais on fait avec ce qu'on a ! Tenez, je n'aime pas trop les vins du sud de la vallée du Rhône, à part le châteauneuf-du-pape, bien sûr, mais il est vraiment trop cher... Du coup, j'ai pris du clos Bagatelle.

— Qu'est-ce que c'est ?

— Un très bon saint-chinian. Après tout, on n'est pas si loin que ça de l'Hérault...

Je n'avais certainement pas sa connaissance du vin et me contentai d'acquiescer, mais son plat était en tout cas un véritable régal. Elle s'amusa de mon silence éloquent pendant tout le repas, puis je partis préparer le café, espérant ainsi faire oublier un peu mon inefficacité culinaire.

Quand je la servis, je remarquai qu'elle me regardait d'un air étrange.

— Quoi ? demandai-je en reposant la cafetière.

Elle alluma une cigarette.

— Depuis qu'on s'est rencontrés, vous vous demandez si je suis lesbienne, n'est-ce pas ?

Je me laissai tomber sur mon siège, et le rouge monta à mes joues.

— Euh, non, pas du tout, je...

— Allons, franchement, vous vous demandez si je suis lesbienne !

— Non...

— Cela vous dérangerait que je le sois ? insista-t-elle sans prendre pitié de mon embarras grandissant.

— Mais pas du tout ! Enfin ! Je ne suis pas homophobe ! J'habite New York !

Elle éclata de rire.

— Ce n'était pas le sens de ma question. Je ne vous demande pas si vous êtes homophobe. Je vous demande si cela vous dérangerait que je sois lesbienne.

Je ne savais vraiment pas comment me sortir de cette situation. Pourquoi me posait-elle cette question ? Cela signifiait-il qu'elle était effectivement homosexuelle ? Elle avait compris dans mon regard que je me posais la question. C'était sans doute un regard auquel elle était habituée. Mais moi, j'étais complètement paumé. Je décidai de répondre le plus simplement possible.

— Non, cela ne me dérangerait pas. Je serai un peu triste pour la gent masculine, mais très heureux pour les femmes...

Elle secoua la tête d'un air consterné. Ce n'était sans doute pas la bonne réponse.

— Euh, mais pourquoi ? Vous êtes lesbienne ? osai-je dans un sourire grimaçant.

— Ah ! Vous voyez que vous vous le demandez ! J'en étais sûre !

Elle était visiblement aussi amusée que j'étais gêné. Et je ne savais toujours pas... Je me disais que le seul moyen de me sortir de cette situation était d'essayer la sincérité.

— Bon, je dois avouer que je me suis dit, en effet, que, peut-être...

Elle pencha la tête, fit un large sourire, puis elle posa sa tasse de café, se leva, s'avança vers moi et me déposa un baiser sur le front.

— On va faire ces recherches sur votre ordinateur ? proposa-t-elle avec désinvolture.

Clairement, elle se moquait de moi. Et il y avait de quoi. J'étais tellement maladroit que c'en était ridicule.

— Oui, allons-y, répondis-je bêtement.

Nous montâmes dans la chambre pour brancher mon portable à la prise téléphonique et commencer notre recherche d'informations en ligne, et, pour mon grand bonheur, il ne fut plus question d'homosexualité...

Vers deux heures du matin, nous n'avions rien trouvé de véritablement intéressant sur le Bilderberg. La plupart des sites Internet qui en parlaient étaient des sites antisémites d'extrême droite chez qui la mythologie du complot est un cheval de bataille. Quelques rares autres sites plus dignes de confiance donnaient de vagues informations sur ce mystérieux groupe, mais rien de concret et surtout rien d'officiel. Et pour cause. La seule information fiable que nous découvrîmes était que le Bilderberg ne faisait pas de communiqué de presse et interdisait la présence de journalistes lors de ses réunions annuelles. De quoi alimenter la théorie du complot sur les sites extrémistes, mais aussi éveiller notre méfiance et notre inquiétude. Si ce groupe n'était qu'un *think tank* de plus, dont le seul but était de faire le bilan annuel d'une certaine pensée politique internationale, pourquoi vouloir rester secret, et quel pouvait être le rapport avec la pierre de Iorden et les recherches très mystérieuses de mon père ?

Quand la fatigue nous décida à interrompre nos investigations, Sophie se prépara à fermer la connexion Internet.

— Attendez ! m'exclamai-je en remarquant quelque chose sur l'écran de mon ordinateur.

— Qu'est-ce qu'il y a ?

— Ce message, là, sur le forum, dis-je en pointant du doigt vers l'écran.

— Oui ?

— Il est encore signé du même pseudonyme ! Sphinx. Ça fait quatre ou cinq fois que je remarque ce pseudo sur les différents forums qu'on a visités.

— Exact, acquiesça Sophie.

— À chaque fois, ses interventions sont plutôt pertinentes et il a l'air assez bien informé.

— On essaie de le contacter ?

Je fis une grimace, sceptique.

— Vous croyez que ça vaut le coup ?

— Ça ne coûte rien, décida-t-elle. Je vais lui laisser un message.

— Il a un mail ?

— Non. Mais il y a un numéro d'ICQ dans sa signature. Vous avez le logiciel ICQ sur votre ordinateur ?

— Non, avouai-je. Qu'est-ce que c'est ?

— Un logiciel qui permet de dialoguer en direct par écrit. Je vais vous le télécharger, comme ça on pourra voir si ce fameux Sphinx est en ligne.

La journaliste avait évidemment bien plus l'habitude que moi de ce genre de chose. Je la regardai faire en essayant de ne pas succomber à la fatigue. Je me couchais rarement avant trois ou quatre heures du matin à New York, mais après une semaine en France je commençais à ressentir les effets du décalage horaire.

Sophie remit ses lunettes, téléchargea le logiciel, l'installa et entra le numéro d'ICQ du mystérieux Sphinx.

Le pseudo apparut dans une petite fenêtre, mais avec la mention « *away* ».

— Il n'est pas en ligne, m'expliqua la journaliste. Mais on peut lui laisser un message.

J'approuvai. Elle tapa : « Journaliste. Cherche infos sur Bilderberg. Merci de me contacter. »

— Ça vous va ?

— Euh, c'est un peu direct, mais ça me paraît bon. Nous verrons bien demain, dis-je en essayant de retenir un bâillement. J'espère qu'il nous aura répondu.

— Oui, nous verrons demain, dit Sophie en éteignant mon ordinateur.

— Il faudra que j'aille dans la maison de mon père. Je dois absolument récupérer ses notes. Et ma moto, aussi.

— Ah, c'est à vous l'énorme moto qui était devant la maison ? s'étonna-t-elle.

J'acquiesçai et elle éclata de rire.

— Bon, on verra tout ça demain, repris-je en grimaçant, quelque peu vexé. Au pire, si ce mystérieux Sphinx ne nous répond pas, j'ai un ami franc-maçon qui est très au fait des histoires de sociétés secrètes et de tous ces délires, peut-être pourra-t-il nous aider.

— Un ami franc-maçon ? Mouais. Le Bilderberg n'est pas vraiment une société secrète…

— J'ai bien compris, répliquai-je, mais cet ami n'est pas seulement branché société secrète, il est aussi député… S'il y a quelqu'un dans mon entourage qui doit avoir des infos sur ce genre de chose, c'est sûrement lui ! Il saura nous guider dans nos recherches. Je l'appellerai demain.

— Un député franc-maçon ? Parfait ! s'exclama la journaliste en souriant. Il faut toujours avoir un ami garagiste, un ami plombier, et un ami député franc-maçon.

Je secouai la tête d'un air désespéré.

— Allez, je vous laisse dormir, Damien. Je suis dans la chambre juste à côté. La salle de bains est en face de votre porte.

Elle m'appelait par mon prénom pour la première fois. Je décidai de lui rendre la politesse.

— Merci, Sophie. Merci pour tout. Le premier debout réveille l'autre ?

— Entendu. Bonne nuit, monsieur le *biker* !

Elle s'éclipsa et je m'effondrai sur le lit sans prendre le temps de me déshabiller. La journée avait été longue. Très longue. La semaine, même, avait été plus riche en événements qu'une année tout entière, et ma blessure au front n'arrangeait rien. Je ne dormis pas longtemps, mais je dormis profondément.

*
* *

Je fus réveillé en sursaut par la journaliste. Elle frappa fort à ma porte et entra dans ma chambre, l'air affolé.

— Vous n'avez pas entendu les pompiers ? Levez-vous vite ! La maison de votre père est en flammes !

Ma tête me faisait encore mal et je n'avais certes pas dormi la moitié de ce que mon corps réclamait, mais je me levai aussi vite que possible.

Vingt minutes plus tard, après avoir traversé la ville en brûlant quelques feux et en empruntant au moins deux sens interdits, nous descendions de son Audi devant la maison de mon père, entourée de pompiers et de badauds. Nous n'avions pas échangé un seul mot pendant tout le trajet, sans doute habités par les mêmes sentiments de perplexité, de rage et de peur mélangés. Sans compter que j'étais légèrement crispé par la conduite sportive de la journaliste…

La fumée s'élevait au-dessus des maisons, dessinant dans le ciel des menaces obscures. Il semblait que le village tout entier s'était amassé entre les murs de la ruelle. On entendait le brouhaha confus des villageois inquiets ou étonnés. Les gyrophares des pompiers ne cessaient de tourner, envoyant des flashs bleus sur la foule et les murs.

— Je vous avais bien dit que nous n'aurions pas dû laisser la maison sans surveillance ! soupirai-je en refermant ma portière.

Nous nous faufilâmes tant bien que mal vers la grille du jardin. Le feu était presque éteint, mais les pompiers nous empêchèrent d'entrer. Je sortis ma carte d'identité pour me faire connaître et attrapai un sapeur par le bras.

— La cave ! lui dis-je en lui montrant mes papiers. Il faut sortir tous les documents qui sont dans la cave !

Le pompier haussa les épaules.

— Ça m'étonnerait qu'il reste quoi que ce soit, dans votre cave ! C'est de là que le feu est parti, monsieur !

Je lançai un regard désespéré à Sophie, et une heure plus tard elle m'accompagnait à la gendarmerie où nous passâmes une bonne partie de la journée.

Je n'ai jamais aimé aller dans les gendarmeries. Les condés – policiers ou gendarmes – ont cette aptitude extraordinaire à vous faire sentir coupable même quand vous n'avez rien à vous reprocher. Ils ont des silences accusateurs, des regards confondants, et le bruit de leurs doigts qui frappent sur les touches des claviers semble n'être qu'un avant-goût de leur propension à taper. J'ai toujours eu peur des flics, et entrer dans une gendarmerie est un supplice aussi insupportable que l'est pour moi l'odeur des hôpitaux depuis la mort de ma mère.

Nous racontâmes notre histoire une première fois à un gendarme, il nous demanda de patienter et disparut ensuite dans le labyrinthe des couloirs gris-vert, puis un second vint nous chercher et nous guida jusqu'à son bureau. Il nous fit signe de nous asseoir. Grand et fort, il avait le regard brillant, les joues rouges et son accent provençal le rendait plutôt sympathique. Sympathique, mais gendarme tout de même...

— Bien, commença-t-il en attrapant le clavier de son ordinateur. Je vous résume la situation. Nous avons reçu ce matin un appel au centre opérationnel pour nous informer de l'incendie de votre maison. Le procureur a été prévenu, et nous avons à présent sur place une équipe de la brigade de recherches départementale qui va enquêter pour déterminer si l'origine du sinistre est accidentelle ou criminelle. Mais je vous avoue, de vous à moi, que nous penchons déjà pour l'incendie d'origine criminelle, car nous avons relevé des traces d'accélérant, de type *white-spirit*.

— Je vois...

Que l'incendie fût probablement criminel n'était pour moi que la confirmation d'une évidence, et je paniquais à l'idée de ne pas avoir l'air surpris.

— La brigade locale va parallèlement procéder au recueil des auditions, à savoir des premiers intervenants, des pompiers et des témoins. C'est dans ce cadre que nous allons vous auditionner, et nous vous tiendrons ensuite au courant de l'enquête. Vous allez rester dans le coin ?

— Je ne sais pas encore, répondis-je en haussant les épaules.

Il acquiesça et tourna les yeux vers son écran. Quand il eut préparé le fichier du procès-verbal sur son ordinateur, Sophie et moi lui racontâmes tant bien que mal tout ce qui s'était passé depuis la veille, en omettant un seul détail : le secret de mon père. Nous expliquâmes que Sophie était une amie de mon père (après tout, c'est comme ça qu'elle s'était d'abord présentée à moi), qu'elle était arrivée juste après que je m'étais fait agresser, et que nous n'avions pas encore porté plainte à la police parce que... parce que Sophie avait d'abord décidé de me soigner et que, les fuyards n'ayant rien volé, nous nous étions dit que ce n'était pas si grave...

Notre version des faits un peu hésitante n'était certainement pas des plus convaincantes, mais à cet instant le gendarme reçut un coup de fil qui nous disculpait au moins en partie : les voisins avaient vu les deux incendiaires, deux hommes vêtus de noir qui avaient pris la fuite dans une voiture dont ils avaient relevé partiellement le numéro.

— Eh bien, ça avance, nous confia le gendarme. On va pouvoir faire une recherche sur le fichier national des cartes grises et identifier peut-être les deux fuyards. Malheureusement, j'ai bien peur, monsieur Louvel, que nous soyons contraints d'ouvrir dès ce soir une enquête de flagrant délit.

— Pourquoi dites-vous *malheureusement* ?

— Parce que cela signifie que vous allez devoir rester à Gordes encore quelques jours.

— Combien de temps ?

— Les enquêtes de flagrant délit, c'est huit jours maximum.

Je jetai un coup d'œil à Sophie.

— Le principal, c'est que vous arrêtiez les coupables, dit-elle comme pour rassurer le gendarme.

— Bien sûr. Mais avant ça, j'ai encore quelques petites questions à vous poser, pour la forme. Je me doute que vous êtes un peu accablé, là, alors on va faire vite. Monsieur Louvel, vous êtes l'unique héritier de feu monsieur votre père ? me demanda le gendarme.

— Oui.

— Bien.

Les yeux collés à l'écran, il ne cessait d'enlever et de remettre ses lunettes.

— Et vous étiez venu ici pour voir sa maison, c'est bien cela ?

— Exactement.

— Mais il y a quelque chose qui m'échappe. Vous ne l'aviez jamais vue, cette maison ?

— Non. Je vis à New York.

— À New York ? Mais je croyais que vous veniez de Paris...

— Non, à Paris c'est *l'appartement* de mon père.

— Ah, zut ! Voilà, je me suis trompé !

Il fit une grimace et corrigea péniblement sa faute sur l'ordinateur.

— Ça n'arrête pas de changer, leur système, là ! Je vous jure ! Bientôt, il faudra avoir fait des études en informatique pour saisir un procès-verbal !

— Ah oui, au moins, répliquai-je en essayant de masquer mon ironie par un sourire faussement compatissant.

— Bon, voilà, c'est corrigé. Alors, donc, je disais : avez-vous remarqué quelque chose de spécial dans la maison de votre père ?

Je me raclai la gorge avec une discrétion qui aurait sans doute fait saturer un détecteur de mensonges.

— Non, rien de spécial.

— Rien de rien ?

— Rien, répétai-je.

Il hocha lentement la tête, se frotta le nez avant de reprendre :

— Monsieur votre père possédait-il des objets de valeur ?

— Non, pas vraiment, pas à Gordes en tout cas. Tous les tableaux sont restés à Paris. Il n'y avait que quelques bouquins, des meubles... Même pas de télé.

— Rien n'a été volé d'après vous ?

— Hier, non. Aujourd'hui, je ne sais pas, la maison est carbonisée... C'est difficile à dire. Surtout de l'extérieur.

— Bien, oui, forcément. Et les deux types qui vous ont agressé, vous pourriez me donner leur signalement ?

Son collègue m'avait déjà posé la question deux fois, j'essayais de garder mon calme.

— Non. Je n'ai pas pu voir leurs visages. C'était des hommes, grands, costauds. Ils portaient des manteaux noirs, comme les méchants dans les films américains, et leur voiture était noire aussi. Je crois que c'était une Volvo, j'en suis presque sûr.

— Bien. Nous verrons si celle des deux fuyards qu'ont vue vos voisins était une Volvo. Votre père avait-il des ennemis ? Des gens qui lui voulaient du mal ?

— Pas à ma connaissance.

— Aucune dispute avec son entourage, sa famille ?

— Non.

— Et vous ?

— Moi non plus. J'habite à New York depuis plus de dix ans, je ne savais même pas que cette maison existait...

— Bien. Pour le moment, ça suffira.

Il lança l'impression du procès-verbal pour me le faire signer.

— J'aurai sûrement d'autres questions à vous poser plus tard. Je vous rappellerai ce soir pour vous dire si nous ouvrons une enquête de flagrant délit. C'est au procureur de prendre la décision. Je peux vous joindre sur ce numéro de portable ?

— Oui.

Je relus le procès-verbal qu'il me tendait et le signai en silence.

— De toute façon, ce serait bien aimable que vous restiez à Gordes dans les prochains jours, conclut le gendarme solennellement, comme un shérif demandant à John Wayne de ne pas quitter la ville. Pour le moment, je ne peux pas vous y obliger, mais ayez la gentillesse de me prévenir si vraiment vous deviez partir.

— C'est promis, répondis-je en me levant, pressé de sortir. Je vous appelle.

— Oui. Et attendez-vous à être emmerdé par votre assureur, ajouta le gendarme d'un air ironique. L'accident de votre père, votre agression, la maison qui brûle, et tout le reste, ça ne va pas le faire rigoler…

— Ah ouais ? Parce que moi, je suis mort de rire, là…

Il y eut presque de la compassion dans son regard, l'espace d'une seconde, puis il replongea dans ses documents…

Sophie et moi sortîmes prestement de la gendarmerie, un peu perplexes, puis nous montâmes dans l'Audi qui était garée sur le parking de nos hôtes bleutés, et nous traversâmes la ville dans l'autre sens pour rejoindre la maison de mon père. Les pompiers étaient encore là, tout comme les badauds, et, sortant précipitamment de la voiture, j'interpellai encore le sapeur qui m'avait répondu le matin même.

— Il n'y a vraiment aucune chance que quelques documents aient survécu, dans la cave ? lui demandai-je, suppliant.

— Ça m'étonnerait beaucoup, monsieur. Les rares paperasses qui auront échappé aux flammes n'auront pas échappé aux lances d'incendie, si vous voyez ce que je veux dire…

Je voyais *très bien* ce qu'il voulait dire.

— Je ne peux pas aller voir ? risquai-je en pointant timidement un doigt vers la cave.

— Ça va pas, non ? C'est brûlant, là-dessous, et puis, de toute façon, la police va sceller tout ça pour l'enquête. Allons, c'est que des paperasses, estimez-vous heureux qu'il n'y ait pas de victime…

— Ouais, c'est que des paperasses, répétai-je en regardant Sophie d'un air pitoyable.

À mesure que la journée avançait, la panique et le désarroi se transformaient lentement en une forme de terreur. Je prenais progressivement conscience de la gravité de la situation. Non seulement mon père était mort dans un accident de voiture qui avait de grandes chances de ne pas être un simple accident, mais en plus on venait de foutre délibérément le feu à sa maison et en particulier à sa cave, lieu de toutes ses recherches et source essentielle pour les investigations que la journaliste et moi nous apprêtions à mener. Je n'avais aucune idée de ce que pouvait être le secret découvert par mon père, mais j'avais maintenant une certitude : il y avait un enjeu terrible derrière tout ça... En tout cas, d'autres personnes que mon père semblaient y croire.

— Allons ! Rentrons manger quelque chose, on n'a rien avalé de la journée ! proposa Sophie en m'attrapant par le bras.

— Vous permettez que je vous suive à moto ? demandai-je bêtement. Si je la laisse là, Dieu sait ce qui peut lui arriver...

Elle sourit.

— Une Harley, dans mon jardin ? Mouais. C'est bien parce que vous êtes triste et vulnérable... Mais non ! Je plaisante. Vous faites ce que vous voulez avec votre bécane, mon grand !

Elle se dirigea vers sa voiture, et moi, penaud, vers l'Electra, et alors que j'enfilais mon casque, je remarquai dans la foule un homme qui me dévisageait et que j'avais déjà vu en arrivant le matin sur les lieux de l'incendie. Il vit que je l'avais remarqué et il ne détourna pas le regard. Comme s'il voulait que je le voie.

C'était un homme d'une soixantaine d'années, les cheveux gris, et en me dressant sur la pointe des pieds pour mieux voir j'aperçus le col blanc sous sa veste. Un prêtre.

Un camion de pompiers se mit en route, il y eut un mouvement de foule et je ne vis plus l'homme qui m'épiait une seconde plus tôt. Je le cherchai du regard à travers les badauds, mais il avait disparu.

Je décidai de laisser tomber et démarrai la moto pour rejoindre la journaliste au bout de la rue. Elle monta dans sa voiture et je la suivis jusqu'à sa maison. Pendant le trajet, bercé par le grondement grave du bicylindre, je me demandais où tout cela allait nous mener. Je n'étais pas sûr d'avoir envie de comprendre. Envie de savoir. Une seule chose était sûre, malgré la folie de ces derniers jours, malgré ma peur grandissante et malgré le danger évident, c'est que cela faisait longtemps que je ne m'étais senti aussi bien avec une femme.

*
* *

François Chevalier était un ami que j'avais rencontré en hypokhâgne. Notre amour pour Alexandre Dumas et Umberto Eco, notre haine pour Jean-Paul Sartre et Alain Robbe-Grillet, notre passion pour les pubs irlandais et les films de Terry Gillian, toute une vie de culture aussi diverse que partagée nous avait mis sur la même route – une route peu empruntée par les autres khâgneux – et avait scellé notre amitié pour longtemps.

L'année suivante j'entrai tout logiquement en khâgne alors que lui décida de changer de voie en présentant Sciences-Po, où il rencontra d'ailleurs beaucoup plus de succès que moi à Normale Sup. Nous ne perdîmes cependant jamais le contact, et un an avant que je parte pour les États-Unis François vint me voir pour m'informer qu'il entrait au Grand Orient de France et me proposer de faire la même démarche. Une partie de moi avait envie d'accepter, mais la maladie de ma mère me préoccupait plus que tout à l'époque, et l'idée d'appartenir à quelque groupe que ce fût m'effrayait un peu. J'avais beau être séduit par les idées qui étaient à la base de la franc-maçonnerie, je déclinai son offre, mais l'encourageai dans son choix. Toute ma vie, je n'ai cessé de basculer entre le regret et la fierté d'avoir refusé. Regret parce que je n'ai jamais eu le courage d'un quelconque engagement philosophique ni même politique, fierté parce que j'espère avoir ainsi conservé l'exercice d'une certaine libre-pensée. De plus, même si les principes originaux de la maçonnerie me plaisaient, je n'avais pas trop confiance en ce que les hommes risquaient d'en avoir fait. Ce à quoi François m'aurait répondu que le meilleur moyen d'améliorer la maçonnerie était d'y participer ! Certes. Il me tenait d'ailleurs le même discours au sujet de la politique.

Et effectivement, la dernière fois que je vis François avant de quitter la France, il m'annonça enfin qu'il avait décidé d'épouser la carrière politique, qu'il entrait comme de bien entendu au Parti radical de gauche, et des années plus tard, après le parcours habituel, il devint conseiller municipal, maire, puis député en Île-de-France.

Pendant les onze ans que j'ai passés à New York, il ne s'est pas écoulé un seul mois sans que François m'envoie des nouvelles par courrier. Je n'ai pas eu la même rigueur, mais mon amitié pour lui n'a jamais faibli.

J'ai quelque part un exemplaire d'*Alice au pays des Merveilles* que François m'avait offert. Une édition superbe, avec les illustrations originales de John Tenniel. En symbole de notre amitié, je lui avais offert exactement le même livre. Et chacun, nous nous l'étions dédicacé. L'idée – empruntée à *Beau fixe sur New York*, une vieille comédie musicale des années 1950 de Gene Kelly et Stanley Donen dont nous étions fans – était que nous devions nous retrouver trente ans plus tard, chacun en possession de son exemplaire du roman de Lewis Carroll, devant le lycée Chaptal. Une promesse de gosses, certes, mais lourde de sens. Savions-nous déjà à l'époque que la vie sépare toujours les amis, même les plus fidèles ? Les trente années n'ont pas encore passé. J'ai gardé ma copie d'*Alice au pays des Merveilles*. Et le jour venu, je serai devant le lycée Chaptal, quoi qu'il advienne.

J'aurais donc aimé appeler cet ami si fidèle sans avoir de service à lui demander, simplement pour l'inviter à boire un verre, mais les circonstances étant ce qu'elles étaient, comme je l'avais décidé la veille, je téléphonai le soir même à mon député d'ami pour lui demander son aide. Après avoir laborieusement passé les multiples barrages bureaucratiques qui séparent un député du simple citoyen que je suis, j'entendis enfin la voix de Chevalier au bout du fil.

Je n'avais même pas prévenu François de mon séjour en France et encore moins de la mort de mon père, et c'est un peu confus que je lui racontai mon histoire. Il se montra compréhensif, et je crois bien que j'avais les larmes aux yeux. Quitter le pays de mon père m'avait aussi condamné à vivre loin de l'âme la plus fraternelle que la vie m'ait offerte, et je maudissais le temps perdu. Pourquoi n'avais-je pas fait l'effort de revenir voir François plus souvent ? Quel monstre d'égoïsme m'avait tenu si longtemps loin de lui ? Pourrions-nous jamais rattraper les années perdues, les longues conversations, les soirées cinéma, les rapports de lecture, les demis aux terrasses des cafés ?

Mais l'aurais-je vraiment vu si souvent maintenant qu'il était député ? L'avoir au bout du fil me fit réaliser à quel point j'étais devenu solitaire. Il y a des solitudes dont on ne prend conscience qu'après coup. J'avais l'impression étrange d'être au bord d'un gouffre, mais de dos. Il ne tenait qu'à moi de ne pas tomber en arrière.

— François, lui promis-je, la voix basse, quand je me serai sorti de toute cette histoire de fous, je viendrai à Paris rendre justice à notre amitié.

Chacun de nos silences était chargé d'une émotion comprise. Et de milliers de regrets.

— Bon, qu'est-ce que je peux faire pour toi ? demanda-t-il comme pour mettre fin à un élan de sentimentalité qui devenait sans doute embarrassant...

— D'abord, j'aimerais que tu me donnes ton numéro de portable, pour que je puisse te joindre plus facilement, vieux, parce que je risque d'avoir besoin de t'appeler plus souvent que ton armée d'assistants ne pourra le supporter...

Je fis signe à Sophie de me passer un bloc-notes. Je vis alors qu'elle me regardait avec une intensité nouvelle. Comme si elle avait pu sentir l'émotion dans ma voix. Elle me tendit le bloc de papier et je notai le numéro que me dictait Chevalier.

— Et j'ai besoin que tu te renseignes pour moi sur le Bilderberg.

— Le Bilderberg ? s'étonna-t-il. Qu'est-ce que le Bilderberg a à voir avec ton père ?

— C'est ce que j'aimerais comprendre...

François hésita un instant.

— Cela a peut-être un rapport avec son poste à l'Unesco, avança-t-il.

— Cela m'étonnerait. Tu peux vérifier, mais je ne pense pas. De toute façon, ce dont j'ai besoin pour le moment, c'est d'informations générales. Je n'arrive pas à trouver grand-chose de mon côté.

— Franchement, je ne sais pas grand-chose non plus. Tout ce que je sais c'est que c'est une sorte de club pour riches... Tu me laisses te rappeler demain et j'aurai plus d'infos, si tu veux.

— Avec plaisir, agréai-je. Et essaie de voir un peu leur actualité, aussi. Qu'est-ce qu'ils font en ce moment, qui s'en occupe, quand aura lieu leur prochaine réunion...

— D'accord. Je vais voir ce que je peux trouver. Ça m'a fait plaisir d'entendre ta voix. Et tu as intérêt à passer nous voir avant de rentrer à New York.

— Tu ne m'as pas donné de nouvelles d'Estelle, intervins-je avant qu'il ne raccroche. Elle est enceinte, n'est-ce pas ?

Je venais de me souvenir qu'il m'avait raconté cela dans sa dernière lettre. François était avec Estelle depuis si longtemps. Ils étaient déjà ensemble avant que je rencontre François ! C'était un peu le couple idéal qui ne cessait de me faire réaliser, déjà à l'époque, à quel point j'étais à côté de mes pompes...

— Oui. Elle en est au cinquième mois, me confirma-t-il, apparemment surpris que je m'en sois souvenu. Allez, n'oublie pas de passer nous voir avant ton départ.

— Promis.

Je le remerciai et raccrochai à contrecœur.

J'avais pris des notes pendant notre conversation, et laissé Sophie lire par-dessus mon épaule. Quand je me retournai, je vis qu'elle tenait deux verres de whisky. Elle m'en tendit un en souriant.

— On avale un petit remontant, et on se fait un restau ? proposa-t-elle en se levant.

Je levai les yeux vers elle. Elle pencha la tête, attendant une réponse. Elle posa mon verre sur la table et alluma une cigarette. Je pris le verre de whisky et bus une gorgée.

— Ça fait si longtemps qu'une femme ne vous a pas invité au restaurant ?

— Pourquoi faut-il toujours que tout soit compliqué avec vous ? répliquai-je. Croyez-moi, vous n'êtes pas la première à m'inviter au restaurant.

— Alors, c'est oui ?

— Avec plaisir, répondis-je en souriant, mais c'est moi qui vous invite. Et éloignons-nous un peu de Gordes...

— D'accord. J'irais bien à Avignon, suggéra-t-elle.

À cet instant, mon téléphone sonna. Je soupirai et levai les yeux au ciel sans répondre. Je pouvais sentir le portable vibrer dans ma poche. Sophie me lança un regard désolé. Le petit break dont nous avions tous les deux besoin allait devoir attendre. Et quand je sortis le téléphone de ma poche, je sus que ce contretemps était encore plus malvenu que je ne l'avais imaginé.

Je reconnus tout de suite le numéro qui s'affichait sur l'écran vert de mon téléphone. Dave, mon agent. J'avais bien sûr complètement oublié cette partie-là de ma vie et je fis une grimace qui eut au moins le mérite d'amuser Sophie.

J'avais quitté New York depuis une semaine, et je n'avais pas lu un seul des derniers scénarios... J'avais pris depuis longtemps l'habitude d'être en retard, mais pour la première fois je me demandais comment j'allais pouvoir finir mon travail, et Dave dut le sentir au ton de ma voix...

— Damien, les gens à HBO menacent de tourner les épisodes sans ton accord final !

— Ils n'ont pas le droit ! me révoltai-je.

— La non-remise de ton *approval* avant la *deadline* prévue est un motif de rupture de votre putain de contrat, Damien !

Dave était rarement grossier. Il devait commencer à se dire que j'allais tout faire capoter. Et pour le contrat, il avait raison. Je le savais aussi bien que lui. Les États-Unis sont peut-être le paradis des cachets pour un scénariste, mais ils sont aussi le pays où les droits d'auteur sont les moins bien protégés, et d'ici à ce que l'armée d'avocats de HBO parvienne à me déposséder de mon bébé, il n'y avait qu'un pas que j'étais sur le point de franchir si je ne trouvais pas une solution... J'avais beau être un membre fidèle de la guilde des scénaristes et donc relativement bien protégé, je ne pouvais prendre le risque de froisser les producteurs de la chaîne.

— J'ai presque fini ! mentis-je en plissant les yeux. De toute façon, il n'y a pas grand-chose à changer. Dis-leur d'attendre un peu... J'ai bien avancé, je t'assure.

— Il faut que j'envoie quelque chose *ce soir* ! me coupa Dave. Donne-moi ce que tu as, que je puisse les faire patienter.

— Je t'envoie tout demain ! esquivai-je, sachant pertinemment qu'il me serait absolument impossible de relire et modifier quoi que ce soit pour le lendemain. Demain, Dave ! Promis !

Je coupai le téléphone avant que mon agent n'entende les rires que Sophie peinait à contenir.

— Merde ! maugréai-je. Je suis mal !

— On ira à Avignon une autre fois... proposa-t-elle. Il faut absolument que vous bossiez ce soir... Vous allez avoir des problèmes...

— Non, non ! J'ai besoin de me changer les idées... Et puis, je n'ai jamais vu Avignon... Il paraît qu'il y a un pont extraordinaire !

Sophie n'insista pas plus longtemps, et nous partîmes bientôt vers la cité des Papes où le décor et la fine gastronomie nous enchantèrent sans pourtant effacer complètement notre inquiétude.

Je découvrais toutefois avec le plaisir d'un expatrié la beauté d'Avignon, perchée sur le rocher des Doms et s'étendant au-delà à travers les remparts successifs, garnis de créneaux et de mâchicoulis. Le palais, sa majesté gothique et son immense parvis, le labyrinthe de rues pavées et les boutiques provençales du quartier de la Balance...

Nous trouvâmes refuge dans un petit restaurant au bord de la Sorgue, derrière une rangée de platanes qui filtraient à peine le bruit des vieilles roues à eau. J'avais déjà pris un whisky avant de partir et je me refusai donc à boire la moindre goutte d'alcool. Sophie dut comprendre qu'il y avait une histoire obscure entre la boisson et moi comme je commandai par deux fois de l'eau gazeuse, fébrilement. Nous n'abordâmes pas le sujet mais je vis dans ses yeux bien plus de compréhension que je n'en avais espéré.

— Pourquoi journaliste ? lui demandai-je pour penser à autre chose mais aussi parce que j'avais envie d'en savoir plus sur elle.

— À cause d'Alan J. Pakula.

— Pardon ?

— Vous n'avez pas vu *Les Hommes du Président* avec Robert Redford et Dustin Hoffman ?

— Le film sur le Watergate ?

— Oui... J'ai vu ce film quand j'avais quinze ans. Mon père l'avait enregistré à la télévision. Ça m'a tellement plu que je l'ai regardé une deuxième fois dans la foulée, puis c'est devenu mon film culte. Vous savez, *le* film qu'on a vu mille fois.

— Oui, moi, c'était *Les Sept Mercenaires* ! avouai-je en riant.

— Je le regardais au moins une fois par semaine, reprit-elle. Et depuis ce jour-là, quand on me demandait ce que je voulais faire plus tard, je répondais que je voulais être journaliste au *Washington Post* !

— Ah ! Vous êtes donc restée fidèle à votre rêve d'enfance. Moi je voulais être une rock star. C'est plutôt loupé.

Le serveur nous apporta nos desserts. Sophie alluma une cigarette. Elle devait bien fumer deux paquets par jour. C'était peut-être même ce qui lui donnait ce teint si blanc. Mais au fond, cela lui allait à ravir. Cela faisait partie du personnage. Sans ses cernes et ses joues pâles, Sophie n'aurait pas eu son délicieux physique années 1950.

— Vous savez ce qui me manque le plus dans le métier de journaliste ?

Je fis signe que non, tout en avalant une cuillerée de crème brûlée.

— Le bruit des machines à écrire. J'adore ce bruit. Dans le film, on entend les pigistes et les secrétaires taper comme des obsédés sur leurs grosses machines en métal, le bruit des rouleaux quand on tire la feuille... C'est idiot, mais j'adore ça. Maintenant, avec les ordinateurs, ce bruit a complètement disparu des salles de rédaction. D'autant que les bureaux sont de plus en plus cloisonnés.

— Vous n'avez qu'à travailler sur une machine à écrire !

— Bah. J'aime bien le bruit, mais c'est quand même plus pratique sur ordinateur. Et puis les gens comme moi passent leur temps sur Internet, aujourd'hui.

— Eh bien, ça nous fait au moins ça en commun : j'ai le nez collé à un écran d'ordinateur presque toute la journée moi aussi.

— C'est pas ce que dit votre agent !

— Ah non, non ! Ne me parlez pas de lui ! Je suis là pour l'oublier, je vous rappelle ! Parlez-moi de vous, je préfère. Vos parents, par exemple…

— Ouh, là ! C'est l'interrogatoire ?

Sophie haussa les sourcils et recula sa chaise pour croiser les jambes.

— Eh ! Vous avez rencontré mon père ! Moi, je ne sais même pas si vous avez de la famille ! Je ne sais rien de vous !

Elle sourit. Elle avança à nouveau sa chaise, posa les coudes sur la table, joignit ses poings sous son menton et, en me regardant droit dans les yeux, elle se résolut à me répondre. Du moins en partie.

— D'accord. Alors voilà. Je suis née à Paris, je suis fille unique, comme vous. Mes parents sont tous les deux à la retraite… Ce sont des gens formidables. J'ai eu beaucoup de chance.

— Ma mère était géniale, je vous rassure…

Elle sourit.

— Et ils faisaient quoi, avant ? repris-je.

— Mon père a travaillé toute sa vie pour l'Éducation nationale, il enseignait la philo en terminale et à la fac. C'est lui qui m'a appris à avoir l'esprit critique, comme on dit. L'été, comme il avait deux mois de vacances, il m'emmenait voyager un peu partout. Ma mère nous rejoignait pendant trois semaines, mais le reste du temps, j'étais toute seule avec lui. C'était incroyable ! Nous sommes allés aux États-Unis, en Chine, à Moscou, et même au Japon et en Inde ! Quand j'y pense, j'ai honte tellement il m'a gâtée ! La seule chose qu'il me demandait en échange, c'était de tenir chaque fois un carnet de bord.

— C'est marrant…

— Tous les étés, je rédigeais un cahier d'une centaine de pages où je recueillais mes impressions sur le pays qu'on visitait...

— Vous les avez conservés ?

— Bien sûr. C'est très mal écrit, mais mon père lisait chaque page avec attention et j'étais fière comme tout. Je m'imaginais déjà grand reporter...

— Et votre mère ?

— Elle était médecin. Elle était moins présente. Mais c'est une femme extraordinaire. Un caractère très fort, beaucoup de courage, beaucoup de dévotion...

— En somme, vous avez eu une enfance idéale ?

Elle s'arrêta de parler et pencha la tête en me dévisageant, comme pour analyser mon regard.

— Idéale ? Oui, peut-être. Vous voulez dire que je suis un peu pourrie-gâtée, c'est ça ?

Je ne pus retenir un sourire.

— Pas du tout ! Non, au contraire, c'est rare les gens qui se rendent compte de ce qu'ils doivent à leurs parents. C'est assez... touchant. Vous m'avez donné envie de les rencontrer !

— Qui sait ? Quand tout ça sera fini, nous pourrions aller leur rendre visite. Mon père est excellent cuisinier...

— Ah, c'est donc aussi de lui que vous tenez ça... C'est amusant, vous semblez plus proche de votre père, finalement. Moi, c'était tout le contraire.

— C'est ce que j'ai cru comprendre...

Encore une fois, elle se montra discrète et ne voulut pas en savoir davantage. Sans doute pouvait-elle sentir que je n'avais pas vraiment envie de m'étaler sur le sujet. Mon père était bien assez présent comme ça.

— À mon tour, reprit-elle. J'ai une question. Pourquoi New York ?

J'écarquillai les yeux.

— Pourquoi New York ? Je ne sais pas ! Franchement, je crois que je suis parti sur un coup de tête. À la mort de ma mère, je n'avais qu'une envie, c'était m'éloigner de mon père. Les vols pour New York n'étaient pas très chers, je n'ai pas réfléchi, je suis parti. Je n'avais pas vraiment l'intention de rester. Et puis finalement, je suis tombé amoureux...

— D'une New-Yorkaise ?

— Oh, non. De New York.

— Ah. Il n'y a pas de New-Yorkaise dans votre vie ? s'étonna Sophie avec des yeux moqueurs.

— Non, non. J'aurais l'impression de coucher avec l'un de mes personnages ! Il y a bien eu une Californienne, mais nous avons obéi aux statistiques en divorçant après quelques années de mariage...

— Attendez. Un riche scénariste à New York, auteur d'une série à succès, et vous êtes encore célibataire ?

— Oh, détrompez-vous, ça ne me porte pas vraiment chance...

Elle balaya l'air de la main, un geste dont je ne sus s'il exprimait de la compassion ou de l'incrédulité.

— Et vous ? Vous vivez seule ? lui demandai-je, l'air détaché...

— Non, je vis avec mon portable ! ironisa-t-elle.

— Non, sérieusement...

— Je ne sais pas si une journaliste peut vivre en couple, vous savez. Je ne sais même pas d'ailleurs si j'en aurais envie. Je ne reste jamais en place, je suis toujours le nez fourré dans des recherches pas possibles, complètement excitée... Je passe la moitié de mon temps au téléphone et l'autre moitié sur Internet. Les rares pauses que je fais, c'est pour aller chez le médecin me faire prescrire des calmants ! Non, vraiment, je ne pourrais pas vivre en couple.

— Vous n'avez jamais été amoureuse ? risquai-je.

— Si.

Un petit moment de silence. Un flottement. Comme si elle me jaugeait. J'attendais.

— J'ai été amoureuse d'une... personne qui enseigne l'histoire de l'art et les mathématiques.

Voilà. Elle avait hésité sur « personne ». Mais j'étais sûr qu'elle était sur le point de dire « femme ». Elle s'était trahie. Je souris.

— Et qui vous dis que je ne suis pas amoureuse en ce moment ? s'amusa-t-elle en me fixant droit dans les yeux.

Je ne répondis pas. Sophie avait le don de me mettre mal à l'aise, et elle le savait. Elle adorait ça.

Je changeai de sujet et nous nous mîmes à parler de la pluie et du sale temps, de cuisine, de cinéma et de littérature. Elle aimait l'hiver ; moi le printemps. Elle détestait la malbouffe ; je fis semblant. Elle aimait Woody Allen ; moi aussi. Elle détestait Spielberg ; pas moi. Paul Thomas Anderson était pour moi la révélation de la décennie ; elle avait bien aimé *Magnolia*, mais elle trouvait que j'exagérais. Un Lelouch sur deux la laissait indifférente ; nous vérifiâmes si c'étaient les mêmes que pour moi. Elle avait adoré *Le Nom de la rose* et s'était emmerdée dans *Le Pendule de Foucault* ; j'adorais les deux. Elle aimait Proust en cachette ; *Sur la lecture* était mon livre de chevet... Nous étalâmes nos goûts et mélangeâmes nos couleurs jusque tard dans la soirée. La plupart des clients étaient déjà partis, et elle disait encore j'aime, j'aime pas, moi je ne l'écoutais plus depuis longtemps. J'avais beau tout faire pour penser à autre chose, d'une oreille j'entendais sexe, sexe, sexe, et de l'autre, lesbienne, lesbienne, lesbienne.

Soudain, je remarquai que sa voix s'était tue. Elle se leva et s'approcha pour me parler à l'oreille.

— J'aime *aussi* les garçons, chuchota-t-elle avant de partir vers les toilettes.

Je me retrouvai, comme un con, seul à la table, à entendre en boucle l'écho de sa phrase. Sa petite phrase assassine. Et quand elle revint, c'était comme si elle n'avait rien dit.

— On y va ? proposa-t-elle avec un regard candide.

Dans l'un de mes scénarios pour *Sex Bot*, le héros serait alors rentré et aurait sauté la journaliste, découvrant sans doute après quelques heures de baise torride que les habitudes sexuelles de la brune étaient incompatibles avec ses propres exigences. Ils se seraient séparés au petit matin en se faisant la fausse promesse de se rappeler un jour, et peut-être se seraient-ils effectivement revus trois ou quatre ans plus tard, juste pour retenter le coup et constater que leur sexualité n'était toujours pas compatible... Mes fans auraient adoré ça. Mes producteurs aussi.

Mais dans la vraie vie, je réglai l'addition et nous rentrâmes peu après minuit. Elle me souhaita bonne nuit en bâillant et je me contentai de penser à elle en attendant le sommeil.

Une demi-heure plus tard, Sophie frappa à ma porte.

— Oui ? murmurai-je, déjà à moitié endormi.

— Damien ! chuchota-t-elle.

Je commençai à me demander ce qu'elle me voulait. Mon cœur se mit à battre.

— Damien ! Sphinx est en ligne ! Venez vite ! Il m'a répondu !

Sphinx. Le type des forums. Pas du tout ce que j'avais imaginé. Espéré. Je secouai la tête pour me réveiller.

— J'arrive ! répondis-je en me levant.

J'enfilai un pantalon maladroitement et la rejoignis dans sa chambre.

— Il n'est pas couché à cette heure-ci ? demandai-je en m'asseyant à côté de Sophie.

— Il n'est peut-être pas en France, si ça se trouve, c'est le matin pour lui...

— *Pour quel journal travaillez-vous ?*

Sophie me regarda.

— Ouf ! Il n'utilise pas de jargon à la con ! Il doit me ménager... J'ai déjà suivi un jour une conversation entre deux *hackers*, j'ai rien compris. Bon, on joue franc jeu avec lui ?

Je haussai les épaules.

— Je ne sais pas. Il est tard, je n'ai pas les idées en place. Du moment que vous ne lui dites rien sur mon père... Je vous laisse faire, c'est vous la pro !

Rapprochant sa chaise du bureau, elle poussa un soupir, se frotta les mains, et commença à taper sur le clavier. Elle était à l'aise comme un poisson dans l'eau.

— *Je travaille pour Canal Plus.*

— *Quelle émission ?*

— *90 minutes.*

— *Pourquoi Haigormeyer ?*

— Qu'est-ce qu'il raconte ? m'étonnai-je en regardant Sophie.

— C'est mon pseudonyme sous ICQ. *Haigormeyer*. C'est sous ce nom-là que j'apparais. Je pense qu'il doit être en train d'essayer de m'identifier.

— *Petite référence au Watergate. Alexander Haig faisait partie de l'administration Nixon et Cord Meyer était un agent de la CIA. Haig ou Meyer ? Ce sont les deux personnes que je soupçonne le plus d'être l'indicateur mystère des journalistes du* Post.

— *OK. Le fameux « Gorge profonde ». Amusant. C'est vous qui avez fait le doc sur l'affaire Robert Boulin ?*

— *Non. C'est une autre équipe.*

— *Et vous, vous avez fait quoi ?*

— *Le plus récent, c'était sur l'uranium appauvri.*

L'écran resta vide presque une minute. Sophie attendait. J'étais tendu. L'ambiance était étrange. Un interlocuteur dont on ne savait rien et qu'on ne voyait pas. Je n'avais pas l'habitude de ce genre de conversation.

— Qu'est-ce qu'il fout ? Il ne nous parle plus ?

— Attendez. Il est peut-être sur plusieurs conversations à la fois... Ou bien...

— *Sophie de Saint-Elbe, c'est ça ?*

— C'est bien ce qu'il me semblait. Il a fait ses petites recherches.

— Il est rapide ! m'exclamai-je.

Elle approuva.

— *Je préfère Haigormeyer.*

— *OK. Qu'est-ce que vous voulez savoir sur le Bilderberg ? Vous faites un doc sur eux ?*

— *Disons que pour l'instant je me renseigne... En fait, je ne sais pas grand-chose à leur sujet, tout ce que vous avez m'intéresse...*

— *Et pourquoi vous répondrais-je ?*

— *Parce que si je trouve quelque chose, je vous laisse la primeur* on line. *Je suis sur un gros dossier. Je ne peux pas trop en dire pour le moment, mais je vous promets que si je trouve ce que je cherche, vous serez le premier informé, et vous aurez l'exclu* on line. *Ça vous va ?*

Je lançai un regard réprobateur à Sophie. Elle me fit signe de ne pas m'inquiéter. Je décidai de lui obéir. Après tout, rien ne nous obligeait à tout dire à ce drôle de personnage. Sophie semblait maîtriser la situation...

— *OK.*

— *Alors parlez-moi du Bilderberg.*

— *Pas ici.*

— *Comment ça ?*

— Big brother is watching !

— *Vous êtes surveillé ?*

— *Oui.* Of course. *De toute façon, ICQ n'est pas* secure... *Et puis il y a Échelon...*

— *OK.*

— Qu'est-ce que c'est que ça ? intervins-je.

— *Échelon. Vous n'en avez jamais entendu parler ? Mais dites-moi, vous lisez la presse, parfois ?*

— Oh, je suis scénariste pour une série comique américaine ! Vous croyez quand même pas que j'ai le temps de lire autre chose que les magazines *people* ! ironisai-je.

— Échelon est un système de surveillance qui a été mis au point par les services secrets américains dans les années 1950. Il n'a cessé d'évoluer depuis. Aujourd'hui, il est tellement développé qu'il permet à la NSA[1] de surveiller les conversations téléphoniques et les e-mails du monde entier, avec un système déclenché par mots clefs.

— Vous plaisantez ?

— Pas du tout. Un seul ordinateur du système Échelon est capable de surveiller deux millions de communications simultanées. À tel point que certains *hackers* se sont amusés à divulguer les mots clefs qui déclenchent le système de surveillance, et il y a eu récemment une journée anti-Échelon sur Internet : en vingt-quatre heures, des milliers de personnes ont envoyé des millions de mails contenant la plupart de ces mots clefs afin de surcharger les serveurs de la NSA jusqu'à les faire planter...

— C'est dément !

— Oui. Surtout qu'Échelon n'est apparemment pas si efficace que ça : cela n'a pas permis aux services secrets américains d'éviter l'attentat du World Trade Center, par exemple...

Un nouveau message de Sphinx apparut sur l'écran.

— *On va plutôt aller sur IRC. Plus tranquille.*

— *Désolée, je ne connais pas IRC.*

— Internet Relay Chat. *Classique, mais si on va sur le bon serveur, on est tranquille. C'est là que venait Mitnick à la grande époque. C'est plus* secure *qu'on ne le croit. Surtout les serveurs en Amérique du Sud. Téléchargez le logiciel mIRC. Connectez-vous sur le serveur Unired, au Chili. Je viens de prendre la place de l'administrateur, on est pénard. Si vous ne vous déconnectez pas, je reconnaîtrai votre adresse IP et on pourra parler tranquillement.*

---

1. National Security Agency, agence de sécurité et de renseignement officielle américaine chargée de la cryptologie, notamment dans la lutte antiterroriste.

— *OK. À tout de suite...*

Je ne comprenais rien à tout ce charabia, mais Sophie frappa dans ses mains. Elle était complètement excitée. Moi-même, j'en oubliais presque que j'étais fatigué !

— Vous êtes sûre de ce que vous faites ?

— Pour l'instant, on ne risque rien... Attendez, il faut que je télécharge le logiciel dont il nous a parlé.

— Ne faites pas de bêtise, si vous plantez mon ordinateur, j'ai tous mes scénarios dessus !

— Vous voulez qu'on aille chercher le mien dans la voiture ? proposa-t-elle en grimaçant.

— Non, non, allez-y. Faites attention, c'est tout.

Je la regardai faire. Elle avait une maîtrise parfaite de l'Internet. En trois coups de souris, elle trouva le logiciel et nous attendîmes un quart d'heure qu'il soit entièrement transféré sur mon disque dur.

Vers deux heures du matin, nous étions enfin connectés à Unired, le serveur sud-américain mentionné par le mystérieux Sphinx, lequel nous attendait patiemment.

— *Bravo. Bienvenue à bord, Haigormeyer.*

— *Merci. Alors, qu'est-ce que vous savez du Bilderberg ?*

— *Ce que je peux vous dire déjà, c'est de faire très attention. On dit beaucoup de conneries sur le Bilderberg, du fait qu'il soit si secret. Et des agitateurs d'extrême droite en profitent pour véhiculer leur parano sur la conspiration... Il faut donc se méfier des révélations souvent bidon des fachos qui grouillent un peu partout. Mais le Bilderberg existe bien, malheureusement.*

— *Je n'ai rien trouvé de très intéressant en ligne...*

— *Normal. Le Bilderberg ne cherche pas la publicité. L'essentiel de son activité consiste en une réunion annuelle où politiciens et autres penseurs autoproclamés viennent participer à une séance de masturbation intellectuelle mutualisée !*

— *Dans quel but ?*

— *Officiellement, ces réunions permettent à leurs participants de faire un peu le point sur la prospective politico-économique internationale. C'est sans doute pour cette raison que cela intéresse surtout des gens comme le patron de l'IFRI...*

— Qu'est-ce que c'est que ça ? demandai-je, encore perdu.

— L'Institut français des relations internationales, précisa Sophie. Un organisme qui sert de consultant aux politiques et aux industriels en matière de relations internationales.

— *Comment devient-on membre ?*

— *Vous avez l'intention de vous inscrire ?*

— *Ha ha.*

— *Il y a un système de parrainage...*

— *Mais qui a créé ça ?*

— *Le groupe a été créé au début des années 1950.*

— *Guerre froide ?*

— *Bien sûr ! La première réunion officielle a eu lieu en Hollande, à l'hôtel Bilderberg. D'où le nom. Au début, c'était le prince Bernhard des Pays-Bas qui organisait ça, mais en 1976, à cause du scandale des pots-de-vin de Lockheed, il a été obligé de laisser la place à... Rockefeller. De toute façon, c'était lui dès le départ, mais pas de manière officielle...*

— *Quelle est leur importance réelle ?*

— *Si vous préparez un doc là-dessus, vous allez vous régaler. Gros, gros poisson. L'organisation du Bilderberg est très liée à deux autres groupes qui ont à peu près le même objectif...*

— *C'est-à-dire ?*

— *Officiellement, construire l'unité occidentale.*

— *Et officieusement ?*

— *Préparer la mise en place d'un gouvernement mondial.*

— *Rien que ça...*

— Je vous avais bien dit qu'on est en plein scénario du complot ! m'exclamai-je.

Sophie haussa les sourcils et recommença à taper sur le clavier.

— *Et les deux autres organisations dont vous parlez ?*

— *La Trilatérale, qu'on connaît mieux en France parce que Raymond Barre a avoué en faire partie officiellement dans les années 1980, et le Council on Foreign Relations, ou CFR. Vous en avez entendu parler ?*

— *De la Trilatérale, oui, vaguement.*

— *Eh bien vous réunissez ces trois-là, CFR, Trilatérale et Bilderberg, et vous obtenez la fine fleur des financiers, universitaires, politiciens et autres lumières ultralibérales du monde entier. La plupart sont souvent membres des trois à la fois ou au moins de deux des organisations. Bush, Kissinger, le baron de Rothschild, le patron de l'IFRI, Raymond Barre et peut-être même Jospin. Et puis il y a des gens comme l'ancien secrétaire général de l'OTAN, l'éditeur du* London Observer, *ou Dulles, l'ancien directeur de la CIA.*

— *Charmant. Mais... Jospin ? Vous êtes sûr ?*

— *Je sais qu'il a participé à au moins une de leurs réunions... En 1996, je crois. C'est difficile d'être sûr de quoi que ce soit avec eux ! Mais c'est pas Jospin l'intéressant là-dedans. C'est plutôt Kissinger ou Dulles. Si vous cherchez du bouillant, c'est là-dedans qu'il faut chercher...*

— *Et quand aura lieu leur prochaine réunion ?*

— *Difficile à dire. Les dates de leurs réunions restent très longtemps secrètes en général, pour éviter que des journalistes ne débarquent... J'organise un concours* on line *cette année. Le premier qui découvre où et quand a lieu la réunion du Bilderberg a gagné ! J'ai pas mal de monde sur le coup... En 1993, un internaute les avait déjà grillés ! Depuis, ils sont plus méfiants.*

— *Mais pourquoi ont-ils si peur des journalistes ?*

— *Pour être honnête, il y a parfois des journalistes... Je me souviens que William Rees, un chroniqueur du* London

Times, *y est allé et a même écrit un article sur sa présence à la réunion du Bilderberg. En France, le patron des* Échos *aurait également participé. Mais c'est très rare. Officiellement, l'excuse est que la présence de journalistes risquerait de dénaturer les débats car les intervenants auraient tendance à vouloir être trop politiquement corrects devant les caméras... Ils sont drôles, hein ?*

— *OK. Encore une petite question, Sphinx... Comment connaissez-vous tout ça ?*

— *Je m'intéresse de près à tout ce que l'on ne veut pas nous dire. C'est la philosophie des* hackers. *Enfin, des vrais* hackers. *L'info appartient à tout le monde.*

— *C'est aussi la philosophie des journalistes d'investigation. On est fait pour s'entendre...*

— *On verra. Tenez-moi au courant de vos avancées. Revenez ici, sur ce serveur, quand vous aurez du neuf.*

— *Promis. Encore merci, je vous tiens au courant.*

— *J'y compte bien.*

Sophie coupa la connexion et referma mon portable en soupirant. Elle se tourna vers moi.

— Vous allez réussir à dormir ?

— Je ne sais pas. J'aimerais bien.

Elle acquiesça.

— C'est... énorme, hein ? lui dis-je.

— Il faudra quand même qu'on vérifie tout ça... Mais si c'est juste... Oui, c'est énorme !

— Allons essayer de dormir, quand même ! dis-je en me levant.

Je retournai dans ma chambre. Je ne savais pas si c'était la fatigue ou bien ce que venait de nous révéler le *hacker*, mais j'étais dans une sorte d'état second. Je n'arrivais pas à être sûr que tout cela était bien vrai. Et j'eus bien du mal à trouver le sommeil.

QUATRE

Quand mon téléphone sonna en plein milieu du petit déjeuner, j'espérai entendre la voix de François Chevalier et priai pour que cela ne soit pas Dave Munsen. Mais le matin nous réservait une tout autre surprise.

L'homme au bout du fil avait un fort accent italien et se présenta sous le nom de Giuseppe Azzaro. Il prétendit être journaliste à *La Stampa* et me demanda sans complexe si j'avais récupéré un « *certain manuscrit d'Albrecht Dürer sur* Melencolia » que mon père aurait promis de lui envoyer depuis plusieurs jours !

J'écarquillai les yeux et lançai un regard halluciné à Sophie. Elle ne pouvait entendre la conversation et me fit un geste d'incompréhension. J'ôtai mon portable de mes oreilles pour voir si un numéro s'affichait sur le petit écran, mais il était anonyme. Je me levai précipitamment pour prendre un stylo et le bloc-notes sur lequel j'avais déjà écrit la veille, et notai le nom de mon interlocuteur. Giuseppe Azzaro.

— Je suis désolé, non, je n'ai pas récupéré le document dont vous parlez... La maison de mon père a brûlé, voyez-vous... Mais à quelle occasion dites-vous avoir rencontré mon père ?

Il raccrocha aussitôt.

— Qu'est-ce que c'est que ce délire ? m'exclamai-je en éteignant mon portable.

— Qui était-ce ? s'impatienta Sophie.

— Un type qui dit être journaliste à *La Stampa* et qui prétend que mon père lui aurait promis de lui envoyer le manuscrit de Dürer...

— Cela m'étonnerait, ironisa Sophie. Un journaliste italien ? Votre père m'en aurait parlé, non ?

— Oui, et surtout, il ne m'aurait pas raccroché au nez quand je lui ai demandé plus d'explications !

Elle se leva et me fit signe de la suivre au premier étage où elle alluma mon ordinateur. Elle récupéra en ligne le numéro de téléphone de *La Stampa*, appela à Rome, et dans un italien qui me sembla tout à fait correct demanda au standardiste s'il y avait quelqu'un du nom de Giuseppe Azzaro qui travaillait à la rédaction. Ce n'était évidemment pas le cas.

— Je donnerais cher pour savoir qui c'était ! lançai-je, excité. Et j'aimerais bien savoir aussi comment ce type a obtenu mon numéro de téléphone...

— Et bien sûr, son numéro était masqué...

— Oui ! Mais il y a peut-être moyen de le récupérer quand même auprès de la compagnie de téléphone...

— Impossible. Ils n'ont pas le droit de faire ça.

— Oui, mais là, on peut peut-être leur demander de chercher, c'est un cas un peu spécial ! protestai-je.

— Il faudrait sans doute l'autorisation d'un juge pour obliger votre réseau à communiquer le numéro, dans le cadre d'une enquête criminelle... Et ce ne serait pas vous mais la police qui récupérerait le numéro, d'ailleurs. Bref, oubliez !

— On n'a qu'à demander aux flics de Gordes, plaisantai-je.

— Oui, ou à votre ami député !

— C'est pas son genre... Et vous, vous ne connaissez personne qui pourrait nous avoir ce satané numéro ? Vous bossez bien pour Canal Plus, non ? Canal Plus, Vivendi, et hop, SFR, non ?

Elle sourit, puis elle hésita un instant.

— Il y a bien quelqu'un aux RG qui me doit un fier service, mais je vous avoue que ça m'embête un peu de griller ma cartouche juste pour obtenir ce numéro.

— C'est quasiment la seule piste qu'on a pour le moment...

— C'est pas vraiment une piste... Après tout, c'était peut-être un vrai journaliste qui a entendu parler de tout ça je ne sais pas comment et qui a essayé de vous soutirer des infos...

— Bien sûr ! me moquai-je.

Elle grimaça. Je lui tendis mon téléphone portable.

— Allez, Sophie, tentez le coup ! Il faut bien qu'on commence notre enquête quelque part !

Elle accepta en soupirant et appela son contact des Renseignements généraux. Je m'enfonçai dans mon fauteuil pour admirer la force persuasive de la journaliste. Le barbouze au bout du fil se fit prier près d'une demi-heure avant de dire à Sophie qu'il allait « voir ce qu'il pouvait faire ». Sophie serra les poings en signe de victoire et me rendit fièrement mon téléphone. Je me levai et l'embrassai sur la joue.

— Bien joué ! la félicitai-je.

Nous descendîmes pour finir notre petit déjeuner ensemble. Je la suivis dans l'escalier. Elle avait une démarche incroyable. Quelque chose de félin dans ses hanches, et son allure semblait presque diffusée au ralenti.

Il faut que j'arrête de regarder son cul toute la journée ! Je vais me faire un torticolis.

Nous nous installâmes à nouveau autour de la table du petit déjeuner et elle me resservit une tasse de café.

— Le Rital au bout du fil a mentionné un nom au sujet du manuscrit de Dürer, dis-je après avoir avalé une gorgée. Je ne sais pas si c'est de l'italien ou du latin...

— *Melencolia* ? suggéra Sophie.

J'acquiesçai.

— C'est le nom de la gravure à laquelle fait référence le manuscrit dont votre père m'a envoyé un extrait, m'expliqua-t-elle. Les gravures de Dürer sont extrêmement complexes et symboliques, mais, comme je vous l'avais dit, il avait la bonté d'offrir à la postérité des notes explicatives sur ses travaux. *Melencolia* est la seule gravure de Dürer dont on n'ait jamais retrouvé les notes correspondantes. Ce n'est pas ma spécialité, mais j'ai fait mes petites recherches là-dessus à la suite des nombreux coups de fil de votre père. Les critiques Panofsky et Saxl ont mentionné l'existence de ce texte explicatif, un manuel complet, qui aurait appartenu à l'ami de Dürer, l'humaniste Pirkheimer, avant de disparaître.

— Mais comment vous faites pour retenir tout ça ? m'étonnai-je, bouche bée.

— C'est mon métier... Bref, le manuscrit sur la gravure *Melencolia* serait apparemment celui dont votre père était en possession. Je ne sais pas d'ailleurs comment il l'aurait retrouvé...

— Comment est cette gravure ?

— Elle représente un personnage avec des ailes d'ange, assis près d'une petite bâtisse, l'air... mélancolique ! Il y a des objets partout autour... C'est difficile à décrire, tellement elle est riche et dense, cette gravure !

— C'est bien celle que j'ai vue dans la cave de mon père, à côté de la copie de *La Joconde*. Il faut absolument que nous allions dans la maison, quoi qu'en dise le pompier, il y a peut-être des choses à récupérer dans cette foutue cave ! Et autant que ce soit nous qui les récupérions...

— La maison est scellée, Damien, et les gendarmes doivent sûrement la surveiller.

— Oh, n'exagérez pas, ils ne sont quand même pas là-bas jour et nuit ! Ce n'est jamais qu'un petit incendie... Et puis après tout, elle est à moi, cette baraque ! J'ai quand même le droit d'aller dedans !

Sophie sourit.

— Suggérez-vous une petite expédition nocturne ? demanda-t-elle malicieusement.

— Vous voulez bien m'accompagner ?

— Bah, soupira-t-elle, cela fait presque deux jours qu'on poireaute dans cette maison sinistre, si je reste une journée de plus je vais finir par mettre le feu à ces rideaux immondes ou par jeter votre portable par la fenêtre... Je n'ai rien contre un petit peu d'action, conclut-elle en m'adressant un clin d'œil.

C'est devant ces perches tendues que je suis le plus mauvais avec les femmes. N'importe quel Bruce Willis aurait saisi l'occasion pour rouler à Sophie un patin magistral, mais je me contentais, moi, de lui sourire bêtement, en essayant de me convaincre qu'il n'y avait sûrement aucun sous-entendu. Sans un gramme d'alcool dans le sang, j'étais devenu incapable de séduire une femme, et encore moins une lesbienne. Mes fans américains m'auraient certainement conspué s'ils avaient découvert ma timidité inattendue, mais sans doute ignorent-ils ce que tous les Français savent parfaitement : ce sont ceux qui en parlent le plus qui en font le moins.

*
* *

Vers la fin de la matinée, j'avais envie de me dégourdir les jambes et de voir Gordes sous un meilleur jour, je décidai donc d'aller me balader en ville. Sophie en profitait pour continuer des recherches sur Dürer pendant ce temps-là.

— Soyez quand même prudent, me dit-elle comme je sortais de la maison.

Je partis à pied, grimpant allégrement la longue côte qui menait à Gordes. Entrer dans la ville était comme entrer dans un parc d'attractions. Comme si rien n'était laissé au hasard, comme si chaque nuit des employés invisibles venaient repeindre les murs et nettoyer les rues pour conserver cette perfection presque irréelle. Jusque dans le regard digne des habitants brillait l'exception de la ville.

Je flânai dans les artères pavées, les mains dans les poches. Je passai devant les agences immobilières et les annonces de maisons immenses, piscines bleutées. J'admirai les alignements de façades grises, les rangées de toits orange en contrebas, les futaies entre les maisons, la roche blanche qui apparaissait çà et là en découpe. J'entrai dans une boutique, regardai les cartes postales, sans vraiment les voir. Mon esprit était ailleurs.

Je continuai de traîner ainsi dans les rues de la ville, puis, sans y penser, j'arrivai devant l'église immense qui surplombe la place centrale. Je m'immobilisai à l'ombre des arbres, bercé par le silence et le vent. Ici encore plus qu'ailleurs, en ce point de la ville où s'alignaient les terrasses de café, Gordes semblait attendre l'été patiemment, les hordes de touristes que le soleil apporte et qui font autant la joie que le malheur de ceux qui les reçoivent. Spectacle ridicule sous le regard ancestral de la vieille église. Figée dans le temps.

Je décidai d'entrer dans l'église quand j'aperçus soudain dans l'ombre de celle-ci, sur son flanc droit, un prêtre, tout de noir vêtu, qui sortait par une petite porte de bois. Il marchait d'un pas rapide, la tête enfoncée dans les épaules comme s'il avait froid. Le souvenir me revint d'un seul coup. C'était lui. Le prêtre qui m'avait dévisagé au milieu de la foule, devant la maison de mon père. Pourquoi m'avait-il épié ainsi ? Quel regard étrange ! C'était comme s'il avait eu quelque chose à me dire sans oser venir me voir.

J'hésitai un instant, puis me résolus à le suivre. Il quitta la petite place ombragée au milieu des cafés et s'engouffra dans une ruelle en pente. J'accélérai le pas jusqu'en haut de la rue, puis je repris un rythme normal. Je ne voulais pas le rattraper tout de suite. Je voulais voir où il allait. Il salua un couple sur son passage puis tourna dans une petite rue sur la gauche. Je ralentis, m'écartai un peu de peur qu'il ne m'ait vu et ne m'attende derrière le mur, puis quand je fus de l'autre côté de la rue, je penchai la tête et le vis disparaître dans une maison un peu plus haut.

Sans vraiment réfléchir, je courus jusqu'à lui et l'interpellai.

— Mon père !

Il sursauta. Quand il me vit, je compris qu'il me reconnaissait. Il lança un regard par-dessus mon épaule et me fit signe d'entrer.

— Je vous offre un café ? proposa-t-il d'une voix grave.

Un peu surpris, j'acceptai et le suivis dans ce qui devait être le presbytère. La décoration semblait n'avoir pas bougé depuis les années 1930. Toutes les couleurs étaient passées, le bois foncé par les ans, les papiers peints râpés. Les meubles rustiques, sans fioriture, faisaient corps avec les murs. Quelques bibelots religieux hideux et quelques mauvaises croûtes bibliques finissaient de jeter sur l'endroit un voile sinistre et désuet. Mais il régnait dans le salon une délicieuse odeur de viande rôtie.

Une grosse femme hirsute apparut derrière une porte avec un tablier grotesque – on y voyait une caricature de Giscard avec la phrase « *Devine qui vient dîner ce soir ?* » – et d'énormes chaussons.

— Ça sent très bon, Jeanne, affirma le prêtre en lui adressant un sourire.

— Merci. Monsieur déjeunera ici ? demanda-t-elle en pointant le menton vers moi.

— Non, non, répondis-je comme le prêtre m'interrogeait du regard. Je ne reste pas.

La femme opina et retourna dans la cuisine en traînant les pieds. Le prêtre me fit signe de m'asseoir à la grande table du salon, disparut dans la cuisine à son tour et revint un instant plus tard avec deux tasses de café. J'étais extrêmement mal à l'aise. Je croisai mes mains sur la nappe en plastique à carreaux rouges et blancs.

— Je suis désolé pour la maison de votre père, souffla-t-il enfin en s'asseyant en face de moi.

— Vous le connaissiez ? demandai-je, pressé de comprendre pourquoi il m'avait dévisagé la veille et pourquoi il m'invitait aujourd'hui dans son sinistre presbytère.

— C'est moi qui lui ai vendu la maison.

Il avait prononcé cette phrase comme s'il s'agissait d'un aveu, un péché impardonnable. Moi le confesseur et lui le pécheur. J'avais l'impression d'être de l'autre côté de l'isoloir.

— Je vois...

Le prêtre leva les yeux vers moi. Je jurerais qu'il y avait de la peur dans son regard.

— Il vous a dit pourquoi il la voulait ? demanda-t-il.

— Non, répondis-je, intéressé.

— Ah. Ça vous plaît, cette région ?

Je haussai les sourcils. Le prêtre était visiblement encore plus mal à l'aise que moi. C'était l'un de ces moments où les silences s'incrustent entre les phrases, lourds et pénibles, où les regards ne savent où se poser, les mains où se cacher...

— Oui, répondis-je bêtement. C'est très beau. Je n'ai pas encore vu grand-chose, mais c'est très beau. Mais vous allez me dire pourquoi mon père...

— Vous devriez visiter les Bories, me coupa-t-il. C'est très impressionnant. Une sorte de vieux village, qui remonte à trois mille ans...

— Pourquoi mon père a-t-il acheté cette maison ? insistai-je, voyant qu'il essayait de changer de sujet.

Le prêtre se frotta les mains d'un air gêné.

— Cette maison a appartenu à Chagall.

Je fis une grimace étonnée.

— À Chagall ?

— Oui, comme beaucoup de peintres, il a vécu à Gordes dans les années 1940, avant de partir pour les États-Unis. Il avait une grande maison, avec sa femme, mais il avait aussi acheté celle-ci... en cachette.

— En cachette ? Pour y recevoir ses maîtresses ? suggérai-je en riant.

— Non, pas du tout.

— Mais alors pourquoi ?

— Votre père ne vous a donc rien dit ? s'étonna le prêtre en reposant sa tasse de café sur la table.

— Pas vraiment... On ne se parlait plus. Mais j'ai besoin de savoir, à présent. J'ai trouvé toutes ces choses bizarres dans la cave...

Le prêtre écarquilla les yeux.

— Vous devriez oublier tout ça, jeune homme.

— Oublier quoi ? De quoi êtes-vous au courant ?

— Votre père a imaginé tout un tas de choses complètement insensées. Cette maison appartenait à Chagall, votre père aimait beaucoup Chagall et ça lui est monté à la tête, il s'est mis à imaginer des choses...

— Mais qu'est-ce que vous racontez ? Ce qu'il y avait dans la cave n'a aucun rapport avec Chagall...

— Oubliez tout ça ! Revendez la maison, retournez tranquillement chez vous, ne faites pas la même erreur que votre père !

J'avais l'impression de rêver. Les propos du prêtre étaient de plus en plus embrouillés, de plus en plus surréalistes. On aurait dit un mauvais feuilleton. Il parlait de plus en plus vite et haussait presque le ton.

Il se leva d'un seul coup, et d'un air sévère il reprit :

— Je suis désolé, mais il faut que je prépare la messe... Je vous raccompagne ?

Il avait l'air terrifié. Je me levai à mon tour. J'aurais voulu insister, mais je n'osais plus parler. J'étais tellement surpris par l'attitude étrange du prêtre que je ne savais pas vraiment quoi dire. Il me raccompagna jusqu'à la rue et avant même que j'aie pu le saluer, il claqua la porte derrière moi.

Je restai quelques secondes immobile sur le trottoir, avec une furieuse envie d'enfoncer la porte et de demander au prêtre de tout me raconter. Je secouai la tête, incrédule, et décidai de retourner plutôt chez Sophie.

Une demi-heure plus tard nous déjeunions ensemble et je lui racontai toute l'histoire.

— C'est vraiment bizarre, concéda la journaliste.

— Mon père adorait Chagall. Mais de là à acheter sa maison à Gordes… Je me demande ce que ce prêtre a à cacher. Il avait peur. Vraiment peur.

— En tout cas, ça nous donne une nouvelle piste à suivre : Chagall.

En début d'après-midi, nous reçûmes le coup de fil que nous attendions avec impatience. Le contact de Sophie aux RG nous annonça une bonne nouvelle. Il avait réussi à identifier la source de notre mystérieux appel. Avant de la révéler, il dit à Sophie qu'ils étaient quittes et lui demanda de promettre qu'elle ne lui demanderait plus jamais ce genre de service. Elle répliqua qu'elle aurait sûrement un jour d'autres reportages à faire sur le Moyen-Orient et cela suffit visiblement à remettre son interlocuteur à sa place. Je ne sais pas ce qu'il y avait entre eux, mais Sophie le « tenait par les balloches », comme on dit.

Il grommela quelque chose que je n'entendis pas, puis il dicta à Sophie un nom et un numéro qu'elle recopia sur notre bloc-notes. Elle le remercia et raccrocha sans ajouter quoi que ce fût.

— Bingo ! lâcha-t-elle avec un regard plein d'orgueil.

— Alors ? m'impatientai-je.

— Notre ami de ce matin nous a bien appelés de Rome, mais pas depuis *La Stampa*. L'appel venait des bureaux d'une société nommée Acta Fidei.

— Qu'est-ce que c'est que ça ?

— Je n'en ai pas la moindre idée ! avoua Sophie en se levant. Mais on ne va pas tarder à le savoir...

Nous montâmes à nouveau à l'étage et retournâmes devant mon ordinateur pour entreprendre des recherches. C'était devenu un rituel. J'aimais ces moments où elle tapait sur le clavier, fouillait de sites en sites, cliquait sur les liens, soupirait, s'enthousiasmait, enregistrait les infos essentielles sans même me laisser le temps de tout lire. Elle était dans son univers. Rapide. À l'aise. Elle fumait cigarette sur cigarette, les coinçant au bord des lèvres pour se libérer les mains, les yeux plissés. La fumée montait le long de son visage et flottait vers l'écran. Je l'observais en retrait, amusé et impressionné à la fois, et je m'efforçais d'écouter ses comptes rendus.

Très vite, elle découvrit qu'Acta Fidei était une organisation religieuse domiciliée au Vatican. Organisation officielle, certes, mais très... particulière. D'abord, chaque fois que nous trouvions une vague indication sur Acta Fidei, le mot était associé à celui de l'Opus Dei. Les deux sociétés avaient en effet de nombreux points communs, avec pour différence majeure que la première ne recherchait vraisemblablement pas la publicité ni le recrutement massif dont rêve la seconde.

Acta Fidei était donc un mouvement de spiritualité aux objectifs un peu flous et bénéficiant des faveurs plus ou moins directes du Vatican. C'était peu, mais c'était un début. Mais ce qui éveilla notre attention, ce fut qu'il était presque aussi difficile de trouver des informations sur Acta Fidei que sur le Bilderberg. Le même flou mystérieux régnait autour de ces deux organisations. Et aucune n'avait de site officiel, ce qui ne simplifiait pas les choses.

— On est en plein dans votre domaine, suggérai-je. La religion. Vous devriez pouvoir trouver quelque chose.

Elle haussa les épaules.

— Je connais l'Opus Dei, mais vraiment, je n'avais jamais entendu parler d'Acta Fidei…

— Eh bien, dites-moi déjà ce que vous savez de l'Opus Dei… Parce que moi, j'avoue que je n'y connais rien.

— C'est une organisation religieuse du début du siècle qui a assez mal tourné, et qui joue souvent le rôle de lobby chrétien intégriste et très à droite auprès des pouvoirs politiques.

— À savoir ?

— On les soupçonne d'avoir indirectement soutenu le régime franquiste, la dictature de Pinochet…

— Ah, encore des gens charmants !

— Pendant l'Irangate, on a découvert que l'Opus Dei participait au financement des Contras du Nicaragua.

J'avais honte d'avouer mon inculture, mais je n'avais aucune idée de ce dont elle parlait. Ayant fait des études littéraires, je suppose que j'ai sans doute passé trop de temps sur la littérature du XIXe et pas assez dans les journaux…

— Euh, c'est quoi, les Contras ?

— Un groupe d'extrême droite qui s'opposait aux sandinistes, au Nicaragua. Le scandale de l'Irangate, ça ne vous dit vraiment rien ?

— Si, répondis-je timidement. Mais je croyais que ça concernait des armes que Reagan vendait à l'Iran…

— Oui, et l'argent lui servait principalement à financer les Contras. Tout comme plusieurs lobbies d'extrême droite, et en particulier l'Opus Dei, les Américains ont souvent fait l'erreur de vouloir combattre le mal par le mal en finançant parfois des ordures. Un peu comme avec Ben Laden en Afghanistan.

— D'accord.

— Bref, l'Opus Dei a été maintes fois citée dans des affaires assez louches. La fiscalité de l'organisation, tentaculaire, est des plus suspecte, si bien qu'on lui donne souvent le nom de Sainte Mafia… Quand on sait que les Contras ont mis en place un réseau incontournable du trafic de cocaïne, c'est assez amusant de se dire qu'ils étaient financés par les chouchous du Vatican, non ?

— De plus en plus charmant.

— Que vous dire de plus ? Ah oui, un autre exemple délicieux. L'Opus Dei est liée de près à l'association Human Life International.

— C'est qui ?

— Des allumés du *pro-life*. Si je vous dis le titre de leur bible, vous allez comprendre : « *The abortion Holocaust, Today's final solution* ». Comparer l'avortement à l'holocauste et les *pro-choice* à des nazis, c'est mignon, n'est-ce pas ?

— Ah oui, ces commandos anti-avortements qui rentrent de force dans les hôpitaux...

— Exactement ! Ce sont des gens qui n'hésitent pas à traiter publiquement les homosexuels de criminels déviants...

— OK, je vois le tableau. Pas ce que ma mère appelait « de bons chrétiens », mais bon... Quelle est la puissance réelle de l'Opus Dei ?

— Elle est surtout politique. Sans vouloir sombrer encore une fois dans des délires paranoïaques, il est indéniable que plusieurs gouvernements européens ont été infiltrés par des sympathisants de l'Opus Dei. Et sa puissance est aussi économique. L'Opus Dei possède de nombreuses sociétés anonymes qui lui servent d'écran...

— Les banques du Seigneur sont impénétrables...

— Vous ne croyez pas si bien dire ! L'un des sympathisants de l'Opus Dei n'était autre que le tristement célèbre archevêque Marckincus, président de l'Institut pour les œuvres de religion, la banque du Vatican, à l'époque du scandale financier du Banco Ambrosiano... Vous vous souvenez ?

— Vaguement...

— La justice italienne a obligé la banque à verser deux cent soixante millions de dollars pour rembourser les créanciers suite au scandale. De nombreux analystes affirment que c'est l'Opus Dei qui aurait payé la part de l'Institut pour les œuvres de religion, ce qui expliquerait sans doute que le pape se sente redevable…

— Ah oui, ça y est, je me souviens de cette histoire, admis-je. Bon, il y a des crapules partout… Dès qu'il y a de l'argent en jeu. Mais enfin, quand même, cela ne signifie pas que tout le monde au Vatican est dans le coup.

— Il faut espérer… Le Vatican a déjà d'autres gloires à assumer. Une enquête récente du *London Telegraph* vient de démontrer que la banque du Vatican était le principal destinataire de plus de cinquante-cinq milliards de dollars d'argent sale italien et se plaçait à la huitième place des destinations utilisées à travers le monde pour le blanchiment d'argent. Devant les Bahamas, la Suisse ou le Liechtenstein…

— D'accord, mais encore une fois, cela n'implique pas la responsabilité de tout le monde au Vatican…

— Ouais. Mais le problème, pour en revenir à nos moutons, c'est qu'aujourd'hui l'Opus Dei bénéficie de la protection directe de Jean-Paul II, qui leur doit plus ou moins son accession au Vatican. Résultat, l'Opus Dei est quasiment inattaquable. On assiste à une véritable levée de boucliers quand on essaie de toucher aux petits protégés du pape. Personnellement, l'Opus Dei me donne plus l'impression d'être une secte très lucrative qu'autre chose…

— C'est vrai que c'est un peu l'image que donne leur site Internet. Les photos des jolis enfants qui sourient, le soleil qui brille… On se croirait chez les scientologues !

— Je crois que je préfère encore les scientologues, parce qu'ils ne bénéficient pas de la protection du pape, eux… Ce qui me fait vraiment vomir, c'est qu'ils recrutent des mineurs. Des parents d'enfants qui avaient été recrutés par l'Opus Dei ont d'ailleurs monté une association pour informer les gens sur les dangers de cette secte.

— Bref, ce sont des gens admirables. Mais quel est leur lien avec Acta Fidei ?

— Je n'en ai aucune idée, avoua Sophie.

— Et si nous demandions à notre ami *hacker* ? Après tout, il a l'air d'aimer ce genre de petits mystères...

— Bonne idée !

Elle lança le logiciel de communication que nous avions téléchargé et se connecta au serveur d'Amérique du Sud. Sphinx n'était pas présent, mais il apparut après quelques minutes, sans doute prévenu de notre présence par son logiciel.

— *Bonjour Haigormeyer. La chasse a été bonne ?*

— *Elle ne fait que commencer... Pas grand-chose de neuf pour le moment.*

— *Faites attention, on y prend goût.*

— *Je suis sur une autre piste. Peut-être avez-vous des infos là-dessus : Acta Fidei.*

— *Jamais entendu parler !*

Je grimaçai.

— *C'est une organisation religieuse domiciliée au Vatican, qui semble avoir des rapports avec l'Opus Dei...*

— *Dites donc ! Le Bilderberg, l'Opus Dei ! Vous me sortez la totale ! J'ai des centaines de fichiers sur l'Opus Dei, mais je n'ai pas le souvenir d'avoir vu le mot Acta Fidei...*

— *Vous pouvez quand même essayer de faire une petite recherche ?*

— *C'est vous, normalement, la spécialiste des questions religieuses, non ? Quel est le rapport entre le Bilderberg et ce truc-là ?*

— Qu'est-ce que je lui dis ? me demanda Sophie.

— Restez vague, suggérai-je. Pour l'instant, la curiosité suffira à l'appâter.

Elle acquiesça.

— *À ma connaissance, aucun rapport direct. Je ne fais que me renseigner sur quelques organisations un peu mystérieuses, voilà tout.*

— *Mouais. D'accord. Laissez-moi un peu de temps et je vous ramène ce que je peux.*

— *Merci !*

— *Vous pourriez me rendre un petit service en contrepartie...*

Sophie soupira.

— *Il fallait s'y attendre*, remarquai-je.

— *On a besoin de lui. Voyons ce qu'il veut...*

— *Si je peux...*

— *Est-ce que vous avez des amis dans la presse écrite ?*

Sophie hésita.

— *Oui, bien sûr.*

— *Auriez-vous assez d'influence sur l'un d'eux pour le convaincre de passer une photo de George Bush que je vais vous envoyer ?*

— *Quelle photo ?*

— *Une photo anodine, qui pourrait illustrer n'importe quel article sur Bush... En ce moment, il y a de quoi faire.*

— *Si elle est anodine, pourquoi voulez-vous qu'elle passe dans un journal ?*

— *Disons qu'elle a ma signature... Invisible à l'œil nu. Rien de méchant. Juste un petit défi pour moi.*

— *Je ne suis pas sûre de comprendre...*

— *Je vous envoie un fichier photo, vous vous arrangez pour que la photo passe dans un quotidien à grand tirage. En échange, je vous trouve de l'info brûlante sur Acta Fidei. C'est simple, non ?*

Sophie se frotta le menton. Elle hésita un instant, puis elle se remit à taper.

— *Vous n'allez pas leur balancer un virus ?*

— *Non, rien dans ce genre, promis.*

— *Marché conclu.*

— *Je vous envoie le fichier tout de suite, et je reviens dès que j'ai de l'info pour vous.*

Et il se déconnecta. Une fenêtre s'ouvrit sur l'écran avec le message « *Accept incoming file transfer ?* ». Sophie cliqua sur OK et attendit la fin du téléchargement.

— Qu'est-ce que c'est que cette histoire ? demandai-je, interloqué.

— Je suppose que c'est un petit jeu de *hacker*. Les pirates se lancent souvent des défis dans ce genre. C'est à celui qui laissera sa signature sur le plus de sites… Quand ils piratent un site, ils laissent une trace de leur passage pour montrer leur exploit. Là, je suppose que c'est encore mieux pour lui : il va laisser son empreinte *offline*, sur un journal grand public.

— Son empreinte ? m'étonnai-je.

— Oui, il a sans doute laissé un message crypté à l'intérieur de la photo. Un truc qui ne se voit qu'à la loupe, ou quelque chose comme ça…

— C'est un peu crétin, non ?

— Ça fait partie du jeu… Et je pense qu'il fait aussi ça pour me tester, ajouta Sophie en allumant une cigarette.

Elle se leva et partit s'étendre sur le lit en soupirant. Les yeux rivés au plafond, elle tirait de longues bouffées sur sa Chesterfield.

— Vous croyez qu'il risque de nous demander autre chose après ?

— Si nous avons encore besoin de lui, c'est possible…

— Et vous avez les moyens de faire passer sa photo ?

— Dans *Libé*, sans aucun problème !

Je ne pus m'empêcher de sourire.

— Bon, qu'est-ce qu'on fait en attendant ? demandai-je en m'appuyant sur l'encadrement de la porte.

— Je ne sais pas, mais je me dis qu'on a peut-être trouvé là un lien avec le prêtre…

— Pardon ? Vous plaisantez ? Vous ne croyez quand même pas qu'il y a un rapport entre le malade qui m'a appelé de Rome et le prêtre d'un village de Provence !

— Et pourquoi pas ? Vous disiez qu'il avait l'air d'avoir très peur. Qu'est-ce qui pourrait faire si peur à un curé, sinon une organisation mystérieuse proche du Vatican ?

Je secouai la tête d'un air dubitatif.

— Qu'il y ait un rapport ou non, reprit la journaliste en se redressant sur le lit, l'attitude de ce prêtre était vraiment étrange, non ?

— Bien sûr mais...

— Et si vous retentiez votre chance ? Si vous retourniez le voir ? Vous pourriez glisser le mot Acta Fidei dans la conversation et voir comment il réagit...

— Je ne suis pas sûr qu'il accepterait de me voir, répliquai-je. Il m'a quasiment fichu à la porte... Sophie se leva et me poussa devant elle vers l'escalier.

— Ça vaut le coup d'essayer. Allons-y. De toute façon, on n'a pas grand-chose de mieux à faire en attendant que Sphinx nous recontacte.

Nous sortîmes tous les deux de la maison.

— On y va à pied ? proposa-t-elle.

— Euh, j'ai déjà pas mal marché, moi... Je vous emmène sur ma moto ?

— Ça va pas, non ? On prend l'Audi !

— C'est quoi votre problème avec les deux-roues ? lui demandai-je agacé.

— Ça fait du bruit, ça pue, c'est pas confortable, on ne peut pas prendre de bagages, et j'ai pas envie de m'accrocher à vos hanches. Et puis surtout... Une Harley ! Non, mais vous ne vous rendez pas compte à quel point c'est ringard, une Harley ?

— Euh, non, avouais-je en haussant les épaules. Contrairement à ce que vous dites, c'est plutôt confortable, amusant à conduire, on est en contact direct avec le décor, ça procure des sensations fortes...

— Regardez ma voiture, Damien. C'est une Audi. Vous ne croyez quand même pas que je vais préférer votre immonde vibromasseur américain géant à la mécanique irréprochable de mon allemande ?

J'éclatai de rire.

— C'est bon, laissez tomber, cédai-je en levant les bras.

Je m'assis à côté d'elle et la voiture s'engouffra sur la route sinueuse qui montait vers Gordes. Au sud, les lignes d'horizon des collines se croisaient à perte de vue, océans de billes vertes écorchés de moutons blancs.

Nous étions seuls et loin de tout. Moi de New York, elle de Paris. Il y avait quelque chose d'irrationnel dans notre présence. Comme aspirés par la ville. Gordes. On dit souvent que les villes ont un cœur. Celle-ci avait une âme. Et peut-être plusieurs, qui flottaient le long des calades, ricochaient sur les pavés, se faufilaient comme le vent le long des murs rugueux jusqu'à la cime des arbres, grimpaient aux cheminées pour entrer dans les maisons tel Asmodée arrachant les toits.

Je haussai les épaules et chassai cette impression ridicule.

Nous arrivâmes devant le presbytère vers dix-huit heures. Sophie gara la voiture deux numéros plus loin. La rue était calme. Aucun passant. La plupart des maisons semblaient vides. Les volets étaient fermés. Sans doute se remplissaient-elles en saison.

Je frissonnai à nouveau. J'avais déjà senti cette impression étrange. À Saint-Malo ou Carcassonne, hors saison, en plein hiver, quand le froid a chassé les touristes même les plus tenaces. Mais la ville, elle, reste là. Vidée du monde, mais pleine de son âme. Elle n'est plus que ça. La ville. Ces rues et ces ruelles que forme l'alignement des maisons. Volets fermés comme des yeux qui se reposent. Portes closes pour que se taisent les demeures. Ce sont les mêmes façades, les mêmes trottoirs, les mêmes pavés. Mais l'air est différent.

Calme et terrifiant à la fois.

— Je vous attends dans la voiture, proposa la journaliste.

Je me levai, jetai un coup d'œil des deux côtés de la rue et avançai vers le presbytère les mains dans les poches. La tête enfoncée dans les épaules, le regard fuyant, j'avais l'impression d'être le mauvais détective d'un mauvais polar.

Arrivé devant la vieille maison du prêtre, je jetai un regard alentour, puis, ne voyant pas de sonnette, je frappai à la porte.

Aucune réponse. Je frappai à nouveau, plus fort. Toujours rien. Je fis un pas en arrière et levai la tête pour regarder au premier étage. Aucune lampe ne semblait allumée, mais cela ne voulait rien dire, il faisait encore jour. Après deux bonnes minutes de silence, j'en conclus que la maison était vide.

Je tournai la tête vers la voiture de Sophie. Je vis son regard dans le rétroviseur. Je haussai les épaules et levai les bras d'un air impuissant.

La journaliste sortit de sa voiture et vint me rejoindre prestement.

— Il n'y a personne, expliquai-je.

Sophie tendit la main vers la porte et essaya de tourner la poignée. La porte s'ouvrit devant moi.

Je la regardai, perplexe.

— On ne va quand même pas rentrer ? m'offusquai-je.

— Chut ! Une petite seconde, seulement. On jette juste un coup d'œil et on s'en va ! insista-t-elle en s'avançant vers l'entrée.

Je m'apprêtais à protester, mais la journaliste était déjà à l'intérieur. Je pestai, me retournai pour voir si personne ne nous observait et j'entrai sans bruit dans le presbytère, refermant doucement la porte derrière moi.

— Vous êtes complètement malade ! murmurai-je en attrapant Sophie par l'épaule.

— Quoi ? La porte est ouverte !

— Et alors ? C'est pas une raison pour entrer !

— Ne soyez pas si vieux jeu ! se moqua-t-elle en repoussant ma main. Allons, dépêchons-nous.

Elle se précipita vers le salon où elle commença à ouvrir les tiroirs. Je n'en croyais pas mes yeux.

— Sophie ! insistai-je en haussant le ton. Non ! Vraiment, je ne suis pas d'accord !

— Écoutez, répliqua-t-elle aussitôt en me lançant un regard déterminé : ce prêtre a quelque chose à cacher, j'ai bien l'intention de savoir quoi. Alors soit vous m'aidez, soit vous sortez.

Elle resta immobile quelques secondes, sans cesser de me dévisager, puis elle tourna les talons et se mit à fouiller.

J'étais interloqué. Mais je me dis que si je l'aidais, nous irions sans doute plus vite, et plus vite nous serions sortis. Je soupirai et me mis à fouiller à mon tour.

Nous ouvrîmes tous les tiroirs, tous les placards du rez-de-chaussée. Mais rien n'attira notre attention. Tout était poussiéreux. Vieilles bibles, vieux journaux, vieux livres, vieux disques de musique sacrée...

Sophie se précipita vers l'escalier et je la suivis jusqu'au premier étage. Le palier donnait sur trois portes fermées. Sophie me lança un regard interrogatif. Je haussai les épaules.

Elle essaya la première porte à gauche. Salle de bains. Elle referma aussitôt cette porte et essaya la deuxième. Pendant ce temps, je m'avançai lentement vers la fenêtre pour essayer de voir à travers les voilages si quelqu'un arrivait.

J'entendis des bruits de pas dans la rue. Des talons aiguilles. Une jeune femme. Je retins ma respiration. Elle passa devant le presbytère sans s'arrêter et continua vers l'autre côté de la rue.

Sophie entrebâilla la porte. Je me retournai. Je découvris par-dessus son épaule une chambre sombre, volets fermés. Sans doute celle de la bonne. Il n'y avait pas grand-chose à l'intérieur, quelques bibelots, quelques photos, des vêtements de femme, un crucifix au-dessus du lit avec une branche de rameau séchée coincée derrière le Christ.

Sophie se baissa, jeta un coup d'œil sous le lit et sortit de la pièce.

À cet instant, il y eut un bruit au rez-de-chaussée. Sophie s'immobilisa juste devant moi en écarquillant les yeux.

Trois coups. Sur la porte d'entrée. Puis trois autres coups. Un silence. Puis la voix d'une femme qui appelait.

— Monsieur le curé ? Vous êtes là ?

On entendit l'écho de sa voix dans la ruelle à travers la fenêtre. Nous ne bougions toujours pas.

Lentement la porte d'entrée s'ouvrit en grinçant.

Je saisis Sophie par le bras, terrifié.

— Monsieur le curé ? insista la dame au rez-de-chaussée.

On entendit ses pas dans l'entrée.

— Y a personne ?

Puis elle marmonna quelque chose au sujet de la porte ouverte et sortit en la claquant. J'entendis ses bruits de pas qui s'éloignaient dans la rue.

Sophie poussa un long soupir de soulagement. Une goutte de sueur coulait sur mon front. Je m'essuyai de la manche et murmurai :

— On s'en va ?

— Attendez ! répondit-elle. Il reste une chambre.

Elle s'avança vers la troisième porte et tourna la poignée. La serrure émit un son métallique. La porte était fermée.

— Zut ! s'exclama la journaliste.

— Vous ne savez pas crocheter les portes ? lui demandai-je d'un ton moqueur.

— Je suis journaliste, pas cambrioleuse ! répliqua-t-elle en grimaçant.

— Ah bon ?

Elle se mit à chercher sur le palier, espérant sans doute que la clef était là. Elle passa sa main par-dessus un placard, fit glisser ses doigts sur la surface d'une corniche qui courait tout autour de la pièce. Mais elle ne trouva rien. La clef était ailleurs. Sans doute dans la poche du prêtre.

Sophie pesta. Puis elle me lança un regard impatient :

— On enfonce la porte ?

Je pouffai.

— Mais vous êtes complètement tarée ? Vous venez de le dire, on n'est pas des cambrioleurs ! Allez, on s'en va !

Elle céda à contrecœur et me suivit dans l'escalier. Nous arrivâmes au rez-de-chaussée, et tandis que je m'apprêtais à ouvrir la porte d'entrée, Sophie m'interpella.

— Attendez ! Là, ce petit secrétaire sous l'escalier. On n'a pas regardé là.

— Faites vite, la suppliai-je en laissant retomber mes épaules, exaspéré.

Elle ouvrit le petit meuble et commença à fouiller.

— Il y a une lettre de votre père ! s'exclama-t-elle soudain.

Elle mit l'enveloppe dans sa poche, jeta un dernier coup d'œil à l'intérieur du meuble, puis elle me rejoignit devant la porte.

J'inspirai profondément.

— Bon, on y va ce coup-ci ? dis-je en espérant qu'il n'y avait personne de l'autre côté.

Elle fit oui en souriant.

J'ouvris la porte, glissai la tête dehors. La voie était libre. Je fis signe à Sophie de me suivre et nous courûmes vers sa voiture.

Une fois à l'intérieur, Sophie tourna la tête vers moi et éclata de rire.

— Cambrioler un presbytère ! m'exclamai-je. J'ai honte !

— N'en faites pas trop, Damien, on a juste pris une lettre !

Elle démarra la voiture, et au même moment je vis apparaître la silhouette du curé dans le rétroviseur.

Je glissai vers le sol pour disparaître derrière le dossier de mon fauteuil.

— Le voilà ! murmurai-je.

Sophie sortit délicatement la voiture de sa place et s'engouffra dans la ruelle.

— Qu'est-ce que vous ne me faites pas faire ! me plaignis-je en me redressant comme nous sortions de la ville.

— C'est excitant, non ? Et attendez, ce n'est pas fini, ce soir, on va chez votre père, je vous rappelle !

— Je crains le pire !

Mais elle avait raison. C'était excitant. Beaucoup plus que je n'aurais pu l'imaginer. Beaucoup plus qu'écrire des scénarios pour la télé new-yorkaise, en tout cas.

Quelques minutes plus tard nous arrivâmes chez elle et elle se précipita au bureau du premier pour ouvrir l'enveloppe.

Avant de lire la lettre, elle se tourna vers moi.

— Je peux la lire ? C'est une lettre de votre père, après tout. Vous voulez peut-être…

— Non, non, coupai-je. Allez-y ! Lisez-la à voix haute !

Elle lissa la feuille devant elle, l'aplatit sur le bureau et commença à lire.

« Mon père,
Je vous remercie de votre dernier courrier.
Je vous suis reconnaissant de la diligence et du bon vouloir que vous avez apportés en cette affaire. Grâce à vous, nous avons pu conclure heureusement une opération qui nous satisfait pleinement. La maison est délicieuse, et ce premier séjour à Gordes m'a véritablement

comblé, plus encore, enchanté. J'ai beau être ce Parisien que je croyais convaincu – mais je dois vous avouer qu'il a récemment changé –, j'ai pu trouver en votre accueillant village une tranquillité, une sérénité qui ne seront jamais empreintes d'ennui.

Comme je vous l'ai promis, je vous tiendrai au courant si je fais la moindre découverte. Je fonde mes recherches sur un carnet de notes de Chagall que j'ai trouvé à Paris chez un antiquaire. Ce carnet fait référence à des documents concernant Dürer que Chagall aurait cachés dans cette petite maison. Je sais bien que vous ne semblez pas trop y croire, mais si le maître du merveilleux-naïf, du rêve et des prémonitions vous a revendu cette maison directement et si vous n'y avez jamais trouvé quoi que ce fût, c'est peut-être que ces documents sont toujours dans les murs. En tout cas, les notes affirment que le peintre a laissé toutes ces choses en place après son départ. Puisque je suis passionné par l'œuvre et la vie de Chagall, voilà pour moi l'excuse idéale pour chercher un peu de repos (mérité) à Gordes !

Je réitère ma promesse : je vous tiendrai, vous et le musée de Gordes, au courant de mes découvertes à venir, et si je peux donner un coup de main à la municipalité ou à votre paroisse d'une façon ou d'une autre, vous m'en verrez absolument ravi.

Recevez, je vous prie, mon Père, l'assurance de mon profond respect. »

Sophie arrêta de lire et replia la lettre dans l'enveloppe.

— Intéressant, dit-elle simplement.

— Il est un peu condescendant, non ? On dirait un paroissien dévoué, alors qu'il n'a jamais foutu les pieds à la messe !

Sophie leva les yeux au ciel.

— Ce n'est pas la question ! Ce qui est intéressant, c'est qu'on sait maintenant quel est le rapport entre

Chagall et le reste. C'est Chagall qui a mis votre père sur la piste de Dürer.

— Oui. Étonnant.

— Et c'est pour ça qu'il a acheté la maison.

— Et manifestement, il y a trouvé ce qu'il cherchait.

— Le manuscrit de Dürer.

— Ce que je ne comprends pas, c'est l'attitude du prêtre. Mon père avait l'air en bons termes avec lui…

— Oui, mais cette lettre est antérieure à la découverte du manuscrit de Dürer. Les choses ont peut-être commencé à se compliquer quand votre père a trouvé quelque chose.

— Sans doute. En tout cas, ce prêtre en sait beaucoup plus qu'il ne veut le dire !

À cet instant, l'icône du logiciel mIRC se mit à clignoter en bas de l'écran et un bip retentit. Sphinx était de retour.

Sophie se précipita sur le clavier et ouvrit la fenêtre de dialogue.

— *Hello Haigormeyer. Vous avez bien reçu mon fichier ?*

— *Oui. Demain, je donne votre photo à un ami qui bosse à Libé. Je vous tiens au courant. Et vous, vous avez du neuf ?*

— *Oh, que oui !*

— *??*

— *J'ai fait un petit tour sur un serveur bizarre hébergé au Vatican. Les cyber-cathos ont encore bien des choses à apprendre en matière de sécurité informatique…*

— *Qui sait ? Vous finirez peut-être par aller leur donner des cours !*

— *Pourquoi pas ? À la fin des années 1990, je me suis fait prendre, pour une connerie. Je n'avais pas encore dix-huit ans. La DST m'a proposé un deal : soit je passais devant le juge, soit je leur donnais des cours !*

— *Incroyable ! Et alors ?*

— *J'ai accepté de leur enseigner quelques trucs… Mais ne vous inquiétez pas, je ne leur ai pas tout dit !*

121

— *Amusant… Alors, Acta Fidei ?*

— *J'ai donc trouvé un serveur enregistré au nom d'une société qui s'appellerait Inadexa. Probablement une société écran. Mais ce qui est intéressant, c'est que les noms d'Acta Fidei et d'Opus Dei y apparaissent dans plusieurs documents. Après diverses recherches sans grand intérêt, je suis tombé sur les statuts complets d'Acta Fidei.*

— *Excellent !*

— *Oui, d'autant plus que vous y trouverez l'adresse de leur siège à Rome, à Washington et à Paris, où ils sont installés justement sous le nom bidon d'Inadexa, et, roulements de tambour, une liste exhaustive des membres de leur bureau pour les cinq dernières années !*

— *Sphinx, vous êtes un génie !*

— *Attendez, ce n'est pas tout. Je me suis permis de jeter un petit coup d'œil à cette liste, et en faisant des croisements de références, j'ai découvert quelque chose d'intéressant concernant les membres du bureau d'Acta Fidei.*

— *Oui ?*

— *Sur les quinze dignitaires de l'organisation listés sur ce document, huit font partie de l'Opus Dei et deux de la Congrégation pour la Doctrine de la Foi !*

— *Incroyable !*

— *Ouais ! Vous avez encore trouvé des gros poissons, ma chère… Je vous envoie le fichier ?*

— *Et comment !*

— *OK. Tenez-moi au courant, ça commence à m'intéresser. Voilà le document.*

Le téléchargement se fit rapidement. Le fichier texte était peu volumineux. Sophie remercia Sphinx et promit de le recontacter le lendemain. Il nous salua et disparut dans les limbes du réseau.

La journaliste et moi eûmes bien sûr le réflexe de chercher avant tout le nom de Giuseppe Azzaro dans la précieuse liste, mais il n'y figurait pas, malheureusement.

— Cela aurait été trop facile, soupira Sophie.

Je me levai et partis m'asseoir sur le bord du lit.

— Je n'ai pas bien compris ce qu'a dit votre ami le *hacker* au sujet des membres d'Acta Fidei…

— Il a dit que plusieurs faisaient partie soit de l'Opus Dei, soit de la Congrégation pour la Doctrine de la Foi.

— Justement : je ne suis pas spécialiste en religion, moi ! Qu'est-ce que c'est que cette congrégation ?

— Mais, ce n'est rien d'autre que l'Inquisition, mon cher !

— Comment ça, l'Inquisition ? répliquai-je, dubitatif. Mais, ça n'existe plus…

— Oh que si ! Elle a changé deux fois de nom, voilà tout. On l'a appelée Saint Office au début du siècle, puis, à la suite de Vatican II, *le retour*, on lui a donné ce nom encore plus politiquement correct de *Congrégation pour la Doctrine de la Foi*. Mais il s'agit bien de la même congrégation pontificale.

— Vous plaisantez ?

— Pas du tout, m'assura-t-elle.

— Mais qu'est-ce qu'ils font ? Ils chassent les sorcières et les cathares ? ironisai-je.

— Ne riez pas. J'ai eu l'occasion d'étudier de près l'histoire de l'Inquisition, et je vous assure qu'il n'y a pas de quoi rire. Vous n'imaginez pas combien de juifs, de protestants, d'hérétiques supposés et de libres-penseurs ont été exterminés par l'Église catholique au nom de la Sainte Inquisition. Un gars comme vous n'aurait pas fait long feu. Pendant plusieurs siècles, des hommes, des femmes et des enfants ont été torturés, mutilés, empalés, brûlés vifs. Au XIVe siècle, un inquisiteur espagnol du nom de Tomàs de Torquemada fut responsable de neuf mille morts à lui tout seul. Et les biens des victimes de l'Inquisition étaient conservés par l'Église. Ils font partie aujourd'hui de son magnifique patrimoine…

— Oui, mais bon, c'était il y a longtemps ; depuis, l'Église a fait quelques progrès, tout de même…

— Bien sûr, admit-elle, mais le fait que l'Église ait décidé de conserver cette organisation, qui est la plus ancienne des congrégations de la Curie romaine, même sous un autre nom, moi, personnellement, je ne trouve pas ça rigolo... Les historiens estiment que les victimes de l'Inquisition furent plus de cinq millions au cours de l'Histoire...

— Quelle horreur ! Mais je ne vois toujours pas à quoi elle sert aujourd'hui...

— De mémoire, selon sa dernière constitution en date, elle a pour devoir de « promouvoir et de protéger la doctrine et les mœurs conformes à la foi dans tout le monde catholique ».

— Concrètement ?

— Elle publie des textes sur la doctrine catholique. Pas toujours très soft... Récemment par exemple, leur déclaration *Dominus Iesus* a foutu un sacré bordel dans le monde chrétien. Le cardinal Ratzinger y écrivait que « *tout comme il n'existe qu'un seul Christ, il n'y a qu'un seul Corps, une seule Épouse : une seule et unique Église catholique et apostolique* ».

— Et alors ?

— Une façon pas très élégante d'envoyer promener le reste du monde chrétien à qui la Congrégation ne reconnaît même pas le statut d'Église. À croire que le Vatican n'est pas aussi œcuméniste que Jean-Paul II essaie de le montrer en organisant de grandes réunions très médiatisées...

— Et c'est tout ce que fait cette congrégation ?

— Non, elle condamne aussi des écrits qu'elle estime non conformes à la doctrine catholique, et va parfois jusqu'à excommunier leurs auteurs.

— Encore aujourd'hui ?

— Bien sûr. La dernière excommunication dont je me souvienne date de 1998. Il s'agissait d'un théologien jésuite sri-lankais.

— Je tombe un peu des nues, là, avouai-je.

— Vous êtes croyant ?
— Comment ça ?
— Je vous demande si vous croyez en Dieu.
Je fis une grimace hésitante.
— Je ne sais pas trop… Mes parents étaient catholiques, j'ai été élevé là-dedans. Mon père n'allait jamais à l'église, mais ma mère était très croyante…
— Oui, mais vous ?
— Franchement, je ne sais pas. Au bout d'un moment, j'en ai eu un peu marre de la suivre à l'église. Et puis elle est morte. Je ne me pose pas la question, c'est plus pratique.
— Ah oui, ça, c'est pratique !
— Je crois qu'on est nombreux dans mon cas. Et vous, vous êtes croyante ?
— Non, répondit-elle aussitôt. Farouchement athée.
— Farouchement ? Ah. Parce qu'on peut être un peu athée ou farouchement athée ?
— Disons que plus je fais des recherches sur les religions, plus ça m'en dégoûte.
— Ça vous dégoûte de Dieu ou des religions ?
— Plutôt des religions, c'est vrai…
— Remarquez, c'est sans doute mieux, pour une journaliste spécialisée sur le sujet. Au moins, vous n'avez pas de parti pris pour l'une d'elles…
— Je les déteste toutes…
— Mouais. Alors vous ne devez pas être si objective que ça…
Elle sourit.
— J'espère ne pas trop vous choquer avec ces histoires sur l'Église, reprit-elle d'un air interrogateur.
— Bah, j'ai rencontré dans ma vie un ou deux prêtres extraordinaires, mais je ne me suis jamais fait d'illusions sur l'exemplarité des finances du Vatican.
Elle haussa les épaules. Je compris dans son regard ce qu'elle voulait dire. Les magouilles financières de l'Église d'aujourd'hui n'étaient rien par rapport à ce

qu'elle avait pu faire par le passé... Je me souvins alors d'une phrase que mon ami Chevalier m'avait dite des années plus tôt : « *Les sectes d'aujourd'hui seront les Églises de demain. Bientôt, les scientologues et autres crapules du même acabit se seront acheté une réputation respectable et les foules auront oublié leurs crimes passés comme on essaie d'oublier ceux des grandes religions d'aujourd'hui, qui ont fait pourtant jadis beaucoup plus de morts...* » Ce à quoi sa femme, qui était beaucoup plus croyante et pratiquante que nous, avait répondu que l'Église avait aussi sauvé beaucoup de gens... Mais combien faudrait-il en sauver pour excuser les morts ?

— Écoutez, reprit-elle, tout ce qu'on peut conclure pour le moment, c'est que si les membres d'Acta Fidei font partie soit de l'Opus Dei, soit de la Congrégation, c'est qu'il s'agit d'activistes de la foi extrêmement... motivés, voilà tout.

— Pas des grands déconneurs en somme...

— Pour ce qui est de la Congrégation, en effet, c'est pas vraiment le genre à déconner. Et pour l'Opus Dei, comme je vous le disais tout à l'heure, c'est pas vraiment des rigolos...

— Bref, vous êtes en train de me dire qu'il y a un type à Rome qui est soit un descendant des inquisiteurs, soit une sorte de super-saint-mafieux, et qui a mon numéro de téléphone personnel ? Euh, au secours !

Sophie haussa les sourcils.

— Ce n'est pas très rassurant en effet. Mais qu'est-ce qui nous prouve que le type qui vous a appelé fait vraiment partie d'Acta Fidei ? Son nom n'apparaît pas sur les documents...

— Son nom ? Qu'est-ce qu'on sait de son nom ? Il ne m'a sûrement pas donné son vrai nom...

— Oui. Mais même si c'est vraiment un membre d'Acta Fidei, qu'est-ce qui nous prouve qu'il agit en tant que tel ?

— En gros on ne sait rien, dus-je conclure.

— En gros, rectifia-t-elle, tout ce qu'on sait c'est qu'il y a un rapport entre le secret de votre père, le Bilderberg, et un membre éventuel d'Acta Fidei.

— C'est léger...

— C'est un début.

Je soupirai.

— Il ne nous reste plus qu'à espérer qu'il y aura un peu plus d'indices ce soir dans la cave...

— Eh bien justement, répliqua Sophie en se levant, allons préparer notre panoplie du parfait cambrioleur...

Je la suivis machinalement, mais mon esprit tout entier était encore préoccupé par les révélations successives peu rassurantes que nous réservait le secret de mon père. Je me demandais si nous ne ferions pas tout simplement mieux de confier tout cela à la gendarmerie. Et c'est sans doute ce que j'aurais fait, s'il n'y avait eu Sophie...

CINQ

Quand nous nous rendîmes vraiment compte du degré d'imprudence de notre excursion, il était déjà trop tard pour faire demi-tour. Nous avions l'air ridicules avec nos sacs à dos et nos lampes de poche au milieu de l'une des rues les plus étroites de la ville, mais nous étions tellement pressés d'en découvrir davantage sur mon père que nous nous efforcions de ne pas y penser.

Il était près de deux heures du matin quand nous arrivâmes devant la grille du jardin. Nous avions laissé la voiture trois rues plus loin et attendu que toutes les fenêtres voisines fussent éteintes, en espérant que les riverains auraient le sommeil suffisamment profond pour ne pas entendre les pitoyables cambrioleurs que nous étions l'un et l'autre. La carrière de Sophie l'avait sans doute mieux préparée à cela, mais pour moi, en comptant l'excursion chez le prêtre, ce n'était jamais que mon deuxième cambriolage ! Le fait que j'avais gardé un double des clefs nous simplifia tout de même la tâche.

Il n'y avait presque aucune étoile dans le ciel, et il faisait si sombre que j'eus bien du mal à trouver la serrure de la grille. Sophie me fit signe de me dépêcher. Une voiture approchait. Je cafouillai un peu avec les clefs et parvins de justesse à ouvrir le portail avant que les phares de la voiture ne nous éclairent. Je refermai la grille derrière Sophie et nous nous baissâmes le temps que passe le véhicule. Pendant un court instant, je me demandai s'il n'allait pas s'arrêter devant la maison, mais la voiture continua et disparut au bout de la rue. Je poussai un soupir de soulagement et nous avançâmes lentement vers la porte, essayant de ne pas faire de bruit sur le parterre de cailloux.

— On est vraiment malades ! chuchotai-je en me penchant vers Sophie.

Elle me fit signe de me taire et me poussa vers la porte. Je défis le scellé de la police, une simple bande de plastique, ouvris la serrure et nous entrâmes enfin dans la maison.

— Il faut essayer de garder le faisceau des lampes de poche vers le sol, murmura Sophie.

— Bien, chef.

La maison était encore pleine de la chaleur de l'incendie, et il régnait une très forte odeur de brûlé.

Je me dirigeai vers la porte qui donnait sur l'escalier de la cave. Au même moment, mon téléphone sonna dans ma poche et Sophie et moi sursautâmes de concert.

— Merde ! m'exclamai-je en essayant d'attraper mon portable le plus vite possible.

Je reconnus le numéro de Chevalier et décrochai en fermant les yeux.

— Allô ?

C'était bien François. J'eus le réflexe un peu étrange de m'accroupir, comme si cela pouvait me protéger davantage…

— Euh, François ? Je ne peux pas parler très fort, soufflai-je. Tu m'entends ?

— Oui, oui, m'assura-t-il.

Sophie parut rassurée. Elle me fit signe d'éteindre ma lampe de poche et vint s'asseoir à côté de moi.

— T'as vu l'heure ? repris-je.

— Oui, je suis désolé, mais je me suis dit que tu ne devais pas te coucher très tôt, avec toutes tes histoires. Et puis, si tu t'étais couché, tu aurais sûrement éteint ton portable... En fait, je pensais te laisser un message... Je te dérange ?

— Oui, enfin non, non, pas vraiment... Tu as du neuf ?

Je l'entendis soupirer. Je fronçai les sourcils.

— Quoi ? insistai-je en essayant de ne pas élever le ton de ma voix.

— Disons que je suis tombé sur une drôle de coïncidence, au sujet du Bilderberg.

— C'est-à-dire ? le pressai-je.

— Il vient apparemment d'y avoir une sorte de schisme parmi ses membres... Voilà à peine quinze jours. Un schisme de taille. En gros, l'une des deux factions s'est barrée avec la caisse. Ça fout un bordel monstrueux. Et on m'a fait comprendre que mes questions n'étaient pas les bienvenues. Mais alors pas du tout. Ces types ne rigolent pas. Je ne sais pas dans quoi tu as fourré ton nez, mais ça pue !

— Je croyais que c'était juste des gens qui faisaient des conférences...

— Moi aussi, je croyais. Peut-être qu'eux aussi le croyaient. Mais une partie d'entre eux ont l'air d'avoir pété les plombs. Je n'arrive pas à savoir à quel point ni pour quel motif. Tout ce que je sais, c'est que mon... indicateur a utilisé le terme « très dangereux » et m'a demandé d'oublier tout ça. Tu penses bien que ça me donne envie d'y regarder de plus près, mais ça me donne aussi envie de te mettre en garde, Damien...

— Je vois...

— Non, tu ne vois rien du tout ! Je ne plaisante pas ! Si le type que j'ai eu au téléphone a employé le mot « dangereux », c'est que c'est vraiment *très* dangereux.

— OK, OK, j'ai bien compris. De toute façon, je crois que j'ai déjà eu un avant-goût...

— Damien, il serait plus prudent que tu viennes à Paris et que nous en parlions ensemble. Nous devons mettre les flics sur le coup...

— Non ! protestai-je, et cette fois je ne murmurais plus. Non, tu ne parles de ça à personne, François, à *personne*, tu m'entends ? Si d'ici à une semaine je n'en sais pas plus, nous envisagerons de prévenir les autorités, mais en attendant, fais-moi la promesse de ne rien dire ! OK ?

Il soupira.

— Tu as ma parole. Je trouve cela complètement déraisonnable, mais tu as ma parole.

— J'ai mes raisons, vieux. Fais-moi confiance. J'ai appris quelques trucs sur eux, de mon côté. Mais ceux qui ont provoqué le schisme dont tu parles, tu sais qui ils sont ?

— Je n'ai évidemment pas cette information, Damien. Mais comme tu vois, tu tapes dans la cour des grands. Alors un bon conseil, sois prudent, conclut-il avant de raccrocher.

Sophie me serra l'épaule.

— Vous avez entendu ? lui demandai-je.

— À peu près.

— Alors, qu'est-ce qu'on fait ?

— On va d'abord commencer par aller dans cette cave, non ?

J'acceptai et passai devant elle. La porte était à moitié brûlée, et quand je la poussai, je découvris qu'il n'y avait plus d'escalier derrière. Je promenai le faisceau de ma torche à l'intérieur. Tout était noir, il y avait des débris et des cendres partout. Je m'accroupis, dos à l'ouverture, et me laissai glisser dans le vide pour descendre.

— Faites attention !

Sophie m'attrapa le bras et de l'autre main éclaira le sol sous moi pour que je puisse voir où j'allais mettre les pieds. Il n'y avait heureusement pas une hauteur très grande. Je sautai dans la cave.

— Il fait chaud là-dedans ! m'exclamai-je en m'essuyant les mains.

— Je vous rejoins, chuchota Sophie.

131

— Non, restez là-haut, vous m'aiderez à remonter. Inutile que vous veniez vous cramer ici avec moi. Donnez-moi les gants.

Elle ouvrit son sac à dos et me tendit les gants de jardinage que nous avions ramenés et qui, nous l'espérions, devaient me permettre de ne pas me brûler.

Le pompier ne m'avait pas menti. Les flammes avaient presque tout emporté. Au bout de quelques minutes, je compris qu'il était vain de chercher trop longtemps. Je trouvai toutefois trois objets qui avaient survécu, en assez bon état pour que je puisse les emporter. Le premier était les restes d'un carnet de notes, miraculeusement et partiellement épargné, peut-être parce qu'il avait une épaisse couverture de cuir. Les deux autres étaient les tableaux de Dürer et de Vinci. Le verre était complètement noirci, mais il avait apparemment protégé les deux copies. Il y avait des bouts de papier par-ci par-là, mais je n'avais pas le courage de ramasser ces miettes que nous ne pourrions sans doute pas déchiffrer. Et je dois avouer que j'étais assez pressé de quitter la maison. Je mis délicatement les trois reliques dans mon sac à dos et décidai de remonter au rez-de-chaussée.

— Je crois que nous ne trouverons rien de mieux, expliquai-je à Sophie en levant les bras.

— C'est déjà ça... Même si je ne vois pas vraiment en quoi les deux tableaux pourront nous servir...

— Il me semble qu'il y avait des notes de mon père sur la gravure. D'ici, je ne vois rien, mais on regardera de plus près chez vous.

Elle m'aida à remonter. Nous sortîmes de la maison en silence, replaçant soigneusement le scellé de la police sur la porte et marchâmes d'un pas vif vers la voiture. Personne ne semblait nous avoir vus, et je poussai un long soupir de soulagement quand Sophie démarra l'Audi.

La nuit noire pesait sur les ruelles de Gordes. Des halos de lumière jaune enflaient péniblement autour des lampadaires comme des bulles d'air dans un aquarium géant. La ville tout entière était endormie. La voiture se faufila dans les venelles caladées jusqu'à la grande descente qui menait dans la vallée obscure.

Quand nous arrivâmes enfin devant sa maison, je vis le visage de Sophie se crisper. Elle freina brusquement et éteignit les phares de l'Audi.

— Qu'est-ce que vous faites ? lui demandai-je, surpris.

— Il y a une voiture dans notre jardin !

Je penchai la tête. La maison n'était plus qu'à quelques mètres. Les branches d'arbre cachaient la façade. Je m'avançai encore un peu sur mon fauteuil et j'aperçus à mon tour le véhicule garé devant la maison. Je ne pus distinguer la plaque d'immatriculation de la voiture. Mais j'en étais déjà presque sûr : c'était la longue berline noire de mes deux assaillants.

— Les corbeaux !

— Merde ! m'écriai-je en tapant sur le tableau de bord. Merde et merde ! Qu'est-ce qu'on fait ?

Sophie avait arrêté l'Audi juste devant la barrière qui clôturait la propriété. Le silence qui s'installa sembla durer une éternité.

La porte de la maison s'ouvrit, et un homme de haute stature, vêtu d'un long manteau noir, apparut sur le perron.

Sophie enclencha aussitôt la marche arrière et fit reculer la voiture jusqu'à la route. Les pneus dérapèrent sur le sable.

L'homme se précipita vers la berline. Un deuxième corbeau sortit de la maison à son tour. Soudain, il y eut un claquement fort, suivi d'un bruit de tôle, et je mis une bonne seconde à réaliser qu'on nous tirait dessus. Le deuxième homme courait vers nous, le bras tendu devant lui, et bientôt une nouvelle déflagration retentit, précédée d'un grand flash blanc. La balle fit exploser le rétroviseur droit.

— Merde ! répétai-je bêtement en me baissant derrière le tableau de bord.

Sophie ralluma les phares et enfonça l'accélérateur jusqu'au plancher. L'Audi démarra en trombe dans un crissement aigu. Si loin de la ville il n'y avait plus un seul lampadaire et on distinguait mal les bords de la route. Une route sinueuse. Dangereuse. Où mon propre père avait trouvé la mort. Un frisson d'angoisse me parcourut l'échine. Je fermai les yeux et essayai de chasser cette image. L'image de mon père inanimé dans la tôle froissée. Son corps ensanglanté.

Sophie donnait des petits coups de volant pour éviter le fossé. La voiture ne cessait de déraper, comme si nous allions perdre la route, mais je savais qu'elle s'en tirerait sans doute bien mieux que moi. J'avais cru comprendre qu'elle aimait la vitesse et en tout cas elle connaissait bien sa voiture. M'agrippant au dos du fauteuil, je me retournai pour voir nos poursuivants. La longue berline venait de franchir la barrière. Elle se lançait sur la route derrière nous.

— Accrochez-vous ! me cria Sophie juste avant d'entamer un virage serré à gauche.

Je fus projeté contre la portière, me heurtant violemment l'épaule. À la sortie du virage, je me laissai rapidement retomber dans le siège et rattachai ma ceinture en grimaçant. Au même instant, il y eut un nouveau coup de feu. Puis un autre. Un claquement sec et métallique avait suivi les deux détonations. Les balles s'étaient encastrées dans la tôle.

Je lançai un regard à Sophie à côté de moi. Les lèvres pincées, les sourcils froncés, elle essayait de pousser sa conduite au maximum, accélérant dès que la visibilité le lui permettait. L'Audi était secouée au rythme de ses accélérations violentes. J'étais terrifié. Je ne voyais pas d'issue possible. Ils finiraient bien par nous rattraper sur cette longue route obscure.

Les phares de la berline grossissaient dans le rétroviseur intérieur. Je vérifiai notre compteur. Sophie roulait à près de cent kilomètres/heure. Dans la nuit noire. Sur une petite route sinueuse, bordée de pentes abruptes. La moindre erreur serait fatale. Et nos poursuivants qui approchaient.

— C'est plus facile pour eux, ils profitent de nos phares ! grogna Sophie en regardant elle aussi dans le rétroviseur.

— Vous n'auriez pas laissé votre flingue dans la boîte à gants par hasard ? demandai-je.

— Non, j'en ai un à la maison et un à Paris.

— Génial !

Un nouveau virage à droite. Encore plus serré. J'attrapai la poignée au-dessus de ma porte et décidai de ne plus la lâcher. À la sortie du virage, Sophie redonna un coup d'accélérateur, mais la berline avait gagné encore un peu de distance.

— Ils approchent !

Elle acquiesça.

— Il ne tire plus, ajouta-t-elle. Il a dû vider son chargeur.

— Oui, mais ils vont nous foutre dans le fossé ! marmonnai-je.

Sophie éteignit les phares. On ne vit plus la route. Elle pesta et les ralluma aussitôt.

— Pas moyen !

À cet instant, la berline fonça dans notre pare-chocs. L'Audi fit un bond en avant et chassa de l'arrière. Je me heurtai au repose-tête. Sophie rattrapa la direction. Elle fit un écart sur la gauche pour éviter une rambarde. Nous passions sur un pont. La berline freina derrière nous, évitant de peu la barrière à son tour. Je vis ses phares zigzaguer. Un court instant de répit. Puis ils nous rattrapèrent à nouveau. Ils essayaient de s'insérer sur le côté pour nous renverser. Sophie donnait de violents coups de volant de droite et de gauche. Par moments, nous sortions légèrement de la chaussée et la voiture était secouée par les buttes des bordures de terre.

La berline réussit enfin à passer sur le côté droit. Je pus voir le visage du conducteur, juste à côté de moi. Cheveux noirs, courts, quarantaine, mâchoire large, visage dur. Un tueur de série B. Plus vrai que nature. Un corbeau.

Le bruit des tôles qui se frôlaient, la panique, la vitesse, tout se mélangeait. Sophie vira vers la droite et fonça sur la berline. Il y eut une grande gerbe d'étincelles et ma porte s'enfonça d'un seul coup. Mais la berline était plus lourde et lentement elle nous repoussa vers le bord de la route.

Des branches d'arbre commençaient à heurter le pare-brise devant Sophie. Nous allions bientôt tomber dans le fossé. Je m'agrippai des deux mains au tableau de bord en hurlant.

Quelques centimètres à peine avant que nos roues ne s'enfoncent dans la tranchée, alors que la voiture était ballottée par les aspérités du talus, nous fûmes sauvés par un virage à gauche providentiel. Sophie tourna à la dernière seconde, et la longue berline noire à nos côtés ne put virer assez vite.

Il y eut le cri strident des pneus sur l'asphalte, puis la voiture alla s'encastrer dans un arbre avec un vacarme assourdissant. Sophie ramena l'Audi au milieu de la route, et je me retournai juste à temps pour voir l'explosion écarlate quelques mètres derrière nous. Je restai ainsi de longues secondes, les yeux écarquillés, incrédule.

— Putain de putain de putain ! lâchai-je enfin en me laissant tomber sur le siège.

Sophie gardait les yeux rivés sur la route. Elle conduisait encore à toute vitesse, comme si la poursuite n'était pas finie.

— C'est bon, Sophie, vous pouvez ralentir.

Elle poussa un long soupir et relâcha l'accélérateur. Elle lança un regard dans les rétroviseurs. Les flammes s'éloignaient derrière nous.

— C'était qui à votre avis ? demanda-t-elle. Bilderberg ou Acta Fidei ?

— Je ne sais pas, mais je suis prêt à parier que ce sont les types qui ont balancé mon père dans le fossé.

Elle ferma les yeux pour acquiescer. Nous restâmes silencieux un long moment, perdus chacun dans nos pensées et nos peurs. La voiture entra dans la petite ville de Cabrières.

— On s'arrête ? demanda-t-elle.

— Je ne sais pas.

Je n'arrivais pas vraiment à réfléchir. Mes mains tremblaient. Celles de Sophie étaient encore crispées sur le volant.

Lentement, elle gara la voiture sur le bas-côté. Nous étions en plein cœur de la ville, dans l'ombre des grands arbres qui longeaient un muret de pierres grises.

Le bruit du moteur résonnait dans la rue. Mais j'entendais encore les battements de mon cœur. J'avalai ma salive.

— On rentre direct à Paris, décida-t-elle calmement, sans quitter la route du regard.

— Hein ?

— On rentre ! répéta-t-elle.

— Et vos notes ?

— Tout est sur mon ordinateur portable, dans le coffre.

— Et le mien, d'ordinateur ! m'exclamai-je. On l'a laissé dans la baraque !

Elle haussa les épaules.

— Mes scénarios ! protestai-je.

— Vous demanderez à votre agent de vous les renvoyer par mail !

— Et ma moto ? continuai-je d'un ton de plus en plus désespéré.

137

Lentement, un sourire se dessina sur ses lèvres.

— C'est pas drôle ! protestai-je. D'ailleurs, si on avait pris ma moto, on leur aurait échappé beaucoup plus facilement !

Elle éclata de rire. Et je me joignis bientôt à elle. La tension lâchait soudain. J'avais presque envie de hurler.

— Vous n'aurez qu'à payer quelqu'un pour venir la chercher.

Je poussai un soupir.

— Sophie, je ne sais pas comment on va se sortir de cette merde ! Les deux types qui nous suivaient doivent être morts, votre maison est grande ouverte, on s'est barrés sans prévenir, bref, même un aveugle verrait qu'on est dans le coup ! Les gendarmes vont nous tomber dessus.

— Chaque chose en son temps. Déjà, on essaie de ne pas se faire tuer, d'accord ? Après, on s'occupera des gendarmes. Et puis, c'est peut-être même une bonne raison pour ne pas traîner ici. Comme vous le dites, ils vont nous tomber dessus, et nous, on a besoin de réfléchir.

— Sophie, on est dans la merde ! insistai-je.

— Mieux vaut être dans la merde que dans la tombe. Ces deux types avaient l'intention de nous tuer !

Elle reprit le volant et démarra la voiture.

Je m'enfonçai dans le fauteuil en portant les mains à mes tempes. De toute façon, elle avait raison. Nous n'avions pas d'autre choix. Mais c'était dur à admettre.

Je me massai la nuque, puis je regardai Sophie à côté de moi. La femme qui venait de me sauver la vie. Des gouttes de sueur coulaient sur ses tempes, mais elle était belle, simplement belle à la lumière du tableau de bord.

— Merci, murmurai-je.

Elle sourit et prit ma main dans la sienne, quelques secondes seulement. Je me sentis tellement vulnérable !

— Où avez-vous appris à conduire comme ça ?

Elle tourna la tête et me fixa droit dans les yeux.

— Au Liban. Je vous raconterai une autre fois.

Puis elle regarda à nouveau la route.

— Vous êtes sûre que vous voulez rentrer directement à Paris ? Il est presque trois heures du matin. Votre bagnole est amochée. Il y a plus de huit heures de route... Vous allez tenir le coup ?

— On se relaiera, on boira du café. Et ma bagnole en a vu d'autres.

Je l'observai en écarquillant les yeux. Sophie avait toujours réponse à tout. Par moments, j'avais l'impression qu'elle me prenait pour un gamin. Elle n'avait d'ailleurs sûrement pas tout à fait tort. En tout cas, elle faisait front bien mieux que moi.

— Il y a un lecteur de CD dans cette voiture ?

Elle m'indiqua la boîte à gants. J'y trouvai la façade avant d'un autoradio et quelques albums.

— Supertramp, Led Zeppelin, Barbara et... Grease, énonçai-je. Il n'y a pas grand-chose mais au moins c'est varié. J'avoue que j'ai bien besoin de musique. On commence par Led Zep ?

— Ça m'aurait étonné ! se moqua-t-elle.

— Hé, ce sont *vos* disques !

— Et alors ? J'ai le droit de trouver amusant que vous choisissiez celui-là en particulier, insista-t-elle.

— Pourquoi est-ce amusant ?

— Parce que vous êtes tout à fait le genre de type à écouter Led Zeppelin. Je parie que vous avez la collection complète de Deep Purple, Black Sabbath, Rainbow et toute la clique !

Je fis une grimace.

— Non, il me manque un Black Sabbath... Ça vous dérange ? demandai-je, un peu vexé.

— Pas du tout. La preuve, j'ai un CD de Led Zep dans ma voiture ! Mais disons que le cliché Harley Davidson et hard rock, c'est un beau tableau, non ?

— Je n'écoute pas *que* du hard rock ! me défendis-je. J'adore Genesis et Pink Floyd... Higelin, Brassens... J'ai des goûts très divers !

— Et très modernes ! se moqua-t-elle.
— Vous pouvez parler ! Le CD le plus récent dans votre voiture, c'est Supertramp !
— C'est vrai... Ah, nous appartenons à une bien triste génération, n'est-ce pas ? Mais j'ai des choses plus modernes dans ma valise. Laquelle est restée à Gordes.
— Pas de chance !
— Bon, allez-y, mettez-nous du Zeppelin... conclut-elle en allumant l'autoradio.

L'horizon assombri du Vaucluse s'éloigna au rythme des guitares de Jimmy Page, et après quelques morceaux, comme j'appuyai ma tête sur la vitre et laissai mon regard se perdre dans le décor de la nuit, mes yeux s'embuèrent de larmes. Je tournai la tête encore davantage pour que Sophie ne me voie pas. Cela faisait deux fois que je pleurais en deux jours et je décidai de mettre cela sur le dos du stress et de la fatigue, même si, au fond de moi, je savais qu'un bouleversement plus profond était en train de s'opérer. Peut-être devais-je finalement enterrer bien plus que mon père...

Quand Robert Plant termina la dernière chanson de l'album de sa voix vibrante et aiguë, nous étions déjà sur l'autoroute. Je devais lutter pour rester éveillé. Ce fut une nuit étrange, dont je ne me rappelle que partiellement, sans doute parce que je m'endormis plusieurs fois. Les souvenirs des stations-service, des péages et des machines à café se mélangent aujourd'hui dans ma tête. Le regard des gens, la voiture déglinguée, nos visages hallucinés... Quand nous eûmes épuisé notre réserve de CD, Sophie décida de caler la radio sur FIP, ce qui agrandit encore davantage cette impression d'irréalité. La musique qui est programmée la nuit sur cette radio a quelque chose de bizarre. Le sommeil, les phares en sens inverse et la fumée des cigarettes de Sophie me piquaient les yeux. Nos conversations étaient entrecoupées de longs silences. Nous prîmes chacun deux fois le volant, tour à tour, mais je me montrai parfaitement incapable de conduire aussi vite que Sophie.

Le soleil s'était déjà levé depuis longtemps quand nous arrivâmes à Paris. La fumée blanche des grands incinérateurs d'Ivry, le flot incessant du périphérique, les créneaux embrumés des rangées d'immeubles, les toits bleutés en cascade, les panneaux publicitaires, les tags, les voies de chemin de fer en contrebas. Un accueil en bonne et due forme. Et puis, chapotant la ville comme deux grandes sœurs bienveillantes, Eiffel et Montparnasse, là-bas, semblaient trembler dans la lumière matinale. Toujours debout.

Sophie me tapa sur l'épaule pour me tirer de ma torpeur.

— Vous avez une préférence, pour l'hôtel ? me demanda-t-elle. Je vous aurais bien proposé de venir chez moi, mais je me demande si c'est bien prudent.

J'étais tellement endormi que sa question fit bien des détours avant d'atteindre mon cerveau.

— Euh, une préférence ? Non. Un hôtel où on peut dormir le matin…

Elle sourit.

— Je connais un hôtel calme et agréable dans le VIIe arrondissement, mais il est un peu cher.

Je tournai les yeux vers elle.

— Sophie, j'ai largement les moyens.

Elle éclata de rire.

— Alors on peut prendre deux chambres séparées ?

Je fronçai les sourcils.

— Si vous voulez…

— Je plaisantais ! lâcha-t-elle en me posant une main sur l'épaule.

Je ne savais pas si sa plaisanterie portait sur le prix qu'auraient coûté deux chambres séparées, ou sur le fait que nous pouvions ou non coucher dans la même piaule, et je refusai d'essayer de comprendre. De toute façon, Sophie s'amusait avec moi depuis le jour où j'avais eu le malheur de trouver son homosexualité attirante et je savais à quoi m'en tenir.

Nous nous engouffrâmes dans les embouteillages du Paris matinal, et un peu moins d'une heure plus tard nous dormions côte à côte, dans deux lits jumeaux au dernier étage de l'hôtel Le Tourville, essayant d'oublier la mort que nous avions frôlée sur les routes de Provence.

SIX

Quand je me réveillai au milieu de l'après-midi, Sophie était assise de l'autre côté de la chambre, penchée au-dessus d'une petite table en bois. Le soleil dessinait de grands rais blancs à travers les rideaux clairs. Dehors, on entendait le bruit lointain des rues parisiennes. C'était une grande et luxueuse chambre couleur de sable, meubles foncés et draperies ocre. Partout où mon regard se posait surgissaient des fleurs : dans les vases, sur les tableaux, le long des rideaux... Les affaires de Sophie et les miennes étaient étalées négligemment par terre à côté des lits. Nous n'avions pas pris le temps de ranger en arrivant au petit matin. Je me hissai vers le haut du lit et me redressai contre le mur.

Sophie tourna lentement la tête vers moi. Devant elle, j'aperçus le carnet de notes de mon père et les deux tableaux.

— Venez ! m'invita-t-elle en voyant que j'étais réveillé.

Je m'étirai en grognant, ébloui par les rayons de lumière. Mon dos me faisait atrocement mal.

— J'ai faim ! râlai-je.

— Venez voir, Damien ! Votre père avait caché le manuscrit complet de Dürer derrière la gravure de *Melencolia*. C'est hallucinant !

Le manuscrit de Dürer. Mon père. Tout me revenait comme le souvenir d'un horrible cauchemar. Je m'assis sur le bord du lit en bâillant. Je jetai un coup d'œil au réveil sur la table de nuit. Seize heures.

— Vous permettez que je prenne au moins une douche ? grimaçai-je.

— Comme vous voulez ! Il y a un sandwich pour vous dans le frigo. Votre portable n'a pas arrêté de sonner toute la matinée, ajouta-t-elle avant de se replonger dans l'étude du document devant elle.

— Ah bon ? m'étonnai-je. Je n'ai rien entendu.

— Je me suis permis de couper la sonnerie et de le mettre sur vibreur.

— Vous avez regardé qui appelait ?

— Pas à chaque fois. Mais c'était presque toujours Dave machin truc, votre agent, et un numéro de province. Je me doutais de qui ça pouvait être, j'ai vérifié sur le Net, et il s'agit bien de nos amis gendarmes…

Elle leva la tête vers moi et fit un large sourire.

— Merde ! m'exclamai-je en me laissant retomber sur le lit.

Les flics étaient déjà à nos trousses et Dave devait frôler l'hystérie de l'autre côté de l'Atlantique. Non seulement je n'avais pas corrigé un seul des scénarios, mais en plus je ne les avais plus avec moi… Mon ordinateur était resté à Gordes.

— Vous savez que nous sommes dans le quartier où j'ai grandi ? demandai-je.

— Oui. Et alors ?

— Non rien. Ça ne me rappelle pas forcément des bons souvenirs, c'est tout. L'avantage, c'est que je connais bien… Bon, repris-je en me levant, je vais dans la salle de bains.

Après une longue douche et un sandwich finalement meilleur que je ne l'avais craint, je partis m'installer à côté de Sophie, entre les deux portes-fenêtres qui donnaient sur une petite terrasse privée, et elle me raconta, tout excitée, ce qu'elle avait découvert.

— Regardez, c'est le manuscrit original !

Je pris délicatement le manuscrit dans mes mains. Il n'était pas bien lourd et semblait très fragile. Je réalisai qu'il avait près d'un demi-millénaire. Combien de coïncidences successives avaient permis à ces quelques feuilles de traverser les siècles pour parvenir jusqu'à moi ? Je tremblai presque à l'idée de tenir cette œuvre unique, comme si elle nous liait à travers le temps à son auteur disparu.

Le vélin était craquelé, et il y avait de nombreuses traces d'humidité. Le manuscrit comportait une trentaine de pages, recto uniquement, d'une écriture claire mais estompée par endroits. Il n'y avait aucune enluminure, mais des dessins dans les marges, tracés à l'encre rouge. Je tournai quelques pages, écoutai le bruit du papier. Pour autant que je pusse en juger, il paraissait authentique.

— Ce n'est pas tout. Au dos de *La Joconde*, il y a une référence. C'est écrit à l'envers, donc je suppose que c'est votre père qui l'a laissée là.

— Ou Léonard de Vinci, ironisai-je.

— Très drôle. J'ai fait des recherches sur le Net, et il s'agit de la référence d'un microfilm à la Bibliothèque nationale.

— Il y a un accès au Net dans l'hôtel ? m'étonnai-je.

— Bien sûr ! Cessez de m'interrompre ! Il faudra que nous allions à la BN pour voir ce que c'est que ce microfilm. Quant au manuscrit de Dürer, c'est… Comment dire ? C'est édifiant ! Je ne comprends pas tout, il faut absolument qu'on trouve un dictionnaire allemand-français !

Elle était complètement agitée et je trouvais ça à la fois charmant et énervant. J'avais surtout du mal à réaliser que ce manuscrit de plusieurs pages avait été rédigé au XVIe siècle par un peintre allemand…

— Pour l'instant, continua-t-elle, ce que j'ai compris, c'est que Léonard de Vinci aurait découvert le mystère de la pierre de Iorden, et qu'il s'en serait confié à Dürer, lequel y ferait plus ou moins référence dans sa gravure *Melencolia*, vous me suivez ?

— Partiellement...

— La partie que je suis en train de déchiffrer parle d'un message que Jésus aurait légué à l'humanité... Je ne saisis pas tout, mais c'est passionnant !

— Je croyais que vous étiez athée...

— Quel est le rapport ?

— Si vous êtes athée, en quoi un message de Jésus peut-il vous intéresser ?

— Ce n'est pas parce que je ne crois pas en Dieu que je remets en cause l'existence de Jésus ! C'était sûrement un type extraordinaire, d'ailleurs. Il n'avait pas besoin qu'on fasse de lui le fils de Dieu pour que ses propos, si déformés soient-ils aujourd'hui, aient une réelle portée philosophique.

— Si vous le dites... Qu'avez-vous découvert d'autre ? la pressai-je en inspectant le manuscrit par-dessus son épaule.

— Écoutez Damien, donnez-moi un dictionnaire et quelques heures, je vous en dirai plus.

— Et sur *La Joconde* ?

— Ah, oui, *La Joconde* ! Regardez, dit-elle en me montrant le tableau en piteux état. Vous ne remarquez rien ?

— Euh, il est à moitié brûlé ? plaisantai-je.

— Regardez bien ! Il y a des marques de crayon un peu partout. Des petits cercles. J'ai compté, il y a une trentaine de petits cercles disséminés çà et là sur le tableau.

Je m'approchai un peu plus près et vis en effet les traces qui semblaient avoir été faites avec un compas.

— C'est curieux, dis-je en me frottant les joues.

— C'est le moins qu'on puisse dire. Je ne sais pas quoi faire de cela, mais je suis sûre que ce n'est pas un hasard. Votre père cherchait quelque chose sur *La Joconde*.

— Vous avez eu le temps de jeter un coup d'œil aux notes de mon père ?

— Oui, mais c'est de l'abrégé, ce n'est pas très clair. Je pense que j'aurai plus de facilité à les déchiffrer quand j'aurai traduit le document de Dürer, car les notes de votre père y font beaucoup référence.

— Bon, eh bien vous avez de quoi vous occuper ! Que fait-on pour les gendarmes ?

— Pour le moment, ils ne savent pas où nous sommes.

— C'est bien ce qui m'inquiète ! Je vais les appeler.

— Vous êtes fou ? Non, d'abord, on résout cette énigme, et après on raconte tout aux flics.

— C'est vous qui êtes folle ! J'ai pas envie de finir en prison, moi !

Je pris mon portable et composai le numéro du commissariat de Gordes. Sophie me l'ôta aussitôt des mains et raccrocha.

— Quarante-huit heures. Prenons quarante-huit heures, et si d'ici là nous n'avons rien résolu, nous appellerons les flics. Après tout, nous n'avons rien à nous reprocher ! Si on les appelle maintenant, vous pouvez dire au revoir au secret de votre père.

Je poussai un profond soupir. Elle était complètement excitée, et moi, j'étais plutôt terrifié.

— Le gendarme m'a spécifiquement demandé de le prévenir si je quittais Gordes.

Sophie secoua la tête d'un air désespéré, et elle me tendit mon portable avec dépit.

— Vous êtes nul !

Je repris mon téléphone, et composai à nouveau le numéro de la gendarmerie. Sophie avait raison. J'étais nul. Mais je ne pouvais pas lutter.

— M. Louvel ? hurla le flic à l'autre bout de la ligne. Je vous avais dit de ne pas quitter Gordes !

— Je suis désolé, mais je n'aime pas tellement rester dans une ville où on me tire dessus ! répliquai-je. Je suis à Paris, et tant que vous n'aurez pas arrêté les types qui m'ont agressé par deux fois dans votre beau village, vous n'êtes pas près de me revoir !

— Je peux difficilement arrêter deux cadavres carbonisés ! Et pour ce qui est d'arrêter quelqu'un, vous êtes en haut de ma liste, Louvel ! J'ai demandé au procureur votre diffusion au fichier national...

Je grimaçai.

— Vous avez identifié les types ? risquai-je en baissant le ton.

— Monsieur Louvel, je suis désolé mais je vous prie de vous rendre dans le commissariat le plus proche et...

Je raccrochai aussitôt sans en écouter davantage.

Sophie me dévisagea.

— Bien joué, ironisa-t-elle.

— Vous aviez raison, avouai-je en fronçant les sourcils.

Quarante-huit heures.

Elle sourit.

— Et votre agent ?

J'hésitai un instant, éteignis mon téléphone, l'ouvris et enlevai la carte à puce à l'intérieur.

— Quarante-huit heures, répétai-je en glissant la carte dans ma poche.

Elle approuva.

— Allez vous chercher une carte provisoire, vous risquez tout de même d'avoir besoin d'un téléphone !

— D'accord. Je vais aussi aller vous chercher un dictionnaire, et pendant que vous ferez votre petite version bien sagement, je vais aller jeter un coup d'œil au siège parisien d'Acta Fidei. Chez Inadexa.

Elle se retourna brusquement vers moi.

— Vous êtes fou ?

— Pas du tout.

— C'est beaucoup trop dangereux !

— C'est une organisation officielle, non ? Un de leurs membres m'a téléphoné, je vais simplement leur demander qui c'était.

— Une organisation officielle installée à Paris sous le nom d'une société écran... Non, je ne suis pas sûre que ce soit une très bonne idée...

— Écoutez, soit le type qui nous a appelés ne l'a pas fait en leur nom, auquel cas cela risque de les intéresser, soit ils sont dans le coup, et je m'en apercevrai sans doute assez vite. Je vais y aller au culot. J'ai besoin de savoir.

Elle soupira.

— Ce n'est pas une méthode très intelligente... J'ai une arme chez moi, reprit-elle, ce serait plus prudent d'aller la chercher.

— Ça va pas, non ? Je suis scénariste, pas cow-boy ! Et puis on ne va pas aller chez vous, c'est le premier endroit où les flics et les corbeaux vont venir nous cueillir...

Je me levai et elle me retint par le bras.

— Faites quand même très attention, insista-t-elle.

— Pour l'instant, je vais vous trouver un dictionnaire, ça ne devrait pas être trop dangereux.

Une demi-heure plus tard, je laissai un Larousse allemand-français à l'accueil de l'hôtel en demandant au groom de le monter dans notre chambre, puis je partis pour le siège d'Acta Fidei.

*
* *

Le hasard, dans sa grande ironie, avait fait que le siège parisien de la société Inadexa se trouvait rue Jules-César, derrière la place de la Bastille, à quelques mètres à peine de l'un des centres de l'Église de scientologie. Une seule rue pour tant de beau monde, il n'y a qu'à New York et à Paris qu'on peut voir ça. Et ce jour-là, justement, les scientologues étaient de sortie.

Ces adeptes dociles manifestaient pour protester contre le « racisme » dont ils se sentaient victimes en

149

France. L'hôpital a parfois une fâcheuse tendance à se moquer de la charité… Il y avait des scientologues de tous les pays, peut-être même beaucoup plus de scientologues étrangers que français. Certains portaient d'énormes badges jaunes en forme d'étoile de David où était inscrit « Membre d'une secte ». J'avais envie de vomir. Je pensais au sort de centaines de milliers de juifs un demi-siècle plus tôt et dont la mémoire était à présent récupérée par ces brigands sans scrupules… Après tout, le seul harcèlement dont les enfants de Hubbard soient réellement victimes dans notre pays est celui du fisc qui tente de leur faire payer leurs factures ! Comparer cela au sort des juifs pendant la Seconde Guerre mondiale dépasse de loin le simple mauvais goût.

Je me frayai un chemin au milieu de ces drôles de manifestants, essayai de ne pas lever les yeux pour éviter de croiser l'un de leurs regards gluants, de peur que l'envie de les insulter ne me prenne.

Le bâtiment d'Inadexa était haut et étroit. C'était un immeuble moderne au milieu d'autres plus anciens, bâti de pierres blanches et lisses, et dont les fenêtres étaient de grands miroirs bleutés.

Je m'arrêtai au pied du bâtiment. Il n'y avait aucune plaque, aucun signe indiquant la nature de l'endroit, mais cela ne faisait aucun doute. J'étais sûr de l'adresse. Deux petites caméras au-dessus de l'entrée laissaient deviner que la sécurité était prise au sérieux au royaume de Dieu.

Je me dirigeai vers les grandes portes en verre qui s'ouvrirent aussitôt en coulissant. J'entrai lentement dans un grand hall blanc, au sol glacial. Une porte d'ascenseur divisait en deux le mur du fond, entourée de chaque côté par d'élégants escaliers noirs. À plusieurs endroits je remarquai un symbole qui était bien celui de l'organisation religieuse, puisqu'il figurait sur les statuts d'Acta Fidei que nous avait envoyés le *hacker*. Une croix sur un soleil.

Sur ma droite, une femme était assise à la réception, tapant sur le clavier d'un ordinateur. Elle devait avoir une trentaine d'années, mince, surmaquillée, tailleur bleu roi, sourire factice.

— Je peux vous aider ?

Je m'approchai de la réception et posai les deux mains sur le guichet blanc, essayant de me composer un sourire aussi large que le sien.

— Giuseppe Azzaro ?

Tout se passa dans les regards. Elle dut voir l'hésitation dans mes yeux, tout comme je vis la surprise dans les siens. Une petite seconde de trop dans sa réaction. Une latence lourde de sens. Elle se recula, me fit un nouveau sourire et attrapa son téléphone. Je fis un pas en arrière, enfonçant les mains dans mes poches de pantalon pour feindre une certaine désinvolture, mais la tension était bien présente, presque matérielle.

J'entendis alors quelques mots d'italien qu'elle chuchota au téléphone. Je n'arrivais pas à distinguer ses paroles, mon italien étant très médiocre. Elle ne cessait de m'adresser des sourires. Beaucoup trop de sourires.

J'entendis des pas sur ma gauche. Je tournai la tête. Deux hommes descendaient les escaliers à gauche de l'ascenseur. Si les deux tueurs de Gordes n'avaient pas brûlé au pied d'un arbre, j'aurais juré que c'étaient les deux mêmes. Long manteau noir, épaules larges, gueule carrée. Foutues caricatures. Foutus corbeaux.

Je fis un pas en arrière. Au même instant, il me sembla qu'ils accéléraient le pas. Je tournai la tête vers la réceptionniste. Elle ne souriait plus du tout. Vers l'escalier. Les deux molosses marchaient sur moi. À la dernière seconde, je décidai qu'il était temps de foutre le camp. D'un bond, je me précipitai vers la grande porte en verre, mais elle ne s'ouvrit pas. Les deux types couraient à présent. J'essayai d'écarter les deux portes.

Impossible. Pris de panique, je donnai un violent coup d'épaule. L'un des deux battants céda et bascula vers le trottoir. La porte explosa en mille morceaux, projetant des petits bouts de verre en tous sens.

Je sortis dans la rue. Des dizaines de scientologues manifestant me dévisageaient, bouche bée. Ces hurluberlus allaient me sauver la mise. Je courus vers eux, alors que les deux costauds n'étaient plus qu'à deux pas. Je me faufilai parmi les manifestants hébétés, sans regarder derrière moi. Je me cognai à plusieurs d'entre eux, épaules en avant, et me frayai un chemin dans cette forêt d'adeptes hubbardiens jusqu'à la rue de Lyon.

Je traversai le grand boulevard précipitamment, sans me soucier du trafic pourtant intense. Un bus manqua de me renverser et fit un écart en klaxonnant. Une fois sur le trottoir, je me retournai pour voir où étaient les deux costauds. L'avantage, avec ce genre d'armoires à glace, c'est que les muscles ralentissent leur course... Ils étaient encore sur le trottoir d'en face et me cherchaient du regard.

Je me courbai et partis d'un pas vif vers la gare de Lyon. Rasant les murs sales, filant entre les kiosques et les fontaines wallace, je pris une rue sur la gauche et, quand je fus sûr de ne plus être dans leur champ de vision, je me remis à courir. Je courus ainsi pendant de longues minutes et j'arrivai à bout de souffle sous les arcades de l'avenue Daumesnil. Épuisé, je m'arrêtai, scrutai l'horizon pour voir si mes limiers étaient toujours à mes trousses, et, comme je ne les vis pas, je décidai de me réfugier dans un café.

J'entrai dans un bar-tabac du boulevard Diderot et, tout en jetant régulièrement un œil dehors, j'en profitai pour acheter une carte provisoire pour mon téléphone portable. Puis, dégoulinant de sueur, je partis prendre un café au comptoir sous le regard suspicieux des loufiats.

Essayant de me faire oublier devant le zinc, parmi les piliers affables, les ivrognes bruyants et les turfistes excités, je bus mon express en me demandant à quoi avait servi ma petite expédition chez Acta Fidei. Je n'avais rien appris. Rien, à part que j'étais connu de leur service de sécurité et qu'on avait visiblement très envie de m'attraper... Même la réceptionniste du siège parisien semblait au courant ! Au courant de quoi, d'ailleurs ?

Le fait que les deux armoires à glace qui m'avaient poursuivi ici aient à peu près le même accoutrement que ceux de Gordes ne signifiait toutefois pas forcément que les quatre appartenaient à la même organisation. Les videurs ont les mêmes gueules et les mêmes vestes d'un bout à l'autre de la planète. Mais tout de même...

Je payai mon café et sortis tranquillement du troquet. Alors que je n'y pensais même plus, je tombai nez à nez avec les deux funestes vigiles d'Acta Fidei. Ils étaient visiblement encore à ma recherche, mais parurent aussi surpris que moi.

Sans réfléchir, je me précipitai dans le boulevard Diderot, levant la tête comme pour mieux prendre mon souffle. Je courus comme on ne court plus à mon âge. Poussant de toutes mes forces sur mes jambes, cherchant loin devant moi les centimètres qui, les uns après les autres, devaient m'éloigner de mes deux lévriers. Je pouvais entendre leur souffle rauque derrière moi, le bruit de leurs grosses chaussures sur le macadam. Les badauds s'écartaient sur notre passage, sidérés. Ils se demandaient qui arrêter. Le poursuivi ou les poursuivants. Mais nous ne leur laissions pas le temps de choisir tellement nous courions vite.

J'avais la gorge en feu, mes cuisses commençaient à me faire mal, et la force me manquait. Je n'allais pas pouvoir continuer très longtemps. Je décidai de traverser à nouveau, me rappelant que les deux baraques n'aimaient pas ce petit jeu. Mais il y avait beaucoup moins de trafic ici et ils n'eurent aucune peine à me suivre.

Je sentais que je perdais de la vitesse à mesure que je remontais le boulevard, et mes poursuivants, eux, ne perdaient pas de distance. Les molosses sont peut-être un peu lents mais ils sont teigneux et persistants.

J'arrivai bientôt en vue d'une bouche de métro. Sans réfléchir, je dévalai les marches, m'engouffrant dans le passage souterrain. En bas de l'escalier, je perdis l'équilibre et tombai la tête la première dans le couloir du métro, entraînant un jeune homme dans ma chute. Les deux vigiles arrivaient en haut des marches en criant :

— Poussez-vous !

J'étais paralysé par la peur. Ils allaient m'avoir. Je les voyais me tomber dessus, poings fermés. J'allais me faire tabasser au milieu d'une foule indifférente.

La sonnerie de la rame de métro me sortit de ma torpeur. C'était ma dernière chance. Je me levai d'un coup en m'appuyant sur le buste du pauvre type que j'avais renversé. Je courus vers les tourniquets, sautai par-dessus, et dévalai l'escalier qui descendait sur le quai.

La sonnerie de la rame s'arrêta. Les portes allaient se fermer. Je sautai les marches quatre à quatre. J'entendis le cliquetis des portes coulissantes. Le bruit métallique des battants qui se ferment. Je sautai les dernières marches et tombai sur le quai. Un pas de plus. De justesse, je glissai mon pied dans l'ouverture. Puis je passai mes mains. De toutes mes forces, j'écartai les portes, et enfin, je me faufilai à l'intérieur. Les deux battants claquèrent violemment derrière moi, et la rame se mit en route.

Les deux vigiles arrivèrent aussitôt sur le quai.

— Merde ! cria le premier.

Mais le deuxième n'avait pas l'intention d'abandonner. Il se mit à courir à côté du wagon et tira sur la poignée à son tour. La porte était bloquée, mais le malade pesait au moins cent trente kilos de muscles. Les deux battants commencèrent à s'éloigner l'un de l'autre.

Sans hésiter, je donnai un grand coup de pied sur ses doigts. J'entendis son cri de douleur, et il enleva sa main précipitamment. Les portes se refermèrent et la rame continua sa route, distançant mon poursuivant, à bout de souffle et la main en sang.

*
* *

J'arrivai à notre hôtel en fin de journée, après plusieurs détours compliqués entre bus et métro, soucieux de semer définitivement mes poursuivants. Mais la journée avait fini par me rendre complètement paranoïaque. Je sursautais dès que je croisais un homme vêtu de noir, dès qu'une longue berline s'arrêtait à un feu, dès qu'on me regardait de travers...

J'avais eu bien des psychoses dans ma vie, et les drogues m'avaient jadis joué plus d'un tour dans ce registre, mais jamais je n'avais ressenti une telle tension psychologique. Plusieurs fois je dus m'arrêter pour essayer de retrouver le contact avec une sorte de réalité. Pour passer ma raison au crible, m'interroger aussi objectivement que possible. Il s'était passé tant de choses étranges en si peu de jours que je finissais par douter de mon propre entendement. Mon père m'avait-il tendu un piège ? Ces hommes nous poursuivaient-ils vraiment ? Sophie et moi ne souffrions-nous pas d'un délire commun, d'une paranoïa du complot – elle poussée par la quête du scoop et moi troublé par la mort de mon père ?

L'angoisse continuait de m'envahir. Des milliers de voix me hurlaient de faire marche arrière. De tout laisser tomber. J'avais le sentiment de faire quelque chose de *mal*. Et pourtant, j'avais besoin de savoir. La curiosité, sans doute, m'aidait à lutter.

En frappant à la porte de notre chambre, je compris que Sophie était encore plongée dans sa traduction tant elle mit de temps avant de venir m'ouvrir.

Quand je lui eus raconté mon aventure, elle alluma une cigarette, et, adossée contre la fenêtre, dit lentement :

— Eh bien maintenant on est sûr qu'Acta Fidei est dans le coup. Et si vraiment ils sont dans le coup, c'est que tout cela est très sérieux.

C'était visiblement la dernière preuve dont Sophie avait besoin pour se persuader que nous ne rêvions pas. La fumée de sa cigarette faisait un rideau flou devant son visage et je n'arrivais pas à voir si ses yeux étaient emplis d'angoisse ou d'excitation. Mais elle était maintenant silencieuse et immobile.

Je regardai le bureau de notre chambre d'hôtel. Les notes de mon père étaient éparpillées autour du manuscrit de Dürer, et Sophie avait noirci plusieurs pages d'un grand carnet.

Je m'avançai vers le minibar sous la télévision et me servis un whisky sec.

— J'ai grandement besoin d'un verre. Vous voulez quelque chose ? demandai-je en me retournant vers la journaliste.

Elle fit signe que non. Je m'assis devant le bureau en soupirant et jetai un coup d'œil à ses notes.

— Je vois que vous avez bien avancé...

Elle mit du temps à me répondre, comme si elle avait d'abord besoin d'assimiler les dernières nouvelles du front.

— Oui. J'ai bien avancé. Et... Franchement, j'ai l'impression de rêver. Je me demande dans quoi nous avons mis les pieds, Damien. C'est assurément une histoire de fous.

— Racontez ! la pressai-je.

Elle éteignit sa cigarette dans le cendrier de sa table de nuit et vint s'asseoir à côté de moi, sur l'accoudoir de mon fauteuil. Je bus une gorgée de whisky, et elle se mit à parler.

— Je n'ai que le début. Mais c'est déjà pas mal. À partir du manuscrit de Dürer, j'ai pu en découvrir davantage sur la pierre de Iorden. Et les notes de votre père m'ont bien éclairée. Tenez-vous bien, c'est un peu compliqué.

— Je vous écoute…

— D'abord, la chose la plus importante – et cela, c'est surtout les notes de votre père qui l'expliquent – c'est de se rendre compte qu'il n'existe pas un seul document contemporain de Jésus mentionnant son existence.

— C'est-à-dire ?

— Il n'y a pas de trace de Jésus dans les écrits historiques de ses contemporains. En dehors des Évangiles, la mention la plus ancienne, de la main de Pline le Jeune, date de 112, soit environ quatre-vingts ans après la mort du Christ.

Elle s'arrêta de parler et jeta un coup d'œil à ses notes. Elle avait une façon de remonter les branches de ses petites lunettes en parlant qui lui donnait l'air d'une étudiante en fac d'histoire, fière de ses recherches.

— En 125, reprit-elle, Minucius Fudanus en parle dans un récit sur l'empereur Hadrien. Mais Joseph Flavius, l'un des historiens les plus fiables de l'époque, ne mentionne même pas les premiers chrétiens. Bref, en dehors des écrits historiques de Pline le Jeune, les seuls documents que l'on ait sur Jésus et sur les débuts du christianisme sont des textes religieux, d'abord les Évangiles, qui ont été toutefois écrits entre cinquante et quatre-vingts ans après la mort du Christ, et ensuite les actes des apôtres et les épîtres de saint Paul, eux aussi postérieurs. En somme, rien de contemporain.

— Où voulez-vous en venir ?

— Attendez… Le dernier point important, dans les écrits de votre père, concerne l'histoire du Nouveau Testament. Une histoire houleuse, faite de traductions parfois hasardeuses, de copies édulcorées, voire de coupes sauvages pendant les premiers siècles quand le texte n'arrangeait pas les affaires de l'Église. Le Nouveau Testament n'a été stabilisé qu'au bout de plusieurs siècles.

— Ça fait long…

— Je ne vous le fais pas dire. Les Évangiles, à l'origine, ont été écrits soit directement par leurs auteurs, soit par des scribes, sur des feuilles de papyrus qui ont ensuite été roulées ou rassemblées en codex. Aucun, pas un seul de ces originaux ne nous est connu. Nous ne possédons aujourd'hui que quelques fragments de copies datant du IIe siècle, et la seule copie complète du Nouveau Testament que nous ayons date de 340. De plus, elle est entièrement en grec. C'était certes la langue la plus utilisée pour l'écrit dès l'époque de Jésus, mais une partie des originaux devait tout de même être en araméen. Résultat, aujourd'hui, quand on compare les différentes copies de l'époque, on dénote – tenez-vous bien – plus de deux cent cinquante mille variantes. Les découvertes de Qumran ont permis de constater que notre version de l'Ancien Testament était beaucoup plus fidèle au texte original – pourtant bien plus ancien – que ne l'est le Nouveau Testament.

— Vous êtes en train de me dire que le Nouveau Testament n'est pas fiable ?

— En tout cas, on ne peut absolument pas dire quel est son degré de fidélité par rapport aux textes originaux. Mais ce n'est pas tout. Il y a aussi ce que l'Église reconnaît, et ce qu'elle ne reconnaît pas. L'Évangile de Thomas, retrouvé à Nag Hammadi, et les manuscrits de la mer Morte ne sont que deux exemples parmi tous les textes qui embarrassent l'Église.

— Qui l'embarrassent pourquoi ?

— Oh, souvent pour des détails. Jésus était-il marié ? Avait-il des frères ? Des questions stupides qui emmerdent l'Église et excitent les bouffeurs de curés. Mais il y a d'autres questions beaucoup plus intéressantes. Par exemple : quand on étudie le tout début du christianisme, on constate que la secte juive dont les premiers chrétiens se rapprochent le plus, c'est celle des Esséniens.

— Les auteurs des manuscrits de la mer Morte ?

— Entre autres. Dans les actes des apôtres, l'image que Luc donne des premiers chrétiens est étrangement proche de celle que donnera Philon des Esséniens. Dans leur célébration de la Pentecôte par exemple. La Cène, elle-même, l'un des symboles les plus profonds du christianisme, est l'exacte reproduction d'un rite essénien, avec la prière de bénédiction du pain et l'extension des mains. Le concept de communauté des biens, lui aussi, est partagé par les Esséniens et les premiers chrétiens. Barnabé, par exemple, revend son champ et reverse l'argent aux apôtres. Très instruits, les Esséniens avaient de fortes croyances eschatologiques. Il y a donc de grandes chances pour que la plupart d'entre eux se soient convertis au christianisme. Pourtant, des trois grandes sectes juives, celle des Esséniens est la seule qui n'est jamais mentionnée dans le Nouveau Testament. Sans les manuscrits de la mer Morte, que l'Église et Israël ont essayé de tenir cachés pendant près de cinquante ans, nous ne saurions pas grand-chose à leur sujet. Troublant, non ?

— Oui. Je n'ai jamais bien compris pourquoi on a mis si longtemps à publier les manuscrits de la mer Morte...

— Pierre, Jacques et Jean tiennent dans l'Évangile une place de premier rang. Douze apôtres, dont trois sont mis en avant. Or, figurez-vous que, traditionnellement, le Conseil de la communauté essénienne comprenait, comme par hasard, douze membres dont trois grands prêtres.

— De plus en plus troublant, en effet... L'Église aurait essayé de cacher l'origine essénienne de la chrétienté ?

— C'est une question qui mérite d'être posée. Autre exemple de question intéressante : l'importance de Jacques, pas l'apôtre, mais le « frère du Seigneur ».

D'après votre père, son rôle est mal restitué dans la Bible, sans doute parce qu'il appartient au parti ennemi de celui de Luc et Paul. Dans l'évangile de Thomas, Jacques le Juste est celui vers lequel les apôtres doivent aller après l'ascension. Clément, dans les hypotyposes, le mentionne avec Jean et Pierre comme ayant reçu la gnose du Christ ressuscité. Et c'est là que ça devient intéressant et qu'on rejoint le manuscrit de Dürer... Savez-vous quel est le sens du mot évangile ?

— Non, dus-je admettre.

— Cela vient du grec, *euaggelion*, et cela signifie « bonne nouvelle ». Et quelle est, selon vous, cette bonne nouvelle ?

— Je ne sais pas. Que Jésus est ressuscité ?

— Mais non ! La Bonne Nouvelle est dans l'enseignement du Christ. Le problème, c'est que Jésus ne cesse de répéter qu'il vient apporter la Bonne Nouvelle, mais jamais ne la donne clairement. Par touches, il livre un message de paix, d'amour, certes, mais ce n'est pas la Bonne Nouvelle qu'il annonce. C'est comme s'il manquait quelque chose...

— Oui, enfin il ne faut pas exagérer ! Le message du Christ est connu, et le moins qu'on puisse dire c'est qu'il a eu du succès...

— Ce n'est pas parce qu'il est connu qu'il est complet ! La grande force de Jésus, c'est qu'il s'est adressé au peuple juif avec simplicité, alors que les Talmuds, eux, étaient beaucoup trop élitistes et en complet décalage avec le quotidien des contemporains de Jésus. Si on y réfléchit bien, c'est un peu ce qui s'est passé un millénaire plus tard avec les cathares dans le sud de la France. À l'heure où le discours de l'Église était devenu beaucoup trop élitiste, très éloigné du message clair et simple de Jésus, à l'heure où la messe était dite en latin, les quelques prêtres qui se mirent à parler plus simplement au peuple dans une langue qu'il comprenait eurent un succès phénoménal. Un succès tellement grand que le pape a eu peur de la concurrence et a ordonné qu'on les zigouille tous, sans exception...

— « Tuez-les tous »...

— Oui. Quoi qu'il en soit, vous dites qu'on connaît bien l'enseignement du Christ, mais il y a tout de même deux éléments singuliers. D'abord, il y a la scène complètement surnaturelle de la transfiguration.

— Rafraîchissez-moi la mémoire...

— En gros, Jésus emmène Pierre, Jacques et Jean sur une montagne, on n'est d'ailleurs pas sûr de quel mont il s'agit, peut-être le Thabor, peut-être l'Hermon, et là, il prend figure divine.

— C'est-à-dire ?

— C'est bien la question... Or rappelez-vous, je vous disais tout à l'heure que Clément, dans les hypotyposes, mentionnait une autre scène pendant laquelle Jacques, Pierre et Jean auraient reçu la gnose du Christ ressuscité.

— Et alors ?

— D'après le texte de Dürer, et d'après les recherches de votre père, c'est là que se trouve la clef des Évangiles. Jésus aurait délivré un message, un *euaggelion*, mais qui n'est pas directement révélé dans la Bible.

— On dirait une analyse de la Kabbale...

— Oui, ou de l'herméneutique. Pour Dürer, le message réel de Jésus ne serait pas dans la Bible, laquelle ne serait, selon votre père, qu'un historique tronqué du prédicat de Jésus. Bref, son véritable message serait ailleurs. À en croire ces manuscrits, le Christ serait un illuminé, au sens noble du terme, le détenteur d'un secret ou d'un savoir absolu, et son enseignement n'aurait eu d'autre sens que de livrer ce savoir.

— Un savoir absolu ?

— Je ne sais pas... Une révélation, une vérité. L'*euaggelion*.

— Un truc du genre « Dieu existe » ?

— Non. À l'époque, personne n'en doutait. Le scoop, cela aurait plutôt été « Dieu n'existe pas »... Mais non, je pense que c'est autre chose.

— Mais quoi ?

— Si je le savais, nous ne serions pas là... Je crois bien que c'est justement cet *euaggelion* qui était l'objet des recherches de votre père, et qui est aujourd'hui celui des convoitises d'Acta Fidei, du Bilderberg et probablement d'un paquet d'autres curieux.

— C'est complètement dingue !

— Pas tant que ça, si on y réfléchit bien. Mais attendez, cela va plus loin. Voici ce que votre père a conclu du manuscrit de Dürer, qui, je vous le rappelle, aurait été inspiré à celui-ci par Léonard de Vinci : Jésus a reçu un savoir, un secret, on ne sait trop quand ni comment, peut-être de Jean-Baptiste, peut-être directement, comme une prescience ou un instinct...

— Du genre Einstein qui se réveille en criant « E = mc2 »...

— Qui sait ? En tout cas, il commence à dire qu'il détient un savoir, une bonne nouvelle qu'il voudrait annoncer aux hommes. Mais peu à peu, il découvre la nature véritable de ses contemporains et comprend qu'il ne peut leur donner directement son message. Ils ne sont pas prêts. Ils ne comprendraient pas. Ne dit-il pas lui-même : « Ne donnez pas aux chiens les choses sacrées, ne jetez pas les perles aux pourceaux » ?

— Ce n'est pas très tendre...

— Non. Jésus n'était pas toujours très tendre. Alors il essaie de faire progresser les hommes, pour qu'ils soient prêts à recevoir son message. Il leur ouvre l'esprit. D'après votre père, l'un des principaux enseignements du Christ, « Aimez-vous les uns les autres », ne serait qu'un moyen de préparer les hommes à recevoir ce savoir. En fait, tout son ministère irait dans ce sens. Puis, voyant qu'il est trahi, voyant qu'il va mourir, et constatant que les hommes ne sont toujours pas prêts à recevoir son enseignement, il décide de confier son secret aux générations futures en le cachant.

— Comment ?
— Il le crypte.
— Vous plaisantez ?
— Pas du tout. L'image selon laquelle Jésus lègue sa gnose à Jean, Pierre et Jacques, pendant la transfiguration ou après la résurrection, viendrait de là. Et c'est ici qu'entre en jeu la pierre de Iorden. Plusieurs textes apocryphes y font référence. Jésus aurait offert son seul bijou, son seul bien, à son plus fidèle ami. À ce sujet, les versions diffèrent. Tantôt c'est Pierre, tantôt Jacques, tantôt Jean, et tantôt les trois. L'un des textes de Nag Hammadi dit même que Marie aurait reçu le bijou du Christ.

— La pierre de Iorden contiendrait le message secret de Jésus ?

Elle haussa les épaules et me fit un sourire.

— Et vous dites que vous n'avez traduit que le début ? repris-je, consterné. Mais que raconte tout le reste du texte ?

— Oh, là ! Vous m'en demandez trop ! Le reste du texte semble raconter l'histoire de la pierre de Iorden à travers les âges. Dürer, comme nos divers amis, devait bien sûr la rechercher, et il semble avoir fait des recherches sur le parcours de cette mystérieuse relique. Mais je n'en sais pas plus. Je vais continuer de traduire demain. Honnêtement, là, je n'en peux plus.

— Et quel est le rapport avec *Melencolia*, la gravure ?

— Je ne sais pas trop. Elle a peut-être servi de prétexte à Dürer. Il y a de nombreux symboles qui font penser à toute cette histoire, mais il est encore trop tôt pour que je comprenne quoi que ce soit. Il y a un carré magique, des outils, dont certains font penser à la symbolique maçonnique, un angelot, une pierre taillée… Je ne sais pas. Il faudra que je regarde ça de plus près.

Puis elle se tut. Elle avait l'air épuisé. Mais un sourire se devinait sur son visage.

Je bus une dernière gorgée de whisky.

— Qu'est-ce qu'on fait ? lui demandai-je en reposant le verre vide sur le bureau devant moi.

— Comment ça ?

— Je ne sais pas... Tout ça a l'air complètement farfelu. Vous avez envie de continuer ?

— Vous plaisantez ? s'offusqua-t-elle. Au pire, toute cette histoire est fausse. Mais qu'avons-nous à perdre ? Une histoire fausse qui a intéressé Vinci, Dürer, et qui intéresse aujourd'hui le Bilderberg et une organisation d'intégristes chrétiens, c'est toujours une histoire qui mérite d'être connue et révélée, non ? Et puis, il y a aussi la possibilité que cette histoire soit vraie...

— C'est bien ce qui m'inquiète ! Un message secret de Jésus... Crypté... Qui serait resté caché pendant deux mille ans. Vous croyez vraiment que c'est à nous de le chercher ?

— Vous préféreriez que ce soient les types qui vous ont tabassé ?

Difficile de répondre à ça, évidemment ! De toute façon, je savais que je ne pourrais jamais la convaincre d'abandonner. Cela m'arrangeait presque, cela me donnait une excuse à défaut du courage... Car après tout, je dois bien avouer que j'avais envie de savoir, moi aussi.

— Alors on continue ?

— Bien sûr ! J'ai besoin d'une bonne nuit de sommeil, et demain je reprends mes recherches.

— Et moi ?

— Vous irez à la BN chercher le microfilm dont votre père a noté la référence au dos de *La Joconde*.

— Ah. Je vois que vous avez tout prévu...

Elle sourit.

— Oui.

À cet instant son ordinateur émit un léger bip. Elle se rassit et je vins voir par-dessus son épaule.

— *Haigormeyer ?*

C'était notre ami pirate. Nous n'avions pas eu de nouvelles depuis Gordes. C'était seulement l'avant-veille, mais cela paraissait une éternité.

— *Oui.*
— *Je reconnais votre pseudo, mais pas votre bécane...*
— Il arrive à reconnaître notre ordinateur ? m'étonnai-je.
— Oui, répondit Sophie. Ce n'est pas bien difficile.
— *Normal. J'ai changé d'ordinateur... J'ai dû réinstaller les logiciels, mais c'est bien moi. J'ai eu des petits problèmes. Rien de grave.*
— *Justement. Je venais vous prévenir que ça chauffait chez moi aussi.*

Sophie fronça les sourcils et me lança un regard inquiet.

— *C'est-à-dire ?*
— *Depuis qu'on s'est contactés sur ICQ, mon ordinateur a l'air d'intéresser beaucoup de monde. Heureusement, mon PC est blindé, mais les attaques n'arrêtent pas.*
— *Quelqu'un essaie de vous pirater ?*
— *Absolument.*
— *C'est l'arroseur arrosé...*
— *Ouais, sauf que je ne risque rien. Mais vous, en revanche...*
— *Vous croyez qu'on va essayer de me pirater ?*
— *Pas vous ?*
— *Ça paraît fort probable, oui en effet. Qu'est-ce qu'on peut faire ?*
— *Vu que vous n'y connaissez pas grand-chose, on pourrait commencer par vous installer un* logger.
— *Quoi ?*
— *Un petit programme que j'ai fait qui permet de garder une trace de toutes les transactions IP sur votre bécane. Ça ne vous protège pas, mais ça vous permet de tout voir.*
— *Vous n'allez pas me flanquer un virus ?*
— *Pfff.*

165

— *Ça veut dire que vous allez avoir accès à mes fichiers ?*

— *Si vous êtes d'accord. Je vous rappelle que le plus brûlant de vos fichiers, c'est moi qui vous l'ai balancé !*

Sophie tourna la tête vers moi.

— Qu'est-ce qu'on fait ? On lui fait confiance ?

— Très honnêtement, s'il avait voulu nous pirater, je suis sûr qu'il l'aurait fait depuis longtemps... D'ailleurs il l'a peut-être déjà fait.

— Alors on le laisse installer son truc sur mon ordinateur ?

— Si ça peut nous protéger un minimum...

— *OK. Envoyez.*

— *Parfait. Vous installez le logiciel, et vous virez vos fichiers vraiment importants de votre machine. Mettez-les sur disquette ou CD-rom.*

— *D'accord. Au fait. Votre photo passera dans le* Libé *de demain.*

— *C'est vrai ? Trop fort !*

— *On se recontacte quand on a du neuf !*

— *Ça marche.*

Il n'y avait pas de restaurant dans l'hôtel et nous décidâmes d'aller dîner dehors. Paris au mois de mai a toujours eu quelque chose de spécial, et pas seulement depuis 1968 ou Aznavour. C'est la fin du printemps, l'arrivée paresseuse d'un été qui sait se faire attendre, les feuilles qui reviennent, les lilas qui pointent leur nez. Entre la tour Eiffel et le dôme des Invalides, le long de l'École militaire nous marchâmes quelque temps dans l'ombre de la rive gauche, le sourire forcé par l'air frais du soir.

Après un petit détour vers la Seine, nous nous repliâmes finalement sur une grande brasserie rouge et noir place de l'École militaire, à deux pas du Tourville. J'y avais plusieurs fois mangé dans mon adolescence, et je m'étais donc porté garant de la fraîcheur de leurs fruits de mer... L'endroit n'avait pas changé. Les mêmes cuirs, les mêmes cuivres, la même agitation, l'écho des couverts et des voix qui se mélangent, la brasserie parisienne dans toute sa splendeur. Et le serveur, bien sûr, pingouin dopé aux amphétamines qui ne vous regarde jamais dans les yeux, le pouce coincé dans son décapsuleur à la poche de son veston, qui n'oublie jamais le vin qu'on paie mais souvent l'eau ou le pain qu'on commande plusieurs fois. Paris sera toujours Paris. Nous mangeâmes correctement puis rentrâmes au Tourville en milieu de soirée.

À peine arrivée dans la chambre, Sophie enleva ses chaussures, les jeta sous une chaise et partit se coucher. Je la regardai s'allonger dans son lit, puis je m'installai au bureau et pris ma tête dans mes mains. L'ordinateur portable de Sophie installé devant moi me fit penser à mon travail. Mes scénarios. Tout était resté à Gordes. Je n'avais aucun moyen de faire quoi que ce fût. Et d'une certaine façon, j'étais presque soulagé. *Sex Bot* ne me motivait plus. New York, même, ne me manquait pas tant que ça.

Quand je tournai les yeux vers le lit de Sophie, je vis qu'elle s'était endormie. La lumière légère de ma lampe de bureau jetait sur son corps allongé un doux voile jaune, et son sommeil était plein de grâce. Son visage figé dans un sourire paisible ne m'était jamais apparu aussi tendre. Elle était encore plus belle dans les bras de Morphée.

Il fallait bien que je me l'avoue. J'étais amoureux de cette femme. Amoureux d'une femme qui aimait *aussi* les garçons. À vrai dire, je n'avais jamais rien éprouvé d'identique pour aucune femme. Certainement pas pour Maureen, même aux premiers jours. Sophie était différente. Indépendante. Belle dans sa solitude. Entière. Pourquoi diable retournerais-je à New York ?

J'ouvris le logiciel d'e-mail sur l'ordinateur de la journaliste et commençai à rédiger un mot pour mon agent.

« *Cher Dave,*
Désolé de n'avoir pu te donner de nouvelles plus tôt. J'ai quelques soucis à régler, et je n'ai vraiment pas eu le

temps de m'occuper de toi, ni même, je dois te l'avouer, des scénarios.

Mais c'est sans doute mieux ainsi. Parce que cela ne m'intéresse plus. Sex Bot *ne m'intéresse plus. Je me doute que c'est une terrible nouvelle pour vous, à l'agence, mais je n'ai pas envie de faire semblant. La qualité de la série s'en ressentirait. Demande à l'un de vos* script doctors *de faire la version finale des cinq derniers scénarios. Je te donne mon accord. Mieux que ça : j'ai l'intention de céder intégralement les droits de la série à HBO. Et je voudrais que vous vous chargiez de la transaction.* Sex Bot *est au sommet de sa gloire. Vous devriez pouvoir en tirer une jolie somme. Envoie-moi un contrat, je vous cède 15 % de ce que HBO me proposera. Démerdez-vous pour que HBO garde les mêmes coscénaristes, ce sont vos poulains, et ainsi vous garderez* Sex Bot *à votre catalogue. Mais pour moi, c'est fini.*

Je suis désolé de vous faire faux bond ainsi. Mais c'est irrévocable. Par pitié, n'essaie pas de m'en dissuader.

Tiens-moi au courant. Je reste en France. Pour longtemps, sûrement. Tu peux me joindre à cette adresse mail. Ne la donne à personne d'autre.

Merci pour tout.
Amicalement,
Damien. »

J'hésitai un instant avant d'appuyer sur le bouton « envoyer », puis je cliquai en soupirant. Le mail fut expédié en une seconde. Une seule seconde pour changer de vie.

J'éteignis l'ordinateur et le refermai. Mes yeux tombèrent alors sur la gravure de Dürer. Je n'avais encore jamais pris le temps de la regarder vraiment.

La scène gravée se situait sur un lieu en hauteur, offrant une vue sur la mer et une côte. Au centre, un personnage ailé, peut-être une femme, peut-être un ange. Le visage et la robe faisaient plutôt penser à une femme, mais ses membres et sa carrure la rendaient étrangement masculine. Assise devant un bâtiment sans fenêtre, elle avait le coude gauche appuyé sur son genou et se tenait la tête dans une pose triste et gracieuse à la fois. Dans sa main droite, elle avait un compas, mais son esprit semblait ailleurs, son regard perdu dans le lointain. À sa ceinture, au bout d'un ruban, un trousseau de clefs. À ses pieds, un chien assoupi. À côté d'elle, je remarquai un ange, avec des ailes ridiculement petites et les cheveux frisés. Le regard sérieux, il écrivait quelque chose sur une tablette. À côté de lui, traversant la gravure en diagonale comme pour séparer le premier plan du second, une échelle reposait contre le mur de la bâtisse. Mais ce que je ne pouvais m'empêcher de remarquer, c'était le nombre incroyable d'objets posés au sol ou accrochés au bâtiment. Aux pieds du personnage ailé, un soufflet, des clous, une scie, un rabot, une règle, une sphère, derrière, une sorte d'énorme pierre taillée avec plusieurs faces, et sur le mur de la bâtisse, une balance, un sablier, une cloche, un cadran solaire, et un mystérieux carré magique…

Une forêt de symboles, comme dirait l'autre. Difficile d'imaginer que l'on puisse trouver quelque interprétation à ce désordre pourtant élégant. Il se dégageait une impression extraordinaire de cette gravure. Illustrant parfaitement son titre, *Melencolia*, elle évoquait la tristesse, la solitude, la nostalgie. Une sorte de douce douleur.

J'éteignis la petite lampe au-dessus du bureau. Je me levai et m'approchai du lit de Sophie. Je me penchai lentement au-dessus d'elle et déposai un baiser silencieux sur son front avant d'aller me coucher à mon tour. Quand je fus installé au fond de mon lit, j'entendis derrière moi le son de sa voix.

— Bonne nuit.

SEPT

Le lendemain matin, je fus réveillé par trois coups frappés à notre porte. Sophie était déjà habillée. Elle se dirigea vers l'entrée et ouvrit la porte pour laisser passer la petite table roulante qu'apportait un employé de l'hôtel. La journaliste avait fait monter deux petits déjeuners.

Elle donna un pourboire au jeune homme et poussa la table entre nos deux lits.

— Bonjour, *biker boy* ! dit-elle en tirant les rideaux. Regardez-moi ce soleil ! N'est-ce pas une journée idéale pour aller... à la Bibliothèque nationale ?

Je me redressai et m'étirai.

— Euh, quoi ? balbutiai-je.

Sophie revint vers la petite table, prit un croissant et mordit dedans en me regardant d'un air moqueur.

— Bien dormi ?
— Mouais.
— Tant mieux. Grosse journée.

Elle alla s'asseoir sur son lit, se servit une tasse de café et, s'adossant contre le mur, commença à lire un exemplaire du *Monde*.

Je n'arrivais pas à croire que malgré toutes nos histoires, elle pût être d'une humeur si légère. J'avais de mon côté du mal à me remettre de mes émotions de la veille. Encore une fois, Sophie m'impressionnait.

Je me servis un café à mon tour et attrapai un croissant en soupirant. J'étais fourbu. La longue poursuite de la veille m'avait laissé des courbatures. Je n'avais probablement pas couru ainsi depuis le lycée et j'étais l'un des rares New-Yorkais à ne pas fréquenter de salle de gym.

Soudain, Sophie se redressa, les yeux écarquillés.

— Il y a un article sur nous dans le journal ! s'exclama-t-elle.

Je manquai de m'étrangler en avalant de travers une gorgée de café.

— Sur nous ?

— Oui, enfin, pas directement, mais sur l'accident de Gordes. Dans les faits divers. Le journaliste mentionne la mort de votre père, l'incendie de sa maison, et la voiture qui a explosé avant-hier... Apparemment, il ne sait pas grand-chose. « *La gendarmerie se refuse pour l'instant à tout commentaire.* »

— Merde ! Qu'est-ce qu'on fait ? On ne peut pas continuer comme ça... Il va bien falloir qu'on aille s'expliquer !

— En tout cas, le temps presse, concéda Sophie.

— On ne peut pas aller beaucoup plus vite...

— Non, mais on ne peut pas non plus rester dans cet hôtel éternellement.

— Où voulez-vous qu'on aille ? Vous voulez retourner à Gordes ?

— Certainement pas. Nous devons encore rester cachés, mais j'ai besoin d'affaires. Il faut que j'aille chez moi...

— Ce n'est pas très prudent.

— Je ne suis pas obligée de rester là-bas. J'ai juste besoin de prendre quelques affaires et quelques dossiers. Il va falloir aussi que je donne signe de vie aux gens de *90 minutes*. Ils savent que j'étais à Gordes. S'ils tombent sur cet article, ils vont forcément s'inquiéter.

— Je croyais qu'on avait besoin d'un peu d'anonymat le temps qu'on résolve tout ça...

— Je sais bien, reconnut-elle. Nous devons trouver une solution. En tout cas, il n'y a plus de temps à perdre ! Je vais essayer de faire descendre un peu la pression du côté des flics. Avec un peu de chance, mon contact aux RG pourra peut-être les faire patienter. Mais je ne suis pas sûr qu'il en ait les moyens. Vous, allez à la BN trouver le microfilm mentionné par votre père.

— Et après ?

— Après ? Je ne sais pas. On verra comment tout ça se passe. Nous resterons encore à l'écart, le temps que je puisse finir la traduction du manuscrit de Dürer.

Je soupirai.

— On ne va pas faire machine arrière maintenant ! dit Sophie en prenant ma main au creux des siennes.

— Non, bien sûr.

Je profitai de ce moment rare. Ses mains sur la mienne. Son sourire, simple. Puis elle se remit à lire son journal.

— Je vais m'habiller.

Je me levai et partis dans la salle de bains. Le temps nous manquait, mais j'avais besoin d'un bon bain, de me détendre un peu, parce que je sentais que l'avenir proche allait nous laisser peu de répit.

Allongé sous la mousse blanche, j'entendais de l'autre côté de la porte Sophie qui expliquait la situation à son contact aux RG. Sans trop en dire, elle lui fit comprendre que nous avions besoin d'un peu de tranquillité. D'un peu d'anonymat. Mais au son de sa voix avant qu'elle raccroche, je compris que son interlocuteur ne s'était guère montré rassurant. Après tout, empêcher les gendarmes d'avancer n'était pas de son ressort...

Après m'être séché, j'enfilai mes vêtements de la veille et retournai dans la chambre.

— Sophie, vous avez raison, moi aussi j'ai besoin d'affaires ! Il faut absolument que j'aille me chercher des fringues. Tout est resté à Gordes. Ça va faire trois jours que je ne me suis pas changé !

La journaliste se retourna vers moi le sourire aux lèvres.

— Ah, dit-elle en constatant que je portais la même chemise que la veille. En effet. Arrêtez-vous dans la boutique de vêtements qui est juste en bas. Ils pourront vous habiller de la tête aux pieds, en plusieurs exemplaires. Ça vous ira très bien.

— Ah bon ? m'étonnai-je. Vous croyez ?

Elle hocha la tête et se remit au travail. Je ne savais pas si elle se moquait de moi ou si elle était sérieuse. Mais peu m'importait : j'avais besoin de fringues, quelles qu'elles fussent.

Une heure plus tard, je m'étais effectivement offert une nouvelle garde-robe. Je dus passer pour un excentrique quand je demandai aux vendeurs de me changer entièrement dans leur cabine, sous-vêtements compris, et j'eus un peu de mal à leur faire accepter de livrer le reste des vêtements à mon hôtel... Mais en France comme ailleurs, l'argent finit toujours par tout arranger.

Je sortis héler un taxi comme un jeune yuppie.

Le chauffeur m'entretint pendant tout le trajet de la dure vie des taxis parisiens, des horaires impossibles, des embouteillages, des agressions et de ces salauds d'Américains qui ne veulent payer qu'en carte bleue. Pour éviter l'incident diplomatique, je lui demandai donc de s'arrêter devant une banque pour aller chercher du liquide, puis je décidai de terminer le trajet à pied.

Je longeai la Seine jusqu'au quai François-Mauriac, reconnaissant à peine cette partie de la rive gauche qui avait tant changé depuis mon départ. Nouvel horizon, nouveau pont, nouvelles esplanades, nouveaux passants. Nouveaux noms de rue, aussi. Ces quatre tours dressées au milieu d'une plaine de pierres grises avaient quelque chose d'envoûtant, mais je ne pouvais m'empêcher de penser au charme du vieux quai de la Gare où j'avais passé tant de temps pendant mon adolescence. Le charme du vieux Paris, avec ce qu'il comportait de saleté et de désordre, certes, mais aussi de vie !

Je grimpai lentement les marches grises de la Très Grande Bibliothèque, tout à la fois émerveillé par la majesté du lieu et horrifié par les grands panneaux de bois orangé qui apparaissaient derrière les vitres des quatre tours. Une rupture maladroite dans l'harmonie bleu-gris du bâtiment. Je marchai sur le parvis gigantesque et décidai de me laisser conquérir par sa beauté simple. Après tout, un jour, dans quelques centaines d'années, ce serait ça, le vieux Paris.

Arrivé au milieu de l'esplanade, je découvris d'ailleurs avec plaisir les jardins flamboyants cachés dans les profondeurs de la bibliothèque. Tout ici n'était pas que verre ou béton. Et l'alchimie fonctionnait plutôt bien. Je me souviens d'avoir eu avant de partir pour les États-Unis la même réaction avec la pyramide du Louvre... L'idée m'avait d'abord paru ridicule, voire scandaleuse, mais une fois sur place la beauté naturelle du monument m'avait séduit. La pyramide de verre n'avait rien de scandaleux. Au contraire, le Louvre ne m'avait jamais paru aussi beau.

Poussé par le vent qui se glissait le long du parvis de la bibliothèque, je me dirigeai rapidement vers l'entrée. Après avoir rempli les formalités administratives, je me mis à la recherche de mon microfilm. Je ne savais absolument pas ce que je cherchais. Tout ce que j'avais c'était une simple référence. L'idée de chercher ainsi un microfilm dont je ne savais rien avait quelque chose d'excitant.

Impatient, il me fallut toutefois trouver la bonne salle. La Bibliothèque nationale est divisée en deux niveaux, le haut-de-jardin, en libre accès, et le rez-de-jardin, où se trouve la bibliothèque de recherche, qui n'est accessible que sur accréditation. Les deux étages tournent autour de cet étonnant jardin rectangulaire. Collé à la vitre, j'admirai un moment les nombreux arbres, clin d'œil judicieux à ceux qui avaient servi à fabriquer les milliers de livres empilés dans ces hautes tours.

Si le microfilm se trouvait en bas, ma venue n'aurait servi à rien et il faudrait sans doute que Sophie fasse elle-même le déplacement munie de sa carte de presse. Mais après quelques recherches dans le catalogue interne consultable sur les ordinateurs de la bibliothèque, je découvris que le microfilm était en haut-de-jardin, et donc à ma portée.

Je tournai un peu en rond avant de trouver mon chemin dans ce dédale de verre et me rendis enfin dans la salle J, nichée dans un niveau intermédiaire, du côté de la tour des Lettres. C'était le département de philosophie, d'histoire et des sciences de l'homme. Une sorte de soulagement : je n'allais pas tomber sur un obscur traité de mathématiques !

Je montai les marches et découvris l'immense salle de lecture, silencieuse, haute et chaleureuse. Je me laissai bercer un instant par l'atmosphère unique des bibliothèques. Le calme sacré d'une salle de prière. La présence discrète mais palpable des autres lecteurs. Le bruit des pages qui tournent, des claviers d'ordinateurs, quelques mots chuchotés.

Je lançai un regard circulaire sur la pièce et sa mezzanine. Puis je m'avançai vers une documentaliste, assise derrière un guichet ovale, le regard plongé dans l'écran de son ordinateur. Elle leva les yeux vers moi. C'était une jeune fille d'une vingtaine d'années, cheveux bruns, courts, grosses lunettes, et aussi mince qu'un mannequin anglais des années 1990. L'air un peu gourde, mais souriante.

— Je peux vous aider ? demanda-t-elle d'une petite voix.

175

Je lui donnai le numéro du microfilm et elle partit fouiller dans un tiroir à quelques mètres de là. J'attendais, impatient, inquiet presque. Et si Sophie s'était trompée ? Si ce document n'avait rien à voir avec notre affaire ?

La jeune fille semblait ne pas réussir à trouver. Avec des gestes sûrs, elle faisait défiler les centaines de fiches sous ses doigts. Quand elle arriva au bout du tiroir, elle haussa les sourcils d'un air étonné et reprit depuis le début.

Je commençais vraiment à m'inquiéter. Les autres avaient-ils été plus rapides que nous ? Avait-on dérobé le microfilm ?

La documentaliste revint avec un sourire pincé.

— Je ne le trouve pas, dit-elle d'une voix désolée.

— Ah bon ? C'est possible qu'il ait été emprunté ? m'étonnai-je.

— Non, normalement, les documents ne sortent pas de la bibliothèque. Mais il y a peut-être quelqu'un qui le consulte en ce moment même. Je vais vérifier.

Je m'immobilisai. Tout à coup, l'idée que quelqu'un d'autre pût être dans cette salle de lecture pour consulter le microfilm me paraissait non seulement vraisemblable mais terrifiante. Un homme d'Acta Fidei ou du Bilderberg était peut-être à quelques mètres de là. Peut-être même m'observait-il sans que je puisse le voir ! En essayant de ne pas montrer mon angoisse, je jetai un coup d'œil alentour.

— Tiens, c'est amusant, reprit la documentaliste sans quitter des yeux l'écran de son ordinateur.

— Oui ? la pressai-je.

— Ce microfilm a été déposé à la BN il y a presque dix ans, avant même qu'on déménage ici. Il n'a pas été consulté une seule fois pendant les trois dernières années – mes enregistrements ne remontent pas plus loin – et depuis deux semaines, il a été consulté quatre fois ! Cela concerne un sujet d'actualité ?

— Euh, oui, balbutiai-je. Plus ou moins...

— Mais ce qui est curieux, c'est qu'il n'est pas en consultation. Il devrait donc se trouver dans le tiroir... Attendez...

Elle se remit à taper sur son clavier.

— Oui. Voilà. Vous avez de la chance. Il existe une copie du microfilm sous une autre référence. Attendez, je vais voir si celui-là est dans le tiroir.

Elle s'éclipsa à nouveau.

J'avais l'impression d'être épié. Comme un picotement dans la nuque. Des gouttes de sueur coulaient sur mon front. Et sur ma langue, un goût que je commençais à bien connaître. La saveur de l'angoisse, de la paranoïa qui depuis la veille avait décidé de jouer avec ma santé.

La jeune fille revint le sourire aux lèvres. Elle tenait quelque chose dans la main.

— Voilà. C'est la copie. Il va falloir que je mène ma petite enquête sur l'original. J'espère qu'il n'a pas été volé...

Elle me tendit le microfilm, glissé dans une petite boîte en carton.

— Merci, dis-je en poussant un soupir de soulagement.

— Vous savez comment ça marche ? demanda-t-elle en s'asseyant.

— Non.

— Vous allez dans la salle, là-bas, dit-elle en indiquant une porte sur la mezzanine, il y a des rétroprojecteurs, et vous glissez le microfilm sous la lampe... Si vous n'y arrivez pas, revenez me voir.

— Merci beaucoup, dis-je en me dirigeant vers la mezzanine.

Je marchai d'un pas vif, lançant des regards de droite et de gauche, surveillant les autres visiteurs, guettant le moindre mouvement suspect. Mais personne ne semblait me porter attention. L'impression d'être observé commençait à s'estomper.

Après avoir grimpé les escaliers, j'entrai dans la petite pièce. Je constatai avec soulagement qu'il n'y avait personne d'autre à l'intérieur. Il y avait plusieurs rétroprojecteurs alignés sur deux longues tables, et je choisis le plus éloigné de la porte.

Je mis un peu de temps à trouver l'interrupteur, puis je glissai le microfilm dans la fente. Un long texte manuscrit apparut sur la plaque blanche. Plusieurs pages se succédaient, en apposition, comme sur la planche d'un imprimeur. Le moindre petit mouvement faisait défiler l'image à toute vitesse, tellement l'agrandissement était important. Il fallait être très délicat. Je tirai lentement le microfilm vers le bas pour lire le début du texte, à la page qui portait en chiffre romain le numéro un.

Je pus voir alors le titre du microfilm. « La Retraite des Assayya ». Je commençai à lire le texte avec curiosité. Il était écrit dans un style pseudo-journalistique un peu précieux – ce qui pouvait étonner puisqu'il s'agissait d'un manuscrit. Nulle part il n'était fait mention de l'auteur du texte, ni du cadre dans lequel il avait été écrit. Mais très vite, je fus captivé par son contenu. Puis je compris qu'il y avait bien un lien avec notre histoire, même si je n'en saisissais pas vraiment le sens.

« (…) *Le désert de Judée longe la mer Morte. Le soleil y rend les pierres brûlantes dès dix heures du matin. Adossé à la montagne est caché un monastère qui a survécu depuis les tout premiers siècles aux agressions des hommes et du temps. Aucun voyageur venu d'Europe, aucun nomade surgi du désert n'a-t-il encore souillé ce lieu ? Les moines qui occupent cette région désolée sont-ils les descendants directs des membres d'une secte – les Assayya, une communauté religieuse marginale, contemporaine de Jésus ?* (…) »

Impatient, je sautai quelques lignes pour avoir une idée globale du contenu du texte avant de m'y replonger plus précisément. L'auteur enrobait son histoire de phrases mystérieuses qui me rappelaient ce que Sophie m'avait dit des propos de mon père : « *Nul bédouin n'aurait essayé de déchirer l'arcane qui préside au destin de ces dissidents spirituels, dissimulés dans des grottes ! Les reclus du désert.*

Oui ! Pendant deux mille ans, les Assayya ont campé sur leur position. Ils ont préservé un schisme, qui les a maintenus séparés des autres courants du judaïsme, en allant se réfugier dans le sein le plus aride de la Palestine – l'ancien royaume de Judas, domaine des wadis, des canyons, des crêtes et des ascètes.

"Convertissez-vous, car proche est le Royaume des Cieux !", a proclamé ici Jean-Baptiste. »

Plus loin, le microfilm rapportait comment les historiens pensaient que cette communauté avait disparu :

« (...) *Pourtant, en soixante-dix après Jésus-Christ, à l'époque de la destruction du temple de Jérusalem et trois ans avant la chute de Massada, un massacre fit disparaître nos ermites de cette région inhospitalière et détruisit leur asile. C'est ce que l'on croyait !* »

L'histoire de leur massacre était racontée en détail. Je sautai encore quelques paragraphes. Je sentais que l'auteur abordait le sujet central de son texte. Son excitation transparaissait dans le ton de ses phrases et même dans son écriture. Le style de sa prose trahissait sa volonté de convaincre le lecteur qu'il était sur le point de lui livrer une information de la première importance. Ainsi, il révélait que dans ce monastère caché dans les montagnes du désert de Judée vivaient encore les descendants directs de ces étranges Assayya. Aujourd'hui. Près de deux mille ans plus tard. Je commençais à comprendre le lien possible avec notre histoire…

À cet instant, la porte de la petite pièce s'ouvrit brusquement. Je sursautai, et le microfilm glissa de la fente pour tomber sur la table de bois. Je me retournai et vis un homme d'une trentaine d'années qui entrait avec un microfilm à la main. Il ne portait pas le costume noir de mes amis d'Acta Fidei, mais son faciès de mafieux sadique ne m'inspirait pas confiance pour autant. Ou peut-être était-ce ma paranoïa qui continuait de me jouer des tours.

— Bonjour, dit-il en s'asseyant et en allumant un rétroprojecteur devant lui.

Je répondis par un sourire et ramassai le microfilm sur la table. J'allais le réintroduire sous la lampe quand la voix du nouvel arrivant me fit sursauter à nouveau.

— C'est fou tout ce qu'on peut trouver, sur ces microfilms, hein ? dit-il sans me regarder.

Était-ce ma méfiance exagérée ou venait-il de glisser un sous-entendu évident ? Je savais de quoi nos poursuivants étaient capables et je décidai donc de ne prendre aucun risque.

— Oui, c'est fou, répondis-je sans conviction en me levant.

Je glissai le microfilm dans la petite boîte et me précipitai vers la sortie sans réfléchir. Je n'eus pas le courage de me retourner pour voir si l'inconnu me suivait, et je fonçai droit vers les escaliers. La documentaliste était encore derrière son guichet. Je m'avançai vers elle d'un pas vif.

— Vous avez fini ? me demanda-t-elle en levant ses lunettes sur son front.

— Euh, oui.

Je jetai un coup d'œil vers la mezzanine. La porte de la petite pièce s'était refermée. Mais l'inconnu aurait eu tout à fait le temps de sortir pendant que je descendais les escaliers. Il m'attendait peut-être dans le hall.

— Juste une petite question, dis-je en m'approchant de la jeune femme. Pouvez-vous me dire qui a déposé ce microfilm à la BN ?

— Bien sûr.

Elle fit une recherche sur son ordinateur. J'avais les mains moites et comme des fourmis dans les jambes.

— Un certain Christian Borella. Il y a dix ans.
— Vous avez ses coordonnées ? demandai-je.
— Ah non. Désolée.
— Ce n'est pas grave. Merci, au revoir.

Elle me salua et retourna dans ses paperasses. J'inspirai profondément et me dirigeai vers la sortie avec angoisse. Allais-je tomber sur l'inconnu ? Allais-je devoir fuir à nouveau ? En aurai-je la force ?

Prudemment, regardant partout autour de moi, je sortis de la salle de lecture. Je ne le vis nulle part. Je souris à l'idée que j'avais peut-être réagi un peu vite, mais je n'étais pas encore tout à fait rassuré. Et surtout, j'enrageais de n'avoir pas pu lire le microfilm en détail.

Je traversai le long couloir de la bibliothèque, jusqu'à l'entrée. Personne ne semblait me suivre. Mais je continuai sans m'arrêter. Une fois dehors je pris un taxi et ne fus soulagé qu'après quelques minutes, quand je fus quasiment sûr que je n'étais pas suivi.

Il était midi quand j'arrivai dans la contre-allée de l'avenue de Tourville, devant la façade blanche de l'hôtel. Je payai le taxi et me précipitai à l'intérieur, impatient de raconter ma petite aventure à Sophie, et de découvrir ce qu'elle avait traduit.

Mais juste derrière la porte, je fus interpellé par la réceptionniste.

— Monsieur !

Je me retournai, étonné. En général, quand une réceptionniste vous appelle, c'est pour vous transmettre un message. Or personne n'était censé savoir que j'étais ici. À part Sophie. Et Sophie devait être en haut, dans notre chambre…

— Monsieur, reprit la jeune femme avec un sourire gêné. Votre femme est partie il y a une demi-heure, et elle m'a demandé de vous donner ce mot.

J'attrapai l'enveloppe qu'elle me tendait. Je lus le mot sur place, impatient.

« *Damien – devons changer d'hôtel – ai pris nos affaires – pas payé – rendez-vous à 14 heures devant le bâtiment où travaille celui dont sont les hommes de mon film préféré.* »

Je relus le mot deux fois, pour être certain que je ne rêvais pas, et parce que la fin de la phrase avait un sens obscur. On aurait dit la lettre anonyme d'un vieux film d'espionnage. Mais je savais que c'était sans doute très sérieux. Je n'avais plus besoin de preuves pour savoir que Sophie et moi étions en danger permanent. Mais de quel bâtiment parlait-elle ?

Je réfléchis un instant, puis je compris enfin. *Celui dont sont les hommes*. Alan J. Pakula. *Les Hommes du Président*. C'était bien son film préféré. Il n'y avait aucun doute. Elle parlait de l'Élysée. Nous avions rendez-vous à quatorze heures devant le palais de l'Élysée. Pas si obscur que ça. Mais ce qui m'étonnait, c'est qu'elle ait utilisé un code pour me donner rendez-vous.

Cela signifiait-il que nous étions surveillés de près ? Hypothèse la plus vraisemblable puisque Sophie disait même que nous devions changer d'hôtel. J'espérais seulement qu'il n'était pas trop tard…

— La chambre est vide ? demandai-je à la réceptionniste en refermant la lettre puis en glissant l'enveloppe dans ma poche.

— Oui, monsieur. Voici la carte bleue de votre épouse. Elle a insisté pour nous la laisser en caution. Ce n'était vraiment pas nécessaire…

Je récupérai la carte de Sophie en souriant, amusé qu'elle se soit fait passer pour ma femme.

— Vous pouvez me donner la note ? demandai-je en sortant mon portefeuille. Je vais vous régler tout de suite, je dois partir.

— Bien sûr, monsieur. Et il y a aussi un livreur qui a apporté ces deux paquets pour vous.

Je reconnus mes habits. Je m'empressai de payer et ramassai les deux sacs de vêtements.

J'avais le temps de déjeuner avant le rendez-vous mystérieux de Sophie mais quelque chose me disait qu'il n'était pas sage de rester dans les parages et je pris donc un nouveau taxi pour me rapprocher de l'Élysée.

Je fis arrêter le taxi sur les Champs et déjeunai en vitesse au Planet Hollywood, non par goût mais par souci d'anonymat. Ce restaurant est sombre et bondé, un bon moyen de passer inaperçu. J'avais l'air d'un touriste de plus au milieu des accessoires et costumes divers ayant appartenu aux stars du ciné. Pas de fenêtre, la lumière artificielle des néons roses et bleus, des décors si criards qu'on ne pouvait repérer personne. J'engloutis un menu américain non sans plaisir toutefois, et un peu avant quatorze heures sortis sur les Champs-Élysées.

Ceux qui montaient vers l'Étoile croisaient ceux qui descendaient vers la Concorde, comme deux armées de fourmis qui s'ignorent. Déjà du monde, en milieu de journée, au mois de mai. Toujours du monde. Jolies filles en renfort, Japonais courbés par le poids des Nikon, écoliers buissonniers, journaleux alignés devant les projections de presse, artistes de rue amusant les touristes aux terrasses des cafés en enfilade, vigiles bras croisés devant les grandes enseignes, clochards, condés, clébards, un tout autre Paris, mais Paris tout de même.

Puis les silhouettes des badauds cédèrent la place à celles des arbres, et je continuai jusqu'à la place Clemenceau. Sur la droite, j'aperçus la svelte statue du général de Gaulle, marchant d'un pas décidé, le torse bombé, les jambes droites. Encore une nouveauté qui avait poussé pendant mon absence. Je tournai à gauche dans l'avenue de Marigny et arrivai enfin rue du Faubourg-Saint-Honoré, devant les remparts bien gardés du palais présidentiel. Le drapeau français flottait au-dessus de la grande porte voûtée, et une Marianne de pierre semblait m'adresser un regard accusateur.

Je n'étais pas sûr d'être très discret à faire les cent pas comme un imbécile avec mes deux énormes sacs de vêtements, et les militaires qui gardent l'Élysée devaient m'observer d'un drôle d'œil. Mais heureusement je n'eus pas à attendre trop longtemps.

Au bout de quelques minutes, une New Beetle grise s'arrêta le long du trottoir d'en face, et je vis apparaître le visage de Sophie de l'autre côté de la vitre. Elle me faisait signe de monter dans la voiture. Je traversai la rue, jetai mes deux sacs sur la banquette arrière et grimpai à côté de la journaliste.

— Qu'est-il arrivé à votre Audi ? m'étonnai-je tout en admirant l'intérieur impeccable de la Volkswagen.

— J'ai préféré louer une voiture. On a besoin d'anonymat...

— Ah ouais, super discrète, la New Beetle ! Décidément, vous êtes amoureuse des voitures allemandes ! Bon, qu'est-ce que c'est que toutes ces histoires de changement d'hôtel et de rendez-vous secret ?

— Sphinx m'a envoyé un message ce matin pour me dire que mon portable avait été hacké, m'annonça Sophie en démarrant la voiture. D'après lui, quelqu'un a fouillé mon ordinateur à distance. Et le quelqu'un en question aurait aussi localisé mon point de connexion au web, ce qui, toujours d'après Sphinx, n'est pas donné à n'importe qui... Il n'a pas pu me garantir que cela avait un rapport avec mes recherches, mais je me suis dit que nous avions tout de même intérêt à déguerpir et à ne plus utiliser mon portable pour nous connecter au web !

— C'est une histoire de fous !

— On n'est plus à ça près ! ironisa Sophie.

— Vous croyez que c'était Acta Fidei ?

— Ou le Bilderberg, ou quelqu'un d'autre... Mais si ce sont eux, cela veut dire qu'ils ont enfin un moyen de savoir que nous étions à l'hôtel Le Tourville ! Ils ont peut-être aussi pu lire les fichiers que je n'avais pas encore enlevés.

— Vous en aviez laissé sur l'ordinateur ? Sphinx vous avait dit de les mettre sur disquette !

— J'ai enlevé tout ce à quoi je pensais. Mais Sphinx m'a dit que je n'avais pas supprimé mes e-mails ni certains fichiers temporaires qui sont gardés en mémoire. Et cela inclut le début de la traduction du manuscrit de Dürer ! Je suis vraiment trop stupide !

— Vous ne pouviez pas savoir...

— Sphinx venait de nous prévenir ! Je suis une imbécile !

— Le principal c'est qu'on s'en soit aperçu suffisamment tôt pour partir de l'hôtel ! Je comprends mieux maintenant pourquoi vous avez codé votre message pour notre point de rendez-vous.

— Ouais, c'était pas du codage de très haut niveau, mais je n'avais pas le temps de réfléchir. En tout cas, nous devons un sacré service à Sphinx ! Il faut absolument que je le recontacte. Juste avant que je me déconnecte, il a dit qu'il allait essayer d'identifier les gens qui nous ont hackés grâce au logger qu'il nous avait envoyé...

— Comment peut-on le contacter si on ne doit pas utiliser votre ordinateur ?

— Depuis un cybercafé. C'est ce qu'il y a de moins risqué.

J'exprimai mon accord d'un geste vague de la main.

— De toute façon, repris-je, avec ce que j'ai trouvé à la BN, le web risque de nous être encore très utile... Il faudra bien qu'on se connecte quelque part.

— Vous avez trouvé le microfilm ?

Alors que la New Beetle s'engouffrait sur la place de l'Étoile, je lui racontai mon histoire en détail. Quand je lui dis que les religieux auxquels le texte faisait référence s'appelaient les Assayya, Sophie écarquilla les yeux.

— C'est pas vrai ! s'exclama-t-elle.

— Quoi ?

— Ce manuscrit prétend qu'il existerait de nos jours un monastère d'Assayya dans le désert de Judée, c'est bien ça ?

— Oui. Pourquoi ? Vous savez qui sont les Assayya ? demandai-je, intrigué.

— Oui. Assayya en araméen signifie « Ceux qui soignent ».

— Et alors ?

— En grec, ça a donné Essaioi... et en français, Esséniens ! Ce sont les Esséniens, Damien !

— Vous êtes sûre ?

— Écoutez, je ne sais pas si ce texte dit la vérité, je ne sais pas s'il est possible qu'une communauté d'Esséniens ait survécu pendant deux mille ans alors que les historiens ont daté leur disparition au IIe siècle, cela me paraît impossible, mais ce dont je suis sûre, c'est que *Assayya* était le nom donné aux Esséniens. Et si ce texte ne raconte pas d'énormes conneries, cela voudrait dire... Non. C'est impossible. C'est complètement surréaliste. Ce serait énorme ! Comment auraient-ils pu passer inaperçus si longtemps ? Comment se seraient-ils renouvelés ? C'est de la folie !

— Si vous le dites. En tout cas, c'est intrigant ! Il faudra que j'y regarde de plus près.

Sophie resta silencieuse jusqu'à notre arrivée avenue Carnot. Je voyais bien qu'elle était en train de réfléchir, d'analyser la vraisemblance de cette révélation. Nous courions de surprise en surprise. Et le pire, c'est que nous n'avions probablement pas fini.

*
* *

Nous étions descendus à l'hôtel Splendid, à quelques pas de la place de l'Étoile, où nous avions pris cette fois deux chambres séparées. Sans l'ordinateur portable, nous n'avions plus vraiment d'excuse pour partager une même chambre.

L'hôtel, au coin de la rue de Tilsitt et de l'avenue Carnot, était un quatre étoiles plus luxueux mais moins intime que Le Tourville. Il y avait toutefois une consolation au calme perdu : ma chambre Louis XV donnait directement sur l'Arc de Triomphe.

Après avoir déballé nos affaires chacun de notre côté, nous nous retrouvâmes dans les fauteuils ronds du bar de l'hôtel.

— Que voulez-vous boire ? me demanda Sophie quand je m'assis en face d'elle.

J'hésitai un moment. Sophie poussa un soupir et s'approcha de moi :

— Écoutez, Damien, vous vous prenez un peu trop la tête avec vos histoires d'alcool ! chuchota-t-elle en me fixant droit dans les yeux. Laissez-vous aller, bon sang ! Vous pouvez quand même prendre un verre, non ? Vous n'allez pas faire des histoires chaque fois que vous avez envie de boire !

J'étais tellement surpris que je ne réussis même pas à répondre.

— Damien, reprit-elle d'un ton solennel, il est temps que vous recommenciez à vous faire un peu confiance. Je ne vais pas vous faire de la psychologie de comptoir, mais franchement, vous vous tracassez trop !

Je restais toujours immobile. J'étais à la fois furieux et désarçonné.

— Je ne sais pas par quelles merdes vous êtes passé, mais aujourd'hui, la vie est belle. Vous avez le droit de vous détendre.

Je la regardai d'un air médusé. Je ne lui avais jamais entendu cette voix-là. Je n'avais jamais vu ce regard. J'avais l'impression d'entendre Chevalier. Un grand frère. Une grande sœur. Touchante et agaçante à la fois. Tellement sûre d'elle !

— La vie est belle ? Me détendre ? réussis-je enfin à balbutier.

— Oui. Vivre, quoi ! Vous êtes un type bien. Vous vous rendez la vie trop compliquée.

J'avais envie de lui dire qu'elle était l'un des éléments qui me rendaient la vie compliquée en ce moment, mais je n'en trouvai pas le courage.

— Tout le monde ne peut pas être aussi relax que vous ! lui rétorquai-je toutefois. C'est très bien, vous n'avez aucun complexe, bravo ! Mais tout le monde ne peut pas être aussi... détaché !

— Je ne suis pas détachée ! Je suis libre et je ne me pose pas de questions sur le regard des gens... Tenez, par exemple, cela vous dérange que je puisse aimer autant les filles que les garçons ? Mais voyez-vous, je ne me pose pas la question comme ça, moi. Je me laisse faire. Si je tombe amoureuse, je tombe amoureuse...

— C'est un peu facile !

— Pas tant que ça, mais de toute façon, il ne s'agit pas de cela ! se défendit-elle.

— Mais alors quoi ? Je ne suis pas sûr de comprendre ce que vous essayez de me dire. Je ne sais même pas pourquoi vous me sortez ça !

— Ce que j'essaie de vous dire c'est que vous culpabilisez trop. Par rapport à votre ex, par rapport à votre père, par rapport à votre passé en général, l'alcool, la drogue, New York, j'en sais rien... Vous devriez souffler un peu.

— On n'est pas dans le contexte idéal pour se détendre, là, répliquai-je ironiquement.

— C'est sûr, concéda Sophie. Mais si vous y arrivez maintenant, au moment où c'est le plus dur, alors ce sera gagné. Et moi, ça me ferait plaisir.

Je restai silencieux un moment. Au fond, je savais bien ce qu'elle voulait dire. Elle n'avait peut-être pas trouvé les mots justes, mais elle avait raison. Mon problème était simple : je n'aimais pas ce que j'étais devenu à New York, et j'avais envie de me laver. De me purifier. M'absoudre. Et jamais je n'aurais cru pouvoir y parvenir jusqu'au jour de notre rencontre. Sophie était celle qui pouvait me faire renaître. Me redonner ce que mon passé m'avait volé. Mais voilà. Il y avait un problème. Je l'aimais, et elle aimait les femmes.

— Pourquoi vous me dites ça maintenant, comme ça ? lui demandai-je en baissant les yeux.

— Parce que je vous aime bien. Vraiment.

Aussi simple et maladroit que cela fût, c'était la chose la plus gentille qu'on m'avait dite depuis bien des années. Et c'était aussi la plus embarrassante.

— Et puis, avoua-t-elle, parce que ça me gonfle de vous voir paniquer à chaque fois que vous avez envie de boire un verre. Ou de me draguer.

— De vous draguer ? m'offusquai-je.

— Oui, de me draguer. C'est bon, Damien, vous avez le droit de me draguer ! Vous avez le droit de draguer qui vous voulez, tout comme la personne que vous draguez a le droit d'y être sensible ou non ! Vous voyez que vous vous prenez beaucoup trop la tête !

J'étais encore sous le choc. Complètement avachi dans mon fauteuil, je la regardais avec un air hagard.

— Alors, insista-t-elle sans pitié, qu'est-ce que vous buvez ?

Il était inutile de lutter. Sophie était un adversaire hors catégorie.

— Un whisky.

Elle sourit.

— Double, ajoutai-je en esquissant un sourire à mon tour.

Elle applaudit et fit signe au serveur. Elle passa notre commande et nous restâmes silencieux, un peu gênés sans doute, jusqu'à ce que nos boissons soient servies.

— Excusez-moi de vous avoir brusqué, glissa-t-elle timidement après avoir bu quelques gorgées de son Cosmopolitan.

— Non, vous avez bien fait. Vous avez raison. Je n'arrive pas à me détendre… Vous savez, la psychologie de comptoir, parfois, n'est pas complètement dénuée de sens… Je crois que j'ai vraiment besoin de déculpabiliser.

Et à cet instant, au milieu de cet après-midi étrange, dans l'ombre de ce bar luxueux, Sophie m'embrassa. Sur la bouche. Longuement.

Je me laissai faire. Impuissant. Stupéfait. Ravi. Puis elle se renfonça dans son siège, me fit un large sourire, but une gorgée et, tout en gardant la paille de son Cosmopolitan dans la bouche, elle me lança :

— Pas mal pour une lesbienne, non ?

Puis elle éclata de rire. Mais ce n'était pas un rire moqueur. C'était un rire délicieux. Dont je n'entendais pas toutes les notes tellement elles se mélangeaient dans l'écho de ma stupeur.

J'avalai mon whisky cul sec.

Puis j'éclatai de rire à mon tour. C'était comme si la pression incroyable qui nous harcelait depuis plusieurs jours baissait enfin. Une seconde de répit dans notre course effrénée.

Et pour moi, le baiser le plus inespéré.

Nous restâmes silencieux encore de longues minutes avant que Sophie ne se décide à reprendre la parole.

— J'ai quand même eu le temps d'avancer un peu dans la traduction, annonça-t-elle sur un tout autre ton.

— Excellent ! Alors ? la pressai-je en me redressant sur mon fauteuil pour feindre la désinvolture.

En vérité, j'avais du mal à penser à autre chose qu'au baiser qu'elle venait de me donner, mais il fallait bien que je m'y résolve. Et Sophie avait gardé les pieds sur terre. Pour elle, la vie était si simple. Elle ne mentait pas. Elle ne se posait pas ces questions absurdes qui m'empêchaient d'avancer. Et ce baiser était là pour le prouver.

— Je n'ai pas grand-chose de concret à vous apprendre pour le moment. La grande difficulté consiste à comprendre le texte que je traduis grâce aux notes de votre père. Et franchement, j'ai besoin de documents externes pour faire mes propres vérifications.

J'avais depuis longtemps oublié la saveur de ce genre de baiser. Un simple baiser d'écolier. Pas ces baisers débridés que je donnais aux passantes nocturnes qui se croisaient dans mon lit new-yorkais. Non, un vrai, simple baiser. Un baiser d'amoureux.

— Et vous en êtes où ? demandai-je, un peu distrait.

— Je ne suis encore qu'au début. Dürer a donné des pistes pour suivre l'histoire de la pierre de Iorden, et votre père a fait quelques recherches, mais c'est incomplet. Pour l'instant, si j'ai bien compris, Dürer explique que celui à qui Jésus aurait donné cet objet mystérieux – que ce soit Jean, Jacques, ou Pierre – l'a confié avant de mourir à des moines de Syrie. Il faut que je vérifie si c'est plausible et si l'on peut trouver des traces de cela dans l'histoire... Honnêtement, je ne pense pas que je vais pouvoir faire ça dans l'hôtel. Il faut que j'aille travailler en bibliothèque.

— Je pourrais peut-être vous aider, proposai-je.

— Non. Il faut que vous suiviez la piste du microfilm. Cette histoire d'Esséniens, c'est énorme !

— Je ne vais pas retourner à la BN ! C'est trop dangereux...

— Non, concéda-t-elle, mais puisque vous avez le nom de la personne qui a déposé le microfilm, vous pourriez essayer de la contacter. Voir si c'est un allumé total ou si c'est un type sérieux.

— OK.

— Vous vous souvenez de son nom, n'est-ce pas ?

— Christian Borella, confirmai-je.

— Bien. Essayez de le trouver. Pendant ce temps-là, j'irai bosser à Beaubourg.

— D'accord, chef.

— Allons d'abord dans un cybercafé contacter Sphinx, ensuite vous pourrez faire des recherches sur l'auteur du microfilm.

— Allons-y, cédai-je en reposant mon verre sur la table.

Sophie me lança un regard intense. Je savais exactement ce que voulait dire ce regard. Elle me demandait si ça allait. Elle me demandait si je lui en voulais de m'avoir embrassé. Je lui retournai un sourire. J'étais bien.

*
* *

— Les types qui vous ont hackée sont des pros, pas des petits gamins qui s'amusent, et il semble qu'ils ont opéré depuis les États-Unis, mais cela, je ne peux pas le vérifier pour le moment.

Sophie avait choisi un cybercafé à la mode au milieu de l'avenue de Friedland. Gigantesque loft plongé dans une pénombre électrique, le décor tenait à la fois d'une boîte de nuit rococo des années 1980 et d'une salle d'arcades de Los Angeles. Néons, diodes, spots, lumière blafarde des écrans, l'ombre de cette tanière était transpercée de rayons fluorescents. Le long des murs s'alignaient des rangées d'ordinateurs devant lesquels s'agglutinaient des adolescents excités, casque sur les oreilles, le regard mort-vivant, à se balancer des rafales d'Uzi ou de Kalachnikov par jeu réseau interposé. Un trentenaire hagard à l'accueil nous avait guidés vers le fond du loft. Les cheveux longs, des yeux rouges et cernés derrière des lunettes à l'épaisse monture, son maigre corps flottant dans une chemise trop large et un pantalon trop ample, il avait l'air de n'avoir pas mangé et pas dormi depuis des jours. Nous l'avions suivi dans un étroit escalier en colimaçon et il nous avait enfin déniché une petite place sur la mezzanine.

— Installez-vous là. Vous avez Explorer, et Netscape. Aucune install possible. Pas de conneries. Pour les jeux il faut…

— Nous n'avons pas l'intention de jouer. Mais est-ce que mIRC est installé ?

Il avait soupiré, farfouillé quelque chose sur l'ordinateur, et une icône était apparue. Le seul logiciel dont nous avions besoin. Il était parti en grommelant, une cigarette au bec.

Nous étions plutôt tranquilles tout au bout du balcon, les gamins alentour étaient dans un tout autre monde et ne nous avaient même pas vus venir. Avec leurs casques et la musique techno que diffusaient des haut-parleurs disséminés un peu partout, ils ne risquaient pas non plus de nous entendre et nous pouvions discuter sans crainte. Je m'étais absenté quelques instants, cédant à une envie pressante, et Sophie en avait apparemment profité pour sociabiliser un peu avec Sphinx. Elle lui avait entre autres révélé mon existence, et les tenants et les aboutissants de notre enquête.

La photo de Bush que le *hacker* nous avait envoyée venait de paraître dans *Libération*, ce qui avait fait très plaisir à notre ami invisible.

Il nous était de plus en plus sympathique, et j'avais envie d'en savoir plus sur lui. Après tout, nous ne connaissions même pas son âge, même si tout semblait indiquer qu'il devait s'agir d'un jeune homme d'une vingtaine d'années.

En nous prévenant que nous avions été hackés et tracés, il nous avait peut-être sauvé la vie. Sophie lui promit que nous saurions prouver notre reconnaissance.

— *Savez-vous s'ils ont eu le temps de tout voir sur mon disque dur ?*

— *Sans aucun doute possible.*

— *Avez-vous une chance de les identifier, à terme ?*

— *Peut-être, avec le logiciel que je vous ai fait installer. Mais ça va prendre du temps. Ces salauds vous ont foutu un Cheval de Troie, ils ont dû attendre un moment où vous n'étiez pas en train de vous servir de votre PC pour prendre le contrôle de la machine.*

— Intéressant. Mais du coup, je ne peux plus utiliser mon portable, et ça ne va pas nous aider à finir nos recherches.

— Je peux encore faire quelque chose pour vous ?

— Pour l'instant, rien de précis. Mais je suis sûre qu'on aura bientôt de nouvelles questions à vous poser. En attendant, vous pouvez essayer de les identifier ?

— Je vais faire tout mon possible. Je vais essayer de trouver autre chose sur Acta Fidei. Cette histoire m'intrigue vraiment.

— Vous pouvez aussi essayer le Bilderberg. Nous avons appris de source sûre qu'il venait d'y avoir un schisme au sein du groupe... Il y a sûrement matière à chercher par là.

— OK. On se retrouve ce soir ?

— OK. Disons après le dîner.

Sophie ferma le logiciel d'IRC et me céda sa place.

— Faites vos petites recherches sur l'auteur du microfilm, dit-elle. Moi, je file à Beaubourg. On se retrouve ce soir à l'hôtel à vingt heures pour dîner, et ensuite on ira retrouver Sphinx en ligne.

— Entendu.

Elle me déposa un baiser sur le front et disparut derrière les colonnes de pierre qui quadrillaient la mezzanine du cybercafé.

Je soupirai et ouvris un navigateur Internet sur l'ordinateur devant moi. Je décidai de commencer par le site des pages jaunes, mais n'ayant pas de ville précise ni même de région, je découvris vite qu'il y avait beaucoup trop de Christian Borella en France pour que ma recherche soit possible de cette façon. Ne serait-ce que sur la région parisienne, il y en avait déjà plusieurs.

Sans grande conviction, je lançai un moteur de recherche et tapai le nom de l'auteur du microfilm.

Après quelques pages sans intérêt sur divers homonymes, je vis avec surprise un lien vers une dépêche AFP au titre évocateur. Impatient, je cliquai sur le titre : « Israël : meurtre inexpliqué d'un directeur de mission pour Médecins sans frontières. »

Lentement, la page s'afficha sur l'écran de mon ordinateur. C'était une courte dépêche, quelques lignes à peine.

« *JÉRUSALEM (AFP). Le corps de Christian Borella, directeur de mission pour Médecins sans frontières, a été retrouvé ce matin dans un appartement des faubourgs de Jérusalem. Abattu de deux balles dans la tête, ce Français de cinquante-trois ans a passé une bonne partie de sa vie auprès des bédouins du désert de Judée. Étant donné le caractère purement humanitaire de sa mission, la police israélienne estime qu'il y a peu de chances que le meurtre ait un rapport avec le conflit israélo-palestinien. Le mobile du meurtre reste donc mystérieux pour l'instant. Peut-être un crime passionnel...* »

Il n'y avait aucun doute. Il s'agissait sûrement de l'auteur du microfilm. La coïncidence eût été trop grande. Le monastère auquel le manuscrit de la BN faisait référence se trouvait justement dans le désert de Judée. J'étais donc pratiquement sûr d'avoir trouvé la piste. Mais malheureusement, c'était probablement une voie sans issue puisque le fameux Borella était mort.

En tout cas, il y avait là de quoi enquêter : d'ici à ce que sa mort ait un rapport avec le microfilm, il n'y avait bien sûr qu'un pas. Je regardai la date de la dépêche. Elle datait de trois semaines à peine. De plus en plus troublant.

Excité, je continuai d'éplucher les annuaires de recherche pour trouver d'autres informations sur Borella, mais en dehors d'une dépêche de Reuters à peu près similaire à celle de l'AFP, je ne trouvai rien de concret. Je me décidai donc à suivre plutôt la piste Médecins sans frontières et cherchai leur numéro de téléphone. Je notai les coordonnées sur un bout de papier et m'apprêtai à quitter la cacophonie du cybercafé.

Quand j'arrivai en bas, je remarquai deux voitures de police garées en double file juste devant l'entrée. Je m'immobilisai aussitôt. Étaient-ils là pour moi ? C'était des policiers, pas des gendarmes. Et alors ? Je ne pouvais pas prendre le moindre risque. Je pestai. Ils avaient peut-être même déjà interpellé Sophie !

Je devais faire une drôle de tête car le type de l'accueil me tapota sur l'épaule.

— Un souci ?

Je sursautai.

— Hein ?

— Vous avez un souci ? répéta le chevelu en lançant un regard vers la rue.

J'hésitai.

— Il y a une autre sortie ?

Il pencha la tête. Me regarda d'un air amusé. L'air de dire : « *qui pourrait croire qu'un type comme moi puisse sauver la mise d'un type comme toi, hein ?* ».

— Suivez-moi, proposa-t-il finalement, comme s'il avait décidé que je n'avais pas l'air d'un criminel.

Et il s'en fut vers le fond du loft. Sans hésiter, je lui emboîtai le pas à travers les rangées de *gamers*. Il ouvrit une lourde porte en fer juste à côté de l'entrée des toilettes. Elle donnait sur un couloir empli de cartons d'ordinateurs et de vieux câbles enchevêtrés. Je passai derrière lui.

— Vous pouvez sortir par là, dit-il en indiquant une porte de secours au bout du couloir.

— Merci beaucoup, répondis-je, embarrassé.

— Pas d'problème.

Il retourna à l'intérieur du cybercafé avant même que je puisse lui serrer la main.

Je me décidai à sortir. J'étais de l'autre côté de l'immeuble, et à mon grand soulagement je ne vis aucun policier dans cette rue-là.

Je marchai d'un pas vif, me retournant fréquemment, redoutant de les voir derrière moi chaque fois que vrombissait le moteur d'une voiture. Je traversai plusieurs rues, jusqu'à ce que je puisse trouver un endroit calme, loin des voitures de police, loin du Paris des touristes, loin des visages trop nombreux qui ne me laissaient oublier ma paranoïa grandissante.

Je m'assis sur un banc vert, à l'ombre des premières feuilles d'un petit square silencieux. Je poussai un long soupir. Je ne m'habituai pas à cette nouvelle vie. La cavale.

Des pigeons sautillaient sur le sable autour de moi, à la recherche des miettes de pain qu'une vieille dame devait jeter régulièrement depuis ce banc. Quelques arbustes, la statue de bronze d'un maréchal quelconque, des grillages verts au pied des platanes, j'étais dans le Paris de mon enfance. Celui dans lequel m'emmenait ma mère les mercredis après-midi. Je me souvenais de sa main qui serrait la mienne. Me hissait quand je ratais le trottoir. Le marché aux fleurs, les spectacles de marionnettes au jardin d'Acclimatation, les glaces chez Berthillon... C'était ce Paris-là qui m'avait le plus manqué.

Mais l'heure n'était pas aux souvenirs. Je ne pouvais pas laisser la mélancolie me gagner. Pas maintenant. Je pris mon téléphone portable au fond de ma poche. Je n'avais pas encore installé la carte provisoire que j'avais achetée la veille. Je l'introduisis dans le téléphone et vérifiai que cela fonctionnait.

Le logo de mon fournisseur apparut sur l'écran et les briques de réception s'empilèrent une à une. Je composai le numéro de Médecins sans frontières. Une jeune femme répondit. Je n'avais pas préparé mon appel. J'improvisai.

— Bonjour, Laurent Chirol à l'appareil.

C'était le premier nom qui me vint à l'esprit.

— Je suis journaliste pour Canal Plus, ajoutai-je.

Pure précaution. Au pire, si j'avais besoin de prouver mes sources, Sophie pourrait sûrement assurer mes arrières depuis Canal.

— Je fais une enquête sur Christian Borella... J'aurais aimé parler à quelqu'un chez vous qui le connaissait.

— Ne quittez pas, répondit la standardiste d'une voix neutre.

Je serrai les poings, espérant que je n'allais pas me faire jeter. Quand la petite musique d'attente s'arrêta, ce fut une voix masculine qui rompit le silence. La standardiste m'avait laissé passer.

— Monsieur Chirol ?

C'était une voix grave, sûre, un peu fière même.

— Oui, répondis-je.

— Bonjour, je suis Alain Briard, je travaille au dispatch pour la section française, et je connaissais assez bien Christian. Line me dit que vous préparez une enquête à son sujet...

— Tout à fait.

— Fort bien. Je ne sais pas si je pourrai vraiment vous aider, mais je serais très curieux de voir les résultats de votre enquête.

— Je vous enverrai une cassette, mentis-je.

— Que voulez-vous savoir ?

— Christian vous avait-il parlé de sujets de recherche annexes à son travail pour MSF ?

— Pas vraiment.

— Il ne vous a jamais parlé d'une passion qui n'avait rien à voir avec l'humanitaire ? Ou d'une découverte un peu... hors sujet ?

— Non, répondit mon interlocuteur d'une voix perplexe. Sa passion, c'était le désert de Judée. Il passait son temps là-bas, et je ne crois pas qu'il y ait eu de place pour beaucoup d'autres choses dans sa vie...

— Oui, mais justement, ne vous a-t-il jamais parlé de quoi que ce soit au sujet du désert de Judée qui n'ait rien à voir avec MSF ?

— Je ne vois pas où vous voulez en venir. Il a trouvé un trésor là-bas, ou quoi ?

— Non, non, pas du tout, le rassurai-je.

— Vous savez, il n'avait pas le temps de s'occuper d'autre chose, il n'avait même pas le temps de s'occuper de sa fille à Paris...

— De sa fille ?

— Oui, Claire, sa fille. Vous ne saviez pas qu'il avait une fille ?

— Euh, non, je suis au tout début de mon enquête...

— Vous devriez commencer par là ! Elle en sait sûrement plus que moi à son sujet.

— Vous avez ses coordonnées ?

Il hésita un instant.

— Elle habitait chez son père, je crois... Mais je ne peux pas vous donner l'adresse. Cela relève de sa vie privée...

— Je comprends.

Je ne voulais pas le brusquer. Je ne devais surtout pas me faire remarquer. Mais j'avais déjà toutes les informations dont j'avais besoin. Je recherchais l'adresse d'une certaine Claire Borella, ou de son père Christian, qui habitait à Paris. Cette fois-ci, j'avais suffisamment d'éléments pour ne pas y aller à l'aveuglette.

Je remerciai M. Briard, visiblement déçu que je ne lui pose pas plus de questions, et je raccrochai. Je composai ensuite le numéro des renseignements sur mon portable, demandai les coordonnées de Christian Borella. Par chance, il n'y en avait qu'un seul à Paris. Malheureusement, il était sur liste rouge.

Je ne pouvais sans doute pas aller beaucoup plus loin tout seul, j'allais avoir besoin de l'aide de Sophie et de son ami aux RG. Mais il me restait du temps jusqu'à vingt heures et, quitte à passer des coups de fil, je décidai de relancer une ancienne piste que nous avions un peu négligée. Le prêtre de Gordes.

Je trouvai le numéro du presbytère par les renseignements et me décidai à l'appeler. Trop de questions étaient restées en suspens après notre rencontre.

Il décrocha après la deuxième sonnerie.

— Bonjour, mon père. Damien Louvel à l'appareil.

Je l'entendis soupirer.

— Bonjour, répondit-il tout de même.

— Je vous dérange ? risquai-je, bien que la réponse ne fît aucun doute.

— Oui.

Ça avait le mérite d'être clair.

— Je suis désolé, mon père, mais...

— Vous savez que vous êtes recherché par la gendarmerie ?

— Entre autres, oui...

— C'est tout ce que ça vous fait ?

— Disons que ce n'est pas encore en haut de ma liste de priorités. Je suis désolé de vous déranger, je le répète, mais avouez que vous avez achevé notre conversation un peu sèchement la dernière fois et...

— Figurez-vous que je fais mes cartons, me coupa-t-il d'un ton exaspéré.

— Vous partez ? m'étonnai-je.

— Oui.

— Où ça ?

— À Rome.

— Pardon ? m'exclamai-je.

— Oui. À Rome. J'ai été muté, monsieur Louvel.

— Muté à Rome ? Euh, c'est une sacrée promotion !

— Pas vraiment, non... J'aime beaucoup la paroisse de Gordes et j'y aurais bien terminé ma vie. Bref, monsieur Louvel, ce n'est pas vraiment une promotion. Plutôt une voie de garage.

— Ah. Et vous ne pouvez pas refuser ?

Il soupira à nouveau, essayant de calmer sa voix.

— Bien sûr que non !

— Je ne sais pas, je ne m'y connais pas trop en droit du travail ecclésiastique, glissai-je ironiquement.

— J'ai été muté, voilà tout. Je pars.

J'en eus le souffle coupé. Le prêtre était visiblement très remonté, et, malgré moi, je trouvais cela presque amusant.

— Vous croyez qu'on vous a muté pour... vous faire taire ?

— Sans commentaire.

J'entendis le son d'un briquet. Le prêtre s'allumait une cigarette. De mieux en mieux !

— Vous savez qui a demandé votre mutation ?

Il resta silencieux un moment.

— Non. On ne sait *jamais* de qui ça vient.

Je me lançai.

— Et si je vous disais que je sais, moi, de qui ça vient ?

— Comment ça ?

— Je sais exactement qui a demandé votre mutation et pourquoi. Je pourrais vous en dire plus, mais vous avez vous-même des choses à me dire sur mon père, n'est-ce pas ?

Nouveau silence embarrassé.

— Peut-être, avoua-t-il finalement.

Je serrai les poings. Cela devenait intéressant.

— Écoutez, monsieur le curé, je crois qu'il faudrait qu'on parle de tout ça plus calmement. Est-ce que vous pouvez prendre une journée ou deux de congé et me rejoindre à Paris ?

Il hésita.

— Pourquoi pas...

— Notez mon numéro de téléphone. Ne le divulguez pas. Appelez-moi quand vous êtes à Paris. Et faites attention à vous. Vraiment.

— Et la gendarmerie ?

— Vous n'êtes pas obligé de leur dire que vous m'avez eu au téléphone.

— Bien sûr. Secret professionnel, mon fils, répliqua-t-il avant de raccrocher.

HUIT

Le Pré Carré, le restaurant de l'hôtel Splendid, bénéficiait d'une ambiance feutrée et, dans sa partie haute, d'un calme idéal pour discuter tranquillement. Le problème, c'est qu'il était déjà vingt heures trentre et que Sophie n'était toujours pas là. Elle avait maintenant une demi-heure de retard et je commençais non seulement à être écœuré par les pistaches que m'avait apportées la serveuse, mais en plus à m'inquiéter sérieusement.

J'avais déjà eu le temps de m'imaginer cent scénarios catastrophes dans lesquels Sophie se faisait descendre par les molosses de l'un ou l'autre de nos poursuivants acharnés. Sans parler de l'éventualité de plus en plus plausible que les flics l'aient arrêtée à la sortie du cybercafé. Et je ne m'imaginais pas assumer notre histoire tout seul. Je n'étais rien, sans Sophie. J'avais besoin d'elle, de son courage, de sa détermination, de ses sourires.

J'étais sur le point de commander un deuxième whisky quand j'aperçus avec bonheur la silhouette de la journaliste à travers la fenêtre du restaurant.

Elle s'approcha de ma table, et dans la lumière de ses yeux je vis qu'il n'était rien arrivé de grave.

— Désolée, j'ai pris du retard, j'étais captivée par ma traduction... Et j'ai eu les gens de Canal au téléphone, ils s'impatientent.

Elle prit place en face de moi. Les reflets bleutés des discrets plafonniers éclairaient son front comme un rayon de soleil à travers un vitrail. La lumière du Pré Carré avait quelque chose de féerique. Azur au plafond, ambre sur les boiseries et les pans de mur clairs alignés derrière elle. Des petites barrières de bois capitonnées nous séparaient des tables voisines à hauteur de taille, offrant à notre place un semblant d'intimité. La table était magnifiquement dressée. Argenterie, cristal, blancs doux et épais. Sophie caressait nerveusement la surface de la nappe du revers de sa main. Elle était visiblement pressée de me raconter ce qu'elle avait découvert mais, quand elle fut installée, elle me demanda de commencer.

— Je crois que les flics sont sur nos traces. Il y avait deux voitures de police à la sortie du cybercafé.

— Déjà ? Vous êtes sûr ?

— Je ne suis pas allé leur demander. Je suis sorti par-derrière. Mais s'ils nous ont repérés au cybercafé, qui nous dit qu'ils ne savent pas dans quel hôtel on est ?

Elle jeta un regard circulaire autour de nous.

— Pour l'instant, ça a l'air calme, dit-elle en souriant. On verra bien...

— On verra bien ? Elle est bonne celle-là ! Je n'ai pas l'habitude, moi, d'être recherché par les flics.

— Moi non plus, mais on ne peut pas y faire grand-chose, à part surveiller nos arrières, comme on dit. Alors, qu'avez-vous appris ?

— Borella est mort, répliquai-je aussitôt, bien aise après tout de changer de sujet. Assassiné, à Jérusalem. Il a une fille, à Paris. Elle est sur liste rouge, je crains qu'il ne faille faire appel à votre ami des RG à nouveau.

Sophie pouffa.

— Le pauvre, il va péter les plombs ! me confia-t-elle. Si on demandait à Sphinx, plutôt...

— Pourquoi pas ? De toute façon, vous lui avez dit tout à l'heure que nous le retrouverions ce soir.

Une employée du restaurant s'approcha de notre table et nous tendit le menu. Je la remerciai d'un sourire.

— Vous avez faim ? me demanda Sophie quand la serveuse se fut éloignée.

— Disons qu'on a tous les deux mérité un bon repas et que New York manquait cruellement de restaurants comme celui-ci...

— Je croyais qu'il y avait tout un tas de restaurants français là-bas ?

— Ce n'est pas pareil. La cuisine française n'a jamais vraiment le même goût à l'étranger. Je ne sais pas pourquoi. Peut-être parce qu'on ne trouve pas les mêmes produits.

Elle acquiesça en souriant, puis plongea son regard dans la carte du Pré Carré.

— Alors, vous prenez quoi ? demanda-t-elle sans lever les yeux.

Je fis glisser mon doigt plusieurs fois le long du menu, indécis. Quel supplice de devoir choisir dans une liste où tout paraît succulent !

— Je crois qu'en entrée je vais me laisser tenter par les escalopes de foie gras de canard poêlées aux pêches rôties, annonçai-je finalement.

Elle sourit.

— Rien que ça ? Oh, après tout, vous avez raison, je vais vous suivre. Et ensuite ?

— J'hésite entre le carré d'agneau rôti au thym et le lapin aux pignons de pin et vert de blette...

Elle se frotta le menton puis, ajustant ses lunettes, releva la tête vers moi.

— Eh bien, prenez l'agneau, je prendrai le lapin et nous nous ferons goûter nos plats.

— Entendu !

J'appelai la serveuse qui ne tarda pas à venir prendre notre commande. Elle se retira quand nous eûmes annoncé nos choix et fit place à un jeune homme replet.

— Vous prendrez du vin ? demanda-t-il en me tendant la carte.

J'hésitai un instant devant la liste fort complète.

— Pour le foie gras poêlé, je crois qu'un sauternes s'impose... Sophie ?

— Si vous voulez. Ou un barsac, suggéra-t-elle malicieusement. Vous connaissez ? C'est très proche du sauternes, mais plus léger à mon goût.

— Parfait, répondis-je, enthousiaste.

Je lui tendis la carte des vins, quelque peu embarrassé. Je savais qu'elle était bien plus à même que moi de choisir notre liqueur. Au diable la tradition qui voulait que ce fût à l'homme de choisir ! Je préférais passer pour un ignare et boire du bon vin.

— Alors va pour un Château Climens, conclut Sophie.

— Un 90 ? suggéra le sommelier.

— Très bien. Ensuite, pour les plats, difficile de trouver un vin qui s'accorde à la fois au lapin et au carré d'agneau...

— Alors, là, ne comptez pas sur moi. Je vous fais confiance, Sophie.

— Un pauillac devrait faire l'affaire, proposa-t-elle en me regardant. Pour l'agneau en tout cas, il n'y a rien de mieux.

J'acquiesçai, amusé.

— Alors nous prendrons votre Pichon-Longueville.

— Nous avons un 90 aussi, répliqua le jeune homme en souriant. Une excellente année.

— Parfait.

Il reprit les cartes et partit en cuisine.

Quand Sophie se tourna vers moi, j'éclatai de rire.

— Quoi ?

— Non, rien, répondis-je en haussant les épaules. Vous me faites rire.

— Parce que j'ai choisi le vin ?

— Je ne sais pas. C'est un tout.

— Merci !

Je crois bien que c'était la première fois que je la voyais vexée. Je ne sais pas pourquoi, mais je me dis que ça devait être bon signe.

205

— Où avez-vous appris l'œnologie ? lui demandai-je plus gentiment.

— Je ne suis pas œnologue ! Simplement, mon père avait de très bonnes bouteilles, et je l'aidais à tenir son livre de cave. Dès quinze ou seize ans, j'ai été initiée aux différents vins.

— Vous avez de la chance...

— Oui. L'avantage, quand on commence un peu à s'y connaître, c'est qu'on peut trouver de très bonnes bouteilles pour un prix raisonnable alors qu'un profane sera obligé d'aller taper dans les valeurs sûres les plus coûteuses...

— Aussi coûteuses qu'un pauillac par exemple ? ironisai-je.

— C'est vrai. Mais au restaurant, ce n'est pas pareil...

— Oui, et puis c'est moi qui paie l'addition !

Nous nous mîmes à rire tous deux. Ce n'était pourtant pas si drôle, mais nos nerfs, soumis depuis plusieurs jours à rude épreuve, n'étaient pas vraiment dans un état normal.

— Bon, quand vous aurez fini de vous foutre de moi, reprit-elle en allumant une cigarette, vous n'aurez qu'à me raconter ce que vous avez trouvé d'autre concernant notre histoire...

— Eh bien, n'ayant pas pu obtenir le numéro de la fille de Borella, je suis parti sur une autre piste. J'ai appelé le prêtre de Gordes.

— Bonne idée. Et alors ?

— Alors il était en train de faire ses valises. Il s'est fait muter à Rome, une voie de garage selon lui.

— Tiens donc ! À votre avis, ça a un rapport avec nous ?

— Ça doit venir d'Acta Fidei, non ? Ça me paraît évident.

— Probable.

— En tout cas, il n'a pas l'air ravi. Mais la bonne nouvelle, c'est qu'il a accepté de venir à Paris pour que nous puissions échanger des infos. Je vais lui révéler ce que nous savons sur Acta Fidei, et je pense qu'il a encore des choses à me dire sur mon père. Je lui ai donné mon numéro.

— Vous êtes fou ! s'exclama-t-elle.

— Non. Je ne sais pas pourquoi, il m'inspire confiance, malgré tout.

— J'espère pour vous qu'il ne va pas vous balancer ! Sans compter que son téléphone est probablement sur écoute...

— C'est vrai, concédai-je. Ce n'était peut-être pas très malin de ma part... Mais je ne voyais pas comment faire autrement pour le retrouver. Je n'allais pas lui donner l'adresse de l'hôtel !

Sophie fit une moue incrédule.

— Et vous, repris-je, vous avez bien avancé ?

— Pas mal ! répondit-elle avec un soupçon de fierté dans la voix.

— Je vous écoute...

Sophie inspira profondément et posa ses deux mains sur la table.

— Par où commencer ? C'est un peu confus. J'ai plusieurs pistes à la fois...

— Je vais essayer de suivre, promis-je.

Un couple venait de s'asseoir à la table derrière nous, et Sophie baissa quelque peu le ton.

— En gros, voilà. Si l'on accepte l'idée de base de Dürer et de votre père, nous supposons l'existence d'un message crypté de Jésus. Qui dit cryptage, dit clef. Il y a donc deux éléments. D'un côté un message codé, de l'autre la clef qui permet de le décoder. Et si j'ai bien compris, la clef, c'est la pierre de Iorden.

— C'est-à-dire ?

— Je pense que la pierre de Iorden est en fait une sorte d'artefact qui permet de décoder le message du Christ. C'est aussi la conclusion à laquelle votre père était arrivé.

— Admettons. Alors la pierre serait la clef. Et où est le message crypté ?

— Cela, je l'ignore complètement, et je crois bien que votre père l'ignorait lui aussi. Il me semble que nous n'avons en main que la moitié des pièces du puzzle. Celles qui concernent la pierre de Iorden. J'ai en tout cas décidé de me concentrer d'abord là-dessus.

— Soit. Et alors ?

— Alors j'ai trouvé beaucoup plus de choses que je ne l'avais espéré. Vous vous souvenez que plusieurs textes apocryphes racontaient que Jésus avait donné la pierre soit à Jean, soit à Jacques, soit à Pierre ?

— Ou peut-être aux trois, me souvins-je.

— Oui. Eh bien, d'après votre père, ce serait plutôt Pierre qui en aurait hérité. Le jeu de mots sur le prénom de l'apôtre est un peu facile, et les traducteurs eux-mêmes s'en étaient donné à cœur joie.

— « Tu es Pierre et sur cette pierre je bâtirai mon Église », énonçai-je. Mais Jésus ne parlait pas de la pierre de Iorden…

— Non, bien sûr. Encore que le rapprochement soit tentant.

— Alors qu'est-ce qui vous fait plutôt pencher en faveur de Pierre ?

— Dürer raconte que la relique aurait d'abord été cachée en Syrie. D'autres documents semblent confirmer cette thèse. Durant les premières années qui ont suivi la mort de Jésus, le principal foyer d'expansion du christianisme naissant fut la Syrie. C'était véritablement le premier centre chrétien – après Jérusalem, bien sûr. À la fin des années 30, les hellénistes chassés de Jérusalem sont presque tous allés à Antioche. La toute première crise de l'histoire chrétienne tourne d'ailleurs autour de l'opposition entre les chrétiens hellénistes de Syrie et les judéo-chrétiens de Jérusalem.

— Quel genre de crise ?

— Comme toujours, des bêtises. Des histoires de traditions, de rites. Les hellénistes remettaient en cause la pratique de la circoncision, ce qui n'a évidemment pas plu aux chrétiens de Judée... Et devinez qui se rend en Syrie en 49 pour essayer d'arranger tout cela ?

— Pierre ?

— Exactement. L'ancêtre des papes. Au bout du compte, Pierre ne parvient pas à calmer le jeu. Cette année 49 marque au contraire la rupture entre les deux factions chrétiennes. C'est là que les choses commencent à mal tourner. D'un côté, le nationalisme juif, poussé par les zélotes, augmente face aux pressions romaines, et de l'autre, avec Paul, se développe une Église tournée davantage vers les Grecs.

— Pourquoi Paul ?

— Un an plus tôt, en 48, les apôtres ont tenu ce qu'on a appelé le concile de Jérusalem. À l'issue de celui-ci, il fut décidé que Pierre avait pour mission de convertir les juifs au christianisme et que Paul, lui, avait pour mission de convertir les païens.

— Je vois...

— Et d'après votre père, Pierre aurait senti que les choses risquaient de mieux tourner à Antioche qu'à Jérusalem, et il aurait décidé de confier la mystérieuse relique aux premiers chrétiens de Syrie. Peut-être espérait-il la récupérer quand les choses se seraient calmées mais, malheureusement, il a fini une quinzaine d'années plus tard crucifié sur le mont Vatican.

— Je ne comprends pas pourquoi il n'aurait pas gardé la pierre de Iorden...

— C'est aussi ce que je me suis demandé. Mais Jésus, vraisemblablement, avait expliqué que cet objet était des plus précieux et qu'il devait toujours être conservé en sécurité. J'imagine que Pierre pensait qu'il était devenu trop dangereux de le garder avec lui, tout simplement. Il l'aurait donc confié à une communauté de chrétiens de Syrie en qui il devait avoir confiance.

— Soit. Mais comment peut-on être sûr que la Pierre était bien cachée en Syrie ?

— Justement. Votre père avait trouvé la bonne piste. Vous vous souvenez des deux lettres qu'il m'avait faxées pour me convaincre de venir à Gordes ?

— Oui, l'une était le début du manuscrit de Dürer, et l'autre un document relatif à Charlemagne...

— Exactement ! Nous avons donc une preuve certaine de l'existence de la pierre de Iorden dans ce document concernant Charlemagne. Ce qui a permis à votre père, et à moi par la suite, de remonter en arrière. De mener notre enquête à l'envers...

À cet instant, le sommelier nous apporta le vin de barsac. Ne s'y trompant pas, il servit un fond de verre à Sophie afin qu'elle puisse le goûter. En tenant le verre à pied dans la main droite, elle fit tourner le liquide sirupeux devant ses yeux, laissant retomber la fine couche dorée contre la paroi transparente pour regarder les larmes épaisses de ce vin botrytisé. Puis elle plongea son nez dans le verre, inspira sans bruit, avant d'avaler enfin une petite gorgée. Elle garda le vin en bouche un moment, l'aéra en aspirant entre ses lèvres, le but, puis fit signe qu'il était délicieux.

Je souris au sommelier qui remplit nos deux verres.

— À la vôtre ! proposa Sophie.

Nous trinquâmes, et quand on nous eut apporté les escalopes de foie gras, Sophie put continuer son histoire.

— J'ai pu constater que plusieurs livres d'histoire faisaient en effet mention de reliques chrétiennes – la pierre de Iorden n'étant pas forcément nommée – que Charlemagne aurait reçues en cadeau de Harun al-Rashid. J'ai donc essayé de remonter en arrière par cette piste-là...

Je haussai les épaules.

— Désolé, mais là, vous m'avez complètement perdu. Je ne sais même pas qui est Harun al-machin...

Sophie ne put s'empêcher de sourire.

— Al-Rashid. Laissez-moi vous raconter dans le bon ordre, proposa-t-elle. Il faut remonter à Mahomet. Vous savez qu'il est celui qui a bouleversé l'histoire du monde arabe...

— Bien sûr.

— Au tout début du VIIe siècle, Mahomet a une révélation, une illumination. Convaincu de l'existence d'un dieu unique et de l'imminence d'un jugement divin, il entre en conflit avec la religion polythéiste de La Mecque. Il faut noter que Mahomet avait épousé la fille d'un riche marchand, et que son activité de commerçant lui avait permis de rencontrer des juifs et des chrétiens, ce qui explique notamment sa connaissance des Écritures et peut-être son goût pour le monothéisme. Tout comme Jésus, dont la force était de parler la langue du peuple, Mahomet fait ses prédications en arabe, ce qui touche plus directement le peuple et particulièrement les pauvres. Il rencontre un tel succès que, comme Jésus là aussi, il commence à déranger. Il est donc persécuté jusqu'à ce que Médine, une ville voisine concurrente de La Mecque, propose de le recevoir. À Médine vivaient à la fois des tribus juives, réfugiées de Judée, et des tribus arabes...

— J'ai l'impression de retourner à l'école...

— Attendez, vous allez bientôt comprendre où je veux en venir. Petit à petit, les habitants de Médine se rallient à Mahomet, si bien qu'en 622, son installation dans la ville est officialisée. 622 est d'ailleurs, conventionnellement, le début de l'ère nouvelle pour l'islam. La force de Mahomet est d'avoir mis en place un système religieux et politique à la fois, qui n'était pas en rupture avec les traditions locales. L'Arabie de l'époque était tribale, et les tribus étaient dirigées par un chef, le *scheik*. Mahomet reproduit le même schéma, il devient lui-même un scheik, avec cette différence que son pouvoir a été investi par Dieu. En revanche, son opposition aux Qurayshites de La Mecque ne fait que grossir, jusqu'à ce qu'en 630 les disciples de Mahomet prennent la ville d'assaut et obligent les Qurayshites à s'intégrer dans le système politique et religieux du prophète. Mahomet mourra deux ans plus tard, mais l'islam était né, et c'était le début de son incroyable expansion. Ça vous rafraîchit la mémoire ?

— Tout à fait, mentis-je.

— Il faut savoir qu'à cette époque le Proche et le Moyen-Orient sont divisés entre deux empires qui s'opposent : Byzance et la Perse sassanide.

— On est en plein dans votre domaine !

— Oui, pour l'instant ! Malheureusement, les recherches qui m'attendent ensuite risquent d'être beaucoup plus en dehors de mon sujet de prédilection, je le crains. Quoi qu'il en soit, je continue, si vous le permettez...

Elle avala une gorgée, puis reprit :

— En 628 auront lieu les deux dernières guerres entre ces deux empires. Certes, Byzance en sort victorieuse, mais les deux rivaux sont complètement affaiblis, ce qui va laisser une brèche que les musulmans auront tôt fait d'emprunter. Abu Bakr, le beau-père de Mahomet, s'impose comme successeur de celui-ci. Il est nommé Khalifa, ce qui signifie « député du Prophète », et pour asseoir son autorité il va commencer les invasions et conversions de l'Arabie. Le mouvement est lancé ; suivront l'Irak, la Syrie et l'Égypte.

— Nous revoilà donc en Syrie ! intervins-je.

— Exactement ! En 636, soit près de six cents ans après le voyage de Pierre à Antioche, l'armée du khalife Abu Bakr a pris l'ensemble de la Syrie. Jérusalem suivra en 638. Ce qui est important c'est que, contrairement aux idées reçues, les Arabes ne sont pas des barbares qui détruisent systématiquement tout sur leur passage. Au contraire, ils ont l'intelligence d'intégrer les pays qu'ils conquièrent à leur propre système, d'une façon suffisamment souple pour que cela fonctionne. Ils pratiquent une conversion progressive. Ainsi, les reliques qui sont trouvées à Antioche et à Jérusalem ne sont pas détruites. Parfois, les khalifes s'en emparent, mais ils les conservent pour ce qu'elles ont de sacré. Il est donc très probable que la pierre de Iorden ait été récupérée à ce moment-là par un khalife, et qu'elle ait ensuite été transmise de génération en génération. Ce dont on est sûr en tout cas, c'est qu'à la fin du VIIIe siècle elle était en la possession d'Harun al-Rashid, sans doute le khalife le plus important de la dynastie abbasside.

— Et comment passe-t-elle de lui à Charlemagne ?
— J'ai ma petite idée là-dessus, mais je n'ai pas encore pu tout vérifier. Si tout se passe bien, je vous dirai ça demain.
— Eh bien ! Félicitations ! C'est… passionnant !
— Ce n'est qu'une hypothèse, mais puisqu'on sait que la pierre de Iorden est passée de Jésus à Charlemagne *via* Harun al-Rashid, je pense que c'est l'hypothèse la plus vraisemblable.
— En tout cas, c'est incroyable !
— Le plus étonnant, c'est qu'aucun de ses détenteurs ne semble savoir ce qu'est réellement cette pierre. Aucun en tout cas n'a conscience qu'il s'agit d'une clef qui peut décrypter un message du Christ…
— Si c'est vraiment le cas, tempérai-je.
— Bien sûr. Mais quoi qu'il en soit, la relique est entourée d'une aura exceptionnelle. Tout le monde sait qu'elle vient directement de Jésus, et tout le monde semble lui attacher une importance sans égale. C'est un peu comme si, traditionnellement, ses possesseurs successifs s'étaient passé le message. Peut-être Pierre était-il lui-même à l'origine de cette tradition. Il avait certainement confié aux chrétiens de Syrie la valeur inestimable de cette relique.
— Sans doute, admis-je.

Quand nous eûmes fini le foie gras, la serveuse emporta nos assiettes et revint un instant plus tard avec les plats principaux et la bouteille de pauillac.

Dehors, la nuit était tombée. Les heures passaient, et nous étions complètement ensevelis dans notre incroyable enquête. Nous étions comme hors du monde, hors du temps. Je me demandais comment tout cela pourrait finir.

Nous restâmes silencieux, dégustant avec plaisir la finesse de nos plats, échangeant quelques bouchées discrètement. Nous n'avions plus faim pour un dessert mais nous prîmes tous deux un café.

— Sophie, dis-je. Demain, cela fera plus de quarante-huit heures.

— Pardon ?

— Souvenez-vous. Nous avions décidé de prendre quarante-huit heures avant de prévenir les flics... Nous nous étions donné quarante-huit heures pour résoudre cette énigme.

Elle posa un coude sur la table.

— Vous avez envie d'arrêter ? demanda-t-elle en haussant un sourcil.

— Pas vraiment. Mais je dois avouer que je ne suis pas tellement rassuré. Je ne sais pas vraiment où on va... Est-ce qu'on cherche à comprendre cette histoire, ou bien...

— Ou bien quoi ?

Je n'arrivais pas à croire ce que j'étais sur le point de dire.

— Ou bien est-ce qu'on... Est-ce qu'on cherche la pierre de Iorden ?

— Vous savez, Damien, je crois que la pierre de Iorden ne suffira pas... Ce n'est que la clef qui sert à décrypter le message.

— Oui, mais cela veut dire qu'on la cherche ? insistai-je.

Sophie me dévisagea. Elle pencha la tête comme pour deviner ma pensée.

— C'est quoi ce qui vous fait peur ? Le fait de chercher, ou bien la possibilité de découvrir le message du Christ ?

— Vous vous rendez compte de ce que vous venez de dire ? Vous vous rendez compte à quel point nous sommes prétentieux de vouloir trouver ça ?

— Écoutez, Damien. Quand les manuscrits de la mer Morte ont été découverts, l'Église s'est précipitée dessus et nous n'avons rien appris de concret pendant presque cinquante ans. Si ça se trouve, l'édition complète qui vient d'être publiée n'est pas si complète que ça... Quand JFK a été assassiné, la CIA s'est jetée sur les données de l'enquête, lesquelles resteront secrètes pendant encore plusieurs années alors que les faits remontent au milieu du XXe siècle ! Si ce n'est pas nous qui découvrons le sens de la pierre de Iorden, qui nous garantit que celui qui le fera rendra sa découverte publique ? Je ne sais pas si cette découverte est réellement importante, je ne sais pas s'il y a vraiment un message caché de Jésus, mais ce que je sais, c'est que je ne vais pas laisser le Bilderberg ou Acta Fidei trouver avant nous.

— Et vous me demandez pourquoi j'ai peur ? ironisai-je.

— Jusqu'ici, on s'en sort plutôt bien, non ?

— Chaque jour qui passe multiplie nos chances de rencontrer des problèmes. Quand je ne vous ai pas vu arriver, tout à l'heure, j'ai vraiment, vraiment eu très peur.

— Je suis désolée. On va au cybercafé ?

Sophie avait le don de passer du coq à l'âne, surtout dans les moments dramatiques. C'était sa force. Rebondir. Toujours.

— Euh... Je ne sais pas.

— Allons, vous venez de dire que nous n'avions plus de temps à perdre...

— Oui, mais les flics qui étaient là-bas tout à l'heure ?

— On peut aller dans un autre...

J'acquiesçai. Je réglai l'addition en vitesse, et une demi-heure plus tard nous étions branchés sur le web, au milieu des *gamers* acharnés à se trucider en réseau...

215

*
* *

Deuxième cybercafé, deuxième ambiance. Plus studieux, confiné, câbles emmêlés, écrans collés, lumière blanche, murs fraîchement repeints. À peine plus grand qu'une boulangerie. L'intimité était moins évidente, ici.

— *J'ai du super chaud pour vous !*

Sphinx nous attendait depuis presque une heure. Il était tout excité.

— *Qu'est-ce que vous avez trouvé ?*
— *J'ai trouvé qui vous a hackée !*
— *Fabuleux !*
— *Je ne pensais pas pouvoir y arriver, mais j'ai mis plusieurs personnes sur le coup, chez les* providers, *et on a réussi à monter jusqu'à la source. Ces salauds sont malins. Ils ont utilisé plusieurs* providers *en série pour essayer de brouiller les pistes, mais on est remonté jusqu'en haut, et figurez-vous qu'on est arrivé sur un numéro de téléphone portable aux États-Unis.*
— *Et alors ?*
— *Vous n'allez jamais me croire... Le numéro est enregistré au nom de la Simon D. School of Law & Diplomacy de Washington.*
— *Et alors ?*
— *Savez-vous qui est le président de cette école ?*
— *Non.*
— *Victor L. Dean, un ancien ambassadeur américain, qui se trouve être... le secrétaire général du Steering Committee du groupe Bilderberg pour les États-Unis !*

Sophie me lança un regard médusé.

— Le Bilderberg est sur nos traces ! souffla-t-elle.

Je n'arrivais pas à savoir si elle trouvait cela terrifiant ou excitant. Peut-être un peu des deux. Pour ma part, j'étais horrifié.

— *Vous vous rendez compte ? Vous avez le Bilderberg au cul ! C'est géant !*

— *Vous trouvez ? Je m'en passerais bien...*

— *Ce n'est pas donné à tout le monde ! Pour qu'ils aillent jusqu'à* hacker *votre ordinateur, c'est que vous devez vraiment les emmerder !*

— *Sans doute... Je ne sais même pas pourquoi.*

— *Allons, c'est évident. Vous cherchez la même chose qu'eux, et vous avez une longueur d'avance. Ça ne doit pas leur plaire...*

— *Je n'ai pas encore trouvé...*

— *J'espère bien ! Sinon cela voudrait dire que vous me cachez quelque chose... Et je compte bien être au courant avant tout le monde, hein ?*

— *C'est promis. Nous avons encore besoin d'un petit renseignement.*

— *Tout ce que vous voulez.*

— *Pouvez-vous trouver les coordonnées d'une personne qui est sur liste rouge ?*

— *Les doigts dans le nez !*

— Plus ça va, intervins-je en souriant, plus je me demande si on n'a pas affaire à un gamin de quatorze ans !

Sophie hocha la tête.

— Si ça se trouve, il est dans cette pièce ! dit-elle en montrant tous les adolescents boutonneux qui nous entouraient.

— *Christian Borella, c'est peut-être aussi au nom de sa fille, Claire. Ils habitent à Paris.*

— *OK. Je reviens.*

Un quart d'heure plus tard, Sphinx nous envoya en effet le numéro de téléphone et l'adresse de notre mystérieuse inconnue. Il nous salua et Sophie promit de lui donner des nouvelles dès que possible.

Nous sortîmes du petit cybercafé et retournâmes vers l'Étoile. Ce quartier de Paris ne désemplit jamais. Il y a toujours du monde sur les trottoirs, des lumières dans les vitrines. Mais ce ne sont pas les mêmes visages. Cela me rappelait New York.

Quand nous arrivâmes au bar de l'hôtel, il était un peu tard, mais je décidai quand même d'appeler la fille de Borella. L'impatience m'enlevait tout savoir-vivre.

Il y eut plusieurs sonneries, puis un répondeur se déclencha. « *Vous êtes bien chez Claire, merci de laisser un message après le signal sonore* ».

J'hésitai. L'avantage du répondeur, c'était qu'il n'allait pas me raccrocher au nez, et que la jeune femme pourrait sans doute entendre mon message jusqu'au bout. Je me lançai.

— Bonjour, vous ne me connaissez pas, mais je pense savoir pourquoi votre père a été assassiné, et j'aimerais en parler...

Il y eut un nouveau déclic, et je compris qu'elle avait décroché.

— Allô ? dit une voix féminine.

Elle filtrait ses appels.

— Bonjour.

— Vous êtes ?

— Je préfère ne pas vous donner mon nom au téléphone, si ça ne vous dérange pas. Je pourrais vous donner un faux nom, mais je préfère être sincère...

Elle resta silencieuse.

— Seriez-vous d'accord pour me rencontrer ? risquai-je.

— Pas si vous ne me dites pas qui vous êtes...

— Vraiment, je ne peux pas...

Il y eut un nouveau déclic, puis la tonalité du téléphone. Elle avait raccroché.

— Merde ! lâchai-je. Je la rappelle ?

Sophie sourit.

— Non. Mauvaise idée. Je crois qu'il vaut mieux que vous alliez la voir. Je suis sûr que vous êtes plus convaincant *de visu*.

— Ah bon ?

— Oui, et puis vous pourrez lui dire votre nom...

— De toute façon, le Bilderberg et Acta Fidei savent déjà qui on est depuis longtemps, je ne vois même pas pourquoi je me prends la tête.

Sophie acquiesça.

— Il est tard, dit-elle. Je crois que je vais aller me coucher.

— Je vous accompagne ? proposai-je.

— Je pense que je devrais pouvoir trouver mon chemin jusqu'à ma chambre !

Elle me fit un tendre baiser sur la joue et s'éclipsa vers sa chambre. Je poussai un long soupir.

Ce soir-là, je restai plusieurs heures assis dans un fauteuil du bar de l'hôtel Splendid. Je commandai un premier whisky, puis un deuxième, puis le barman m'en offrit un troisième, et je bus tranquillement en laissant mon esprit vagabonder. Je vis passer plusieurs clients de l'hôtel devant le lounge rouge et or où j'étais affalé. Je m'amusais à imaginer d'où ils venaient, ce qu'ils avaient fait pendant la soirée, qui ils étaient. Je leur inventais des prénoms, des métiers, des histoires d'amour. Je n'avais simplement pas envie d'aller me coucher, et je trouvais l'atmosphère de l'hôtel idéale pour accompagner mon humeur étrange. Un mélange de mélancolie, d'espoir, de peur et d'amour.

Vers la fin de la soirée, je ressentis une profonde envie d'appeler François. J'avais besoin de lui parler. Besoin d'entendre sa voix. Je cherchai son numéro dans mon portefeuille et le composai sur mon portable.

— Allô ?

Il était visiblement surpris qu'on l'appelle aussi tard.

— François, c'est Damien à l'appareil…

— Damien ! Espèce d'enflure, ça fait deux jours que j'essaie de te joindre ! Qu'est-ce que t'as foutu de ton téléphone ?

— J'ai changé de numéro. Tiens, note celui-là, c'est le bon. Je suis désolé de ne pas t'avoir donné de nouvelles.

— Tu en es où ?

— Ça avance.
— Tu ne veux toujours pas prévenir la police ?
— Pas tout de suite. De toute façon, les gendarmes sont déjà plus ou moins au courant, ironisai-je.
— Damien, tu me fais peur. Dans quel pétrin t'es allé te fourrer ?
— Et tu ne sais pas le pire, lui dis-je sur le ton de la confidence. Je suis tombé amoureux d'une lesbienne !
Il resta silencieux un moment. J'imaginais sa tête.
— Hein ?
J'éclatai de rire. L'alcool commençait à faire son effet...
— Non, rien, je suis un peu bourré, avouai-je.
— Damien, tu me manques. Fais pas le con, j'ai envie de te revoir en un seul morceau, d'accord ?
— Ouais, t'en fais pas, vieux. Je t'ai réveillé ?
— Moi, non. Mais t'as réveillé ma femme.
— Estelle ? Comment elle va ?
— Bien. Elle aimerait bien te revoir, elle aussi.
— Dis-lui que je l'embrasse. Et dis-lui que je la félicite, pour le bébé. Elle doit être énorme ! Vous habitez où, maintenant ?
— On a une petite baraque à Sceaux.
— Ça paie bien, député !
— Mouais. À vrai dire, c'est plutôt la pharmacie d'Estelle qui paie bien...
— Je vois. Dire que la dernière fois que je l'ai vue, elle venait d'avoir son bac, et maintenant, elle va être maman ! Je suis vraiment trop con de ne pas être revenu en France pendant toutes ces années !
— Et ce coup-ci, tu vas rester ?
J'hésitai une seconde. Je regardai le bar autour de moi.
— Je crois, oui.
— Alors t'es vraiment amoureux ! s'exclama François à l'autre bout du fil.
— Bonne nuit, François. Merci pour tout !

Je raccrochai. J'avais bien fait de l'appeler. Cela me donnait le courage de continuer. Une motivation de plus. Retrouver François, l'esprit libre. Vers deux heures du matin le barman me proposa un autre verre mais je décidai plutôt de monter me coucher.

*
* *

Quand je me levai le lendemain matin, la gorge sèche et la tête lourde, je trouvai le mot que Sophie avait glissé sous ma porte. « *Je passe la journée à Beaubourg. J'espère tout finir aujourd'hui. Bonne chance avec la fille Borella. Bises. Sophie.* »

C'était du pur Sophie. Télégraphique. Quant à ses bises, j'aurais préféré les avoir sur la peau que sur papier, mais la journée ne commençait pas si mal.

Je pris le temps d'un petit déjeuner à l'hôtel et partis en taxi pour le tout début de la rue de Vaugirard, du côté des boulevards extérieurs, où se trouvait l'appartement de Claire Borella. La rue de Vaugirard est la plus longue rue de Paris. Et de ce côté-ci, c'est aussi la plus impersonnelle. Alignement d'immeubles résidentiels typiquement parisiens, quelques boutiques par-ci par-là, rien de fascinant. Une rue grise, faussement vivante et sans saveur.

Il devait être dix heures du matin quand je sonnai à l'interphone de la porte cochère et mes chances de tomber sur Claire Borella étaient plutôt minces. En effet, il n'y eut aucune réponse.

Je décidai de patienter dans un café juste en face de son immeuble. L'un de ces petits troquets inimitables dont la France a le secret. Des affichettes de pub pour des magazines féminins sur la devanture en verre, un auvent rouge estampillé de marques de bière, quelques petites tables rondes sur le trottoir, *Le Parisien* attaché sur une baguette à journaux, cendriers, miroirs, cuivres, portemanteaux, un coin tabac, une vitrine de la Française des Jeux, des tables en contre-plaqué alignées dans la grande salle, un bar en zinc où picolent des habitués qui parlent fort et appellent la patronne par son prénom, et au sous-sol les toilettes les plus sales du globe. Le tout baigné dans une odeur de tabac froid, le bruit de la longue machine à expressos argentée et le vague écho d'Europe 1 dans des enceintes de piètre qualité.

Je m'installai dans un coin, juste devant la vitrine, et bus plusieurs tasses en surveillant l'entrée de l'immeuble. Un jeune homme entra dans le bâtiment pour en ressortir un quart d'heure plus tard, il y eut aussi une vieille dame qui sortait son petit chien, mais pas de jeune femme susceptible d'être mon interlocutrice mystérieuse. Le temps passait.

Un couple de touristes américains entra dans le café, essayant tant bien que mal de communiquer avec le bougnat dont le niveau d'anglais ne faisait pas honneur au système scolaire de notre beau pays, et plutôt que de les aider, je m'amusai à les écouter. Il y eut même un moment où le barman tenta de faire de l'humour, éclata de rire tant il se trouvait drôle, et les deux Américains rirent de concert pour ne pas le vexer, puis la femme se tourna vers son mari et chuchota : « *What did he say ?* ». « *I have* no *idea !* » murmura le gaillard en réponse sans cesser de sourire au barman. Ce fut mon seul divertissement pour la matinée et vers midi, quand j'eus fini de sortir un par un tous les papiers qui étaient dans mon portefeuille et de les remettre avec soin exactement au même endroit, je commençai à vraiment m'impatienter.

À cet instant, mon portable se mit à sonner. Je regardai l'écran et vis le numéro de Sophie s'afficher. Je décrochai.

— Damien, c'est moi. Vous avez du neuf ?
— Pas pour le moment. Et vous ?

— Ça avance. Mais il va falloir que vous appeliez votre ami Chevalier...

— Je l'ai eu hier soir au téléphone.

— Parfait. Rappelez-le.

— Pourquoi ?

— Je ne sais pas encore quoi, mais il y a un rapport entre la pierre de Iorden et la franc-maçonnerie.

— Il ne manquait plus que ça...

— Vous m'aviez bien dit qu'il était maçon, non ?

— Oui. Quel rapport ?

— Je vous dis que je ne sais pas. Mais je viens de comprendre un nouveau passage dans les notes de votre père. Il fait un lien entre l'historique de la pierre de Iorden et le Grand Orient de France. Je n'ai pas le temps de creuser, je suis sur autre chose, mais votre ami sait peut-être quelque chose là-dessus.

— OK, je vais l'appeler.

— Bon courage.

Elle raccrocha aussitôt. Sans attendre, je composai le numéro de François.

— Allô ?

— C'est moi, Damien.

— Tout va bien ?

— Oui.

— Depuis hier soir...

— Oui, ça va. Mais j'ai besoin de te voir. Il faut qu'on parle de quelque chose. Pas au téléphone.

— C'est urgent ?

— Tout le devient, maintenant...

— Tu es où ?

— Dans le XVe. Mais j'ai quelque chose à faire, d'abord.

Il hésita.

— Bon, je t'envoie Badji.

— Qui ?

— Badji. C'est un ami qui travaille dans la sécurité. Un garde du corps qui a ouvert sa propre boîte. Il a souvent bossé pour moi. C'est un type de confiance.

— Tu m'envoies un molosse ?

— Oui. Tes histoires me rassurent pas trop. Si tu veux qu'on se voie, je ne serais pas mécontent qu'il t'escorte. Si tu n'as pas fini ce que tu as à faire, il t'attendra. Après, il t'emmènera là où je suis. Ça te va ?

— Entendu, dis-je, reconnaissant.

Je lui donnai l'adresse de Borella et raccrochai. C'était agréable de se dire que je pouvais compter sur lui. Comme jadis, François était un type qui ne disait jamais non à ses amis. Y a-t-il d'autres façons de vivre une amitié ?

Je m'apprêtai à commander un autre café quand je vis apparaître une jeune femme qui s'approchait du porche de l'immeuble. Je laissai un billet sur la table et me précipitai dehors, manquant de renverser une chaise.

— Claire ! criai-je de l'autre côté du trottoir.

J'avais une chance sur dix que ce soit elle.

Elle se retourna. C'était une jeune femme d'environ vingt-cinq ans, les cheveux châtains coupés très court, petite et un peu ronde. Elle me lança un regard étonné. Elle essayait de me reconnaître. Je traversai et la rejoignis en bas de l'immeuble.

La peau mate, elle avait des cernes sous les yeux, quelques rougeurs sur le visage, l'air fatigué. Et pourtant elle était pleine de charme. Des lèvres bien dessinées, des yeux qui avaient beaucoup souri, et ses rondeurs qui adoucissaient ses traits. Ses vêtements trop amples lui prêtaient une certaine désinvolture. Son long foulard de soie fine lui donnait même une allure de hippie anachronique.

— On se connaît ? demanda-t-elle en me dévisageant.

— En quelque sorte, oui, vous m'avez raccroché au nez hier soir…

Elle soupira.

— Ah, c'est vous ! Écoutez, je n'ai pas envie de parler de ça !

Elle me tourna le dos et sortit sa clef de sa poche.

— Attendez ! Laissez-moi au moins une chance ! J'ai trouvé le microfilm de votre père à la BN !

Sa main s'arrêta aussitôt à quelques centimètres de la serrure. Elle resta immobile un instant, puis se tourna lentement vers moi.

— Vous avez trouvé quoi ?

— Le microfilm de votre père. Le texte sur les Assayya.

Soudain, elle parut inquiète. Elle ouvrit rapidement la porte de l'immeuble et me tira par le bras.

— Rentrez, dépêchez-vous !

— Je...

— Shhh ! fit-elle en me faisant signe de me taire.

Je la suivis dans le hall de l'immeuble, nous entrâmes dans un minuscule ascenseur, et elle resta silencieuse jusqu'à ce qu'elle eût fermé la porte de son appartement derrière nous.

C'était un grand appartement, typique de ces immeubles fin XIXe qui emplissent le quartier. Plancher en bois grinçant, plafond haut, moulures aux plâtres, grandes portes-fenêtres, meubles anciens, tableaux aux murs... Ça ne correspondait pas au personnage. Trop flamboyant. Trop chic et trop classique. Mais c'était sans doute le style de son père.

— Qu'est-ce que vous savez au sujet de mon père ? demanda-t-elle en m'attrapant par le coude.

Elle n'avait même pas enlevé son manteau et son regard était à la fois plein d'angoisse et de fureur.

— Je sais qu'il a fait une découverte extraordinaire au sujet d'une communauté religieuse dans le désert de Judée, je sais qu'il a écrit un texte à ce sujet et qu'il l'a déposé à la Bibliothèque nationale il y a dix ans, je sais... qu'il a été assassiné il y a trois semaines à Jérusalem, et je pense que tout cela a un rapport avec une enquête que je suis en train de mener.

— Une enquête à quel sujet ? me pressa-t-elle.

— Je ne peux pas vraiment vous dire le sujet.

— Vous n'allez pas recommencer ! rétorqua-t-elle.

— Écoutez, je vous en ai déjà dit pas mal, et vous, vous ne m'avez rien dit.

— Quel est le sujet de votre putain d'enquête ? insista-t-elle.

Elle se montrait presque menaçante. Mais cela avait quelque chose d'attendrissant. Je comprenais ce qu'elle devait ressentir. La jeune fille semblait vraiment à bout de nerfs et j'étais sûr qu'il n'y avait pas la moindre méchanceté au fond d'elle. Je repris mon souffle.

— Mon père a été assassiné à peu près en même temps que le vôtre. Je n'avais rien à voir avec tout ça. Je vivais aux États-Unis. Mais quand j'ai commencé à faire des recherches sur ce que faisait mon père avant de mourir, j'ai découvert tout un tas de choses au sujet de Jésus, des Esséniens, d'un groupe religieux appelé Acta Fidei et d'un *think tank* plus ou moins secret intitulé Bilderberg. J'ai toutes les raisons de croire que mon père a été assassiné par l'une de ces deux organisations ou par des dissidents. La référence du microfilm de votre père se trouvait dans les notes du mien, et je suis donc presque sûr que nos pères respectifs ont été assassinés par les mêmes personnes. Voilà ! Ça vous va ?

— Vous êtes le fils d'Étienne Louvel ? demanda la jeune femme en fronçant les sourcils.

Je pris mon portefeuille dans la poche intérieure de mon blouson et sortis mon passeport. Claire Borella vit mon nom et ma photo. Elle poussa un long soupir.

— Ô mon Dieu ! lâcha-t-elle, au bord des larmes. Je... Je ne savais pas que Louvel avait un fils...

Elle enleva son manteau, le jeta sur la table de l'entrée et se dirigea vers le petit salon de son appartement. Elle se laissa tomber sur un canapé Louis XV et prit sa tête dans ses mains.

J'entrai timidement dans le salon et m'assis sur une chaise en face d'elle. Nous restâmes silencieux un moment. Je voyais qu'elle avait besoin de reprendre ses esprits.

— Cela aurait sans doute simplifié les choses si je vous avais dit mon nom hier au téléphone, dis-je quand elle redressa la tête. Mais je deviens un peu parano depuis quelque temps.

— Non, vous avez eu raison. Je suis désolée. Je crois que je suis devenue encore plus parano que vous, de toute façon. J'ai tout le temps l'impression d'être surveillée…

Elle se leva.

— Je vous sers un verre ?

— Avec plaisir, avouai-je.

— Whisky ?

— Parfait !

Elle disparut dans la cuisine et revint quelques instants plus tard avec un verre dans chaque main.

Elle avait vraiment l'air paumée dans cet appartement trop grand. Dépassée par les événements, abattue par la mort de son père, angoissée, seule dans cet immeuble vieillot. Comme si elle était mal à l'aise dans sa propre maison. La tristesse de son regard était si sincère que j'en étais presque gêné.

— Comment dites-vous que s'appellent ces deux organisations ? demanda-t-elle en me tendant mon whisky.

— Acta Fidei et Bilderberg. Elles ne sont pas liées, à ma connaissance. La première est domiciliée au Vatican, plus ou moins rattachée à l'Opus Dei, et la deuxième est une sorte de société secrète ultralibérale, ultrapuissante et internationale.

Elle acquiesça lentement.

— Je crois que mon père m'en avait parlé. Cet imbécile ne voulait rien me dire ! Il voulait me protéger !

— Vous voulez bien me raconter ce qui s'est passé ?

Elle me dévisagea longuement, hésitante. Sans doute n'avait-elle plus l'habitude de se livrer, enfermée par l'angoisse depuis la mort de son père. Mais on sentait qu'elle en avait besoin. Parler. Se libérer. Sans me quitter du regard, elle but une gorgée de whisky et se lança :

— Mon père a passé la plus grande partie de sa vie en Palestine. Dans le désert de Judée principalement. Il travaillait pour MSF, et sa vraie passion, c'était les bédouins du désert.

J'acquiesçai en souriant, pour l'inviter à continuer. Elle commençait à prendre confiance.

— Il y a une quinzaine d'années, il a découvert une sorte de monastère, pas très loin de Qumran. Il y a beaucoup de communautés religieuses installées dans la région, mais celle-ci était très... fermée. Quand il a voulu se renseigner au sujet de cette communauté, il a obtenu tellement de réponses différentes que cela l'a intrigué. Certains lui disaient qu'il s'agissait d'une communauté juive, d'autres prétendaient qu'il s'agissait de chrétiens. Ils étaient très secrets et n'acceptaient pas les visiteurs. Mais mon père était un homme têtu. Très têtu. Il avait appris à être patient avec les bédouins. Il a fini par réussir à entrer dans le monastère et à parler avec ses occupants. Et là, il a découvert cette chose incroyable.

— C'était des Esséniens ?

Elle hocha la tête.

— C'est ce qu'ils prétendaient en tout cas. Leur communauté remontait d'après eux à l'époque du Christ, et ils assuraient que la communauté n'avait jamais changé depuis lors.

— Ça paraît incroyable ! Comment trouvaient-ils de nouvelles recrues ?

— Je n'en sais rien. Tout ce que je sais c'est que mon père s'est passionné pour leur histoire. Il est devenu complètement fou. Il a écrit des tas de textes sur le sujet. Celui qui est à la BN n'est qu'un extrait de ce qu'il a noté.

— Pourquoi l'a-t-il déposé ?

— Il ne voulait révéler sa découverte à personne mais il voulait quand même que cela soit protégé quelque part s'il devait... S'il devait lui arriver quelque chose.

Elle avala une autre gorgée de whisky, puis elle reprit :

— Il y a quelques semaines, alors qu'il se trouvait à Jérusalem, j'ai commencé à recevoir des coups de fil étranges. Des gens qui voulaient parler à mon père et qui raccrochaient quand j'expliquais qu'il n'était pas là. J'ai prévenu mon père qui m'a promis de rentrer au plus vite. Il est mort quelques jours plus tard. Depuis, je ne sais pas quoi faire. Je n'ose plus répondre au téléphone, je n'ose pas raconter ça à la police, et je ne suis pas allée travailler depuis trois semaines. Je suis terrifiée.

Je me levai et m'installai à côté d'elle. En essayant de cacher ma gêne, je pris ses mains dans les miennes et essayai de la rassurer. Elle se ressaisit et m'adressa un sourire, mais ses yeux ne mentaient pas, elle était effrayée.

— Comment connaissiez-vous le nom de mon père ? lui demandai-je.

— Papa m'avait parlé de lui. Il m'avait dit que votre père avait peut-être une explication au sujet des Assayya. Il disait que votre père était un type extraordinaire, peut-être le seul en qui il avait confiance. Cette histoire l'avait rendu complètement parano, lui aussi !

— Je comprends...

— Mais ce n'est pas tout, dit Claire en se redressant sur le canapé. Vous êtes au courant pour la communauté ?

— Quoi ?

— J'ai trouvé un article quelques jours après la mort de mon père, dans *Le Monde*. Il rapportait le massacre d'une communauté religieuse dans le désert de Judée. Comme ça. Comme un fait divers au milieu du conflit israélo-palestinien !

— Ils ont été massacrés ? m'exclamai-je.

Elle acquiesça fébrilement.

— Pas un seul survivant. Et le monastère a brûlé.

Je restais bouche bée. Je n'arrivais même pas à y croire.

— Vous avez gardé cet article ?

— Oui, bien sûr.

Elle se leva, et à cet instant il y eut une violente déflagration. La fenêtre du salon explosa en mille morceaux. Des bouts de verre volèrent à travers toute la pièce.

Tout se passa en quelques secondes. Quelques secondes confuses. Le bruit m'avait fait tellement sursauter que j'étais tombé à la renverse. Quand je m'apprêtai à me relever, je sentis un liquide gluant sous ma main, sur le tapis. Je baissai les yeux et découvris avec horreur les traces de sang.

Lentement, je relevai la tête. Je poussai un cri d'horreur. Le corps de la jeune fille était étendu, immobile, sur le bord du canapé, et du sang coulait sur le tissu blanc autour d'elle. Je fermai les yeux. Non. Ce n'était pas possible.

Un pan de vitre qui était resté accroché en équilibre sur le bord de la fenêtre s'écroula par terre. Le bruit me sortit de ma torpeur. Je m'avançai un peu. Je vis alors que la jeune fille respirait toujours. Elle n'était pas morte. La balle l'avait atteinte à l'épaule. La douleur, ou le choc sans doute, lui avait fait perdre connaissance.

Je me relevai et sursautai au son d'une nouvelle déflagration. La balle siffla à quelques centimètres à peine de mon visage. Je plongeai et roulai sur le sol, me coupant les mains et les poignets sur les morceaux de verre.

La balle s'était logée dans le mur. Je jetai un coup d'œil rapide vers la fenêtre. Il y avait un immeuble en vis-à-vis. Le tireur était sûrement là-bas. Je n'hésitai pas une seconde de plus. J'attrapai la jeune femme par le pied et me mis à ramper vers l'entrée en la traînant derrière moi, hors de portée de la fenêtre.

Quand nous fûmes à l'abri, je m'approchai du visage de Claire Borella. Elle revenait doucement à elle. Soudain elle écarquilla les yeux. Elle était en train de comprendre. La panique envahissait son regard.

— Calmez-vous, calmez-vous ! chuchotai-je. Je vais vous sortir de là !

Elle me dévisageait, terrifiée. Mes mains tremblaient. J'étais désemparé. Je n'arrivais pas à réfléchir. Que faire ? Fuir ? Attendre la police ? Les deux solutions étaient aussi mauvaises l'une que l'autre. Si nous fuyions, le tireur ou l'un de ses complices nous dégommeraient probablement à la sortie de l'immeuble. Mais si nous attendions la police, tout serait foutu en l'air.

Le problème, c'est que si nous nous échappions, la police finirait par m'identifier. Il y avait mon sang partout sur le parquet. Et on m'avait vu dans le café toute la matinée.

Mais je ne pouvais pas abandonner maintenant. Mon père et celui de cette fille étaient morts pour cette enquête, il fallait la mener à son terme. Coûte que coûte. Et la police ne me permettrait jamais d'y parvenir. Il fallait que nous sortions de là.

À cet instant, mon portable sonna dans ma poche. Je sursautai. Qui cela pouvait être ? Seules trois personnes connaissaient mon numéro. Sophie, François et le prêtre de Gordes.

Claire me regarda. Elle se demandait si j'allais décrocher. J'entendais sa respiration à côté de moi. Le téléphone continuait de sonner. Je me décidai et plongeai ma main ensanglantée dans la poche de mon pantalon.

— M. Louvel ?

Ce n'était pas la voix du prêtre. C'était une voix grave. Une voix que je ne reconnaissais pas.

— Qui est à l'appareil ?

— C'est M. Chevalier qui m'envoie. Je suis en bas de l'immeuble. Je suis censé venir vous chercher... Et je viens d'entendre des coups de feu...

Je me mordis la lèvre. Réfléchir. Et si c'était un piège ? Tout allait si vite.

— Qu'est-ce qui me prouve que vous êtes avec Chevalier ?

— Je suis Stéphane Badji. Monsieur le député m'a dit que si jamais j'avais besoin de m'identifier, il suffirait que je vous parle d'*Alice au pays des Merveilles* et que vous me croiriez.

Il n'y avait pas de doute. C'était bien l'ami de François.

— D'accord. Vous pouvez nous sortir de là ?

— Bon. Écoutez-moi, reprit le type d'une voix pressante. Il y a un escalier de secours à l'arrière de l'immeuble. Un vieil escalier métallique qui descend le long de la façade. Je vous attends en bas dans une Safrane bleu marine. Dépêchez-vous, j'ai vu des types rentrer dans l'immeuble.

Je raccrochai aussitôt. Il n'y avait pas de temps à perdre.

J'inspirai profondément. Pour aller de l'autre côté de l'appartement, nous allions devoir repasser par la zone exposée au champ du tireur. Je pouvais entendre battre mon cœur. Claire Borella me regardait d'un air désorienté. Du sang coulait toujours de son épaule.

— On va sortir par l'escalier de secours, lui expliquai-je.

Elle secoua la tête, balbutiant quelque chose d'inaudible.

— Shhh ! la coupai-je. Faites-moi confiance. Par pitié. Si vous voulez qu'on sorte d'ici vivants, faites-moi confiance.

Elle ferma les yeux et me fit signe qu'elle était prête, tremblante.

Quand je vis qu'elle reprenait un peu ses esprits, je me décidai. Je me relevai pour aller plus vite, l'aidai à se mettre debout, et, recroquevillé, je traversai l'appartement en la tenant devant moi pour la couvrir. Je la poussai dans la pièce opposée au salon. J'entendis un nouveau coup de feu. Nous roulâmes sur le côté. Mais la balle se logea au moins un mètre plus loin, dans un placard. Nous étions à nouveau à l'abri. C'était un petit bureau, avec une seconde porte à gauche.

Claire était blottie contre le mur. Je rampai vers la fenêtre puis me hissai pour regarder au-dehors. Lentement, j'amenai mes yeux à hauteur de la vitre. J'étais terrifié. Peut-être y avait-il un tireur de ce côté-là aussi. Je ne vis rien sur la droite. Pas d'escalier. Je me penchai de l'autre côté. Et là, deux fenêtres plus loin, j'aperçus l'escalier métallique qui descendait le long de l'immeuble.

Je glissai sur le côté, me relevai et ouvris la porte à gauche de la pièce. Prudemment, j'entrai dans la chambre et m'approchai de la fenêtre, le dos plaqué contre le mur. Il allait falloir faire un peu d'escalade. Pas l'idéal pour une victime du vertige comme moi. Mais c'était toujours mieux qu'une balle dans la tête.

À cet instant, j'entendis des bruits sourds dans l'entrée. Quelqu'un essayait d'enfoncer la porte. Le temps pressait.

J'ouvris la fenêtre et fis signe à la jeune femme de me rejoindre. Elle hésita, mais les bruits contre la porte d'entrée la décidèrent. Elle passa une jambe au-dehors. L'escalier était deux mètres plus loin, dans l'axe de ce qui devait être la cage d'ascenseur du bâtiment voisin. Il y avait une corniche à mi-hauteur de la fenêtre. Pas très large, mais suffisamment pour y mettre les pieds. J'aidai Claire à se hisser dessus tout en me tenant toujours au cadre de la fenêtre. La jeune femme poussa un cri de douleur. Son épaule devait la faire souffrir atrocement. Mais on ne pouvait plus attendre.

Les bruits sourds étaient de plus en plus violents contre la porte d'entrée. Elle allait bientôt céder, cela ne faisait aucun doute. J'avais les mains moites et mes doigts glissaient. Je passai à mon tour à l'extérieur. Les jambes tremblantes, plaqué contre la paroi de l'immeuble, je m'efforçais de ne pas regarder le vide derrière moi. Je fis glisser mon pied droit vers l'escalier. Puis mon pied gauche. Petit à petit, je m'écartai de la fenêtre. Au moindre faux pas nous tombions dans le vide. Sans lâcher la fenêtre de la main gauche, je tendis mon bras droit le plus loin possible et posai la main sur la hanche de Claire pour essayer de la rassurer.

— Avancez doucement, dis-je, le souffle coupé. Un pied après l'autre. L'escalier est tout proche. Dès que vous pourrez, attrapez la rampe !

Elle avança. Je la suivis. Puis je dus lâcher la fenêtre. Je crispai les doigts de ma main gauche contre le mur. Je n'avais plus d'attache. J'avais du mal à respirer tellement j'avais peur. Un pas. Puis un autre. Nous nous approchions de l'escalier rouillé. Le vent soufflait à mes oreilles. Bientôt, la rampe fut à la portée de Claire.

— Allez-y, tendez la main.

— J'ai trop peur ! répondit-elle en pleurant.

Je m'approchai d'elle.

— Je vous tiens. Vous ne risquez rien.

Un mensonge. Nous risquions tous les deux notre vie, rien de moins. Elle tendit le bras vers la rambarde. Le contrepoids faillit lui faire perdre l'équilibre. Elle se plaqua à nouveau contre le mur. Elle reprit sa respiration, fit un petit pas vers la droite et essaya à nouveau. Elle tendait son bras à l'aveuglette, elle avait trop peur pour regarder derrière elle.

— Plus haut, lui soufflai-je. Levez le bras plus haut.

Soudain, elle sentit le contact du métal sous ses doigts.

Enfin. Elle s'agrippa à la rampe et fit les derniers pas sur la corniche avant de sauter vers l'escalier. La marche métallique résonna dans la cour de l'immeuble.

Je la rejoignis.
— Descendez ! Vite !

Les bruits sourds à l'intérieur de l'appartement avaient cessé. La porte avait sans doute lâché. Claire se mit à dévaler les marches aussi vite qu'elle put. Je la suivis. Juste un pas derrière elle.

La tête me tournait mais je me tenais fermement à la rampe pour ne pas tomber. Nous descendîmes les six étages à toute vitesse, sans jamais nous retourner. Quand il ne resta plus que quelques marches, je sautai par-dessus la rambarde et atterris sur le trottoir de l'impasse, juste devant Claire. Je lui tendis la main pour l'aider à descendre.

Plus loin, au bout de l'impasse, j'aperçus avec soulagement une Safrane bleu marine. Je fis signe à Claire.

— Vite, il faut qu'on monte dans cette voiture ! lui expliquai-je.

La jeune femme se mit à courir.

À ce moment, il y eut un nouveau coup de feu. La balle ricocha contre un mur de briques rouges devant nous. Je levai les yeux. Un homme à la fenêtre. Il me visait avec un revolver.

La porte arrière de la Safrane s'ouvrit. Quelques mètres à peine. Je me remis à courir. Claire sauta dans la voiture. Elle hurlait de terreur. Un autre coup de feu. Je plongeai à mon tour.

La voiture démarra sur les chapeaux de roues. Les pneus crissèrent sur l'asphalte. L'arrière de la voiture chassa vers la droite. Je refermai la portière.

Puis la Safrane s'engouffra dans la rue de Vaugirard.

— Bien joué ! me dit le chauffeur sans se retourner. Tenez, M. Chevalier veut vous parler.

Il me tendit un gros téléphone de voiture. Je jetai un coup d'œil à Claire. Elle avait retrouvé un semblant de calme et se tenait l'épaule en grimaçant.

— Damien ? s'exclama François au bout du fil.
— Oui...

J'étais à bout de souffle et le sang cognait contre mes tempes.

— Tu es blessé ?

Je regardai mes mains ensanglantées.

— Un peu, mais c'est surtout la jeune femme qui est avec moi. Elle a pris une balle dans l'épaule.

— Qui est-ce ? La fille avec qui tu es depuis…

— Non, non, je t'expliquerai.

— Oui, bien sûr. Je… Je rentre à la maison. Demande à Stéphane de vous emmener là-bas directement. Je vais dire à Estelle de nous rejoindre aussi. Tenez le coup, Estelle pourra vous soigner à la maison.

— D'accord. Merci…

— À tout à l'heure !

Il raccrocha.

Je rendis le téléphone au chauffeur.

— François nous attend à Sceaux, lui expliquai-je.

Il acquiesça. C'était un trentenaire large d'épaule, noir, taillé comme un boxeur, mais grand comme un joueur de basket. Crâne rasé, petits yeux sombres, les traits durs. Un physique de tueur, mais un tueur qui venait de nous sauver la vie !

— Il y a une trousse de secours sous votre banquette, dit-il en récupérant le téléphone.

Je me baissai et attrapai la petite boîte blanche. Quand je relevai la tête, je vis que Claire s'était évanouie.

En essayant de ne pas céder à la panique, je pris ce qu'il fallait dans la trousse de secours pour soigner au mieux sa blessure.

Dehors, les rues défilaient les unes après les autres. Le chauffeur fonçait vers l'extérieur de Paris.

Les images se brouillaient dans ma tête. La mort, encore, était passée si près.

NEUF

Le pavillon dans lequel vivaient François et Estelle Chevalier avait tout de la maison anglaise. Sur les hauteurs de Sceaux, dans une longue rue bordée d'arbres et de buissons, elle se dressait, effilée, au milieu de demeures identiques, tout en briques pourpres. Après un modeste jardin, la façade blanche et rouge imitait celle des maisons victoriennes de la banlieue de Londres. Il devait y avoir à l'arrière un second jardin, tout en longueur celui-là.

La rue semblait endormie. Si calme. Mais dans le silence de cette banlieue chic j'entendais encore l'écho irréel des coups de feu derrière moi. Mes poings ne se desserrèrent que quand j'aperçus enfin François dans le petit vestibule.

François Chevalier. Il n'avait pas beaucoup changé. Grossi un peu sans doute. Mais toujours ce sourire profond, perpétuel et pourtant sincère, ce charisme envahissant, du haut de son mètre quatre-vingt-dix. Quand je l'ai rencontré, François portait déjà si bien les costumes qu'on avait l'impression qu'il était né dans un Yves Saint Laurent. Les autres élèves du lycée Chaptal nous regardaient comme des ovnis. Moi avec mes cheveux longs et mes tee-shirts sales, lui avec ses costumes et sa montre de gousset. Moi, le rebelle un peu paumé, et lui le beau garçon, plein de charme, qui avait toujours eu au fond des yeux la lueur de la réussite. Derrière un grain de malice.

Il me serra dans ses bras, un peu fort, puis il accueillit la fille Borella et nous guida le long de l'escalier vers un petit salon télé où nous attendait le confort bienvenu d'un énorme canapé. Je crois que François me parlait, mais je n'entendais pas vraiment. Comme si le choc avait attendu tout ce temps pour me paralyser entièrement.

Estelle arriva quelques minutes après nous et me serra longuement dans ses bras à son tour. Elle avait déjà le ventre bien rond. Je sentis une larme monter à mes yeux. Elle était resplendissante avec ses longs cheveux blonds et ses taches de rousseur, sa petite bouille de gamine et son regard brillant, j'aurais tellement aimé la retrouver dans d'autres circonstances. Elle m'embrassa encore et me chuchota « bienvenue » à l'oreille.

— Je... je suis désolé, balbutiai-je, gêné.

J'avais du sang sur les mains, l'air halluciné sans doute, et je débarquais soudain chez elle avec une jeune fille blessée. Pas vraiment les conditions idéales pour des retrouvailles.

— Tu n'as pas à être désolé... François et moi ferons tout pour t'aider, Damien. Mais je suis inquiète pour toi.

Je la serrai à nouveau dans mes bras. Je sentis son ventre rond contre le mien. Puis je vis qu'elle regardait Claire par-dessus mon épaule.

— Allons, venez, mademoiselle, nous allons soigner tout ça en haut.

— Ne te fatigue pas trop, glissai-je.

Estelle leva les yeux au plafond, puis elle emmena Claire au premier étage pour lui prodiguer des soins beaucoup plus professionnels que les miens.

Je restai au rez-de-chaussée avec François et son ami qui m'apporta un peu d'alcool et du coton pour désinfecter mes coupures aux mains et aux poignets.

— Je crois bien que ton ami nous a sauvé la vie, dis-je maladroitement en esquissant un sourire.

— Tant mieux, répondit François en s'avançant sur le canapé. Il a l'habitude. Mais maintenant, tu vas me raconter ton histoire, parce que ça commence à faire un peu beaucoup...

— Non, François. Pas tout de suite.

— Tu te fous de ma gueule ? s'emporta Chevalier.

— Il va falloir que tu me fasses encore un peu confiance, dis-je en essayant de le calmer. Je ne peux pas tout te raconter, de toute façon je n'ai pas le temps. En revanche, tu peux encore me donner un coup de main...

— Damien ! Tu viens de te faire tirer dessus en plein milieu de Paris ! Il est largement temps que tu me dises ce qu'il se passe...

— Pas le temps. Tout ce que je peux te dire, c'est en gros que je recherche quelque chose que mon père recherchait, et que visiblement, beaucoup d'autres gens recherchent aussi.

— Le Bilderberg ? Tu crois que ce sont eux qui t'ont tiré dessus ?

— Eux ou d'autres.

— Mais c'est quoi, ce truc que vous cherchez tous ?

— Je ne suis même pas sûr de le savoir moi-même...

— Arrête tes conneries !

— Écoute, François, j'ai encore besoin de ton aide. Alors soit tu me fais confiance et je te promets que je te dirai tout dès que j'en saurai plus, soit tu laisses tomber, je disparais et j'arrête de t'emmerder.

Il soupira.

— Tu parles d'un choix !

— J'ai besoin que tu me rendes deux services.

— Je t'écoute, lâcha-t-il d'un ton exaspéré.

— D'abord, je veux que tu gardes cette jeune femme en sécurité. Elle te racontera d'ailleurs un peu mieux toute l'histoire. Je ne la connais pas vraiment, mais je suis sûre que c'est une fille bien.

— Ce n'est donc pas la fille dont tu me parlais hier soir au téléphone ?

— Non, pas du tout. La fille dont je te parlais hier soir au téléphone est journaliste, et elle est à fond avec moi dans cette histoire. Je dois d'ailleurs la rejoindre au plus vite. Mais d'abord, promets-moi que tu protégeras Claire.

— Mais évidemment que je la protégerai ! s'énerva-t-il.

— Bien. Le deuxième service concerne un objet dont tu as peut-être entendu parler, vu que tu t'intéresses toujours à des trucs curieux, avec tes histoires de maçonnerie…

Je jetai un coup d'œil gêné à son ami garde du corps. J'avais presque oublié sa présence.

— C'est bon, me rassura François. Stéphane sait que je suis franc-maçon. C'est quoi, ton objet ?

— Une relique. La pierre de Iorden. Tu en as entendu parler ?

— Jamais…

— C'est une relique qui aurait appartenu à Jésus, et apparemment, il y a un rapport avec le Grand Orient de France. Me demande pas quoi, je n'en ai aucune idée. Tu peux vérifier ça ?

— Bien sûr. La pierre de Iorden.

Il attrapa un bloc-notes, écrivit le nom, déchira la petite page et la glissa dans sa poche.

— C'est tout, dis-je en me levant. Moi, je dois partir. Je suis désolé, je sais que j'abuse, mais je dois impérativement finir ce que j'ai commencé.

— Attends ! m'interrompit François en se levant à son tour. J'accepte de te rendre ces deux services à une seule condition.

— Quoi ?

— Tu prends Stéphane avec toi.

Je haussai les sourcils.

— Hein ?

— Badji. Soit tu le laisses t'accompagner, soit je lui demande de t'assommer sur-le-champ et je t'envoie en hôpital psychiatrique.

Je ne pus m'empêcher de sourire. Puis je réfléchis un instant.

— Honnêtement, je ne serais pas mécontent que Stéphane, enfin, M. Badji, vienne avec moi... Si vous pouvez, bien sûr.

François lâcha enfin un sourire. Il se tourna vers son ami. Celui-ci se leva et reboutonna la veste de son costume sombre.

— Je peux vous consacrer quelques jours, m'affirma Badji. Je vais les prévenir, à la boîte, et je suis votre homme.

— Stéphane a travaillé plusieurs fois pour moi au cours des cinq dernières années, m'expliqua François en désignant le garde du corps. J'ai une confiance absolue en lui. Il a longtemps œuvré place Beauvau. Il connaît très, très bien son travail.

— J'ai vu ça.

Estelle et la jeune femme descendirent à cet instant les escaliers. Claire Borella avait un bandage autour de l'épaule et une bretelle pour soutenir son bras.

— Tu pars ? me demanda la femme de François.

— Oui, avouai-je, embarrassé. Je n'ai pas le choix. Je dois absolument finir ce que j'ai à faire. J'ai honte de profiter ainsi de vous, mais je n'ai pas le choix. Ça va ? demandai-je en regardant l'épaule de Claire.

— Ça ira. J'ai enlevé la balle, expliqua Estelle en serrant la main de la jeune femme. Je vais prendre quelques jours de congé et rester ici avec Claire pour qu'elle puisse se remettre de tout ça. De toute façon, avec le bébé qui commence à bouger, je suis crevée, j'ai moi aussi besoin de repos.

— Merci. Mille fois merci. Vous êtes les meilleurs...

Estelle me fit un tendre sourire. Je lui fis un clin d'œil. Onze années n'avaient rien enlevé à l'amitié qui nous unissait tous les trois. Et la grossesse lui réussissait à merveille.

— Je vous tiens au courant, promis-je en me dirigeant vers la porte.

Le garde du corps passa devant moi.

Quelques minutes plus tard, nous étions dans la Safrane et nous foncions vers Beaubourg.

*
* *

— Encore merci pour tout à l'heure, dis-je à Badji alors qu'il nous frayait un chemin dans le trafic. Sans vous, je crois bien qu'on y serait passés.

La nuque collée contre l'appui-tête, les yeux rivés sur la route, je me sentais un peu idiot. Cela avait beau être la deuxième fois en une semaine, je n'avais pas vraiment l'habitude de me faire tirer dessus. Mais je me doutais que lui avait dû en voir d'autres...

— Vous vous êtes bien débrouillé.

— Mouais. Je dois avouer que j'ai eu très peur. En plus, j'ai le vertige. J'étais pas fier, sur la corniche !

Il m'adressa un sourire compréhensif.

— Il va falloir faire particulièrement attention, maintenant. Vous avez déjà eu un garde du corps ?

— Non.

— Je vais essayer de rester très discret et de ne pas vous déranger, mais il y a certaines règles de base qu'il va falloir respecter. La menace qui vous guette est très sérieuse...

— Vous avez remarqué ? ironisai-je.

— Oui. Cela faisait longtemps que je n'avais pas vu de l'action comme ça. Monsieur le député n'a pas une vie si mouvementée...

— Vous travaillez souvent pour lui ? m'étonnai-je.

— Non, assez rarement en fait.

— Mais pourquoi continuez-vous à jouer les gardes du corps si vous avez votre propre boîte ?

— Oh, ça ne m'arrive plus si souvent. Je fais surtout de la formation, maintenant. J'entraîne des gamins de vingt ans à devenir agent de protection rapprochée. Ils s'imaginent tous qu'ils peuvent faire de la sécurité du jour au lendemain. Ce métier est en train de devenir n'importe quoi. J'essaie de transmettre ce que j'ai appris. Et de temps en temps, je travaille pour M. Chevalier. Pas vraiment en temps que garde du corps, mais plutôt pour superviser la sécurité quand il organise des colloques ou des choses comme ça. En fait, il n'a pas vraiment besoin de moi, mais on s'entend bien. Et puis, on a un point commun…

— Ah, j'ai compris ! répliquai-je. Vous êtes franc-maçon vous aussi !

Il éclata de rire.

— Non ! Pas du tout ! Je sais bien qu'il y a beaucoup de Noirs au Grand Orient, mais non, pas moi !

— Pardon, glissai-je. Alors quoi ?

— La boxe.

— Hein ? François fait de la boxe ? m'exclamai-je.

Il s'esclaffa à nouveau. Il avait un rire extraordinaire, grave et profond, extrêmement communicatif.

— Non, expliqua-t-il. Nous allons ensemble voir les matchs. Nous sommes tous les deux de grands amateurs de boxe. Vous aimez ce sport ?

— Pas du tout ! confessai-je. C'est un peu trop violent pour moi… Je ne savais pas que François aimait ça !

— Vous plaisantez ? On ne rate pas un match ! Dès qu'il y en a un dans la région parisienne, on y va, et sinon, on suit la WBC, la WBA et tous les championnats chez lui sur sa télé seize-neuvième ! Ça rend Mme Chevalier complètement folle !

— J'imagine ! Et vous, vous avez fait de la boxe ?

Il haussa les sourcils.

— Vous dites ça parce que j'ai un nez de boxeur ?

Il se mit à rire à nouveau. Je commençais à le trouver vraiment sympathique.

— Non, reprit-il. J'ai fait beaucoup de sports de combat, mais pas de boxe. Pas sérieusement en tout cas.

Je hochai la tête. Je comprenais maintenant pourquoi François avait dû sympathiser avec lui. Il avait l'air compétent, honnête, et ne semblait pas se prendre trop au sérieux. Une qualité sans doute rare dans sa profession. En général, on mesure plutôt le professionnalisme d'un garde du corps à son sérieux... Mais Badji n'avait pas peur de plaisanter. Pourtant, quelque chose me disait que cela ne l'empêchait pas d'être extrêmement professionnel.

— Comment êtes-vous devenu garde du corps ? demandai-je comme nous sortions du périphérique.

— Ouh là ! C'est une longue histoire !

— J'adore les longues histoires.

— Je vous fais le *director's cut*, alors. Je suis arrivé en France à l'âge de quinze ans, commença-t-il.

— Arrivé d'où ?

— Du Sénégal. J'ai tenu à peine deux ans à l'école, tellement j'étais largué. Et pas seulement au niveau scolaire, mais dans le quotidien, tout simplement. Je vous assure que quand vous avez vécu toute votre vie en Afrique et que soudain vous débarquez à Paris, c'est un sacré choc. J'étais vraiment pas heureux. J'aimais pas les gens, j'aimais pas les filles, j'aimais pas la météo. J'aimais pas grand-chose, à part la télé, peut-être. Bref, après m'être ridiculisé à l'école, j'ai fait la plus grosse connerie de ma vie.

— Quoi ?

— Je suis entré à l'école des fusiliers marins et commandos à Lorient. Puis j'ai intégré le commando de Penfentenyo.

— Ça ne me dit pas grand-chose, avouai-je.

— Pour vous donner une idée, ma compagnie était spécialisée dans la reconnaissance de sites et dans le renseignement tactique. Nos opérations habituelles étaient la collecte de l'information, l'infiltration et l'exfiltration de personnel... Ce genre de divertissement.

— Génial.

— Comme vous dites. Je suis devenu spécialiste du combat en milieu restreint, et ça ne rigolait pas tous les jours. J'ai participé à des opérations dont je ne garde pas forcément que des bons souvenirs...

— Du genre ?

— Quelques missions au Liban, entre 1983 et 1986, et puis il y a eu Mururoa, les Comores, le Golfe. La Somalie, où j'ai participé à l'évacuation de ressortissants étrangers...

Je haussai les sourcils, perplexe.

— Ouais, reprit-il en souriant. Pas que des bons souvenirs ! Je m'étais engagé jusqu'à vingt-neuf ans. Ça ne me déplaisait pas tant que ça, mais plus les années passaient, plus je regrettais de n'avoir pas fait d'études. Ça paraît con, comme ça, mais je me suis rendu compte que j'avais loupé quelque chose... J'avais pas non plus envie de faire Sciences-Po, hein, je vous rassure ! Donc, quand j'ai eu vingt-neuf ans, alors qu'on revenait d'une opération en Bosnie, j'ai décidé de rendre mon uniforme. J'ai réfléchi, et avec ce que l'armée m'avait appris, j'ai compris que le mieux était de me diriger vers le renseignement ou la sécurité. De fil en aiguille, j'ai décidé de faire du droit.

— Ah bon ?

— Difficile à croire, hein ? Un gros Noir baraqué, commando de marine, sur les bancs de la fac !

— Vous aviez votre bac ?

— Non, j'ai dû d'abord faire une capacité en droit pendant deux ans. J'étais super motivé. Ensuite, j'ai pu m'inscrire à la fac.

— Félicitations !

— Merci. Après, j'aurais bien aimé continuer, mais ça devenait difficile financièrement. J'ai donc monté une société de sécurité, spécialisée dans la protection rapprochée d'hommes politiques. Avec un CV comme le mien, je me suis vite retrouvé place Beauvau. J'étais mon propre patron, j'avais commencé avec deux salariés, au bout de cinq ans, nous étions huit, et très franchement, j'étais content. Et vous ? Qu'est-ce que vous faites ?

Je pouffai.

— Moi ? Euh. Je ne sais plus vraiment. Avant, j'écrivais des histoires de cul pour la télé new-yorkaise, et maintenant, je fais cible mouvante pour toutes les mafias du monde !

*
* *

Nous retrouvâmes Sophie au dernier étage du Centre Pompidou, sur la terrasse de la cafétéria. J'avais réussi à la joindre sur son portable et je lui avais résumé la situation. La fille de Borella, les coups de feu, François...

À mon arrivée, elle me prit dans ses bras et poussa un long soupir.

— Vous voulez arrêter ? demanda-t-elle d'un air désolé.

— J'ai jamais autant eu envie de continuer, au contraire !

Elle acquiesça, puis elle salua le garde du corps derrière moi. Je fis les présentations.

— Sophie de Saint-Elbe, Stéphane Badji, un ami de François qui se propose de nous aider. Monsieur travaille dans la sécurité rapprochée...

— Enchantée. Comment est-ce arrivé ? demanda-t-elle en m'attrapant par le bras.

— Je ne sais pas, avouai-je. Je pense qu'il y avait un type qui devait la surveiller depuis longtemps. Il a dû me voir entrer dans l'appartement, et on lui a peut-être donné l'ordre de tirer. C'est l'explication la plus simple que je puisse trouver. La fille de Borella a pris une balle dans l'épaule, et moi, j'ai eu une chance incroyable.

— Il est temps qu'on en finisse. Je ne sais pas comment accélérer les choses. Je suppose qu'il faudrait qu'on trouve la Pierre...

— J'ai demandé à François de se renseigner à ce sujet. Et vous, vous avez fini ? lui demandai-je.

— En ce qui concerne le manuscrit de Dürer, oui.

Les gens nous regardaient bizarrement. Moi avec mes mains blessées, et Badji, avec ses épaules plus larges qu'un lit deux places, nous n'étions pas des plus discrets. Nous nous installâmes à une table. Sophie attrapa mes mains, les coupures dépassaient des nombreux pansements.

— Vous avez mal ?

— Non, non.

Badji se racla la gorge et intervint.

— Je suis désolé, mais il faut que je vérifie quelque chose.

— Quoi ? demandai-je.

— Votre téléphone portable, il est à votre nom ?

— Non. J'ai pris une carte provisoire, et j'ai donné un nom bidon.

— Parfait. Et vous ? demanda-t-il en s'adressant à Sophie.

— Oui, il est à mon nom. C'est mon portable habituel... Vous croyez que...

— Oui, coupa Badji. Enlevez la puce dès maintenant. Il serait plus sage que vous preniez une carte provisoire vous aussi pour le moment. D'autre part, j'ai des gilets pare-balles dans la voiture, ce serait bien que vous en portiez un tous les deux.

— Vous plaisantez ? gloussa Sophie.

— Non, il ne plaisante pas, répliquai-je. Je crois qu'il a raison. Je vous assure, la balle n'est pas passée loin, et je veux bien porter tous les gilets du monde !

— Bon, d'accord, céda Sophie.

— Vous les mettrez tout à l'heure quand on retournera à la voiture, suggéra Badji. Je suis désolé de vous importuner avec ça, mais bon...

— Je comprends, affirma Sophie.

Je lui adressai un sourire. Je m'appuyai sur la table et approchai mon fauteuil du sien.

— Alors ? lui dis-je. Le manuscrit...

— Oui. Le manuscrit. Où en étions-nous ? demanda-t-elle, un peu déboussolée.

Je souris. Notre conversation était presque surréaliste, perchés en haut du Centre Pompidou.

— Nous en étions à Charlemagne, chuchotai-je.

— Ah oui. Vous voulez vraiment que je vous raconte ça maintenant ?

— Un peu, oui !

— Attendez, proposa Sophie. On va d'abord commander un verre.

— Je ne dirais pas non à un petit whisky, concédai-je. Badji, vous prendrez bien quelque chose ?

— Perrier rondelle, répondit le garde du corps mécaniquement.

Sophie passa la commande.

— Alors, repris-je. Vous deviez me dire comment la pierre de Iorden était passée des mains d'Harun al-Rashid à celles de Charlemagne.

Sophie me lança un regard plein de sympathie. Elle avait l'air de trouver cela amusant que je sois si pressé d'apprendre ce qu'elle avait découvert. En vérité, l'histoire de la pierre de Iorden était passionnante et puis j'étais pressé d'en finir. Je ne rêvais que d'une chose : mettre un terme à cette affaire et pouvoir souffler avec elle. Prendre un repos mérité. Nous offrir un voyage par exemple, loin de tout ça. Mais pour l'instant, je voulais savoir.

— En fait, commença-t-elle tout en jetant des regards alentour pour vérifier que personne ne nous entendait, tout est parti de Charlemagne et de sa volonté de jouer les protecteurs du christianisme. À cette époque, les yeux des chrétiens du monde entier étaient tournés vers Jérusalem. Or, la ville sainte était depuis un siècle et demi aux mains des Arabes.

— Cela ne devait pas faciliter les choses, supposai-je.

— C'était moins compliqué qu'on ne pourrait le croire, rétorqua Sophie. Comme je vous l'ai dit hier, les musulmans laissaient les chrétiens plutôt tranquilles, ils arrivaient à cohabiter sans trop de problèmes. Les uns priaient dans la mosquée d'Omar mais n'empêchaient pas les autres de venir en pèlerinage sur les traces du Christ, ni le patriarche de Jérusalem de célébrer toutes les fêtes qu'il voulait. En revanche, les communautés chrétiennes de Palestine étaient souvent victimes des attaques de bédouins nomades. Et c'est pour cette raison que Charlemagne décida d'envoyer des ambassadeurs pour renouer le contact avec le khalife de Bagdad, afin que celui-ci améliore la sécurité des chrétiens.

— Charlemagne n'était pas en guerre contre les musulmans ?

— Non, pas contre ces musulmans-là. Ils avaient d'ailleurs plutôt des ennemis communs.

— À savoir ?

— Le khalifat d'Espagne, qui représentait à la fois une menace d'invasion pour Charlemagne et un contre-pouvoir pour Harun al-Rashid dans le monde musulman, mais surtout l'Empire byzantin. Bref, Charlemagne et al-Rashid ayant les mêmes ennemis, ils avaient un terrain d'entente. Ainsi, les ambassadeurs francs furent-ils très bien reçus par le khalife de Bagdad. Entre 797 et 802, il y eut plusieurs échanges d'ambassadeurs entre Harun al-Rashid et Charlemagne, et à chaque fois ces missions furent accompagnées de nombreux cadeaux. Le plus célèbre d'entre eux étant un éléphant, le fameux Aboul-Abbas, que le khalife offrit à l'empereur.

— Ah oui, ça me dit quelque chose...

— Mais ce qui est plus intéressant, c'est une histoire de protectorat sur les Lieux saints.

— C'est-à-dire ? demandai-je, complètement ignare.

La serveuse apporta nos boissons à ce moment-là. Je pris avec plaisir une gorgée de whisky.

— Les historiens ne sont pas tous d'accord à ce sujet, reprit Sophie, mais en gros, parmi les faveurs que le khalife aurait accordées à Charlemagne, il y aurait eu une souveraineté sur Jérusalem. Pour certains historiens, al-Rashid aurait accordé à l'empereur une souveraineté sur toute la Terre sainte, selon d'autres historiens, comme Arthur Kleinclausz, plus réaliste à mon avis, il lui aurait seulement offert symboliquement un protectorat sur le Saint-Sépulcre, voire juste sur le tombeau du Christ. Quoi qu'il en soit, le symbole était fort. Le khalife rendait à l'empereur l'autorité sur le noyau géographique de la chrétienté. Mais ce que Kleinclausz ne raconte pas, c'est que Harun al-Rashid accentua ce symbole en offrant à Charlemagne un autre objet symbolique…

— La pierre de Iorden.

— Oui. Le bijou ayant appartenu au Christ et qui, selon notre hypothèse, était en la possession des khalifes depuis plusieurs générations.

— Comment peut-on en être sûr si les historiens ne le racontent pas ?

— Je n'ai pas dit que *les historiens* ne le racontaient pas. J'ai dit que Kleinclausz ne le racontait pas. En revanche – et croyez-moi, je me suis emmerdée pour vérifier –, dans un numéro de la *Revue historique* de 1928, un article de Bédier sur les cadeaux des ambassadeurs d'Harun al-Rashid fait référence à la pierre de Iorden ! Et pour conclure, le document de votre père prouve que Charlemagne était en sa possession. CQFD.

— Bravo ! C'est là que s'arrête le texte de Dürer ?

— Pas du tout. Souvenez-vous, le texte que votre père a trouvé prouvait que Charlemagne avait offert la Pierre à Alcuin…

Comme chaque fois que Sophie me faisait ses petits topos, je me sentais complètement inculte. J'avais de plus en plus honte, mais cela devait l'amuser plus qu'autre chose. Et je voyais qu'à côté de moi, Badji ne pouvait s'empêcher d'écouter notre conversation. Lui aussi semblait trouver cela passionnant.

— ... Alcuin était un clerc anglo-saxon à la tête de l'école cathédrale de York. Auteur et penseur de génie, il était considéré comme l'un des maîtres de la culture chrétienne anglaise. Si bien que Charlemagne le fit venir en France et décida de lui offrir la présidence de l'école du palais d'Aix-la-Chapelle. Les deux hommes s'entendirent à merveille, et Alcuin dirigea la politique scolaire de Charlemagne. Alcuin est à l'origine de ce que les historiens appellent la renaissance carolingienne. Au bout du compte, il devient le plus fidèle conseiller de l'empereur, et quand en 796 Alcuin se retire à l'abbaye Saint-Martin de Tours, Charlemagne le couvre de cadeaux, dont la fameuse Pierre. Nous en avons la preuve notamment par le texte que votre père avait trouvé et m'avait faxé. Quand Alcuin meurt, en l'an 804, on suppose qu'il laisse la Pierre aux moines de l'abbaye, probablement aux copistes du scriptorium. Puis au IXe siècle, l'abbaye est saccagée par les Normands. Et là, on perd la trace de la pierre de Iorden. Votre père a fait pas mal de recherches, visiblement il n'a rien trouvé. J'ai cherché moi aussi un petit peu, mais aucune trace de la Pierre pendant presque trois siècles avant qu'elle ne réapparaisse en 1130 dans les mains de saint Bernard, qui fonda l'abbaye de Clairvaux en 1115 et en devint du coup le premier abbé. C'est un personnage essentiel du monde chrétien, qui intervenait énormément dans les affaires publiques sous Louis VI et son fils Louis VII. Assez polémique, il n'hésitait pas non plus à conseiller les papes ou à les critiquer. Mais ce qui nous intéresse ici, c'est son rapport avec les templiers...

— Ne me dites pas que la pierre de Iorden a aussi un rapport avec l'ordre du Temple ? l'interrompis-je, incrédule.

— Qui mieux que les gardiens du tombeau du Christ pouvait conserver un trésor aussi sacré ? Mais nous n'en sommes pas encore là... Je vous remets dans le contexte. À la fin du XIe siècle, les rapports entre la France et les Arabes ne sont plus du tout les mêmes qu'à l'époque de Charlemagne. En 1095, le pape Urbain II appelle à la première croisade. L'heure est aux hostilités. Les croisés passent par Constantinople, puis par la Syrie, ils prennent Antioche...

— Décidément...

— Oui, et en 1099 ils prennent Jérusalem. Progressivement, quatre États latins sont ainsi formés, le comté d'Édesse, la principauté d'Antioche, le comté de Tripoli et, enfin, le royaume de Jérusalem. L'Occident chrétien s'installe en plein milieu du territoire occupé par les Arabes. Les pèlerinages peuvent commencer, mais c'est un voyage dangereux, et c'est pour cette raison que, au tout début du XIIe siècle, un croisé, Hugues de Payns, décide de créer une milice pour protéger ceux qui viennent sur les pas du Christ à Jérusalem.

— L'ordre du Temple...

— Exactement. Mais il ne s'appelle pas encore comme ça. Au départ, on les appelle les chevaliers du Christ, Miles Christi, voire, dans la version longue, la milice des pauvres chevaliers du Christ. On est aux environs de 1120. L'Ordre, déjà religieux, n'a pas encore de véritable charte, et à vrai dire, il pose quelques problèmes à cause de l'incompatibilité entre le statut de moine et celui de chevalier. Au départ, saint Bernard, qui comme je vous le disais est un homme très influent, est plutôt hostile à cette milice. Mais quand il rencontre Hugues de Payns, il est convaincu de la pureté de ses intentions et surtout de la nécessité de ces fameux chevaliers du Christ. En 1129, la règle des templiers est établie pendant le concile de Troyes, en présence de saint Bernard. Et pour les conforter, celui-ci ira même jusqu'à écrire un texte célèbre, le *De laude novae militiae*. Il justifie par ce texte leur mission, explique que les lieux sacrés doivent leur être confiés, mais aussi que des donations doivent leur être faites pour faciliter leur tâche et la constitution de l'Ordre. Et bien sûr, il donne l'exemple.

— Il leur offre la pierre de Iorden ?

— Non seulement il la leur donne, mais il leur demande de la rapporter à Jérusalem, d'où elle n'aurait jamais dû partir. Quelques années plus tard, Baudoin II, qui est le roi de Jérusalem, les loge dans une aile du palais, à l'endroit du temple de Salomon. C'est alors qu'ils prennent le nom d'ordre du Temple. Plusieurs documents de l'époque montrent que la Pierre va rester en leur possession pendant presque deux cents ans. Les templiers vont certes perdre Jérusalem en 1187, mais ils s'installent à Acre puis à Chypre, et chaque fois, le Grand Maître de l'ordre emporte la pierre de Iorden avec lui, parmi de nombreuses autres reliques du Saint-Sépulcre. Saint Bernard avait vu juste, les templiers sont les gardiens les plus sûrs de cette précieuse relique. Malheureusement, au début du XIVe siècle, Philippe le Bel, qui doit beaucoup d'argent aux templiers et qui envie leur richesse légendaire, cherche un moyen de se débarrasser d'eux...

— On parle toujours de leur trésor, mais étaient-ils vraiment si riches ?

— Oui, c'est le moins qu'on puisse dire ! La bulle du pape Innocent II en 1139 non seulement les exonérait des dîmes, mais leur donnait en plus le droit de faire des quêtes et des aumônes. Et quand il s'agissait de faire des offrandes aux protecteurs du tombeau du Christ, les chrétiens se montraient très, très généreux. De plus, tous les nobles qui rejoignaient l'Ordre lui cédaient leurs biens, maisons, terres, argent... Bref, le

Temple, qui joue aussi les usuriers, possède une fortune colossale, à la mesure de la haine que leur voue le roi de France. Les biens immobiliers de l'Ordre sont hallucinants. Rien qu'à Paris, les moines soldats possèdent un quartier tout entier…

— Le quartier du Temple…

— Quel esprit de déduction ! railla Sophie. Après de nombreuses manipulations, et malgré la protection du pape, Philippe le Bel fait arrêter les templiers. Au début, le pape Clément V fulmine, puis voyant qu'il est sans doute trop tard, il ne s'oppose pas au roi mais exige que les biens du Temple soient mis sous tutelle de l'Église.

— Pas fou…

— Les biens de l'Ordre avaient été saisis par les agents royaux, mais le pape les ayant revendiqués, après moult tractations, à la fin du pseudo-procès, Philippe le Bel accepte de remettre toutes les possessions des templiers à l'ordre de l'Hôpital, qui était né à peu près en même temps à Jérusalem. Bref, en 1312, alors qu'ils sont installés depuis dix ans sur l'île de Rhodes, les hospitaliers de Saint-Jean héritent du fameux trésor du Temple.

— Dont la pierre de Iorden.

Sophie confirma d'un signe de tête.

— Et voilà. C'est là que se termine le manuscrit de Dürer. Selon lui, l'une des reliques les plus mystérieuses de l'Histoire se trouve en possession des hospitaliers. Il faut se souvenir que Dürer écrit cela aux environs de 1514, juste avant que l'ordre de l'Hôpital ne soit chassé de Rhodes par le sultan Soliman le Magnifique et que Charles Quint leur cède l'île de Malte en échange de leur aide contre les Turcs. Ils sont d'ailleurs alors rebaptisés chevaliers de l'ordre de Malte… Mais à partir de là, plus aucune trace de la pierre de Iorden. Voilà où j'en suis… Et votre père n'était pas allé plus loin lui non plus.

— Alors il faut qu'on fasse de nouvelles recherches, proposai-je.

— Oui. Il y a la piste de la franc-maçonnerie, que votre père a vaguement effleurée. Le lien trop évident avec l'ordre de Malte ou pire, avec les templiers, me semble un peu bidon...

— J'ai demandé à Chevalier de faire des recherches là-dessus. Avec un nom comme le sien, ça s'impose.

Nous restâmes silencieux un instant. Je la regardais avec admiration. Elle avait travaillé à une vitesse remarquable. Mon père avait vu juste en la choisissant pour l'aider dans ses recherches. Sophie était dans son domaine, elle était passionnée, et son érudition lui permettait d'avancer beaucoup plus vite que je n'aurais pu le faire.

— Sophie... Je meurs de faim !

— Vous n'avez pas mangé ?

— Entre deux balles qu'on me tirait dessus ? Non, je n'ai pas eu le temps ! ironisai-je.

— Il est presque dix-huit heures. Un peu tôt pour dîner, mais on peut descendre vous prendre un sandwich dans un troquet ou un McDo.

— Allons-y.

Badji nous précéda prestement. Je sursautai presque. Il était passé en mode garde du corps et j'avais un peu de mal à m'habituer. Nous lui emboîtâmes le pas.

Il y avait du monde dans les escalators qui glissaient le long des grands tubes de verre de Beaubourg. Des dizaines de visiteurs qui se laissaient porter, qui montaient ou descendaient entre les niveaux. Petit à petit, je sentis monter dans mon dos le picotement familier qui m'avait fait fuir de la Bibliothèque nationale. L'impression d'être observé. Tous ces regards que l'on croisait, ne s'arrêtaient-ils pas trop longtemps sur nous ? Étions-nous vraiment à l'abri dans cette grande structure de verre ?

Je me rapprochai de Sophie sur les marches d'acier de l'escalier mécanique et lui serrai le bras. Elle me sourit. Je jetai un coup d'œil à Badji. Essayai de lire sur son visage la moindre alerte, la moindre marque d'inquiétude. Mais il semblait serein. Mon instinct me trompait peut-être. Je tentai de me détendre. D'oublier les blessures sur mes mains. L'écho des coups de feu dans ma tête. L'ombre des corbeaux partout autour de moi.

Nous arrivâmes sur le parvis du Centre Pompidou. Les touristes s'amassaient autour des troubadours. Un grand guitariste noir aux cheveux longs se trémoussait à côté de son ampli en jouant du Hendrix. Là, un fakir marchait sur des tessons de bouteille. Nous nous faufilâmes au milieu des badauds et des caricaturistes.

Quand nous arrivâmes rue Berger, Badji m'indiqua une sandwicherie d'un air interrogatif. J'acquiesçai. Nous nous assîmes à l'intérieur et je passai la commande.

Sophie commença, à voix basse :

— Damien, il faut qu'on fasse le point, qu'on décide ce qu'on va faire maintenant. Moi, j'ai fini mon boulot sur Dürer. Il faut qu'on s'organise.

— Quelle est notre prochaine étape ? Trouver la pierre de Iorden ? demandai-je timidement.

— Oui, mais cela ne suffira pas. Je vous rappelle que ce n'est que la clef qui permet de décrypter le message du Christ. Mais le message lui-même, on ne sait toujours pas où il est. J'espérais trouver quelque chose là-dessus à la fin du texte de Dürer, mais il n'y a rien.

Je poussai un long soupir. Nous avions l'un comme l'autre envie d'avancer au plus vite dans notre enquête, mais nous ne savions plus quelle piste suivre.

— Attendez, m'exclamai-je soudain. J'ai oublié de vous dire quelque chose qui pourrait peut-être nous apporter une piste de recherche.

— Oui ? répliqua Sophie, impatiente.

La serveuse apporta mon sandwich et je payai l'addition. Je pris une bouchée. Sophie me fit signe de me dépêcher. J'avalai avec peine le mélange un peu sec de pain et de charcuterie.

— La fille de Borella, repris-je, a trouvé un article dans *Le Monde* qui relatait le massacre des religieux dont parlait son père.

— Les Esséniens ?

— Oui, si vraiment il s'agit d'Esséniens… Quoi qu'il en soit, le bâtiment aurait été entièrement détruit et il n'y aurait pas un seul survivant. Apparemment, l'article n'en disait pas beaucoup plus… C'était traité comme un simple fait divers. Avec tout ce qui se passe dans la région, les journalistes ne sont plus étonnés par quoi que ce soit. Mais cela fait quand même beaucoup de coïncidences. Borella assassiné, la communauté qu'il avait découverte massacrée la même semaine, mon père, et aujourd'hui on tire sur la fille de Borella…

— On peut supposer que ce sont les mêmes personnes qui ont fait cela. Mais qu'est-ce que cela signifie à votre avis ?

— Les Esséniens savaient quelque chose… On voulait les faire taire. Ou alors, plus vraisemblable, ils possédaient quelque chose…

— Le texte crypté de Jésus ? suggéra Sophie avec une lumière dans le regard. Ou bien la pierre de Iorden…

— Non, répliquai-je. Il est plus vraisemblable que ce soit le texte de Jésus, puisque la communauté prétend descendre en ligne droite des contemporains du Christ. Or, vous avez découvert que la pierre de Iorden avait voyagé un peu partout à travers l'Histoire. Non, si cette communauté est restée secrète pendant près de deux mille ans, c'est sans doute qu'elle veillait sur quelque chose de précieux, qui n'a pas bougé. À l'image des templiers qui gardaient le tombeau du Christ, ces religieux-là protégeaient autre chose. Ils ont eu la chance d'être dans un lieu plus isolé, et non pas au cœur de Jérusalem. Et si on les a tués au bout de deux mille ans, c'est qu'ils possédaient toujours ce bien précieux. Je pencherais plutôt pour le message crypté de Jésus.

Sophie acquiesça.

— Ça tient debout. On serait venu le leur voler, puis pour éviter qu'ils ne parlent, on les aurait tous tués. On aurait ensuite éliminé Borella, qui en savait trop.

— Quant à sa fille, ils devaient attendre de voir si elle savait quelque chose, et quand ils m'ont vu entrer chez elle, ils ont décidé de la zigouiller elle aussi.

— Qui, « ils » ?

— C'est la grande question ! Le Bilderberg ou Acta Fidei, proposai-je. On sait de quoi ils sont capables, maintenant.

— Ce n'est qu'une hypothèse. Mais c'est plausible. Cela voudrait dire que l'un des deux éléments de l'enquête a été retrouvé par nos ennemis invisibles. Le texte crypté.

— Et le deuxième élément, la clef, reste dans la nature.

— Mais à mon avis, nos ennemis devaient croire que votre père possédait ce deuxième élément, la pierre de Iorden, et c'est pour ça qu'ils l'ont assassiné et qu'ils sont venus pour fouiller la maison de Gordes quand vous êtes arrivé.

— Bien sûr ! À présent, ils doivent penser que c'est moi qui ai la pierre de Iorden !

— L'hypothèse tient de mieux en mieux la route. Il y a un seul élément qui me chagrine.

— Lequel ? demandai-je.

— *La Joconde*. Léonard de Vinci. On ne sait toujours pas ce que ça vient faire là-dedans.

— Ah oui. Et la machine bizarre dans la cave de mon père. Sans parler de *Melencolia*, de Dürer. Même si son manuscrit nous en a appris beaucoup, on ne sait pas vraiment quel est le lien de tout ça avec la gravure. Cela nous fait un sujet de recherche…

— En attendant que Chevalier trouve de nouvelles infos sur la pierre de Iorden.

— Excellent ! confirmai-je. Ce qui me fait peur, c'est que si on veut résoudre cette énigme, il faudra bien un jour qu'on récupère le message crypté de Jésus... Or, selon notre hypothèse, l'une des deux organisations l'a volé aux Esséniens. Et je me vois mal aller récupérer ça, que ce soit au Bilderberg ou chez Acta Fidei. Je ne suis pas près de remettre les pieds là-bas.

— Chaque chose en son temps... D'abord, *La Joconde*.

Sophie se leva et enfila son manteau.

— Où est-ce qu'on va ? demandai-je en l'imitant.

— À Londres.

J'écarquillai les yeux.

— Pardon ?

— On va à Londres, répéta Sophie, toute fière de son effet.

Stéphane Badji, lui, ne semblait pas trouver cela si amusant.

— Vous plaisantez ? Qu'est-ce qu'on va foutre à Londres ? m'exclamai-je.

— On va aller chez une de mes amies qui devrait pouvoir nous aider sur Vinci et Dürer.

— À Londres ?

— Oui. Allons, Damien, vous savez, avec l'Eurostar, ce n'est pas si loin.

Je haussai les épaules.

— On part comme ça, sans rien ?

— Comment ça, sans rien ?

— Eh bien, je sais pas, moi, si vous voulez vraiment qu'elle nous aide, il faut qu'on lui apporte des documents ! Le manuscrit de Dürer par exemple...

— J'ai.

Elle tendit le pouce par-dessus ses épaules pour me montrer son sac à dos.

— La copie de *La Joconde* ?

— J'ai.

— Bon, soupirai-je. Je vois. C'est François qui va être content ! Il n'y a personne d'autre un peu plus près qui pourrait nous aider sur Vinci et Dürer ?

— Non. Pas aussi bien qu'elle. Et je sais qu'elle fera tout pour me rendre service.

— C'est une artiste ? demandai-je.

— Non. Mieux que ça. Une personne qui a à la fois un DESS de mathématiques et un doctorat d'histoire de l'art.

— Original. Et qu'est-ce qu'elle fait à Londres ?

— Des recherches sur la Renaissance. Elle pourra nous aider. Elle connaît bien cette période, elle a fait sa maîtrise sur l'homosexualité dans les peintures de la Renaissance.

— Ah, je vois. Une amie à vous... Mais attendez, réalisai-je soudain. Ce ne serait pas la personne dont vous m'aviez parlé l'autre jour ?

Sophie se retourna et me lança un regard amusé.

— Je vous en ai parlé ?

— Oui... Une *personne qui enseigne les mathématiques et l'histoire de l'art* et dont vous auriez été amoureuse...

Elle fit volte-face et partit devant nous en riant. J'étais estomaqué. Sophie nous emmenait voir l'une de ses anciennes maîtresses. À Londres. Vraiment pas la façon idéale de finir la soirée.

Je levai les yeux vers Badji, confus.

— *London, Baby, yeah !* lâchai-je ironiquement. Vous venez avec nous ?

— Bien sûr. Je ne vous lâche pas d'une semelle. Mais nous allons devoir en informer Chevalier. Et comme vous dites, je ne suis pas sûr qu'il soit très content...

Je haussai les épaules.

— Ce que femme veut...

Badji acquiesça, puis il attendit que je me mette en route pour m'emboîter le pas. Nous nous arrêtâmes devant une cabine, Sophie passa un coup de fil à Londres pour prévenir son amie, puis, suivant les conseils de Badji, elle partit s'acheter une nouvelle carte de téléphone. Pendant ce temps, j'appelai François pour l'avertir que nous faisions l'aller-retour à Londres.

Une fois dans la voiture, Sophie et moi eûmes bien du mal à enfiler les gilets pare-balles de Badji. La Safrane fut transformée en cabine d'essayage, ce qui provoqua un fou rire un peu décalé avec la gravité de la situation.

Un peu moins d'une heure plus tard, nous arrivions gare du Nord.

*
* *

En sortant de la voiture place Napoléon-III, je levai les yeux vers la gigantesque façade de la gare du Nord et ses pilastres corinthiens. Je remarquai avec plaisir combien la pierre néoclassique s'affrontait ici avec élégance aux structures de fonte et de verre. Le mélange des genres avait été poussé encore plus loin depuis que j'avais quitté la France : on avait ajouté sur la droite du bâtiment un nouveau terminal.

C'est d'ailleurs vers cette nouvelle halle blanche que Badji nous guida. Sans doute voulait-il éviter la foule qui se pressait devant l'entrée principale. Arrivés au niveau de l'hôtel Apollo, nous traversâmes la rue au milieu des taxis et des embouteillages, des klaxons et des beuglements, puis le garde du corps nous laissa passer devant lui dans le nouveau bâtiment.

Je poussai la porte en verre. La nuit n'allait pas tarder à tomber, mais l'immense dôme était encore inondé de lumière. La large verrière au plafond et les baies vitrées au-dessus des portes laissaient entrer les derniers rayons de lumière qui se réfléchissaient sur les murs et le sol blancs comme en pleine journée.

Je me dirigeai vers les premiers guichets, droit devant. À mi-chemin, Sophie me retint.

— Attendez. Ils ne vendent que les billets pour l'Île-de-France ici. Il faut que nous allions là-bas, dit-elle en indiquant la partie plus ancienne de la gare, sur notre gauche.

J'acquiesçai, puis je me retournai brusquement. Sophie me regarda en fronçant les sourcils. Je lui fis signe d'avancer. Nous nous mîmes en route.

Il y eut une annonce indistincte dans les haut-parleurs du hall voisin. La voix de la femme résonna dans l'espace immense de la gare. Je tournai à nouveau la tête. Sophie m'interrogea du regard. Je ne répondis pas. Je m'approchai d'elle et lui pris le bras. Quand on s'est fait tirer dessus le matin même par un sniper embusqué et qu'on se sait l'objet de plusieurs convoitises peu sympathiques, on a la fâcheuse tendance à voir des ennemis partout...

Soudain Badji nous poussa dans le dos pour nous faire accélérer le pas tout en regardant derrière lui à son tour, et alors je compris qu'il avait la même impression que moi. Je ne rêvais pas.

Nous étions encore suivis.

Les corbeaux. Comment pouvaient-ils garder si facilement notre trace ? Depuis quand nous suivaient-ils ? Je ne les avais pas vus en sortant de chez François. Ni dans le Centre Pompidou.

Je vis dans le regard de Sophie qu'elle aussi avait senti leur présence maintenant. Ils étaient bien là. Comme une menace, un orage qui se prépare. Une ou deux silhouettes trop souvent aperçues. Un mouvement dans la foule. De plus en plus proche.

Ils m'avaient raté rue de Vaugirard, ils ne me rateraient pas ici. Je ne pourrais pas fuir éternellement.

— Je ne sais pas pour vous, lâchai-je en me tournant vers Sophie, mais je commence à en avoir marre de cette petite chasse à l'homme.

Sophie parut étonnée. Sans doute y avait-il dans ma voix quelque chose qu'elle n'avait jamais entendu auparavant. La colère.

— Stéphane, repris-je sans cesser d'avancer. Vous les avez vus ?

Il acquiesça.

— Combien sont-ils ?

— Deux, répondit-il en me faisant signe de ne pas me retourner.

— Vous êtes sûr ?

— À quatre-vingt-dix pour cent.

— Qu'est-ce qu'on fait ?

Badji hésita, jeta un coup d'œil dans leur direction, puis il fit une grimace.

— OK, dit-il en nous attrapant tous les deux par les épaules. Les départs pour l'Eurostar se font à l'étage. S'ils nous voient monter là-haut, ils sauront qu'on va en Angleterre. Il faut absolument les semer.

— J'en ai assez de fuir, répliquai-je. Vous pouvez pas simplement aller leur casser la gueule ?

— Ça va pas, non ? Allons, on n'a pas de temps à perdre. À mon signal, vous courez à toute vitesse vers les escalators, juste devant la brasserie. Il faut qu'on disparaisse le plus vite possible à l'étage d'en dessous. C'est là qu'il y a les longs couloirs qui vont au RER. Avec un peu de chance, ils penseront qu'on est partis dedans. En réalité, on remontera aussitôt ici par un autre escalier. C'est risqué, mais faut tenter le coup.

— On va louper le train, intervint Sophie.

— Grouillez-vous, ils approchent.

Elle acquiesça.

— Go ! lâcha Badji aussitôt, en nous poussant devant lui.

Sophie passa la première, et je courus derrière elle. Sans nous retourner, nous nous précipitâmes vers les escalators, en nous faufilant entre les passants hagards et les rangées vertes de colonnes en fonte qui soutenaient l'immense verrière de la gare. Nous courions tous les trois les uns derrière les autres. Avec un peu de chance, les gens pourraient nous prendre pour des retardataires et ne pas faire trop attention à nous. Mais pas longtemps. Les corbeaux allaient sûrement rappliquer. Sophie enjamba une valise. Contourna un pilier. Longea un kiosque. Puis, dérapant un peu sur le sol en plastique blanc, elle se jeta dans les escaliers mécaniques, laissant sa main glisser le long de la rampe de caoutchouc. J'avais du mal à la suivre.

— Poussez-vous ! criait-elle.

Nous sautions les marches deux par deux. Badji me tenait par la hanche, comme s'il avait peur que je ne tombe. Les gens s'écartaient devant nous, nous laissaient dévaler l'escalier, perplexes. Nous ne savions pas encore si les corbeaux nous avaient suivis, mais si c'était le cas, ils n'allaient pas tarder à apparaître en haut de l'escalator. Il ne fallait pas perdre une seule seconde.

Arrivée en bas, Sophie se retourna vers Badji, les yeux écarquillés. Il tendit le doigt vers l'une des allées blanches qui menait au RER.

— Les escaliers, là ! souffla-t-il.

Nous nous remîmes en route. Nous courions de toutes nos forces. Nos pas résonnaient dans le long couloir souterrain. Je commençais à manquer de souffle quand nous arrivâmes en bas des marches. En remontant à nouveau vers les quais, nous prenions un gros risque. S'ils ne nous avaient pas suivis, nous tomberions nez à nez avec eux.

— Vite ! Montez ! Longez le mur ! ordonna Badji.

Et si par chance ils nous avaient suivis, il ne fallait pas qu'ils nous voient remonter. Sophie s'exécuta. Je l'imitai. Mon cœur battait à tout rompre. Je sentais des gouttes de sueur couler sur mes tempes et dans ma nuque. Les dernières marches furent les plus dures. La fatigue et la peur se mêlaient. Sophie arriva la première. Je la vis tourner plusieurs fois sur elle-même. Elle les cherchait du regard. Mais Badji ne nous laissa pas une seule seconde.

— Il faut aller aux guichets. Marchez vite, mais ne courez plus. Il ne faut pas se faire remarquer. Allez-y discrètement tous les deux, je vais voir si nous les avons semés. Achetez les billets. On se retrouve devant l'escalier qui mène aux départs de l'Eurostar.

J'hésitai un instant, je n'étais pas sûr d'avoir envie de me séparer du grand Noir, mais Sophie m'attrapa par le bras et me tira vers les guichets.

Nous passâmes sous le panneau d'affichage des arrivées. Il y avait un monde fou. Des gens qui se croisaient dans tous les sens. Des voyageurs qui attendaient, assis sur leurs valises, ou bien au bout des quais pour accueillir quelqu'un. Certains nous dévisageaient sur notre passage. Nous étions en nage. Essoufflés. Mais dans une gare, on retrouve assez vite son anonymat.

À mesure que nous avancions vers les guichets, j'avais de plus en plus de mal à voir Badji. Je me retournais régulièrement mais, au bout d'un moment, je le perdis de vue.

Nous arrivâmes devant un long comptoir de vente et sa rangée de vitres. Sophie se pencha vers un hygiaphone.

— Trois allers-retours pour le prochain Eurostar, s'il vous plaît.

Je lui tournai le dos et m'accoudai au rebord pour regarder alentour pendant qu'elle achetait les billets. Je m'attendais à voir surgir les deux corbeaux entre deux colonnes vertes. Derrière les autres usagers ou les énormes pots de fleurs disposés devant le marchand de journaux. Mais non. Ils n'étaient plus là. Le plan de Badji avait marché. Semblait-il.

J'étais encore en train de scruter la foule quand Sophie me tapa sur l'épaule.

— Départ dans vingt-deux minutes, dit-elle en me montrant les billets. Retour demain. Il va falloir faire vite.

— Parfait. Allons rejoindre Badji.

Je m'apprêtai à faire demi-tour mais je vis aussitôt la terreur dans les yeux de Sophie. Comme un choc électrique. Je n'eus pas même le temps de lui demander ce qui se passait, elle m'attrapa par la main et m'entraîna dans le sens opposé. J'en eus le souffle coupé. Mais je me mis à courir derrière elle. D'instinct. Comprenant aussitôt.

Sophie renversa une femme d'une quarantaine d'années sans même s'excuser. La femme tomba par terre et je faillis lui marcher dessus. Manquant perdre l'équilibre, je me rattrapai au bout du guichet sur ma gauche. En me redressant, je jetai un coup d'œil derrière moi. Et ce que je vis ne pouvait plus me surprendre. Le corbeau n'était plus loin.

Sophie avait pris de l'avance. J'hésitai une seconde. Pouvait-on lui échapper ? Jusqu'où pourrions-nous fuir ? Mais si je décidais de rester pour l'affronter, je n'avais aucune chance. Ces types étaient prêts à tuer. Ils l'avaient prouvé plusieurs fois. Les poings serrés, je me précipitai pour rejoindre Sophie.

Les gens commençaient à crier dans la gare. Le corbeau devait en bousculer encore plus que nous. Sophie courait devant moi, les billets dans la main. Elle jetait de rapides coups d'œil dans ma direction pour vérifier que je la suivais. Et je courais bien, en effet. Mais je ne voyais toujours pas où cela allait nous mener.

Le conducteur d'un long chariot électrique qui arrivait en sens inverse klaxonna en nous voyant courir droit sur lui, mais Sophie ne changea pas de cap. Accélérant le rythme de sa course, elle passa devant le petit train sans même adresser un regard au chauffeur dépité. Soudain, elle obliqua vers la gauche. La sortie de la gare. Elle fonça dans l'une des grandes portes en verre. Je me glissai derrière elle. L'air frais me sauta au visage. Le corbeau approchait. Il n'était plus qu'à quelques pas. J'attendis une seconde et quand il fut presque sur moi, je claquai violemment la porte. Il ne put s'arrêter à temps et la prit en plein visage. Un bref répit. Je me mis à courir sur le trottoir. Mais derrière moi, je devinais qu'il allait bientôt se relever.

La nuit était tombée à présent. Mais la rue ne désemplissait pas. Le trottoir grouillait de passants. Sophie se précipita vers l'entrée d'un passage souterrain. Mauvaise idée, pensai-je au fond de moi. Mais je n'eus pas le temps de l'en dissuader. Elle dévala les marches devant moi. Je courus à sa poursuite. Il n'y avait pas beaucoup de lumière. Mais après avoir enjambé quelques marches je compris que ce passage était fermé. En bas des marches, il y avait trois portes closes. Ce que j'avais craint. Sophie ralentit devant moi.

— Merde ! s'exclama-t-elle.

Je m'arrêtai au milieu des marches. Sophie se retourna. Il me suffit de voir ses yeux pour comprendre ce qui se passait derrière moi. De toute façon, je l'avais entendu arriver. Il était là. Le corbeau. Au-dessus de nous. En haut des marches.

Je me retournai lentement, et je le vis, noire statue qui se découpait sur le Paris nocturne. Un réverbère derrière lui dessinait un halo de lumière autour de sa tête. On ne pouvait voir son visage. Mais j'aurais juré qu'il souriait. Plongeant la main dans la poche intérieure de son manteau, il posa un pied sur la première marche.

Je descendis à reculons. Instinctivement, j'écartai les bras. Je ne sais pas vraiment si c'était un geste de capitulation ou bien une tentative ridicule de protéger Sophie derrière moi. J'avalai ma salive. Personne ne pouvait nous voir. J'aurais voulu crier. Mais je n'en trouvais pas la force. J'étais épuisé et terrorisé à la fois. Cette fois-ci il ne pouvait pas nous manquer.

Lentement je vis sa main sortir de sa poche. Il fit un pas de plus. Ses larges épaules semblaient s'agrandir à chaque nouveau pas. Puis le métal noir de son revolver scintilla devant le col de son long manteau. Je pensai aux gilets pare-balles que nous portions. Jamais ils ne pourraient nous protéger de ce bourreau. Il ne partirait pas tant que nous ne serions pas morts. Pas cette fois. Il allait viser la tête. À n'en pas douter.

Soudain, il y eut une ombre derrière lui. Un bruit sec. Puis une forme apparut dans son dos et il s'écroula sur les marches. Son corps dévala vers nous. Je me poussai et le regardai tomber jusqu'en bas, taper contre chaque marche pour s'arrêter enfin devant les pieds de Sophie. Elle fit un pas en arrière et poussa un cri. Je levai la tête et reconnus Badji.

Il resta immobile une seconde, puis il descendit vers nous à toute vitesse.

— Désolé pour le retard, souffla-t-il. J'ai eu quelques problèmes avec... son pote.

Il me tapa sur l'épaule, comme pour vérifier que je tenais encore debout, puis il tendit la main à Sophie, qui semblait paralysée.

— Allons, venez, il n'y a plus rien à craindre.

— Je savais bien que vous finiriez par leur casser la gueule, glissai-je.

Sophie poussa un long soupir, enjamba le corps immobile du corbeau et monta les marches derrière Badji.

— On le laisse là ? demandai-je, perplexe.

— Vous voulez le ramener aux objets trouvés ? ironisa le garde du corps. Allons, dépêchons-nous. Je l'ai assommé, il ne va pas tarder à revenir à lui.

J'étais sur le point de les suivre, mais j'hésitai un instant. Le corbeau ne bougeait plus. Peut-être mort. Je me baissai et glissai la main dans la poche de son manteau. Je pris son portefeuille puis rejoignis les autres.

*
* *

Le train partit à 19 h 34. Il s'en était fallu de peu pour que nous le rations.

Une fois de plus, l'ami de François m'avait sauvé la vie. Pendant la première demi-heure, je ne parvins pas à parler. J'étais toujours en état de choc, la journée avait été bien trop folle pour moi. Sophie resta silencieuse elle aussi. Nous nous regardions seulement. Incrédules. Embarqués dans la même galère. Devinant chacun les pensées de l'autre. Partageant la même angoisse, la même fatigue. Nerveuse. Pourtant il fallait encore faire face. Contrôler.

Puis, alors que la France au-dehors avait complètement disparu sous le voile noir de la nuit, je me décidai à parler.

— Merci, Stéphane.

Je lui souris. Il hocha la tête, mais il avait l'air grave. Inquiet. Il se demandait sans doute quelle autre surprise nous attendait. Ou peut-être se demandait-il si nous étions à l'abri dans ce train.

— Alors, ce portefeuille ? demanda Sophie en se tournant vers moi.

J'acquiesçai. Nous avions enfin un indice. Un moyen d'identifier les corbeaux. Je le pris au fond de ma poche, je jetai un coup d'œil vers les banquettes voisines pour vérifier que nous n'avions pas attiré l'attention des autres voyageurs, puis je l'ouvris sur mes genoux.

Je trouvai des papiers d'identité. Italiens. Paulo Granata. Né en 1965. Je les tendis à Badji par-dessus la petite tablette qui nous séparait.

— Vous pensez qu'ils sont vrais ?

Il jeta un coup d'œil, puis haussa les épaules.

— Je pense, oui.

Il n'y avait pas grand-chose d'autre dans ce portefeuille. Une carte bleue au même nom que les papiers d'identité, quelques reçus, un plan de Paris, des tickets de métro... Mais il y avait aussi une carte qui me sauta aux yeux. Une petite carte de visite sur un vélin haut de gamme. Pas de nom, juste une adresse. Au Vatican. Et au-dessus, un symbole que je reconnus sans peine. Une croix sur un soleil.

Je montrai la carte à Sophie. Elle fit une grimace.

— Cela ne fait que confirmer ce que nous savions déjà.

J'acquiesçai. Oui. Cela ne faisait que confirmer. Confirmer que nous étions vraiment dans la merde.

Le silence s'installa à nouveau. Je vis Sophie fermer les yeux. Badji annonça qu'il allait chercher un café dans le wagon suivant. Il commençait à se détendre.

Je posai ma tête contre la fenêtre sur ma gauche. Le paysage nocturne qui défilait se confondait avec la réflexion de l'intérieur du train sur la vitre. J'étais dans un état second. Groggy, assommé, comme après une longue journée de marche. Les images des dernières vingt-quatre heures me revenaient en cascade. Se mélangeaient, floues, imprécises. Tout s'accélérait. J'étais comme aspiré par un courant trop rapide.

J'essayai de ne plus y penser, puis je m'assoupis avant même que Badji ne fût revenu.

À 21 h 28, heure locale, le train entra en gare à Waterloo.

Monter dans un train à Paris et ressortir à Londres moins de trois heures plus tard, pour un expatrié comme moi, avait quelque chose d'incroyable. Mais je n'étais plus à ça près.

L'amie de Sophie avait affirmé que nous pouvions débarquer chez elle à n'importe quelle heure. À peine arrivés à Waterloo, nous prîmes directement un taxi.

Je n'avais pas vu Londres depuis des années – ma mère m'y avait emmené deux ou trois fois – et le trajet à travers la ville nous permit d'admirer la capitale sous sa robe nocturne. Le spectacle était magnifique et me fit presque oublier les mésaventures successives de cette horrible journée. Au fond, il complétait parfaitement le tableau surréaliste dans lequel nous avions l'impression de n'être que trois petites touches de peinture sous le pinceau du hasard.

Le grand taxi noir sortit de la gare de Waterloo et le tunnel bleu de l'Eurostar, tel un long cordon ombilical qui unissait l'Angleterre à la France, s'écarta lentement derrière nous. En approchant de la Tamise, nous vîmes se dessiner la grande roue blanche du London Eye qui tournait lentement et emmenait ses visiteurs dans les cieux comme un gigantesque moulin à eau effleurant la rivière. Les petites capsules de verre dans lesquelles s'extasiaient ces spectateurs du ciel brillaient comme des ampoules au néon sur le ciel violet.

Le taxi s'engagea sur Waterloo Bridge. Badji et Sophie s'émerveillaient eux aussi en silence. Je tournai la tête à droite et mon regard se posa un instant, au loin, sur le dôme blanc de la cathédrale Saint-Paul, soutenu par un fier collier de colonnes corinthiennes. Puis je laissai mes yeux se perdre dans les courbes de la Tamise. Le long couloir noir s'engouffrait parmi les immeubles éclairés par la lumière sépia des projecteurs et des lampadaires.

Plus loin, comme un mirage à l'horizon du désert, on devinait Canary Wharf, le nouveau pôle du business londonien, bouquet de buildings de verre, paradis des valeurs ajoutées, enfer des petits porteurs. Le taxi passa sur une bosse au milieu du pont. Je fermai un instant les paupières. Lorsque je rouvris les yeux, je découvris la City et le siège des rois, Westminster. Le vieux Londres, une cité d'or.

— Voulez-vous que je m'occupe de trouver un hôtel pendant que vous discutez avec votre amie ? demanda Badji.

— Non, non, ne vous faites pas de souci, Jacqueline nous trouvera sûrement quelque chose.

Le taxi arriva de l'autre côté de la rivière et s'engagea à gauche dans the Strand, l'une des plus anciennes rues de Londres, puis jusqu'aux lions géants de Trafalgar

Square. Je souris. J'avais l'impression de revisiter Londres en rêve. J'imaginais presque la main de ma mère qui tenait la mienne, sous une même nuit de printemps, sur cette même place. C'était comme voyager dans mes souvenirs ou dans une boîte de vieilles cartes postales. Les pigeons, les lions, les colonnes de Nelson, la grande fontaine et puis ces nuages de touristes, les mains dans les poches, les épaules relevées pour chasser le froid du soir. Comme attiré par la lumière des néons et les grands panneaux lumineux de Coca Cola et Burger King qui envahissaient des façades tout entières, le taxi fonça vers Piccadilly Circus. Le bruit du moteur était tellement présent et les suspensions tellement rigides qu'on avait l'impression d'aller très vite, et je me demandais comment les freins pourraient arrêter une masse si grande, lancée sur Regent Street comme un obus dans un canon.

— C'est vraiment une ville magnifique, glissai-je en me tournant vers Sophie.

— C'est sympa pour venir y passer un week-end, mais toute l'année…

— C'est toujours ce qu'on dit des villes dans lesquelles on n'a pas vécu ! répliquai-je, moqueur.

— Parce que vous avez déjà vécu à Londres, vous ?

— Non, mais en quittant Paris j'ai appris qu'on pouvait vivre ailleurs.

— J'ai jamais dit que je ne pouvais pas vivre ailleurs… Simplement, pas à Londres.

— Pourquoi ?

— Trop cher, trop anglais, trop artificiel.

J'éclatai de rire.

— Forcément, si vous reprochez à la capitale de l'Angleterre d'être trop anglaise… Mais alors, où aimeriez-vous vivre, à part Paris ?

— Vous savez, j'ai plutôt un caractère de nomade, moi. J'aime voyager. Traverser les pays. Les déserts. J'aime l'Afrique du Nord, le Moyen-Orient… Les décors là-bas sont tellement plus proches de l'homme que dans nos grandes villes occidentales. Ici, on a construit des immeubles qui ne nous ressemblent plus.

Je haussai les épaules.

— C'est bizarre. Moi, j'ai l'impression d'avoir ma place dans ces grandes villes occidentales. C'est déjà pas mal. Tenez, regardez...

Le taxi était en train de traverser Oxford Circus.

— ... Regardez tout ce monde. Nuit et jour. Il y a toujours du monde ! La journée, ils vont dans les grands magasins, chez Selfridges ou chez Harrod's. Le soir, ils flânent, ils se retrouvent, se rencontrent ou s'ignorent. Mais il y a toujours du monde. Et moi, ça me rassure. J'adore ça.

Elle me regarda en souriant.

— Oui, je sais, dit-elle en me posant la main sur le genou.

Et ce n'était pas de la condescendance. Non. Dans son regard, je vis qu'elle était sincère. Elle savait. Savait que j'avais besoin des gens, de sentir le monde autour de moi. Ne pas me sentir seul.

Quelques minutes plus tard, le taxi nous déposa devant l'immeuble de son amie.

*
* *

S'il m'avait fallu quelques jours pour me décider sur les préférences sexuelles de Sophie, celles de son amie ne faisaient aucun doute. L'appartement de Jacqueline Delahaye était rempli de bouquins sur l'homosexualité, de tableaux fort suggestifs et un magnifique drapeau aux couleurs de l'arc-en-ciel était pendu au plafond de l'entrée.

En tout cas, l'amie de Sophie n'était pas une femme ordinaire. Complètement survoltée, à la fois précieuse et bordélique, cynique et tendre, c'était un personnage hors du commun. Elle était en outre très sympathique, vive, pleine de repartie, et visiblement brillante. J'avais toutefois du mal à m'imaginer qu'elle et Sophie aient pu être un jour amantes, mais je me rendis compte que ça ne me dérangeait pas tant que ça. Jacqueline était quelqu'un de bien, point final.

Elle dut toutefois sentir que je n'étais pas complètement à l'aise avec tout ça, et sans doute avait-elle compris que j'éprouvais pour Sophie bien plus que de l'amitié car elle me regardait avec des yeux emplis de malice et peut-être même de compassion.

Elle était beaucoup plus âgée que Sophie, mais il y avait dans ses yeux une jeunesse immuable. Elle avait de grosses lunettes d'écailles, elle était habillée d'une lourde robe en laine marron, ample, et portait une longue chemise à fleur froissée. Autour du coup, un foulard blanc qui descendait jusque dans son dos. On aurait dit un prof d'histoire des années 1970, et elle s'intégrait parfaitement au look et à l'esprit londoniens.

— Alors, dit-elle après nous avoir servi à tous un verre de brandy, qu'est-ce que c'est que cette histoire ? Qu'est-ce qui peut bien amener à Londres un tel trio de choc ?

— On a besoin que tu nous parles de *La Joconde* et de *Melencolia*, répondit Sophie en souriant.

Elle habitait un trois pièces au cœur de Londres, dans un vieil immeuble où aucun mur ne semblait parallèle. Je crois bien que je n'avais jamais vu un appartement dans un bordel aussi gigantesque. Même la cave de mon père à Gordes avait l'air rangée en comparaison. On ne voyait plus les meubles tellement ils étaient couverts d'un fatras qui évoquait des couches sédimentaires. Une petite télé menaçait de s'écrouler en haut d'une pile de magazines. Les étagères d'une grande bibliothèque débordaient, avec plusieurs rangées de livres comprimés les uns contre les autres sous une épaisse couche de poussière, derrière des amoncellements d'objets divers et variés, cadres photo, petites boîtes, statuettes africaines, réveil, stylos, tasses, téléphone, walkman, appareil photo, posters roulés et tout un tas d'ustensiles stagnant non identifiés... La pièce entière était un défi aux lois de l'apesanteur. Partout, des affaires reposaient en équilibre sur d'autres affaires qui elles-mêmes ne tenaient sans doute que par la magie vaudou de l'un des grands sorciers dont les masques étaient pendus aux murs de l'entrée.

Je jetai un regard amusé au pauvre Badji qui semblait mal à l'aise au milieu de ce bordel indicible. Les bras croisés, il n'osait pas s'asseoir et trépignait dans un coin. Il n'y avait de place nulle part pour un costaud comme lui.

— Il veut vraiment pas une chaise, votre malabar ? demanda Jacqueline en désignant le garde du corps.

— Je vais aller prendre une chaise dans la cuisine, répliqua Badji en souriant.

Il s'éclipsa en secouant la tête.

Nous étions tous les trois fatigués, et nous avions faim, mais nous n'étions pas venus ici en vacances et une seule chose comptait : avancer dans notre enquête. Je me décidai à relancer le sujet.

— Sophie m'a dit que vous aviez étudié à la fois les mathématiques et l'art, lançai-je poliment en me tournant vers Jacqueline. C'est étonnant !

— Pas tant que ça.

— Tout de même... Comment on passe des maths à l'histoire de l'art ?

Badji revint avec une chaise et s'installa en face de nous. Jacqueline lui lança un regard gêné. Il y avait une tension dans l'air. L'amie de Sophie était visiblement mal à l'aise d'avoir un gorille dans son appartement...

— Bah, j'ai fait math sup. et math spé., répondit-elle. Après, j'ai fait un DESS de mathématiques pour finalement me rendre compte que je ne pouvais pas m'épanouir dans cette voie-là. J'ai toujours eu un rapport très spécial aux mathématiques...

— C'est-à-dire ?

— Difficile à expliquer… Vous aimez la musique ?
— Oui.

Sophie me lança un regard moqueur.

— Damien est un fan de Deep Purple !
— Parfait, répliqua Jacqueline. Quand vous écoutez un morceau, ça vous arrive d'avoir des frissons, d'avoir la chair de poule ? D'entrer quasiment en transe tant le morceau vous touche ?
— Euh, oui, avouai-je timidement en buvant une gorgée de mon brandy.
— Eh bien, si bizarre que cela puisse paraître, moi, c'est ce que j'éprouve quand je résous un gros problème de mathématiques.
— Ah bon ?
— Oui. Ça vous étonne ?
— Euh, vous savez, moi, les maths… Ça me donnait plutôt des boutons.
— Dommage. Les mathématiques sont comme une religion pour moi. C'est difficile à faire comprendre, je sais… Mais vous savez, les maths sont tellement mal enseignées dans les écoles qu'on oublie à quel point c'est magique. Tenez, prenez l'*Offrande musicale*, de Bach. Ce morceau est un exemple merveilleux de symétrie bilatérale.

Je grimaçais bêtement.

— C'est-à-dire ?
— C'est une sorte de canon, si vous voulez. Les deux portées de ce morceau sont les symétriques l'une de l'autre.
— Vous voulez dire que chaque portée est l'exacte opposée de l'autre ? demandai-je, intrigué.
— Tout à fait. Une sorte de palindrome musical. Cela peut paraître complètement artificiel, c'est des mathématiques pures, et pourtant, le morceau est somptueux ! Et cela n'a rien d'étonnant, en réalité. Les lois de l'harmonie ne sont au fond que des lois mathématiques et physiques. Le fait qu'une quinte résonne si par-

faitement avec sa tonique, ce n'est pas une question de goût, de culture ou de convention. C'est une loi naturelle. Les deux fréquences s'accordent, se marient, et résonnent naturellement plus longuement quand elles sont jouées ensemble. La nature est mathématique, et la nature est esthétique... L'art, comme les mathématiques, nous permet de percevoir le rythme des choses, les liens qui unissent tous nos systèmes. Vous comprenez ?

Elle était complètement passionnée, et même si je n'étais pas tout à fait sûr de comprendre où elle voulait en venir, je trouvais cela charmant.

— Mathématiciens et artistes ont la même démarche. Nous cherchons à interpréter le monde. À découvrir les routines, les réseaux, la structure secrète des choses.

— D'accord, affirmai-je.

— Bref, j'ai commencé à cette époque à entrevoir une passerelle entre les mathématiques et l'esthétique. Un lien évident. Et plutôt que de faire une simple thèse de mathématiques, j'ai décidé d'arrêter les maths et de reprendre des études d'histoire de l'art. Je me suis d'abord intéressée à la Renaissance, et en particulier à Léonard de Vinci.

— Ça tombe bien, glissai-je.

— Vous savez ce que Vinci disait ? *Non mi legga chi non e matematico*.

— « Ne laissez nul me lire qui ne soit mathématicien », traduisit Badji, immobile sur sa chaise.

Jacqueline lui lança un regard étonné.

— Oui. Bref, si vous connaissez un peu la vie de Léonard, reprit-elle, alors l'idée qu'il y a un rapport évident entre l'art et les mathématiques ne doit pas vous sembler si étrange que ça...

— Non, bien sûr, concédai-je. Mais on parle du XVIe siècle, là. Les mathématiques à l'époque avaient quelque chose de romantique. C'est plus vraiment le cas aujourd'hui.

— Détrompez-vous ! Ça a justement été le sujet de mes études, mon cher ! *Les systèmes du chaos dans l'art, la philosophie et les mathématiques*.

— Hein ?

Elle haussa les yeux d'un air dépité.

— La théorie du chaos ! C'est la plus grande révolution de la physique et des mathématiques après la relativité et la mécanique quantique. Vous avez déjà entendu parler de la théorie du chaos, tout de même ?

— Bien sûr...

— Depuis longtemps, les scientifiques essaient de résoudre des problèmes quotidiens apparemment insolubles parce que discontinus et désordonnés.

— Du genre ?

— Comment se forment les nuages ? Comment explique-t-on les variations de la météorologie ? À quelle loi obéit le trajet de la fumée qui s'échappe d'une cigarette ?

— D'accord, le hasard, quoi.

— Non ! Le chaos. En gros, comment la moindre petite modification, le moindre petit écart au tout début d'un système peut entraîner à la fin de celui-ci un changement radical.

— Je vois. Un tout petit imprévu, et tout peut changer. D'où cette fameuse histoire du battement d'ailes de papillon, acquiesçai-je.

— Exactement. Le battement d'ailes d'un papillon au Japon engendre dans l'air suffisamment de variations pour influer sur l'ordre des choses et provoquer par exemple une tempête le mois suivant aux États-Unis.

— C'est beau.

— N'est-ce pas ?

— Et quel est le rapport avec l'art ?

— Vous n'avez qu'à lire ma thèse !

— Avec plaisir, mais peut-être pas ce soir...

— La beauté du chaos réside dans son apparence trompeuse. Le chaos a l'air désorganisé, et semble n'obéir à aucune loi. Et pourtant, le chaos a un ordre inhérent, celui de la nature. Et l'art obéit aux mêmes lois. C'est ce que j'ai essayé de montrer.

— Franchement, sincèrement, je lirai votre thèse avec plaisir.

— Mais ce n'est pas ce qui vous amène...

Sophie, qui s'impatientait sans doute, approuva.

— Alors, reprit l'historienne-mathématicienne en se tournant vers Sophie, *La Joconde* et *Melencolia*... Tu ne veux pas être un peu plus précise, parce que *La Joconde*, je vois vraiment pas ce que je pourrais te dire qui n'a pas déjà été répété un milliard de fois...

— Est-ce que tu crois que *La Joconde* pourrait renfermer un vrai mystère ? risqua Sophie d'une voix mal assurée.

— T'es sérieuse ?

— Oui, répliqua Sophie. J'aurais pas traversé la Manche, sinon. On a fait tout un boucan autour de ce tableau, mais à ton avis, est-ce qu'il a vraiment un sens caché, ou quelque chose ?

— Comment veux-tu que je le sache ? Attends, si *La Joconde* avait un sens caché et un seul, cela ferait longtemps qu'on l'aurait découvert, vu le nombre d'heures que les historiens et les analystes ont passé dessus...

— Il y a quand même quelque chose de spécial dans cette peinture ! insista Sophie.

— Non mais c'est pour me sortir des conneries pareilles que tu t'es tapé tout ce trajet alors qu'on ne s'est pas vues depuis huit mois ? rétorqua notre hôtesse.

Je n'arrivais pas à voir si elle était vraiment furieuse ou si ce n'était qu'un petit jeu entre les deux amies.

— Jacqueline, reprit Sophie, je t'explique. Je suis en train de... en train de faire un documentaire sur une relique qui viendrait de Jésus. C'est une relique très mystérieuse au sujet de laquelle Albrecht Dürer a écrit un long texte.

— Dürer a écrit des tas de textes. Dont un traité sur la perspective qui est absolument remarquable...

— Oui, coupa Sophie. Mais ce texte-là, c'est celui qui concerne *Melencolia*, que Dürer avait donné à son ami, l'humaniste Pirkheimer, et qui a ensuite disparu...

— Ah oui, Panofsky et Saxl en parlent dans leur papier sur Dürer. Je croyais que ce manuscrit était une pure invention...

— Non. Il existe bien. Et le père de Damien l'a trouvé, justement.

Sophie posa la main sur son sac à dos, à côté d'elle.

— Il est là ? demanda Jacqueline, incrédule.

— Oui.

— Fais voir...

— Tout à l'heure. D'abord, réponds à nos questions. Il semblerait qu'il y ait un rapport mystérieux entre le *Melencolia* de Dürer, *La Joconde* de Léonard et une relique qui aurait appartenu à Jésus. Rien que ça. On a retrouvé dans le cadre de notre enquête...

— Enquête qui nécessite un garde du corps ? intervint Jacqueline en pointant le doigt vers Badji.

— Oui. Enquête qui nécessite un garde du corps. Voilà. Si tu me connais, tu sais maintenant à quel point je suis sérieuse. Je ne suis pas du tout du genre à prendre un garde du corps pour la frime, OK ? Donc, je continue, reprit Sophie. Dans le cadre de notre enquête, on a retrouvé une copie de *La Joconde* avec une trentaine de zones dans le tableau qui étaient entourées au crayon. On est sûr qu'il y a un rapport avec notre histoire de relique, parce que Dürer le dit dans son texte. Il explique clairement que Léonard de Vinci... travaillait sur ce mystère. Bref, on voudrait d'abord savoir s'il est possible que *La Joconde* renferme un mystère de ce genre.

— C'est une histoire de fous ! s'exclama l'amie de Sophie. T'es tombée dans une gigantesque farce, ma pauvre...

— Non, je t'assure, c'est sérieux. S'il te plaît, dis-moi des choses qui pourraient m'aider ! Réfléchis !

Jacqueline poussa un long soupir. Elle prit son verre de brandy caché au milieu d'une jungle sur la table basse du salon, puis s'enfonça dans le canapé couvert de fringues, cendriers et autres magazines.

— Bon, alors, commença-t-elle d'un ton exaspéré en allumant une cigarette. D'abord, des histoires de dates. *La Joconde* a été peinte entre 1503 et 1507. C'est l'une des dernières œuvres de Vinci, qui est mort une quinzaine d'années plus tard, en 1519. Quant à *Melencolia*, si je me souviens bien, la gravure de Dürer date de 1515...

— 1514, corrigea Sophie.

— Et Dürer est mort en 1528. Soit également une quinzaine d'années plus tard. Voilà, votre énigme est résolue, merci, au revoir !

Les deux amies éclatèrent de rire en même temps. Je me contentai de sourire pour ne pas les vexer et adressai à Badji un regard embarrassé.

— Bon, reprit Jacqueline en voyant que je ne riais pas aux éclats. Alors, plus sérieusement. Oui, *La Joconde* a évidemment quelque chose de mystérieux, mais pas au sens où vous l'entendez. Elle a quelque chose de mystérieux parce qu'elle avait une signification particulière pour Léonard de Vinci et qu'on n'a jamais vraiment su quoi. À tel point que, bien que ce fût une commande de Julien de Médicis et que François Ier proposât de l'acheter, Vinci refusa de s'en séparer et elle resta enfermée dans son atelier jusqu'à sa mort.

— Intéressant, glissa Sophie.

— Oui, sauf qu'il n'y a rien d'ésotérique là-dessous. C'est simplement que Vinci était depuis longtemps à la recherche de la perfection et que sans doute il savait que *La Joconde* était son œuvre la plus aboutie, à défaut d'être parfaite.

— Si tu le dis, intervint la journaliste, aussi sceptique que moi sans doute.

Jacqueline leva les yeux au plafond d'un air désabusé.

— On a imaginé des milliers d'explications différentes sur la spécificité étrange de ce tableau, ma pauvre fille !

— Rien de sérieux, vraiment ? insista Sophie.

— Comment savoir ? Était-ce l'identité secrète du modèle ? Certains historiens supposent que Vinci aurait fait son autoportrait camouflé en portrait d'une femme imaginaire. J'y crois pas une seconde, mais c'est amusant quand on sait que Vinci était pédé comme un phoque !

— Pardon ? m'indignai-je, hébété.

— Allons, c'est un secret de polichinelle ! Les historiens puritains n'ont cessé d'imaginer des moyens de le démentir, mais la vérité, c'est que Vinci était pédé, un point c'est tout. Il a même été cité lors d'un procès pour sodomie sur un jeune homme de dix-sept ans, et si cette fois il a été relaxé, il a tout de même passé six mois en prison trois ans plus tard pour « mauvaise vie ».

— Je l'ignorais, avouai-je, interloqué.

— Oui, on omet souvent ça de sa bio... Marrant, hein ? De toute façon, il suffit de jeter un coup d'œil sur ses codex et de lire les annotations à côté de ses dessins anatomiques, et le doute n'est plus permis !

— Bon, soit, intervint Sophie. Mais encore ?

— Eh bien voilà, c'est peut-être ça votre mystère... En tout cas, c'est vrai que Vinci tenait particulièrement à ce tableau.

— Et vous ne savez rien de spécial au sujet de sa fabrication ? demandai-je à tout hasard.

— Je pourrais vous parler des heures de la construction géométrique de *La Joconde*, du regard, du sourire, de la position des mains. Mais je ne vois pas en quoi cela vous aiderait. Il faudrait peut-être que vous m'ameniez cette copie avec vos traces de crayon, là, je verrais peut-être quelque chose que vous n'avez pas vu. Qu'est-ce que je peux vous dire ? Ce qui est intéressant au sujet de *La Joconde*, ce sont les glacis. Vinci peignait à l'huile, à laquelle il additionnait un peu d'essence très diluée, ce qui lui permettait de poser plusieurs couches de couleurs transparentes. Du coup, il a pu revenir indéfiniment sur le modelé du visage, à la recherche de la perfection. C'est ce qu'il appelait le *sfumato*.

Je jetai un regard vers Sophie. Il y avait peut-être là une piste intéressante. Sans doute partagions-nous à cet instant le même instinct. La même prémonition.

— Je te montrerai la copie tout à l'heure, promit Sophie. Peut-être que les coups de crayon tracés dessus te parleront plus qu'à nous. Mais *Melencolia*, d'abord, qu'est-ce que tu peux en dire ?

— Alors là, c'est une autre histoire. Parce que là, on a affaire à une gravure symbolique, et pas des plus simples ! Il n'y a pas un seul centimètre carré de cette gravure qui ne soit bourré de symboles. Bref, vous imaginez les milliers d'interprétations possibles que les historiens et les critiques ont faites depuis qu'elle existe.

— Mais comme ça, vite fait, qu'est-ce que vous pouvez en dire ? insistai-je. Qu'est-ce que ça représente, cet ange…

— Ce n'est pas un ange ! corrigea Jacqueline en levant les yeux. C'est une allégorie. L'allégorie de la mélancolie, évidemment ! D'ailleurs, le titre exact de la gravure n'est pas *Melencolia*, mais *Melencolia I*. Et croyez-moi, on a aussi dit beaucoup de conneries, sur ce I. Mais passons. Le personnage est donc une allégorie, elle a tous les attributs de la Mélancolie classique, jusqu'au clébard qui roupille à ses pieds, et tous les symboles qui se rapportent à Saturne, comme la chauve-souris, la balance, le brasero des alchimistes qui, si je me souviens bien, brûle en arrière-plan.

Sophie sortit une copie de la gravure qu'elle avait dans son sac et la tendit à son amie.

— Merci. Oui, et là, vous voyez, beaucoup d'éléments font penser à l'interprétation chrétienne néoplatonicienne de la création comme ordre mathématique...

— Hein ? l'interrompis-je. Euh, pas de gros mots, s'il vous plaît ! Restons simples... Désolé, mais je suis facilement allergique au jargon des critiques d'art.

Elle sourit.

— Disons que comme Léonard de Vinci ou Jacopo de Barbari, Albrecht Dürer pensait qu'il y a un rapport étroit entre la géométrie et l'esthétique. L'art est déjà dans la nature, dans la beauté des lois naturelles, harmonie, géométrie, arithmétique...

— D'accord ! D'accord ! Je lirai votre thèse ! Mais en gros, le sens global de la gravure ?

— La Mélancolie, en gros, c'est le constat d'échec de l'érudition profane. Vous me suivez ?

— Vaguement...

— Quelle que soit notre érudition, quelle que soit notre connaissance des arts – comme les sept arts libéraux, représentés sur cette gravure par l'échelle à sept barres, juste ici –, jamais nous ne pourrons atteindre la connaissance absolue.

Je jetai un coup d'œil à Sophie. Le lien avec notre énigme me paraissait soudain évident. La connaissance absolue. N'était-ce pas le message de Jésus ? Jésus n'était-il pas un initié, celui qui avait reçu, justement, la connaissance ?

— Je pourrais vous faire une analyse symbolique pendant des heures, reprit l'historienne en nous montrant la gravure, mais ce qui est plus intéressant, c'est le lien entre Vinci et Dürer. Car là, il y a un vrai mystère.

Jacqueline éteignit sa cigarette dans le cendrier posé sur le canapé et s'avança un peu vers nous.

— On ne sait pas s'ils se sont rencontrés, expliqua-t-elle. On a souvent appelé Dürer le « Léonard du Nord » parce que son œuvre a été fortement inspirée par celle de Vinci. À vrai dire, Dürer était fasciné par son travail.

Il a notamment copié la série de nœuds vinciens de l'*Accademia* et a continué certaines des recherches sur la nature et les proportions humaines que faisait Vinci. On sait aussi qu'il s'est intéressé au compas de Vinci qui permettait de faire des ovales, sans parler du célèbre prospectographe que Dürer représente sur quatre gravures et qui avait été dessiné à l'origine par Léonard. Tenez, le polyèdre qui se trouve dans *Melencolia* lui-même est un hommage à Vinci !

— Cela fait pas mal de références, en effet…

— Il y a un tableau du milieu du XVIe siècle, qui a donc été fait une trentaine d'années après leur mort, où l'on voit Léonard représenté entre le Titien et Dürer.

— Cela voudrait dire qu'ils se sont effectivement rencontrés ? questionna Sophie.

— On ne peut pas en être sûr, mais c'est probable. Le tableau est attribué à l'atelier d'Agnolo Bronzino. On ne sait si c'est simplement une peinture en hommage à ces trois personnages illustres, ou si cela fait référence à une scène qui s'est vraiment passée. Sur ce tableau, Vinci est tourné vers Dürer, et il lui parle. Il tourne le dos au Titien. On dirait qu'il se fout complètement de lui et qu'il est beaucoup plus intéressé par Dürer. Il fait un geste des mains un peu bizarre, comme s'il expliquait quelque chose au peintre allemand.

— Intéressant.

— En tout cas, ce que nous savons, reprit-elle, c'est que Dürer est allé en Italie, et dans une de ses lettres, il me semble qu'il fait plus ou moins référence à Vinci. Attendez, je vais vérifier ça.

Jacqueline se leva et disparut dans la chambre d'à côté. Je lançai un regard inquiet à Sophie.

— Vous croyez qu'elle peut trouver quelque chose dans ce bordel ? chuchotai-je.

La journaliste sourit.

— Oui, je ne sais pas comment elle fait, mais elle arrive à s'y retrouver…

Jacqueline apparut quelques instants plus tard dans sa grosse robe en laine avec un énorme volume ouvert dans les mains.

— Voilà. C'est une lettre d'octobre 1508. Dürer dit qu'il projette de se rendre de Venise à Bologne, je cite : « *par amour de l'art de la secrète perspective, que quelqu'un est disposé à m'enseigner* ».

Elle nous lança un regard plein d'orgueil.

— Alors là, s'il ne parle pas de Vinci, reprit-elle, je me les coupe !

Je pouffai.

— Ce ne sera pas nécessaire, intervint Sophie. On te croit ! Bref, il y a un rapport certain entre Dürer et Vinci, et même entre *Melencolia* et Vinci, c'est bien ça ?

— Indéniable, confirma l'historienne. Mais il faut que tu me laisses jeter un coup d'œil à votre manuscrit et votre Joconde.

— Oui, mais nous repartons demain, et on ne peut pas te les laisser.

— Bref, ça me laisse la nuit…

Sophie lui adressa un sourire gêné.

— Écoute, si tu ne trouves rien, ce n'est pas grave, tu nous as déjà bien aidés.

— Je vais voir ce que je peux faire. Vous voulez dormir ici ? proposa Jacqueline.

— Non, non, répliquai-je. On ne veut pas vous déranger ! On va se trouver un hôtel.

— À cette heure-là ? Ça va pas être simple !

— On ne veut pas abuser de ton hospitalité, ma chérie, glissa Sophie.

— Mais vous ne me dérangez pas du tout… De toute façon, je risque de passer la nuit à bouquiner votre truc.

— Alors d'accord, répondit Sophie avant que j'aie le temps de refuser.

Jacqueline avait beau être adorable, l'idée de dormir chez une ancienne maîtresse de Sophie ne m'emplissait pas vraiment de joie. Mais j'allais devoir m'y faire.

À cet instant, mon téléphone sonna dans ma poche. J'hésitai avant de répondre, et regardai Badji. Comme si j'attendais son autorisation. Il haussa les épaules. Je sortis le téléphone de ma poche. Je décrochai. C'était le prêtre de Gordes.

Il était à Paris. Visiblement pressé et très inquiet, il ne me laissa pas le temps de dire grand-chose et me donna simplement rendez-vous.

— Pouvez-vous venir demain à treize heures dans l'église de Montesson, banlieue ouest ?

— Attendez, je… je ne suis pas sur Paris en ce moment. Je ne sais pas si je serai rentré.

Je me tournai vers Sophie. Elle fouilla dans son sac et regarda les billets de train. Le retour à Paris était prévu pour 14 h 17.

— Ça ne va pas être possible, expliquai-je au prêtre. Disons plutôt seize heures.

— Entendu. Seize heures dans l'église de Montesson. Le curé est un ami. On sera tranquilles. Il fermera l'église le temps qu'on puisse parler. À demain.

Il raccrocha aussitôt.

Je refermai mon téléphone et le glissai dans ma poche. Sophie m'interrogea du regard.

— C'était le prêtre de Gordes. Il m'a donné rendez-vous demain.

Je ne voulais pas en dire plus devant Jacqueline. Sophie acquiesça.

— Bon, reprit l'historienne en se levant, on va se faire livrer du chinois, ça vous dit ? À cette heure-là, on n'a pas beaucoup de choix. Mais je vais d'abord vous montrer les chambres. Il ne m'en reste que deux, il va falloir partager…

— Je peux partager une chambre avec Damien, répliqua Sophie tout naturellement.

J'eus un mouvement de recul, tellement j'étais étonné. Jacqueline fronça les sourcils, puis elle parut amusée.

— Allons, venez, je vais vous montrer vos chambres.

*
* *

Vers une heure du matin, après avoir mangé et discuté, nous décidâmes qu'il était grand temps d'aller nous coucher. Nous avions eu une dure journée, et le lendemain nous réserverait sûrement d'autres surprises. Jacqueline nous expliqua qu'elle allait travailler un peu sur le manuscrit et *La Joconde*, puis elle nous dit de faire comme chez nous.

Quelques minutes plus tard, je me retrouvai en tête à tête avec Sophie dans une chambre minuscule où il n'y avait que des piles de livres et un matelas double posé à même le sol.

— Euh, vous êtes sûre que vous voulez qu'on dorme ici ensemble ? dis-je bêtement.

— Oh, mon pauvre Damien, je ne vais pas vous imposer de dormir avec votre ange gardien…

— Bah, il est sympa, répliquai-je.

— Si vous insistez…

Je haussai les épaules, un peu gêné. Elle sourit. Je me retournai pour fermer les rideaux. Sophie n'avait pas bougé. Elle était juste devant moi. Elle me dévisageait. Je sentis mon cœur battre. Elle était tellement belle, dans le jeu des ombres et des halos de lumière orange. J'étais sûr de ne pas avancer, et pourtant nos deux visages semblaient s'approcher. Lentement. J'entendais le souffle tranquille de sa respiration. Elle ne souriait pas. Elle me regardait fixement. Sereine. Puis je sentis une main sur mes hanches. Une seconde. Sa bouche était si proche de la mienne. Ses yeux dans les miens. Elle fit un dernier pas et m'embrassa avec passion. Je me laissai faire.

Elle me garda ainsi de longues secondes, tout contre elle. Puis, tout doucement, elle recula son visage. J'avais l'impression de flotter. De revivre des émotions depuis longtemps oubliées. Elle fit un pas en arrière, m'attrapa par la main, et m'emmena derrière elle jusque sur le matelas. Je décidai de me laisser guider. Simplement. Et de vivre l'instant comme Sophie vivait sa vie. En écoutant mes envies.

Sous la lumière discrète qui venait de l'entrée, comme deux jeunes adolescents qui ont peur de se faire surprendre, nous fîmes l'amour longuement, en silence, jusqu'à ce que nos deux corps s'écroulent et s'unissent à nouveau dans un sommeil paisible.

DIX

— Jacqueline nous accompagne.
— Pardon ?
— Je vais à Paris avec vous.

Jacqueline était en train de préparer ses bagages. Sophie, derrière elle, me regarda en haussant les épaules.

Je m'étais réveillé en sursaut, sur le vieux matelas de notre petite chambre, et pendant quelques secondes j'avais eu du mal à me souvenir de l'endroit où j'étais et de ce qui s'était passé la veille. Quand j'avais repris mes esprits, je m'étais alors rendu compte que Sophie n'était plus à côté de moi et je m'étais habillé en vitesse pour aller voir dans le salon ce qu'il se passait.

Assis au même endroit que la veille, Badji m'adressa un sourire. Je lui souris à mon tour, quelque peu embarrassé. Ce type m'avait sauvé deux fois la vie et trouvait encore le moyen de me sourire alors que nous l'avions emmené à Londres sans lui demander son avis. Bien sûr, j'allais le payer. Mais je pouvais voir dans le sourire de Badji qu'il n'était pas là que pour des raisons professionnelles.

Dehors, le soleil était levé depuis peu et gardait encore ses teintes orangées. La lumière du jour atténuait un peu l'impression de bordel dans cet appartement.

— Vous avez trouvé quelque chose ? demandai-je en me grattant la tête.

— Pas vraiment. Mais maintenant je suis convaincue qu'il y a quelque chose à trouver et que vous n'y arriverez pas sans moi. Il y a du café sur la table. Servez-vous. Et puisqu'il faut que vous rentriez à Paris, je viens avec vous.

— Mais...

— Il n'y a pas de *mais*, je viens, ça me fait plaisir, vous aussi, on n'en parle plus. J'ai toujours un appartement à Paris, il y a encore pas mal de documentation là-bas, je pourrai travailler tranquillement. CQFD.

Elle parlait vite, sans me regarder, occupée à remplir son sac de voyage en plein milieu du salon. Elle portait la même robe en laine que la veille et quelque chose dans sa coiffure, ses cernes et sa nervosité me laissa comprendre qu'elle n'avait pas dormi de la nuit.

— Eh bien, merci, dis-je simplement en partant m'asseoir à la table où tous trois semblaient avoir déjà pris leur petit déjeuner.

— Pas de quoi, dit-elle en remontant la fermeture Éclair de son sac d'un seul coup.

Puis elle se redressa, fit volte-face, et, avec un large sourire, me demanda :

— Alors, bien dormi ?

— Euh, oui, oui, balbutiai-je en essayant de ne pas avoir l'air trop gêné. Euh, à quelle heure part le train ?

Je me servis une tasse de café.

— À 10 h 23, ça nous laisse peu de temps, répondit Sophie. Badji et moi nous vous accompagnerons à Montesson. Pendant ce temps-là, Jacqueline pourra continuer son analyse du manuscrit.

J'acquiesçai et pris mon petit déjeuner à mon tour. J'osai à peine regarder Sophie. Elle me vouvoyait. On avait fait l'amour la veille, mais elle me vouvoyait toujours. J'aurais tellement aimé pouvoir la voir seule, ce matin-là. Lui parler un peu. Mais les deux autres étaient là. Badji ne nous lâchait pas d'une semelle, ce n'était pas très pratique. Et de toute façon, nous n'avions pas vraiment le temps.

À aucun moment je n'eus l'occasion de pouvoir lui parler seul à seul, et bientôt il nous fallut repartir vers la gare pour retrouver Paris.

Dans le train qui nous ramena en France, je ne pus chasser les images de Londres qui hantaient ma mémoire, les images de cette ville où j'avais couché avec Sophie.

*
* *

Montesson était à quelques kilomètres de Paris à peine, mais c'était déjà presque la campagne. Petites maisons basses, rues en pente, et au loin, même, des champs et des serres faisaient presque oublier la capitale pourtant si proche.

Nous avions laissé Jacqueline dans un taxi gare du Nord, elle était partie dans son appartement parisien avec le manuscrit de Dürer et la copie annotée de *La Joconde*, puis nous avions repris la Safrane pour aller retrouver le prêtre à l'heure dite en banlieue ouest. J'arrivais à peine à croire que le matin même nous étions encore à Londres. Et pourtant je ne rêvais pas. Le rythme de notre course semblait voué à s'accélérer encore longtemps, autant de temps qu'il en faudrait sans doute pour résoudre notre énigme, à moins que quelqu'un ne parvienne à nous couper dans notre élan.

Badji était sur ses gardes. Le rendez-vous ayant été fixé par téléphone, notre anonymat était loin d'être garanti, et il s'attendait à chaque instant à une mauvaise surprise. Les corbeaux nous avaient habitués à leurs apparitions soudaines. Il était d'humeur moins légère que la veille. Il gara la Safrane sur un petit parking à l'abri des regards, m'ouvrit la porte et passa devant nous.

Le décor de cette banlieue parisienne n'avait plus rien à voir avec l'Angleterre. Ici, il n'y avait pas deux maisons pareilles, elles n'étaient pas blanches, mais grises, l'architecture générale tenait plus du fouillis médiéval que de la maison de poupée. Par moments, de vieilles mobylettes passaient dans la rue, traînant péniblement sur leurs selles des papis à casquette.

L'église était dans une rue en pente, tellement abrupte que du côté de la façade – accolée au presbytère – il fallait monter de très hauts escaliers pour atteindre l'entrée. À part les mobylettes occasionnelles et une ou deux dames qui passèrent avec leur cabas, il n'y avait pas grand monde sur la petite place triangulaire en plein après-midi, et nous entrâmes tous les trois, Sophie, Badji et moi, sous la voûte silencieuse et obscure de Notre-Dame de l'Assomption.

Deux hommes discutaient debout devant l'autel. L'un d'eux, que je n'avais jamais vu, devait être le curé de Montesson. De petite taille, le teint mat, les yeux bridés, je n'arrivais pas à distinguer d'ici s'il était vietnamien ou coréen, mais il avait le visage quiet des Asiatiques. L'autre, qui ne portait ni son habit de prêtre ni le traditionnel costume sombre avec la croix à la boutonnière, n'était autre que le curé de Gordes en civil…

Quand ils nous virent arriver, ils se quittèrent aussitôt. Le prêtre local nous croisa, nous fit un sourire discret puis sortit de l'église. Badji ferma l'énorme porche derrière nous, et vérifia la solidité de la serrure. Je le voyais inspecter toute l'église du regard.

— Bonjour, monsieur Louvel, m'accueillit le prêtre en s'avançant vers nous.

— Ce sont des amis proches, expliquai-je en désignant Stéphane et Sophie.

— Madame, monsieur…

Ils le saluèrent. Le prêtre me tendit la main et je la serrai vigoureusement entre mes paumes, comme pour le remercier d'être venu de si loin. Avec François, Badji ou Jacqueline, c'était un pion de plus de mon côté de l'échiquier. Un petit guerrier têtu qui acceptait de se battre, à sa façon, contre des ennemis aussi puissants qu'invisibles.

Le prêtre nous fit signe de le suivre sur le bas-côté. Nous nous assîmes sur des chaises qu'il avait installées en rond. Badji resta en retrait.

— Nous n'avons pas de temps à perdre, commença le prêtre d'un ton très grave. J'ai l'intime conviction d'être surveillé. Le père Young a accepté de nous recevoir ici discrètement. C'est un vieil ami. Un habitué des mauvaises surprises qui viennent du haut de l'échelle, si puis dire...

— Les mauvaises surprises qui viennent du bas de l'échelle ne font jamais très mal en tombant, glissa Sophie.

Le prêtre acquiesça. Nous étions sur la même longueur d'onde.

— Je suis prêt à vous donner un élément essentiel pour votre enquête, mais je veux d'abord savoir ce que vous savez au sujet de ma mutation. Je prends cela très au sérieux, vous imaginez.

— Connaissez-vous l'organisation Acta Fidei ? demandai-je sans plus attendre.

Il fit signe que non. Je jetai un coup d'œil à Sophie. Elle comprit ce que j'attendais d'elle et raconta tout ce qu'elle savait, toutes les informations que nous avions réunies ou que Sphinx nous avait transmises au sujet de l'organisation. Le prêtre écouta avec attention, et quand la journaliste eut fini sa présentation, il était effondré.

— Vous pensez vraiment que le Vatican est au courant de tout cela ? demanda-t-il après avoir longuement réfléchi.

— Qui, au Vatican ? Ce n'est pas si simple que ça. Il y a forcément des gens qui sont au courant, puisque plusieurs membres du bureau d'Acta Fidei font partie de la Congrégation pour la Doctrine de la Foi. Maintenant, est-ce que cela signifie que d'autres personnes au Vatican sont au courant... on ne peut le savoir.

— Si ce que vous dites est vrai, il faut absolument que cette bombe explose !

— Pas tout de suite ! intervint Sophie. Croyez-moi, on va la faire exploser, cette bombe. Mais pas tout de suite.

Le prêtre opina du chef. Il se frotta le visage d'un air désespéré, puis il sortit un carnet de sa poche.

— Ceci vous revient, dit-il en me tendant un bloc-notes.

— Qu'est-ce que c'est ?

— Votre père m'avait raconté une partie de son histoire. Très honnêtement, je suis sûr qu'il y a un fond de vérité dans tout ça, mais j'ai bien peur que la plupart des choses dont il parlait ne soient un tissu d'âneries. Remarquez, avec ce que vous venez de me dire, je suis prêt à tout. Il savait que j'étais ami avec un horloger de Gordes et il m'a demandé de lui faire construire une machine.

— Quelle machine ?

— Celle que vous avez vue dans sa cave. Et qui a brûlé depuis. Un truc complètement dingue. Apparemment, ce serait une invention de Léonard de Vinci.

Je lançai un sourire à Sophie.

— Vous verrez, tout est dans ce carnet, les croquis, les explications, les notes de votre père... Il a essayé de m'expliquer, mais j'avoue que je n'ai pas compris grand-chose. Je me suis contenté de transmettre les plans à l'horloger, qui a fabriqué la machine. L'autre jour, l'horloger m'a appelé pour me dire qu'il avait oublié de rendre le carnet à votre père, et je l'ai récupéré. J'espère que vous y comprendrez quelque chose. D'après votre père, la machine permettait de trouver un message caché à l'intérieur de *La Joconde* !

Sophie me lança un regard perplexe. Extraordinaire ! Ce que le prêtre venait de nous donner était proprement extraordinaire. J'en tremblais presque.

— Il faut absolument que nous reconstruisions cette machine ! s'exclama Sophie en m'attrapant par le bras.

— Ça m'étonnerait que vous y arriviez si facilement, intervint le prêtre. C'était quand même assez complexe, il y a des espèces de miroirs, des loupes, un système d'engrenages... Ce serait plus simple de demander à l'horloger de la refaire.

— On n'a pas le temps de retourner à Gordes ! protesta Sophie, impatiente.

— On n'a qu'à le faire venir ici, proposai-je.

— Ça va pas, non ? répliqua le prêtre.

— Et pourquoi pas ?

— Il a autre chose à faire !

— Vous avez son numéro de téléphone ?

Le prêtre acquiesça.

— Donnez-le-moi.

Il me lança un regard médusé, puis il fouilla dans sa poche en secouant la tête.

— Tenez, dit-il en me montrant son carnet d'adresses.

Je composai aussitôt le numéro sur mon téléphone portable.

— Eh bien, souffla le prêtre, vous ne perdez pas de temps, vous autres, les Parisiens !

— Allô ? dis-je comme l'horloger décrochait. Bonjour, je suis le fils de M. Louvel.

— Ah, bonjour, dit-il. Mes condoléances.

— Merci. J'ai un service à vous demander.

— Ah bon. Je suis désolé, monsieur, je ne voudrais pas paraître impoli, mais vous savez que la gendarmerie vous recherche ?

— Oui, oui, je sais. Combien mon père vous a-t-il payé pour faire la machine que vous lui avez fabriquée ?

— Mon Dieu, quel engin biscornu, cet appareil-là ! Je ne sais toujours pas à quoi ça sert, mais c'est une machine extraordinaire !

— Oui... Alors, combien ?

— Votre père m'a donné mille cinq cents euros, je crois. Mais ça les valait bien, j'y ai passé du temps, je vous assure !

— Je vous en offre dix fois plus si vous acceptez de venir dès maintenant à Paris pour refaire un deuxième exemplaire de la machine.

Il y eut un long silence.

— Allô ? repris-je comme l'horloger restait muet.

Sophie pouffait à côté de moi, et le prêtre s'était pris la tête entre les mains. Il n'en croyait pas ses oreilles.

— Qu'est-ce que vous avez dit ? demanda l'horloger qui semblait lui aussi perplexe.

— Je vous offre quinze mille euros, en espèces, si vous acceptez de venir à Paris dès maintenant pour refaire la machine de Vinci. Tous frais payés. Je vous rembourse le TGV et je vous loge.

— Mais, vous êtes complètement marteau ? s'exclama l'horloger, incrédule. J'ai une boutique, moi, ici !

— Attendez, dis-je, ne quittez pas.

J'attrapai le prêtre par le bras.

— Vous pouvez le convaincre, vous. Dites-lui que je suis très sérieux, chuchotai-je. Je vous en supplie ! Faites-le venir.

Je le forçai à prendre le téléphone. Le prêtre était totalement hébété.

— Allô, Michel ? balbutia-t-il. Oui. Oui, c'est monsieur le curé. Non, M. Louvel est très sérieux. Bien sûr. Non, ce n'est pas une blague.

Je pris la main de Sophie et la serrai fort. Elle me fit un clin d'œil.

— Vous n'avez qu'à lui dire que vous venez me donner un coup de main pour préparer mon départ à

Rome, reprit le prêtre. Bah, un petit mensonge de temps en temps, je suis sûr que vous serez pardonné, Michel. Et puis vous n'aurez qu'à offrir un beau bijou à Madame en rentrant, et elle sera ravie. Avec ce que M. Louvel va vous donner, il y aura de quoi. Bon. Bon. D'accord. Entendu.

Le prêtre me tendit le téléphone. Il avait l'air vexé que je lui aie demandé de faire cela.

— Il est d'accord, précisa-t-il en soupirant.

Je serrai les poings en signe de victoire.

— Vous avez le numéro de votre hôtel ? demandai-je au prêtre en chuchotant.

Il fouilla dans sa poche et me montra une carte.

— Allô ? repris-je en attrapant le portable. Voilà, je vous explique. Vous appellerez monsieur le curé quand vous saurez l'heure d'arrivée de votre train, et j'enverrai quelqu'un vous chercher à la gare. Essayez de venir ce soir, ou demain matin au plus tard.

Je lui dictai le numéro de l'hôtel.

— Je vous remercie mille fois, monsieur, vous me rendez un fier service. En combien de temps pensez-vous pouvoir fabriquer la machine ?

— C'est une construction très complexe, vous savez. Et puis je ne serai pas dans mon atelier... Je vais essayer d'emporter mes outils et un peu de matériel, il me reste des chutes de la dernière fois. J'avais mis deux semaines à la faire, mais compte tenu que je l'ai déjà faite une fois, je devrais pouvoir aller plus vite.

— J'ai besoin que vous la construisiez en vingt-quatre heures.

— Mais vous êtes malade !

— Je vous paie le prix fort ! À très bientôt, monsieur.

Je le saluai et raccrochai. Sophie éclata de rire. Je m'étais surpassé. Je venais de faire du pur Sophie. Tête baissée. On aurait presque dit qu'elle était fière de moi. En réalité, depuis la poursuite de la gare du Nord, j'avais décidé de ne plus me laisser faire par les événements. Si nous voulions nous en sortir, nous devions à tout prix reprendre le contrôle de notre enquête et non plus la subir.

Ne plus être des pions, mais des joueurs d'échecs.

*
* *

Un peu avant vingt heures, nous arrivâmes enfin à Sceaux chez les Chevalier. Je n'étais pas mécontent de retrouver le confort douillet de leur petit pavillon. À présent, c'était ce qui ressemblait le plus pour moi à un pied-à-terre. Un presque chez-moi. Un domicile fixe.

Estelle nous avait préparé à dîner, et l'odeur boisée de sa cuisine flottait jusque dans l'entrée. François semblait impatient de nous voir.

— Comment ça s'est passé à Londres ? demanda-t-il en accrochant nos manteaux derrière la porte.

— Très bien. L'amie de Sophie est revenue avec nous. Elle va nous aider.

— Parfait. J'ai du neuf pour vous, mes enfants ! s'exclama-t-il en nous laissant entrer dans sa maison.

Claire Borella était assise dans le salon et sourit en nous voyant arriver. Elle avait l'air plus reposée que la veille et s'entendait visiblement très bien avec le couple Chevalier.

Nous passâmes à table aussitôt après avoir enlevé nos manteaux. François était survolté. Sophie s'assit à côté de moi. Claire, quant à elle, semblait avoir déjà sa place habituelle, à la droite d'Estelle. Toutes les deux se parlaient et se regardaient comme de vieilles amies.

— Écoutez ça, commença François en nous servant du vin. J'ai appelé le documentaliste du Grand Orient de Paris, c'est un bibliophile extraordinaire, un peu comme ton père, Damien. Vraiment un type génial. Bref, comme vous cherchiez un lien entre votre enquête et le Grand Orient, je lui ai parlé de la pierre de Iorden.

Eh bien figure-toi que justement, il me certifie qu'il y a plusieurs documents à ce sujet dans la bibliothèque de la rue Cadet.

— Excellent ! répliquai-je.

— Qu'est-ce qu'il y a, rue Cadet ? demanda Sophie.

— Le temple du Grand Orient de France, expliquai-je, pour une fois que j'en savais plus qu'elle.

— Ah, super ! se moqua Sophie. On va trouver nos infos au cœur de la secte !

— Ce n'est *pas* une secte ! s'énerva François.

— Fais pas attention ! glissai-je pour le calmer.

— D'accord. Bon, si vous voulez, continua-t-il, je peux vous emmener là-bas demain matin. Je me suis arrangé avec ma secrétaire.

— Du moment que vous n'essayez pas de nous initier par-derrière ! répondit Sophie qui n'en loupait pas une.

François ne put s'empêcher de sourire. Plutôt que de se vexer, il décida de jouer le jeu.

— Ma pauvre enfant, aucune loge ne voudrait de vous, ne vous inquiétez pas, répliqua-t-il.

— Plus sérieusement, enchaînai-je, faudrait pas que ça te mette dans l'embarras.

— Non, non, pas de problème, du moment que ta copine sait se tenir…

— Tu es sûr ? Ça ne craint pas trop qu'on entre là-bas ? ajoutai-je.

— Non. D'ailleurs, la bibliothèque est ouverte au public la plupart du temps.

— Ouais, la plupart du temps, ironisa Sophie.

— Je vous sers ? proposa Estelle en apportant l'entrée.

Nous commençâmes à manger tranquillement, profitant de ce court répit et de l'ambiance familiale de la maison Chevalier. François essayait de ne pas relever les provocations de Sophie, qui aimait en rajouter des tonnes sur la franc-maçonnerie, mais cela restait bon enfant.

Je me rendis soudain compte que j'avais sans doute devant moi les deux personnes que j'aimais le plus au monde aujourd'hui. Sophie et François. Et cela n'était sans doute pas étranger au fait qu'ils passaient leur temps à se chamailler comme des adolescents.

Puis, soudain, Sophie se tourna vers moi et dit :

— Damien, il faudrait peut-être que tu préviennes François au sujet de l'horloger...

J'écarquillai les yeux.

— Tiens, on se tutoie maintenant ? ne pus-je m'empêcher de relever.

Sophie s'immobilisa. Elle posa un regard circulaire sur les autres convives, puis elle haussa les épaules et me sourit.

— Ben oui. On se tutoie.

— Ah bon, répondis-je.

Je levai les yeux vers François. Il me dévisageait.

Eh oui, mon pote, à Londres, j'ai baisé avec une lesbienne dont je suis fou amoureux et qui n'aime pas trop les francs-maçons et les curés. C'est comme ça. N'essaie pas de comprendre, moi-même je n'y capte pas grand-chose...

Je restai silencieux.

— C'est quoi cette histoire d'horloger ? reprit finalement Chevalier.

— Ah oui, dis-je, confus. Euh, il y a de la place dans ton garage, non ?

— C'est quoi ces conneries ?

— Disons qu'on aurait besoin que tu nous fasses un peu de place dans ton garage.

— Hein ?

J'expliquai notre histoire en détail à François qui ne parut pas vraiment enchanté. Je montrai le carnet de notes de mon père et les croquis de la machine.

— L'horloger de Gordes a accepté de venir ici reconstruire la machine de Léonard de Vinci. Il va falloir qu'on étudie de près les notes de mon père, et on devrait pouvoir s'en servir pour décrypter un message caché dans *La Joconde*.

— On va finir par être un peu serrés, ici ! glissa Estelle à l'autre bout de la table.

Je me mordis les lèvres. La pauvre Estelle. Je me rendis compte de ce que nous imposions à cette pauvre femme, qui devait déjà être suffisamment éprouvée par sa grossesse.

François lui lança un regard interrogateur. Elle haussa les épaules.

— Bah, on devrait pouvoir trouver encore un peu de place, soupira-t-elle en me faisant un sourire.

Je lui fis un clin d'œil. Elle était aussi généreuse que son mari.

— Je peux lui laisser ma chambre, proposa Claire timidement.

— Ne vous inquiétez pas, intervint Estelle, on lui trouvera bien de la place. En revanche, François, c'est toi qui t'occuperas de tout ça, moi, je suis épuisée ! Mais je vous avoue que je suis pressée de voir ce machin ! s'enthousiasma-t-elle en regardant les croquis sur le carnet de mon père.

François acquiesça et nous continuâmes notre dîner. Nous essayions de changer un peu de sujet, d'oublier un instant le stress, mais sans vraiment y parvenir. Nous savions tous que nous n'en avions pas fini, et que nos chances de réussir dans cette course contre la montre étaient finalement assez faibles : les autres concurrents avaient déjà beaucoup d'avance et des moyens disproportionnés.

Alors que François apportait le fromage, Claire Borella nous raconta un peu la vie de son père. Ses missions pour Médecins sans frontières, ses longues absences, ses découvertes... On sentait qu'elle avait pour lui un profond respect. Je l'enviai presque d'avoir connu cela.

Vers onze heures, nous prîmes rendez-vous pour le lendemain matin et Badji nous raccompagna à notre hôtel.

Sophie dormit dans sa chambre, moi dans la mienne. Peut-être aurais-je dû l'inviter à me rejoindre. Peut-être espérait-elle que je le lui demanderais.

Ce n'est pas en une nuit qu'on apprend à parler aux femmes.

*
* *

Le lendemain matin, François et Badji vinrent nous chercher devant l'hôtel, direction le IXe arrondissement.

— Pas de nouvelles de votre horloger ? demanda François.

— Pas pour le moment. J'espère qu'il va venir vite.

Nous nous étions garés rue Drouot et remontâmes par la rue de Provence, longeant les antiquaires, les boutiques de timbres anciens et les études de commissaires-priseurs. La rue Cadet, semi-piétonne, était bondée de monde sur les trottoirs comme sur la chaussée. Petits cafés, hôtels, boucheries, les échoppes se succédaient avec la densité d'un quartier populaire.

Le temple du Grand Orient de France était un bâtiment relativement moderne et imposant, qui tranchait avec les vieux immeubles alentour. Sa haute devanture argentée avait dû paraître futuriste lors de sa construction, mais elle avait maintenant le charme kitsch d'un décor de film de science-fiction des années 1970. Comme devant les églises, les écoles ou les synagogues, la police avait installé en ces temps troublés des barrières tout le long de la façade pour empêcher les voitures de se garer, ce qui donnait au temple des allures d'ambassade.

Badji avait visiblement déjà accompagné François au Grand Orient. Avec son calibre sous l'épaule, il n'avait pas le droit d'entrer et partit attendre dans un café juste en face.

Le garde du corps me fit un clin d'œil avant de nous quitter. J'étais en train de me rendre compte que, depuis son arrivée, la paranoïa me quittait progressivement. Il avait promis d'être discret, et il était finalement beaucoup plus que cela. Il était à la fois chaleureux et rassurant. Comme un grand frère, et comme un bouclier, qui encaissait une partie du stress à notre place. Et cela faisait du bien. J'avais surpris un ou deux coups de fil qu'il avait reçus. Ses employés demandaient s'il comptait être absent encore longtemps. Il expliquait à chaque fois qu'il était sur « une mission importante » et qu'il prendrait le temps nécessaire. Il nous faisait passer avant sa boîte. Avant ses élèves. C'était un type bien. Entier. Un ami de François.

Après avoir montré patte blanche à l'entrée du temple, nous pénétrâmes silencieusement dans la bibliothèque. Sophie était aux aguets. Prête à critiquer le moindre faux pas, la plus petite faute de goût.

L'archiviste documentaliste aperçut François et nous accueillit chaleureusement. C'était un homme d'une soixantaine d'années, avec des lunettes demi-lune, des cheveux gris bouclés et de longs sourcils blancs.

— Voilà, dit-il en tendant une feuille à François, le mot Iorden apparaît au moins une fois dans chacun des bouquins qui sont listés là. À toi de trouver ton bonheur, mon frère.

— Merci, répondit François.

Nous nous installâmes à l'une des tables de la bibliothèque pendant que François partit chercher les différents ouvrages listés par le documentaliste. Nous étions les seuls visiteurs, je me demandais même si François n'avait pas fait ouvrir la salle rien que pour nous. Il régnait une ambiance étrange. Presque mystique. La nature du lieu imprégnait l'air tout autour.

— Voilà, chuchota François en revenant les mains pleines. Tiens, Damien, cherche là-dedans, et vous, Sophie, prenez ces bouquins-là !

Il distribua équitablement les livres et nous nous plongeâmes chacun dans notre travail comme des écoliers modèles.

La pierre de Iorden ne figurait même pas dans les index des deux ouvrages que François m'avait passés, ce qui prouvait que les références du bibliothécaire étaient particulièrement précises, et je me résolus à feuilleter lentement les deux volumes à la recherche de notre mot clef. Le premier était un livre d'histoire du Grand Orient de France. Il retraçait le contexte dans lequel la plus ancienne obédience française était née au milieu du XVIIIe siècle. La première partie était en réalité une reproduction de mauvaise qualité d'un ouvrage assez ancien, si bien que la police de caractère était un peu floue et difficile à lire. La deuxième partie, qui couvrait la période 1918-1965, était de facture plus moderne et imprimée directement, et donc plus agréable à parcourir. J'avais beau chercher, je ne trouvais toujours pas d'allusion à la pierre de Iorden. Le livre était assez épais, et je n'étais pas sûr de pouvoir le parcourir en entier efficacement. Je décidai de le mettre de côté pour le moment et de regarder dans le second ouvrage, beaucoup moins gros. Il s'agissait d'une revue, collection d'articles divers, ou peut-être même de planches écrites par des maçons. Je regardai les titres des articles pour voir si l'un d'eux pouvait évoquer la pierre de Iorden ou le reste de notre enquête, mais je ne trouvai rien de flagrant. Je m'attardai toutefois sur un article intitulé « Biens disparus du GODF », qui me semblait de circonstance. Je le parcourus une première fois, puis une seconde, mais nulle part je ne vis le mot que je cherchais. Je m'apprêtai à consulter un autre article quand mon œil fut soudain attiré par une note de bas de page. « 2. Voir à ce sujet l'anecdote de la pierre de Iorden, in revue *Nouvelles Planches*, janvier 1963 ».

— J'ai trouvé quelque chose ! annonçai-je en essayant de ne pas parler trop fort.

— Chut ! répliqua Sophie. Moi aussi...

— Moi aussi, j'ai quelque chose, enchaîna François.

— Attendez ! répéta Sophie. Laissez-moi finir !

Je replongeai dans mon article, et remontai les paragraphes pour trouver la phrase à laquelle correspondait la note. « ... pendant la Seconde Guerre mondiale, une grande partie du patrimoine maçonnique fut vendue aux enchères ».

Je ne trouvai rien de plus précis et regardai à nouveau le premier ouvrage. Après de longues minutes de recherche infructueuse, je relevai la tête et attendis que Sophie ait fini de lire un article qu'elle dévorait des yeux. Quand enfin elle eut terminé, elle nous lança un regard plein de satisfaction.

— Qu'est-ce que tu as trouvé ? me demanda-t-elle à voix basse.

— La référence à un article qui raconterait une anecdote au sujet de la pierre de Iorden, expliquai-je. Tiens, regarde.

Je lui montrai la note.

— Évidemment ! dit-elle. C'est l'article que je viens de lire !

Elle leva la revue qu'elle tenait dans ses mains et me montra le titre.

— Ah... Je ne pouvais pas savoir. Alors ?

— Alors la pierre de Iorden aurait appartenu très longtemps à une loge qui s'appelait la loge des Trois Lumières, qui faisait partie du Grand Orient de France et qui n'existe plus aujourd'hui. En 1940, elle aurait été revendue aux enchères par le gouvernement...

— Incroyable ! chuchotai-je.

— Pas tant que ça, intervint François. C'est ce qui s'est passé pour beaucoup de loges à l'époque. À partir de 1940, la France est devenue furieusement antimaçonnique en même temps qu'antisémite.

— Je vous rassure, il y a encore des gens qui ne raffolent pas des maçons aujourd'hui, intervint Sophie avec un large sourire.

— On avait remarqué ! répliqua François. Vous devriez être fière, cela vous fait au moins un point commun avec les nazis !

— Bon, ça suffit vous deux ! Vous êtes lourds ! Alors, François, tu disais…

— Oui… Eh bien voilà. Les maçons ont été persécutés pendant la guerre, tout le monde sait ça, non ?

— Et comment leurs biens ont-ils pu être vendus aux enchères ?

— Marquet, qui était le ministre de l'Intérieur, a légalement interdit les sociétés secrètes en 1940, et le Grand Orient, comme toutes les obédiences, a été dissous dans la foulée. Si certaines loges se sont empressées de détruire leurs propres archives pour éviter qu'elles ne tombent aux mains des Allemands, la Gestapo a tout de même eu le temps de procéder à pas mal d'arrestations. Dans toute la France, occupée ou non, d'ailleurs, les temples ont été réquisitionnés d'office. Soit ils étaient remis aux Domaines, soit ils étaient vendus à des particuliers, ou encore ils étaient prêtés à des associations vichystes. Quant aux biens mobiliers, tableaux et autres, ils ont en effet été mis aux enchères.

— C'est pas gentil-gentil !

— Non, ce n'est pas une période glorieuse de notre histoire. La campagne antimaçonnique reposait comme toujours sur l'accusation de complot, et on leur reprochait d'avoir servi les intérêts des juifs… Le gouvernement français est allé très loin, tout de même. Il y a eu une exposition antimaçonnique au Grand Palais qui a ensuite circulé dans toute la France et en Allemagne, et, le summum : en 1941, le gouvernement a fait publier au *Journal officiel* une liste de quinze mille personnes accusées d'appartenir à la franc-maçonnerie pour les dénoncer devant l'opinion publique.

— De plus en plus charmant.

— Oui, oh, il y a certains journalistes qui aimeraient bien renouveler l'exploit... Tous les ans, *L'Express* fait un dossier soi-disant brûlant sur nous. Ça fait vendre...

Il lança un regard faussement fâché à Sophie.

— Bon, ça va ! céda-t-elle. Je vous charrie, mais je suis pas du genre à persécuter, quand même ! Les gens font ce qu'ils veulent...

— Savez-vous par exemple que les locaux où nous sommes servaient de QG à la campagne antimaçonnique du gouvernement ? reprit François.

— Eh ben ! Ça fait froid dans le dos. Bon, donc d'après le texte de Sophie, la Pierre aurait été revendue pendant la guerre. Et toi, qu'est-ce que tu as trouvé ?

— J'ai trouvé une allusion à la Pierre dans un chapitre concernant Napoléon, répondit François en nous montrant le livre devant lui.

— Ah bon ? Raconte !

— D'abord, il faut peut-être que je vous explique un peu le contexte.

— Oui, n'hésite pas ! Sophie peut témoigner à quel point je suis nul en histoire !

— D'accord. Contrairement à ce que beaucoup de gens pensent, la Révolution a failli détruire la franc-maçonnerie en France. Même si les valeurs maçonniques d'égalité, de justice et de fraternité ont en partie inspiré la Révolution, à partir de 1792, le Grand Orient est devenu de plus en plus critique envers les excès de la République naissante. Si bien que la maçonnerie a été soupçonnée de complots antirépublicains pendant quelques années, un comble ! Du coup, entre 1792 et 1795, il ne faisait pas très bon être maçon en France, et beaucoup de loges ont disparu. Bref, ce n'est que vers

1795 que, sous l'impulsion de loges parisiennes et dans un climat un peu plus favorable, la franc-maçonnerie se remet à bouger un peu. Quand Napoléon prend le pouvoir, les maçons ne sont plus hors la loi, bien au contraire. Il faut dire que la famille de Bonaparte regorgeait de maçons. Son frère, ses beaux-frères, tous des Frangins, justement ! Et, même si l'on n'a jamais retrouvé le procès-verbal de son initiation, il l'était peut-être lui-même. En tout cas, son frère Joseph était tout de même Grand Maître du Grand Orient de France ! Sans parler de Cambacérès, l'archichancelier de l'Empereur, qui était aussi maçon, ou de onze des dix-huit maréchaux nommés par l'Empereur qui avaient aussi été initiés, comme Masséna, Brune ou Soult... En somme, Napoléon voit dans la maçonnerie un allié important et essaie de la mettre dans sa poche. Tenez, je vous lis cette lettre que Portalis, ministre de l'Intérieur et des Cultes, envoie à Napoléon : « *Il a été infiniment sage de diriger les loges puisqu'on ne pouvait pas les proscrire. Le vrai moyen de les empêcher de dégénérer en assemblées illicites et funestes a été de leur accorder une protection tacite, en les laissant présider par les premiers dignitaires de l'État.* » C'est on ne peut plus limpide. Or, et c'est là que ça va vous intéresser, le chapitre de ce bouquin raconte comment Napoléon fit don de plusieurs objets précieux à un certain Alès d'Anduze, dignitaire maçon, qui n'était autre que le vicaire général de l'archevêché d'Arras. Le texte explique, de manière assez bizarre, que Napoléon tenait particulièrement à offrir ces objets à cet homme d'Église. Je ne comprends pas bien pourquoi... Mais en revanche, parmi ces dons, devinez ce qu'il y avait ?

Nous répondîmes de concert :

— La pierre de Iorden !

— Bingo. Et à sa mort, Alès d'Anduze l'a léguée à sa loge, qui s'appelait...

— Trois Lumières ! compléta Sophie.

— Exactement ! La boucle est bouclée...

— Oui, dis-je, sauf qu'on ne sait pas comment Napoléon pouvait être en possession de la relique ni pourquoi il l'a donnée au vicaire.

— J'ai ma petite hypothèse là-dessus, intervint Sophie.

Je fis un clin d'œil à François.

— On vous écoute, assura-t-il.

Sophie jeta un coup d'œil au bibliothécaire. Il semblait absorbé par son ordinateur. Nous étions tranquilles.

— Bien. La dernière trace que l'on avait de la pierre de Iorden, tu te souviens, c'était aux environs de 1312, quand le pape Clément V s'arrange pour que l'ordre des hospitaliers de Saint-Jean récupère les biens des templiers. Or, où vont se retrouver les hospitaliers par la suite ?

— À Malte...

— Exactement. Et en 1798... commença Sophie.

— ... la flotte de Napoléon prend l'île de Malte ! termina François en hochant la tête. Mais oui, bien sûr !

— Oh là, doucement, vous oubliez que je suis inculte, moi !

— OK, je te résume, proposa Sophie. On est à la fin du XVIIIe siècle. L'ordre de Malte – puisque c'est le nouveau nom des hospitaliers – n'a plus du tout l'aura qu'il avait au Moyen Âge. Sa raison d'être est quasi nulle compte tenu de la chute de l'Empire ottoman. Et surtout, la France, qui était la protectrice traditionnelle de l'ordre, l'a plus ou moins abandonné pendant la Révolution, en allant jusqu'à priver les chevaliers de leur nationalité française. Enfin, les habitants de l'île de Malte supportent de plus en plus mal la domination de ces chevaliers arrogants qui les assomment d'impôts faramineux. Bref, Napoléon, qui n'est encore que général et que le Directoire envoie en expédition en Égypte, n'a aucune peine à obtenir l'autorisation du gouvernement français de s'emparer de l'île, sur son chemin.

— Il va attaquer directement les hospitaliers ? m'étonnai-je.

— Oui. Napoléon a deux excellentes raisons de vouloir prendre Malte. D'abord parce que c'était une position stratégique sans égale en Méditerranée, mais aussi pour une raison moins officielle. La citadelle de La Valette, chef-lieu des hospitaliers, passait pour renfermer de grands trésors, dont bien sûr ceux hérités de l'ordre du Temple. Or, Bonaparte a besoin de beaucoup d'argent pour acheter des complicités et préparer le coup d'État du 18 brumaire. Bref, en juin 1798, il prend l'île et accapare une partie du butin.

— Et donc, probablement la pierre de Iorden.

— Probablement, confirma Sophie. Quelques années plus tard, il a peut-être appris la véritable nature de la relique, et s'est sans doute dit qu'elle serait mieux entre les mains d'un homme d'Église… C'est peut-être pour cette raison qu'il en a fait don à ce fameux Alès d'Anduze.

— Peut-être, répétai-je. Ça fait beaucoup de « peut-être »…

— En tout cas, intervint François, on sait qu'elle appartenait à sa loge encore au début de la dernière guerre, cent cinquante ans plus tard !

— La question, enchaîna Sophie, est de savoir qui l'a achetée en 1940 quand l'État l'a vendue aux enchères.

— On doit pouvoir trouver ça, répliqua François en se levant. Attendez, je vais demander.

Il se dirigea vers le bibliothécaire et les deux frères entrèrent dans une longue conversation à voix basse. Sophie en profita pour parcourir les autres volumes, et à la vitesse à laquelle elle survolait les pages, on voyait qu'elle avait des habitudes de chercheuse. Je la regardais faire, enchanté par la pesanteur de son regard. Elle était belle, quand elle était sérieuse. C'était un habit taillé pour elle.

François revint vers nous, se pencha sur la table et nous expliqua :

— Je m'absente un instant. En fait, nous avons de la chance. Toutes les archives avaient été classées par les Allemands, qui les avaient emportées à Berlin, puis qui se les étaient fait prendre par les Russes ! Vous imaginez le trajet ! Nous n'avons récupéré une grande partie des archives du Grand Orient que très récemment, quand les Russes se sont décidés à nous les rendre ! Je vais aller jeter un coup d'œil dans les cahiers de comptabilité. Là, en revanche, vous n'avez pas le droit de me suivre. Mais vous pouvez m'attendre ici, ou rejoindre Stéphane dehors, au café, comme vous voulez...

J'interrogeai Sophie du regard. Elle fit signe qu'elle n'avait rien vu d'intéressant dans les livres et que nous pouvions sortir.

— On t'attend dehors, confirmai-je.

Je regrettais de ne pas avoir davantage de temps pour visiter le temple dont François m'avait si souvent parlé, mais ce n'était sans doute pas le moment, et Sophie n'était pas la personne idéale avec qui visiter un temple maçonnique.

Nous sortîmes donc bras dessus, bras dessous.

— On approche du but, me dit-elle tandis que nous avancions vers le passage piéton.

— Ouais. Je me demande vraiment sur quoi on va tomber...

— C'est marrant, je suis tellement concentrée sur l'enquête que je n'ai même pas encore pris le temps de réfléchir à ça. Qu'est-ce qu'on va trouver ? Qu'est-ce que le Christ a bien pu léguer comme message à l'humanité ?

— De toute façon, ripostai-je, on ne sait pas s'il y a vraiment un message... Tout ça n'est peut-être qu'une vaste fumisterie.

— J'espère pas ! s'exclama Sophie. Ce serait vraiment rageant, après tout ce qu'on a fait !

Je serrai sa main et nous traversâmes. Stéphane nous vit arriver à travers la vitre du petit troquet dans lequel il nous attendait. Il prit une deuxième table pour la coller contre la sienne et installa de nouvelles chaises tout autour.

— Monsieur le député est encore à l'intérieur ? demanda-t-il en se levant.

— Oui, oui, asseyez-vous, on va l'attendre. Qu'est-ce que tu bois ? demandai-je à Sophie.

— Un café.

Je commandai deux express. Puis fis un large sourire.

— Qu'est-ce qu'il y a ? s'étonna Sophie en me voyant.

— Rien, c'est juste que j'adore cette ambiance. Tu ne peux pas savoir à quel point ça me manquait, à New York. Il y a vraiment quelque chose d'unique dans l'atmosphère des cafés, à Paris.

— Damien, tu es un grand romantique ! Il faut vraiment être parti longtemps à New York pour se rendre compte de ce genre de choses, ironisa la journaliste.

— Sans doute. C'est un peu triste. On est obligé de ne plus voir les choses pendant longtemps pour se rendre compte à quel point elles sont belles.

— C'est vrai aussi pour les gens, précisa Sophie alors que le serveur nous apportait nos deux petites tasses blanches.

— Ouais, enfin, je te rassure, j'ai pas vu mon père pendant dix ans, et quand je suis revenu, c'était toujours un gros con à mes yeux...

Badji manqua de s'étouffer. Sophie fronça les sourcils.

— Pas très délicat, me reprocha-t-elle. Et je ne suis même pas sûre que tu penses ce que tu dis.

— Comment ça ?

— Tu as vraiment le même regard sur ton père aujourd'hui qu'il y a onze ans ?

Je haussai les épaules.

— Je n'y pense pas.

— Vraiment ? Allons… Tu ne te poses aucune question ? Les années qui ont passé n'ont rien changé à l'image que tu te faisais de tes parents ?

— Je sais pas…

En vérité je savais très bien. Cela m'horrifiait, mais tout au fond, je crois bien que j'étais en train de pardonner à mon père. Et je m'en voulais presque de ne plus lui en vouloir.

Ce type m'avait tant fait souffrir. Et pourtant… Je restai silencieux un moment. Sophie dut voir que j'étais ému et elle me prit la main sous la table.

François fit son apparition juste avant que notre silence ne soit trop long pour rester supportable.

— Bon, annonça-t-il, debout devant notre table. J'ai le nom du type qui a acheté la Pierre en 1940.

— Génial !

— On le connaît ?

— Je ne crois pas, répliqua François.

Il sortit un bout de papier de sa poche.

— Stuart Dean, lut-il. Un Américain, si incroyable que cela puisse paraître !

Je vis les yeux de Sophie s'écarquiller.

— Non ! lâcha-t-elle, incrédule.

— Quoi ?

— Damien ! Tu ne te souviens pas du nom du type qui a fait pirater mon ordinateur depuis Washington ?

— Le secrétaire général américain du Bilderberg ?

— Oui. Il s'appelait Victor L. Dean ! La coïncidence est énorme !

Cela me revint aussitôt. Je sentis mon cœur battre. Nous touchions au but. L'étau se refermait.

— Attendez, tempéra François, il y a beaucoup de gens qui s'appellent Dean, en Amérique… Pourquoi pas James Dean, pendant que vous y êtes !

— Mouais. C'est quand même une sacrée coïncidence. Mais vous avez raison, reconnut Sophie. Il faut vérifier s'il y a un lien entre les deux.

— Je n'ai pas le temps de prendre un café ? réclama François, encore debout.

— Vous en prendrez un plus tard ! répliqua Sophie en se levant.

Mon député d'ami resta bouche bée. Je pouffai. Stéphane ne put s'empêcher de sourire et il nous précéda jusqu'à la Safrane. Il n'avait sans doute jamais vu quelqu'un faire tourner son ami en bourrique comme Sophie pouvait le faire, et cela devait l'amuser autant que moi.

— Voilà ce que je vous propose, expliqua Sophie en s'asseyant à l'arrière de la voiture. Vous allez vérifier ça dans un cybercafé, et moi, je fonce chez Jacqueline lui montrer le carnet de notes et les esquisses que nous a rendus le prêtre.

— C'est toi le chef ! capitulai-je.

Une demi-heure plus tard, nous avions déposé Sophie en bas de chez Jacqueline et nous étions maintenant dans le cybercafé de l'avenue de Friedland. François n'avait visiblement jamais mis les pieds dans un lieu pareil, et il était un peu mal à l'aise.

Nous nous installâmes autour d'un ordinateur. J'entrai le mot de passe que m'avait donné la personne à l'accueil, et l'interface de Windows apparut. Je lançai l'explorateur Internet, ouvris un moteur de recherche et tapai les mots clefs. Nous étions tous les deux serrés l'un contre l'autre, les yeux rivés sur l'écran, pendant que Badji faisait les cent pas derrière nous.

Les résultats de la requête s'affichèrent sur l'écran. Je passai quelques pages, lisant rapidement les intitulés. Puis soudain, je m'arrêtai et cliquai sur un lien. Une biographie de Victor L. Dean, notre fameux ambassadeur.

Le texte s'afficha progressivement sous nos yeux, avec une belle photo de ce cinquantenaire au sourire factice. François se mit à lire la biographie à voix basse. Nulle part il n'était fait mention du Bilderberg. Évidemment. En revanche, dès la fin du premier paragraphe, nous trouvâmes ce que nous cherchions : « (…) *fils de Stuart Dean, diplomate installé à Paris entre 1932 et 1940* ».

— Et voilà ! m'exclamai-je en tapant du poing sur la table, un peu trop fort au goût des autres internautes.

— La vache ! lâcha François, perplexe.

J'attrapai mon portable et composai le plus vite possible le numéro de Sophie.

— Allô ? répondit-elle.

— On a trouvé. Stuart est le père de Victor, si tu vois ce que je veux dire !

— J'en étais sûre !

— Le Bilderberg a la Pierre, articulai-je comme si j'avais du mal à m'en persuader.

— Ça veut dire que les deux éléments du puzzle sont déjà aux mains de l'ennemi, soupira Sophie.

— Le texte crypté de Jésus, et la pierre de Iorden, qui permet de le décrypter.

— Deux hypothèses, proposa Sophie. Soit c'est la même organisation qui possède les deux éléments du puzzle, auquel cas on est foutus.

— Soit chacune des organisations possède un des deux éléments, le Bilderberg aurait la Pierre, et Acta Fidei aurait le texte.

— Auquel cas ni l'un ni l'autre ne peuvent décrypter quoi que ce soit, conclut Sophie.

— Et nous, on est comme des cons au milieu, soupirai-je.

— Bon, laisse-moi réfléchir. La Pierre est probablement en la possession du Bilderberg depuis très longtemps, si l'on suppose que Victor Dean l'a apportée dès le départ à son organisation.

— Oui.

— Quant au texte, notre hypothèse est qu'il a été volé aux Assayya de Judée il y a environ trois semaines.

— Oui, répétai-je.

— Or, les types du Bilderberg ont piraté mon ordinateur il y a moins d'une semaine. S'ils détenaient le texte, pourquoi auraient-ils piraté mon ordinateur ? Ils auraient décrypté le message du Christ depuis longtemps !

— OK, concédai-je. Il y a de très fortes chances pour que le texte soit plutôt aux mains d'Acta Fidei.

— C'est ce que je pense, confirma Sophie. Ils ont chacun un des deux éléments.

— Nous n'avons ni l'un ni l'autre.

— Oui, mais ce n'est peut-être pas si grave. Je commence à comprendre à quoi pourrait servir *La Joconde*... Viens vite nous rejoindre, on essaie de décrypter les notes de ton père.

— OK, j'arrive.

— Attends ! reprit Sophie. Avant ça, essaie de contacter Sphinx et demande-lui de voir si Acta Fidei peut avoir piqué le texte de Jésus. Qu'il se renseigne sur cette histoire de monastère détruit dans le désert de Judée.

— Entendu.

Elle raccrocha.

Je lançai le logiciel d'IRC sans plus attendre. Je me connectai au serveur d'Amérique du Sud. Le nom de Sphinx apparut sur notre channel secret. Le *hacker* était là.

— *Hello. Ici...*

Il fallait que je me trouve un pseudo. Très vite.

— *Ici Alice. Je suis l'ami de Haigormeyer.*

Je fis un clin d'œil à François. Il ne comprenait pas grand-chose, mais il avait au moins saisi la référence à notre livre culte. *Alice au pays des Merveilles*.

— *L'ami sans « e » ? Alice ? Mais, c'est un prénom de fille !*

— *Ah ouais ? Alice Cooper c'est une fille, peut-être ?*

— *Lol.*

— Qu'est-ce que ça veut dire Lol ? s'étonna François.

— *Laugh out loud*. Ça veut dire que ça le fait marrer.

— *Vous êtes l'ami qui bosse avec elle ?*
— *Oui.*
— *Elle m'a parlé de vous... Je suis fan de* Sex Bot *!*
— *D'accord. Au temps pour mon anonymat.*
— *Vous inquiétez pas, ici, on est 100 % tranquille.*
— *Alors je vous enverrai un autographe.*

Je décidai qu'il était sans doute préférable de m'abstenir de prévenir Sphinx que j'avais l'intention de me débarrasser de *Sex Bot*. Ce n'était ni le lieu ni le moment, et nous avions des choses beaucoup plus importantes à voir.

— *Alors, koidneuf ?*
— *On a bien avancé. Vous vous souvenez de Victor L. Dean ?*
— *Le pirate du Bilderberg ?*
— *Oui. Eh bien c'est lui qui est en possession de la pierre de Iorden.*
— *Dur !*
— *Comme vous dites. Nous avons maintenant besoin que vous fassiez une nouvelle petite recherche sur Acta Fidei.*
— *C'est toujours un plaisir ! D'autant plus que je commence à mieux connaître leur serveur...*
— *Il y a trois semaines, un monastère isolé dans le désert de Judée a été complètement détruit, et tous ses occupants assassinés. Nous pensons qu'un document très important s'y trouvait, et qu'il a été volé pendant l'attaque. Nous voudrions savoir si cela a un rapport avec Acta Fidei, et si c'est le cas, s'ils ont effectivement récupéré ce document... Ah oui, précision : les religieux s'appelaient les Assayya.*
— *OK. C'est un peu vague, comme info, mais je vais voir ce que je peux faire.*
— *Merci ! Vous êtes extraordinaire !*
— *Je sais.*
— *Au fait, vous ne nous avez jamais expliqué pourquoi vous faisiez tout ça...*

— *Si, je vous l'ai dit... C'est la philosophie des* hackers.
— *Mouais. D'accord, mais à l'origine, pourquoi ?*
— *On est déjà aux heures des confidences ?*
— *Oh, c'est bon ! Vous en savez bien plus sur moi.*
— *Je fais ça parce que... Bah, c'est une histoire de famille.*
— *Décidément ! On a tous des histoires de famille !*
— *Ouais. La mienne on dirait du Zola. Mon grand-père juif a été fusillé pendant la guerre, je ne connais pas ma mère, mon père est un ancien militant trotskiste qui moisit en taule. Qui dit mieux ?*
— *OK, c'est bon, je capitule... Il n'est quand même pas en taule parce qu'il est trotskiste ?*
— *Non ! Mais ça n'a pas dû aider... En tout cas, j'ai une revanche à prendre. Je me défoule sur Internet.*
— *D'accord, pigé.*
— *Bon, je vous recontacte quand j'ai du neuf...*
— *Ça marche !*

Son nom disparut du channel.

— Qui est ce type ? demanda François, de plus en plus désorienté.

— Je ne sais pas trop. On ne l'a jamais vu. Un gamin, sans doute. On l'a rencontré en ligne. Il nous a beaucoup aidés. Je te raconterai !

— Au point où tu en es, t'auras plus vite fait d'écrire un livre !

— T'inquiète pas, je pense que Sophie fera un documentaire circonstancié.

J'éteignis l'ordinateur et nous nous levâmes pour sortir du cybercafé. Quand nous arrivâmes dehors, mon portable se mit à sonner. Je répondis. C'était le prêtre de Gordes qui me donnait l'heure d'arrivée de l'horloger. Il serait à la gare de Lyon en début d'après-midi. Je le remerciai et raccrochai. Il avait fait vite.

Lentement, je levai les yeux vers François.

— Quoi ? râla-t-il. Tu veux en plus que j'aille chercher ton horloger ? J'opinai du chef, embarrassé.

— Qu'est-ce que je ferais pas pour toi ? Bon, je vais le chercher, et je le ramène à Sceaux.

— Vas-y avec Badji, suggérai-je, je vais me démerder.

— Pas question, Stéphane reste avec toi. Tu as beaucoup plus besoin de lui.

Je savais qu'il était inutile de lutter.

— Vous me tenez au courant ? insista-t-il.

— Oui.

— T'inquiète pas, je fais tout pour faciliter la tâche de l'horloger.

Il monta dans la Safrane et je me dirigeai avec Badji vers une borne de taxis. Les choses s'accéléraient.

*
* *

Nous arrivâmes chez Jacqueline Delahaye vers midi. Les deux filles s'étaient installées par terre, au milieu du désordre phénoménal de cet appartement du VIIe arrondissement. À vrai dire, celui-ci était même pire que celui de Londres, car Jacqueline n'y vivait plus depuis un moment et la poussière, elle, y avait élu domicile.

Elles avaient repoussé la table du salon, posé les deux tableaux à plat à même le sol, et, assises en tailleur au milieu de la pièce, entourées de livres et de documents, elles travaillaient sur les notes de mon père.

Jacqueline était venue nous ouvrir, et à ma grande surprise elle m'avait embrassé chaleureusement puis m'avait poussé dans le salon, complètement excitée, laissant Badji comme un con dans l'entrée. Le garde du corps s'installa discrètement sur le canapé et prit un magazine.

— Tu vas voir, mon grand, on a trouvé ! s'écria-t-elle en m'invitant à m'asseoir à côté de Sophie.

Elle aussi s'était donc mise à me tutoyer et à me lancer du « mon grand » ! Je n'en revenais pas. Je préférai ne pas imaginer ce que les deux amies avaient pu se dire avant que nous arrivions et me laissai guider dans le foutoir. J'étais surtout impatient qu'elles m'expliquent leur découverte.

— C'est géant ! confirma Sophie, qui ne m'avait même pas adressé un regard, la tête plongée dans un énorme bouquin.

— Bon, ben racontez ! suppliai-je.

— OK. Je te préviens, ça part dans tous les sens, on n'a pas encore vraiment réorganisé ça...

— Tu vas voir, c'est dément ! insista Sophie.

Elles étaient insupportables, et je les soupçonnais d'en rajouter un peu...

— Bon allez ! Racontez !

— OK. Depuis 1309, avant d'aller à Malte, les hospitaliers étaient installés à Rhodes, puisqu'ils avaient pris l'île aux Byzantins. Jusque-là, tu me suis ?

— Quand même !

— L'ordre est resté maître de l'île, lieu stratégique s'il en est, aussi bien d'un point de vue militaire que commercial. Profitant de cette situation exceptionnelle, des banquiers venus de Florence, de Montpellier et de Narbonne se sont installés à Rhodes pour mettre la main sur le marché des épices et des étoffes.

— OK. Et alors ?

— Tout se passait bien jusqu'à la fin du XVe siècle, époque à laquelle l'Orient commence à se réveiller à nouveau. En 1444, déjà, le sultan d'Égypte avait assiégé la ville, puis en 1480, c'est Mahomet II de Constantinople. Et cette fois-ci, l'ordre se dit qu'il serait peut-être sage de délocaliser une partie de ses biens. Une délégation de chevaliers prend le large et, à la suite des banquiers florentins qui rentrent au bercail, voilà nos chevaliers qui rejoignent l'Hôpital de Florence. Les biens les plus précieux de l'ordre y resteront jusqu'à ce que les chevaliers héritent de leur nouveau chef-lieu, Malte. Or, qui est à Florence en 1480 ?

— Leonardo da Vinci ! s'exclama Jacqueline.

— Selon ton père, continua Sophie, le peintre visite plusieurs fois l'Hôpital et découvre l'incroyable relique. La pierre de Iorden.

— À cette époque, enchaîna Jacqueline, impatiente, Léonard se passionne déjà depuis longtemps pour la science, la géométrie, la technique, et même la cryptographie ! Par exemple, il passe son temps à écrire de droite à gauche, comme dans un miroir…

— Je sais ! coupai-je. Mon père a fait pareil dans ses notes !

— Exactement. Or, dans le *Codex Trivulziano*, Vinci parle d'un objet qu'il aurait vu à Florence portant un code secret qu'il était si fier d'avoir mis au jour qu'il voulait le recopier. Il n'est pas beaucoup plus précis, mais c'est là que le manuscrit de Dürer entre en jeu !

— Le peintre allemand, enchaîna Sophie, explique que Vinci lui a tout raconté. Léonard, pour prouver à la postérité qu'il avait trouvé le code de la Pierre, aurait décidé de le reproduire, en le rendant plus complexe !

— Dans *La Joconde* ?

— Oui. Il va mettre vingt-cinq ans pour mettre au point son procédé ! Vingt-cinq ans, tu imagines ?

— Énorme ! En gros, cela signifie que *La Joconde* est un substitutif à la pierre de Iorden ?

— Exactement. Vinci a recopié dans *La Joconde* le code qui est caché dans la relique. C'est pour cela que ton père dirigeait maintenant ses recherches vers Vinci, parce qu'il savait sans doute qu'il ne pourrait pas retrouver la Pierre, étant donné qu'elle est aux mains du Bilderberg.

— Bref, résumai-je, si on arrive à sortir le code de *La Joconde*, on pourra se passer de la Pierre. Ne nous manquera plus que le texte crypté…

— *Absolutely, my dear !*

— Ouais, cela n'empêche pas qu'on va avoir du mal à mettre la main sur ce foutu texte, tempérai-je. Je ne suis pas sûr que les gens d'Acta Fidei vont bien vouloir nous le prêter !

— On verra.

— Admettons. Et alors, comment le code est-il caché dans *La Joconde* ? les pressai-je.

— On ne sait pas trop, avoua Jacqueline. Mais on a une piste. Sais-tu ce que c'est que la stéganographie ?

— Euh, non, de la sténographie avec une syllabe en plus ?

— Très drôle ! répliqua Jacqueline. Non, c'est un procédé de cryptage qui consiste en gros à dissimuler un message dans un autre, voire à l'intérieur d'une image. Au lieu d'avoir un code qui saute aux yeux, le code est caché à l'intérieur d'une information apparemment anodine. Aujourd'hui, avec l'informatique, c'est un procédé utilisé fréquemment : rien de plus facile que de cacher un code dans une image, puisqu'elle-même, numérisée, est déjà un code.

— Souviens-toi de la photo que Sphinx nous a demandé de faire publier dans *Libé*. C'était très probablement de la stégano !

— Pour cacher un message dans une image informatique, il suffit par exemple de modifier quelques pixels dont l'emplacement a été convenu. On remplace ces pixels par d'autres dont les numéros codent les lettres du message. La modification est invisible à l'œil nu.

— Génial ! concédai-je.

— Eh bien voilà, expliqua Sophie. On suppose que Vinci a utilisé plus ou moins le même procédé. En gros, il serait l'ancêtre de la stéganographie informatique…

— Après lui, précisa Jacqueline, d'autres peintres se sont amusés à cacher des choses dans leurs tableaux. Il y a un exemple célèbre dans le tableau *Les Ambassadeurs*, de Hans Holbein. C'est un tableau de 1533, soit quatorze ans après la mort de Vinci. Un crâne humain est caché dans le bas du tableau. Pour le voir, il faut regarder le tableau de travers, car le dessin a été déformé. C'est le principe de l'anamorphose...

— Comme pour le cinémascope ? Hallucinant ! Et alors, dans *La Joconde* ?

— Eh bien voilà, le code serait caché à l'intérieur. Probablement invisible à l'œil nu.

— D'après ton père, expliqua Sophie, il y aurait trente-quatre signes cachés dans *La Joconde*. Tu te souviens ? Il avait fait des cercles sur le tableau.

Elle me montra la copie abîmée de *La Joconde*. Je comptai en effet trente-quatre marques de crayon.

— Et vous avez vu quelque chose ?

— Non, répondit Jacqueline. On ne sait pas trop quoi chercher. Peut-être des lettres minuscules, mais cela m'étonnerait parce que *La Joconde* a été inspectée à la loupe des millions de fois depuis des siècles, et s'il y avait des lettres, on les aurait vues.

— Apparemment, précisa Sophie, on ne pourrait voir ces signes qu'avec la fameuse machine !

— Oh la vache ! m'écriai-je. C'est de la folie !

— On t'avait prévenu !

— Et c'est pas tout, reprit Jacqueline, de plus en plus excitée... Ton père n'a pas trouvé ça par hasard. Apparemment, le mode d'emploi serait caché dans *Melencolia*, de Dürer. Regarde, là, par exemple. Le carré magique.

— Eh bien ?

— La somme de toutes les lignes horizontales, verticales ou diagonales fait toujours trente-quatre.

— Le nombre de signes cachés dans *La Joconde*, ajouta Sophie.

— C'est extraordinaire !

— Pour le moment, nous ne faisons qu'entr'apercevoir les rapports entre *Melencolia* et *La Joconde*. Il y a le décor en arrière-plan, le personnage féminin mais qui, dans les deux œuvres, a un côté masculin troublant, le polyèdre de *Melencolia* qui est une référence directe à Vinci, et enfin les proportions. *La Joconde* a été peinte sur une planche de soixante-dix-sept centimètres sur cinquante-trois, soit exactement trois fois les dimensions de *Melencolia*. Je pense qu'en fait, grâce à *Melencolia*, on va savoir comment se servir de la machine mise au point par Vinci et décrypter *La Joconde*. Sophie me dit que la machine a trois axes différents, donc plusieurs positions possibles, et surtout des miroirs et des loupes, c'est bien ça ?

— Oui.

— Je suis prête à parier qu'il y a trente-quatre positions possibles, lesquelles doivent permettre de voir sur *La Joconde* les trente-quatre signes cachés. Le problème, c'est que je me demande comment on peut être sûr que les signes ont survécu. *La Joconde* n'est pas dans un très bon état de conservation : Léonard, en bon petit chimiste, fabriquait lui-même ses couleurs. Cela lui laissait certes une plus grande liberté et, comme je vous le disais, il a pu faire des glacis remarquables, mais, résultat, les couleurs ont beaucoup bruni sous l'effet du temps. De plus, c'est une peinture sur bois, et donc elle est moins bien conservée qu'une simple toile...

— Sans compter que je ne nous vois pas entrer au Louvre avec notre appareil pour aller ausculter *La Joconde*, ajouta Sophie.

— Il faudra faire un essai avec la copie, suggérai-je. On verra bien.

— C'est ce qu'on s'est dit.

Je regardai les deux tableaux posés par terre. J'inspirai profondément, puis je levai les yeux vers Sophie et Jacqueline.

— Les filles, vous êtes géniales ! Je vous invite au restau, avec l'ami Badji bien sûr !

Sous le regard médusé de Stéphane, nous nous embrassâmes tous les trois. Nous partagions l'impression d'avoir résolu une énigme vieille de plusieurs siècles, et c'était véritablement grisant.

— Qu'est-ce qu'on fait de tout ça ? demanda Sophie en montrant les papiers et les tableaux sur le sol.

— Prenez *La Joconde*, proposa Jacqueline. Vous en aurez sans doute besoin pour faire le décryptage quand l'horloger aura fini sa machine. Mais laissez-moi le reste, je vais y jeter un coup d'œil ce soir pour voir si je peux en découvrir davantage.

Une demi-heure plus tard, nous déjeunions tous les quatre dans un petit restaurant en bas de chez Jacqueline. Nous étions incroyablement détendus, oubliant presque la pression qui n'avait cessé de monter depuis des jours.

Vers la fin du repas, je reçus un coup de fil de François.

— Je vous dérange ?

— On est au restau, avouai-je.

— Eh bien, y en a qui s'en font pas !

— Tout se passe bien ? demandai-je, gêné.

— Oui, très bien. Ton horloger est arrivé, il s'est déjà installé un petit atelier dans le garage, et il s'est mis au boulot. Je voulais qu'il se repose un peu, mais il a l'air très excité à l'idée de faire ta machine. Je ne sais pas ce que tu lui as dit, mais il est motivé !

Je souris.

— Il est sympa ?

— Adorable ! On dirait un personnage de dessin animé, un genre de Gepetto, avec ses petites lunettes et ses vieux outils. Je lui ai installé une chambre au premier, et je lui ai dit de faire comme chez lui...

— Merci, François. Je ne sais pas ce qu'on ferait sans toi.

— Les mêmes conneries, probablement...

Il me souhaita bonne chance pour la journée, m'annonça qu'il avait réussi à se libérer encore pour le lendemain, et fit promettre de l'appeler en fin de matinée pour lui donner des nouvelles.

Nous passâmes l'après-midi chez Jacqueline à continuer nos recherches. Vers onze heures, trop fatigués pour continuer, nous l'avons quittée pour rentrer dans le quartier de l'Étoile. Je proposai que nous allions voir si Sphinx avait des nouvelles pour nous. Nous fîmes donc une halte au cybercafé, mais sans succès. Sphinx n'était pas en ligne.

Après avoir attendu près d'une heure tout en naviguant sur différents sites, nous décidâmes de laisser tomber et de rentrer nous coucher à l'hôtel.

Badji nous donna rendez-vous pour le lendemain matin et j'accompagnai Sophie dans sa chambre. Elle me demanda de rester auprès d'elle. Nous ne fîmes pas l'amour, ce soir-là, mais elle me serra fort dans ses bras et s'endormit contre moi en quelques minutes à peine, si douce, si belle.

ONZE

Le lendemain matin, je fus réveillé par le bruit de la douche. Sophie s'était levée tôt. Je paressai un moment, puis me levai, enfilai une robe de chambre et branchai la cafetière posée sur la table devant la fenêtre. J'ouvris à moitié les rideaux pour laisser entrer la lumière du matin. J'allumai la télé, ramassai le journal glissé sous la porte, et je m'installai confortablement dans l'un des deux larges fauteuils.

Je n'étais pas encore complètement réveillé. La tête reposée sur le dossier, je fermai les yeux. Sophie sortit de la douche. Elle s'arrêta derrière le fauteuil, passa ses bras autour de mon cou et m'embrassa. J'ouvris un œil et lui fis un sourire.

— Je vais à Canal, dit-elle en partant se coiffer devant la glace de notre chambre.

— Ah bon ?

— Il faut absolument que j'aille donner signe de vie. Mon rédacteur en chef va finir par craquer.

— Et moi, qu'est-ce que je fais ? demandai-je. Tu veux que je t'accompagne ?

— Non. Essaie de voir si Sphinx est à nouveau en ligne. Il a peut-être trouvé les infos sur Acta Fidei. Après, il ne nous restera plus qu'à attendre que l'horloger ait fini la machine et on essaiera de trouver le code caché dans *La Joconde*. On n'a qu'à se retrouver en fin d'après-midi chez les Chevalier.

— Je n'aime pas trop l'idée qu'on se sépare...

— On avancera plus vite. Et puis tu ne peux pas venir à Canal avec moi.

Je la voyais déambuler derrière moi dans le reflet de la télévision. Elle avait tellement changé. Ou peut-être était-ce mon regard qui avait changé. Je la voyais plus fragile et plus généreuse à la fois. Moins dure, moins secrète. Son visage n'était plus le même. De nouvelles rides étaient apparues qui la faisaient sourire. Une nouvelle bouche, plus douce. Ses épaules. Sa poitrine. Sophie était un tableau vivant. Ma Joconde à moi.

— Bon, je file ! annonça-t-elle en attrapant son manteau dans l'entrée. J'y vais en métro, tu peux prendre la Volkswagen, si tu veux. À tout à l'heure !

— Sois prudente !

Elle sourit et disparut derrière la porte.

Je traînai quelques longues minutes devant la télévision, zappant entre LCI et CNN, cherchant à savoir lequel était le moins objectif des deux, m'amusant des différences comme un père qui regarde ses deux enfants en se demandant comment ils ont pu grandir sans se ressembler. Je me sentais tellement extérieur à tout cela, alors. Les États-Unis, la France. Ce quotidien me paraissait irréel. Anecdotique...

Je reçus un coup de fil de Badji par la ligne interne de l'hôtel. Il m'attendait dans le hall. La réalité me rattrapait.

Je le rejoignis en bas. Il me laissa tout de même le temps de prendre un petit déjeuner en bonne et due forme, puis nous partîmes à pied au cybercafé. C'était presque devenu une routine. Mais je supposais que ça ne dérangeait pas Badji. Sa vie devait être faite de routines. De trajets mille fois répétés.

Nous nous installâmes à notre ordinateur habituel. Les gamins et le type de l'entrée ne s'étonnaient même plus de nous voir. Nous faisions presque partie du décor, à présent. Le grand Black et le petit brun. Un décor peu ordinaire, certes, mais qu'y a-t-il de normal dans l'atmosphère fluo d'un cybercafé ?

Je lançai le logiciel d'IRC et me connectai au serveur. La liste des channels s'afficha. J'entrai dans celui de Sphinx. Il était vide. Notre ami *hacker* n'était toujours pas là. C'était certes rare, mais pas vraiment inquiétant. Je me décidai à essayer l'autre moyen que nous avions utilisé pour le contacter la première fois. ICQ. Je retrouvai son numéro sur le forum que nous avions visité et lançai la recherche. Mais il n'était pas là non plus.

Je lançai un regard perplexe à Stéphane, puis je laissai un message au *hacker*.

— *Passé hier soir et ce matin. À +. Alice.*

— J'espère qu'il ne lui est rien arrivé, dis-je en me retournant vers Badji. Bon, on va aller faire un tour, et on reviendra vers midi voir s'il a eu mon message.

Le garde du corps acquiesça et nous sortîmes vers l'Étoile. Lentement, nous remontions vers la place.

— Où est-ce que vous voulez aller ? me demanda Stéphane.

— Je ne sais pas… On a une heure ou deux à tuer. Ça fait longtemps que ça ne m'est pas arrivé. Vous avez une idée ?

Badji haussa les épaules. Il regarda autour de nous.

— Vous saviez que la salle Wagram était un haut lieu de la boxe au début du siècle ? dit-il en désignant la rue homonyme un peu plus loin.

— Non. Et alors ?

— Non, rien, comme ça…

— Vous ne voulez quand même pas qu'on aille visiter la salle Wagram ? m'exclamai-je.

Il éclata de rire.

— Non, non. Je ne pense pas de toute façon que cela prendrait deux heures.

Je fouillai dans mes poches, un peu au hasard, et tombai sur la clef de la New Beetle louée par Sophie. Je lui montrai le trousseau.

— On va aller faire un tour en voiture, proposai-je.

— Je suis venu avec la Safrane, vous savez...

— Oui, mais j'ai envie de conduire. Ça fait longtemps...

— Il vaut peut-être mieux ne pas prendre la Safrane, alors, en effet, dit-il en souriant.

Nous retournâmes vers le parking de l'hôtel, et quelques minutes plus tard nous roulions dans le cœur de la capitale. Je n'avais pas conduit de voiture depuis une éternité, et même si j'aurais préféré traverser Paris en deux-roues, je retrouvai toutefois un certain plaisir à descendre les grandes avenues, longer les quais, traverser les ponts. Je conduisais sans réfléchir, guidé par un souffle invisible. Bercés par une retransmission radiophonique de la *Passion selon saint Jean* de Bach, Badji et moi n'éprouvions même pas le besoin de parler. Nous étions les hôtes de Paname, une petite bille de plomb qui roulait dans les couloirs de ce grand billard électrique.

Les rues s'enchaînaient, les feux passaient au vert, les façades défilaient, puis je me perdis dans une douce rêverie. Soudain, je réalisai que j'avais garé la voiture. Presque sans m'en rendre compte.

— Qu'est-ce qu'on fait ? me demanda Badji d'un air inquiet.

Je tournai la tête vers la gauche. Je reconnus le long mur à côté de moi. C'était l'enceinte du cimetière Montparnasse. Quel génie audacieux m'avait poussé jusque-là ?

— Stéphane, soupirai-je, je crois qu'on va aller faire un tour sur la tombe de mes parents.

Je fis une pause, comme étonné moi-même de ce que je venais de dire.

— Ça ne vous dérange pas ? demandai-je en lui adressant un regard embarrassé.

— Pas du tout. Allons-y.

Nous sortîmes de la Volkswagen et nous dirigeâmes vers l'entrée principale. La rue était silencieuse et ombragée. Les souvenirs commençaient à me revenir. Les mauvais souvenirs. Mais j'avais envie de continuer. Nous passâmes sous la porte et prîmes tout de suite à droite. Après quelques pas, je m'arrêtai et montrai à Badji la tombe de Jean-Paul Sartre et Simone de Beauvoir.

— Ce mec m'a vraiment fait chier en khâgne, expliquai-je en souriant. J'ai jamais rien compris à l'existentialisme.

Stéphane me tapa sur l'épaule.

— Il n'y avait peut-être pas grand-chose à comprendre.

Je me remis en marche, les mains dans les poches. Nous arrivâmes au bout de l'avenue et obliquâmes à gauche. Un frisson me parcourut l'échine. Je n'étais venu que deux fois dans ce cimetière. D'abord pour enterrer ma mère, puis mon père. C'était donc la première fois que je venais sans enterrer personne. Juste pour voir. Un premier pèlerinage. Cela ne me ressemblait pas. J'aurais sans doute fait demi-tour si Badji n'avait été à mes côtés. Comme un passeur. Sa présence me rassurait et je me serais senti idiot de laisser tomber à mi-parcours.

Les tombes se succédaient. J'aperçus celle de Baudelaire sur notre gauche. Celui-là ne m'avait jamais ennuyé. Les vers de son *Spleen* me revenaient, de circonstance.

« *J'ai plus de souvenirs que si j'avais mille ans.*
Un gros meuble à tiroirs encombré de bilans,
De vers, de billets doux, de procès, de romances
Avec de lourds cheveux roulés dans des quittances,
Cache moins de secrets que mon triste cerveau.
C'est une pyramide, un immense caveau,
Qui contient plus de morts que la fosse commune.
Je suis un cimetière abhorré de la lune,
Où comme des remords se traînent de longs vers
Qui s'acharnent toujours sur mes morts les plus chers. »

Je soupirai. François et moi avions longtemps partagé un amour naïf pour le poète, et avec l'arrogance des jeunes lettrés, c'était à celui qui connaîtrait le plus de vers pour briller dans les soirées de khâgneux. Quels cons nous faisions ! Mais ces lignes-là ne m'avaient jamais quitté. Ces lignes-là n'étaient pas que pour faire bien. Elles m'avaient touché au plus profond de moi et me touchaient bien plus encore comme je les récitais.

Enfin, nous parvînmes devant la tombe de mes parents. Je fis signe à Badji que nous étions arrivés. J'avais du mal à effacer de mon visage un sourire un peu stupide. C'était plus fort que moi. J'avais honte de vouloir venir ici.

Je me tins droit devant la tombe, croisant machinalement les mains. J'avais du mal à me concentrer. Je ne savais que penser.

Je ne me pose pas la question, c'est plus pratique. Mes propres paroles me revenaient comme une sentence.

Je ne pouvais voir Badji qui était resté en retrait, mais je sentais sa présence. Il devait penser que je priais. C'est ce que font les gens qui croient. Mais moi, *je ne me pose pas la question, c'est plus pratique*.

Et là, immobile devant cette pierre gravée, je me dis que je ne ressentais aucune présence divine. J'étais simplement seul. Terriblement seul. Et je ne savais que faire. Pleurer. Me souvenir. Pardonner.

J'avalai ma salive et fis un pas en arrière.

— Vous avez encore vos parents, Stéphane ?

Il s'approcha lentement.

— Oui. Mais ils sont retournés à Dakar. Je ne les ai pas vus depuis très longtemps.

— Vous croyez en Dieu, Badji ?

Il hésita. J'avais les yeux fixés sur mon nom gravé dans le marbre, mais lui me regardait. Je crois qu'il essayait de comprendre le sens caché de ma question.

— Vous savez, dit-il finalement avec sa voix douce et grave, vous n'avez pas besoin de croire en Dieu pour vous recueillir devant une tombe.

Je hochai la tête. Il avait compris le sens de ma question. Mieux que je ne le comprenais moi-même.

Je restai encore quelques secondes immobile, puis je fis volte-face.

— C'est bon, allons-y.

Il me fit un sourire et nous partîmes vers la sortie du cimetière. J'avais la gorge nouée, mais j'étais bien. J'étais mieux.

*
* *

Il était midi passé quand Badji et moi entrâmes dans un nouveau cybercafé. Je m'inscrivis à l'entrée et partis m'asseoir devant un ordinateur. J'étais impatient de voir si Sphinx était enfin revenu. Je commençais un peu à m'inquiéter à son sujet. Je n'arrivais pas à oublier la phrase qu'il avait dite à Sophie lors de notre première entrevue. *Big brother is watching*.

Je parcourus le contenu de l'ordinateur, mais ni IRC ni ICQ n'étaient installés sur cette station. J'allais devoir les implanter moi-même pour contacter Sphinx. De plus en plus impatient, je lançai l'explorateur Internet pour aller chercher les logiciels sur un site de téléchargement. Le transfert dura plusieurs minutes, puis l'installation, exagérément longue, abîma encore un peu plus ma patience.

Vers midi trente, enfin, je me connectai au serveur IRC chilien. Les doigts tremblants, je cherchai notre interlocuteur mystérieux. La liste des channels apparut sur l'écran, mais toujours pas de Sphinx. Je tapai du poing sur la table. Je me décidai à tenter notre dernière chance. ICQ. J'inscrivis le numéro du *hacker*. Toujours rien. Non seulement il n'était pas en ligne, mais il n'avait pas répondu au message que je lui avais laissé. Cette fois-ci, je commençai à paniquer. C'était nous qui avions entraîné Sphinx là-dedans, et je ne pourrais jamais me pardonner s'il lui était arrivé quelque chose.

— Merde ! lâchai-je en attrapant mon téléphone dans ma poche.

Je composai le nouveau numéro de Sophie. Il fallait que je la prévienne et que je lui demande s'il y avait un autre moyen de contacter le *hacker*. Mais je tombai sur son répondeur.

— Sophie, c'est moi, rappelle-moi dès que t'as mon message, annonçai-je avant de raccrocher

J'enfilai mon manteau.

— Bon, on va aller manger à l'hôtel, ça nous fera patienter, proposai-je à Badji.

Après avoir échappé aux embouteillages d'un midi parisien, nous arrivâmes au Splendid Étoile. Je laissai la voiture à un employé de l'hôtel, et nous passâmes sous la marquise Art Nouveau qui couvrait l'entrée. Je me dirigeai directement vers la réception.

— Il n'y aurait pas un message pour moi, par hasard ?

Nous nous étions enregistrés sous un faux nom, et les chances qu'on puisse nous laisser un message étaient faibles. Sophie, pleine d'imagination, n'avait rien trouvé de mieux que M. et Mme Gordes.

Le réceptionniste fit non de la tête, d'un air désolé.

— Vous êtes sûr ? insistai-je.

Le réceptionniste haussa les sourcils.

— Certain. Il n'y a eu aucun message. Cela dit, la jeune demoiselle, là-bas, cherche une certaine Mme de Saint-Elbe. Je lui ai dit que je n'avais pas ce nom dans le registre, mais elle a insisté pour attendre. Ce ne serait pas le nom de votre femme ?

Je me retournai aussitôt pour regarder dans la direction que m'indiquait le réceptionniste, et je vis, assise sur l'un des canapés du hall de l'hôtel, une jeune fille qui devait avoir dix-huit ans tout au plus. Elle avait de longs cheveux bruns, des lunettes rondes, elle était mince, vêtue de jeans de la tête aux pieds, un énorme foulard froissé qui tombait jusqu'à ses genoux, et elle mâchait un chewing-gum avec bruit. Elle avait l'air angoissée et mal à l'aise. Je ne l'avais jamais vue nulle part et je me demandais bien qui cela pouvait être.

Je sentais que Stéphane était sur ses gardes. Il dévisageait la jeune fille et s'était décalé pour passer un peu devant moi.

— C'est bon, Badji, tentai-je de le rassurer.

Je m'avançai vers la jeune fille qui se leva en me voyant arriver.

— Bonjour, dis-je en fronçant les sourcils. Vous cherchez Mme de Saint-Elbe ?

— Alice ? demanda la jeune fille en me fixant des yeux la tête penchée. Vous êtes Alice ?

— Sphinx ? m'étonnai-je.

— Oui ! confirma la jeune fille en se levant d'un bond.

Il y eut dans ses yeux une lueur de soulagement. J'eus un geste de recul. Je m'étais attendu à tout, sauf à ça. Une gamine. Cela me paraissait incroyable. Et si ce n'était pas vraiment Sphinx...

— Euh, comment je peux être sûr ? demandai-je, un peu gêné.

— Haigormeyer, Unired, le Chili ? énonça-t-elle d'un air interrogatif.

C'était bien lui. Ou plutôt elle.

— Mais t'as quel âge ? ne pus-je m'empêcher de demander, sidéré.

— Dix-neuf ans.

— Qu'est-ce que tu fous toute la journée devant un ordinateur, t'es pas à la fac ?

Elle fit une grimace.

— C'est l'interrogatoire ? Je me suis fait virer en octobre.

— Virée d'une fac ? Faut le vouloir ! Et alors, tu fais quoi ?

Elle devait penser que je jouais les vieux cons, mais je n'arrivais pas à y croire... Une fille de dix-neuf ans qui passait ses journées à faire des recherches plus ou moins pirates sur Internet, c'était plutôt déconcertant.

— Écoutez, Damien – c'est bien votre nom, hein ? –, j'ai dix-neuf ans, pas douze. Je me débrouille, ne vous faites pas de souci pour moi. Je gagne mieux ma vie en ligne que si j'avais fait médecine...

— D'accord, admis-je.

Après tout, avec ce que nous l'avions vu faire, je voulais bien la croire. J'étais encore sous le choc, mais je commençais à accepter l'idée.

— Bon, qu'est-ce que tu fiches là ?

Elle s'apprêta à répondre mais je la coupai aussitôt.

— Attends, on ne va pas parler de ça ici. Euh, je te présente Stéphane, qui nous accompagne.

— Bonjour.

Elle parlait vite, comme si elle avait peur de ne pas avoir le temps de tout dire. Badji se contenta d'incliner la tête.

— T'as déjeuné ? lui demandai-je.

— Non. Faut que je vous parle !

Elle se frottait les mains avec angoisse. Il s'était passé quelque chose.

— Bon, on va se prendre une table tranquille et tu vas me raconter tout ça...

Elle me suivit dans le restaurant de l'hôtel. Le serveur nous proposa une table à l'écart. Il commençait à avoir l'habitude de mon besoin d'isolement. Avec mes comportements bizarres et mon garde du corps, il devait me prendre pour un mafieux ou pour un agent secret...

— Qu'est-ce qui se passe ? demandai-je à la jeune fille en essayant de lui faire un sourire rassurant.

— Haigormeyer... Enfin, Sophie... Elle n'est pas là ?

— Non.

— J'ai trouvé ce que vous cherchiez.

— Tu as des infos sur Acta Fidei ?

— Mieux que ça.

Elle se mordit les lèvres. Elle regarda rapidement derrière elle. Elle avait l'air encore plus parano que moi.

— J'ai explosé leur serveur. J'ai chopé *le* document de la mort !

— À savoir ?

— Vous n'allez pas me croire.

— Annonce !

— Une photo de la tablette qu'ils ont prise aux religieux !

J'écarquillai les yeux.

— Tu plaisantes ?

— Non.

Elle prit un CD-rom dans la poche de sa veste en jean usée et le posa devant moi.

— Tout est là, promit-elle sans me quitter des yeux.

Je n'en revenais pas. Je n'étais d'ailleurs pas sûr de bien comprendre. Avait-elle vraiment trouvé le texte crypté de Jésus ? Ou bien s'agissait-il d'autre chose ?

— Le texte de Jésus est là ? insistai-je.

— Sa photo en tout cas. Un scan couleur. Bonne qualité.

Je la regardais, hébété. J'avais l'impression de rêver.

— Euh… balbutiai-je. Tu es absolument sûre ?

Elle leva les yeux au plafond.

— Je suis catégorique. C'est la photo d'une tablette en pierre. Il y a un texte gravé dessus. Enfin, pas vraiment un texte, des lettres.

— Combien ?

— Comment ça, combien ? Je les ai pas comptées !

— En gros ? insistai-je. Plutôt dix ou plutôt mille ?

— Une trentaine, estima-t-elle.

— Genre, trente-quatre ? suggérai-je, de plus en plus excité.

— Possible.

— En quelle langue ?

— Je ne sais pas, c'était pas des mots, c'était juste des lettres, mais ça ressemblait plutôt à l'alphabet grec...

— Oh, putain. Euh... C'est quoi ton vrai prénom ?

— Lucie.

— Lucie ? T'es la meilleure !

— Ouais, mais je suis aussi grave dans la merde ! Je me suis fait choper !

— C'est-à-dire ?

— J'ai pu faire péter les sécurités de leur serveur, mais je me suis fait tracer. Je sais qu'ils ont réussi à m'avoir. J'ai éteint mon PC tout de suite, mais il était trop tard. Je me suis barrée de chez moi illico, mais si ça se trouve ils sont déjà là-bas.

— Merde ! lâchai-je.

— Oui, merde ! Grave ! Parce que ça n'a pas l'air d'être des marrants, vos types !

Je réfléchis.

— Bon, ne t'inquiète pas. On va te mettre à l'abri quelques jours le temps qu'on arrange la situation.

— Je ne serai *jamais* à l'abri, avec ces types ! s'écria-t-elle en tapant sur la table.

Les autres clients nous lancèrent des regards exaspérés.

— Si. Je t'assure. On trouvera un moyen. Il faut que j'appelle Sophie. Je veux qu'elle soit là quand on regardera la photo. Ensuite, on ira à Sceaux, chez mon ami.

Badji pouffa. Je tournai la tête. Je compris. Encore un nouvel invité pour François et Estelle. Ça devenait ridicule. Mais je n'avais pas le choix.

— C'est qui votre ami ? s'inquiéta la jeune fille.

— Ne t'inquiète pas. Il est député. Il pourra sûrement s'occuper de ta sécurité. Tu vis seule ?

— Ben oui.

— Ah oui. Bon, j'appelle Sophie.

Je composai son numéro. Son répondeur se déclencha à nouveau.

— Merde ! Bon, je vais essayer chez Canal. Elle est allée voir son rédacteur en chef.

J'appelai les renseignements, trouvai les coordonnées de la chaîne de télévision. On me passa la rédaction de *90 minutes*.

— Bonjour, je souhaiterais parler au rédacteur en chef.

— Ne quittez pas.

J'eus droit à la traditionnelle musique d'attente. Je tapai des doigts sur la table, impatient. Enfin, le journaliste répondit.

— Allô ?

— Bonjour, Damien Louvel à l'appareil. Je suis...

— Oui, je sais qui vous êtes, coupa-t-il. Vous savez où est Sophie ?

Il avait l'air inquiet.

— Elle n'est pas avec vous ?

— Nous avions rendez-vous il y a deux heures et je l'attends toujours.

Aussitôt, je fus pris de panique. C'était une évidence. Il était arrivé quelque chose à Sophie. Je n'arrivais plus à parler. Mon cœur battait à tout rompre.

— Elle... Vous n'avez eu aucune nouvelle ? balbutiai-je.

— Non. Je cherche à la joindre désespérément depuis deux heures !

— Merde !

— Écoutez, ne vous en faites pas trop, ce ne serait pas la première fois qu'elle est en retard. Je vais devoir m'absenter, tenez-moi au courant dès que vous avez des nouvelles.

Je n'osai lui dire que, cette fois, il était sans doute arrivé quelque chose.

— D'accord, dis-je seulement avant de raccrocher.

Badji me dévisageait. Il attendait que je lui dise quoi faire. Je voyais dans ses yeux des vagues de culpabilité.

— Je n'aurais jamais dû vous laisser vous séparer ! maugréa-t-il.

Mais je l'écoutais à peine. Je réfléchissais. Que faire ? Où aller ? Prévenir les flics ? Je me sentais incapable de prendre la moindre décision. J'étais complètement affolé. Tenant mon portable fermement dans ma main, je tapai l'antenne contre la table, comme pour rythmer mon angoisse.

La jeune fille se tordait les doigts. Elle n'osait rien dire. Terrifiée sans doute, elle aussi.

— Qu'est-ce qu'on fait, dans ces cas-là ? demandai-je à Badji. On appelle les flics ? Les hôpitaux ?

— Comment est-elle allée là-bas ? s'enquit le garde du corps, l'air pensif. En taxi, en métro ?

Je n'eus pas le temps de lui répondre : mon téléphone se mit à sonner. Le numéro de Chevalier s'afficha sur le petit écran.

— Damien ?

— Oui ?

— Ils ont enlevé Sophie ! s'exclama François à l'autre bout du fil.

— Qui ça, « ils » ? Quand ? Comment tu sais ?

— Je sais pas qui c'est ! s'énerva Chevalier. Ils viennent d'appeler sur le portable de Claire Borella. Ils disent qu'ils ont enlevé Sophie ! Ils veulent la pierre de Iorden en échange ! Tu crois qu'ils bluffent ? Elle n'est pas avec toi ?

Il parlait à toute vitesse. Mais je n'arrivais pas à répondre. J'avais le souffle coupé. Je me mordis les lèvres. Il fallait que je réagisse.

— Damien ? Tu m'entends ?

— Oui. Non, elle n'est pas avec moi. Et elle n'est pas allée à son rendez-vous avec le rédac' chef de *90 minutes* ! Bordel ! J'aurais jamais dû la laisser !

— Alors ils l'ont vraiment enlevée ! cracha François.

— Ils ont dit qu'ils voulaient l'échanger contre la pierre de Iorden ? demandai-je, incrédule.

— Oui !
— Mais on l'a pas, cette putain de Pierre ! m'emportai-je. Bon, j'arrive !

Je raccrochai, me levai, enfilai mon manteau, laissai deux billets sur la table et fis signe aux deux autres de me suivre.

— On va direct à Sceaux, expliquai-je en me précipitant dehors.

La panique me glaçait le sang. La peur me rongeait le ventre. Mon estomac se nouait. J'avais mal de ne rien pouvoir faire. J'avais envie de revenir en arrière. De tout laisser tomber. De leur dire que je me foutais de leur putain de Pierre, de leur putain de message. Tout ce que je voulais, c'était Sophie.

Mais il n'y avait que le vide de la rue pour écouter ma terreur.

*
* *

— Ils vont rappeler pour te donner un rendez-vous, m'expliqua François comme je tentais en vain de me calmer, étendu sur son canapé en cuir. Ils pensent que tu as la Pierre. Ils savaient que Claire pouvait te contacter.

— Ils vont la tuer ! paniquai-je. C'est évident ! Quand ils vont voir que je n'ai pas la Pierre, ils vont la tuer !

Chevalier poussa un long soupir. Il essayait depuis mon arrivée de me rassurer, mais il ne parvenait pas à se rassurer lui-même. Nous étions tous assemblés dans le salon, attendant dans l'angoisse la sonnerie du téléphone. Estelle, Claire, François, Stéphane, et même Lucie qui se faisait toute petite sur un fauteuil près de la cheminée.

— Bon, repris-je en me dressant d'un seul coup. « Ils » veulent la Pierre. C'est le Bilderberg qui a la Pierre. Donc, « ils », c'est sans doute Acta Fidei. Ils ont le texte. Ça, on en est sûr, puisque Lucie a réussi à télécharger la photo depuis leur serveur. Ils veulent donc la Pierre, parce qu'elle a le code qui permet de décrypter leur texte. Nous n'avons pas la Pierre, mais nous avons toujours une chance d'avoir le code quand même. Puisqu'il est aussi caché dans *La Joconde*. La question est : pourront-ils se contenter du code si je leur dis que nous n'avons pas la Pierre ?

— De toute façon, ils n'auront pas le choix, répondit François en levant les mains devant lui.

— Alors il faut qu'on se dépêche de trouver ce putain de code. Estelle, tu sais où en est l'horloger ?

— Il n'a pas arrêté. La dernière fois que je suis allée voir, il avait bien avancé. Tu veux que j'aille lui redemander ?

— Non, non, je vais y aller, ne te fatigue pas.

Mais elle était déjà debout.

— T'en fais pas, dit-elle, ça me changera les idées et j'aime bien le regarder travailler.

Elle partit vers le garage. On entendait les bruits de ses outils, des grincements, des coups de marteau... Une chose était sûre, il n'avait pas fini.

— Bon, essayons de rester calmes, dis-je comme pour me réconforter moi-même.

François se laissa à nouveau tomber dans son fauteuil. Badji était debout dans l'entrée. Je pouvais sentir sa frustration jusqu'ici.

— Si tu nous montrais la photo de la tablette, pendant ce temps-là ? demandai-je à Lucie en essayant de sourire.

— Il y a un ordinateur dans le coin ?

— À l'étage, répondit François. Ou bien mon portable dans la voiture.

— Je vais le chercher ! intervint Badji qui avait visiblement besoin de bouger.

Il réapparut quelques instants plus tard avec l'ordinateur de François, suivi d'Estelle qui s'en revenait du garage.

— L'horloger pense qu'il aura fini en fin d'après-midi, expliqua-t-elle.

— Excellent !

— Il est épuisé, le pauvre. Et il nous entend paniquer. J'ai un peu de mal à le rassurer, je vous avoue...

— Tu veux bien rester avec lui ? la suppliai-je. Parle-lui, rassure-le, je sais pas... On a besoin d'un miracle, et c'est toi la reine des miracles !

— Pas la peine de me cirer les pompes ! Claire, vous venez avec moi ?

La jeune femme la rejoignit et elles repartirent vers l'atelier de fortune que l'horloger s'était installé.

À côté de moi, Lucie avait allumé le portable. Elle attendit que la séquence d'initialisation fût finie, puis elle inséra son CD-rom dans le lecteur. Je glissai sur le canapé pour m'approcher d'elle et regarder par-dessus son épaule. François poussa son fauteuil près du sien.

La jeune fille lança Photoshop. Le logiciel s'ouvrit lentement. Puis elle sélectionna le lecteur de CD-rom et cliqua sur un fichier intitulé « *tab_af_ibi2.eps* ».

Progressivement, la photo apparut sur l'écran plat de l'ordinateur portable. On pouvait y voir une tablette de pierre grise, rectangulaire, très ancienne à en juger par son état, et sur laquelle étaient gravées plusieurs lettres à la suite.

C'était bien l'alphabet grec. Je ne perdis pas une seule seconde et entrepris de compter les lettres une à une.

— Tiens ! m'étonnai-je. C'est bizarre. Je ne compte que trente-trois lettres !

Je comptai à nouveau. Mais je ne m'étais pas trompé.

— Et pourquoi c'est bizarre ? Parce que c'est supposé être l'âge du Christ à sa mort ? demanda Lucie, troublée.

— Non, c'est des conneries, ça. Non, je trouve ça étrange parce que je pensais qu'il y en aurait une de plus. Sophie et Jacqueline ont dit que d'après *Melencolia*, on pouvait supposer que le code aurait trente-quatre lettres car il indiquerait trente-quatre positions sur *La Joconde*...

— Le code, répéta Lucie. Mais ça, ce n'est pas le code, c'est le message crypté ! Le code, c'est ce qui permet de le décrypter !

— Oui, enfin, s'il y avait trente-quatre éléments dans le code pour décoder un texte de trente-trois lettres, ce serait quand même bizarre...

— Sauf si le trente-quatrième élément du code servait à coder les espaces par exemple, répliqua Lucie.

— Ce qui expliquerait que toutes les lettres soient à la suite sur la tablette, enchaîna François. Pas bête !

Je fis un sourire à Lucie, et regardai les lettres de plus près. C'étaient bien des lettres grecques, je me souvenais vaguement des cours de langue morte que François et moi avions pris jusqu'en hypokhâgne, mais ce qui était écrit là n'avait aucun sens.

— Comment ça se fait que c'est du grec ? demanda Lucie.

— À l'écrit, d'après Sophie, c'était l'une des langues les plus utilisées à l'époque de Jésus, même si on parlait plutôt l'araméen.

— Combien y a-t-il de lettres dans l'alphabet grec ?

— Vingt-quatre, répondit François.

— Donc, le code comprend plus d'éléments qu'il n'y a de lettres dans l'alphabet. Ce n'est donc pas simplement un alphabet codé. Si l'on suppose que le trente-quatrième élément du code correspond à autre chose qu'une lettre à part, comme par exemple aux espaces, cela signifie donc qu'il y a autant d'éléments dans le code que de lettres dans le message. Trente-trois. Le type qui a crypté ça était vachement intelligent...

— Euh, tu parles sans doute de Jésus, là...

Nous nous mîmes tous les trois à rire. Malgré le stress, dire de Jésus qu'il devait être « vachement intelligent » avait quelque chose de tellement surréaliste qu'on ne pouvait résister.

— Bref, il était… oui, intelligent, répéta Lucie en grimaçant.

— Pourquoi ?

— Le meilleur moyen de crypter un message est de faire en sorte qu'il y ait une clef par lettre. Comme ça, pas de cycle, pas de motif récurrent. Évidemment, le code est aussi lourd que le texte, ce qui fait qu'on crypte rarement un texte trop long de cette manière-là, mais pour un message de trente-trois lettres, c'est l'idéal.

— Tu veux dire que chaque élément du code est une clef différente pour chaque lettre du message ?

— Probablement, affirma Lucie. Il suffirait par exemple que ce soit un simple chiffre. Un chiffre par lettre, qui donne le décalage de la lettre dans l'alphabet.

— Donne un exemple…

— Je ne connais pas l'alphabet grec…

— Avec l'alphabet français.

— Si je voulais écrire OUI, par exemple. Le message fait trois lettres. J'ai donc besoin de trois éléments dans mon code. Disons, pour simplifier 1, 2 et 3. Alors le message pourrait être NSF.

— Ah, je comprends, approuvai-je. N + 1 donne O, S + 2 donne U, et F + 3 donne I. Ça fait OUI. On décale dans l'alphabet. Compris. 123 associé à NSF, ça fait OUI.

— Exactement. À chaque lettre on associe un chiffre. On a donc bien trente-trois lettres dans le message crypté, et trente-trois chiffres dans le code.

— Oui, sauf que là, on en a trente-quatre.

— De toute façon, on ne peut rien faire tant qu'on n'a pas la machine.

Mais nous étions tellement proches. Tout était là. À portée de main. La machine, et donc bientôt le code, et le message. Je n'arrivais pas à y croire. Un message gardé secret pendant deux mille ans.

Je regardai mes deux compagnons. Ce député peu ordinaire, et cette gamine qui avait grandi trop vite.

— Promettez-moi quelque chose, leur demandai-je d'une voix peu assurée.

— Oui ?

— On attend Sophie. Quand on aura le code, on ne décryptera pas le message directement. On attendra Sophie. On lui doit cela.

— Je comprends, affirma Lucie.

— Évidemment ! s'exclama François à son tour.

Lucie ferma le fichier sur l'ordinateur, éjecta le CD-rom et me le tendit.

— Tenez. Il faut que vous fassiez ça ensemble, tous les deux.

— Tu es sûre ?

— Oui. De toute façon, je ne suis pas folle, j'ai conservé une copie ! ajouta-t-elle en grimaçant. Alors si vous décidez de garder ça pour vous, je ne garantis pas que j'attendrai très longtemps.

— T'inquiète pas, on t'a promis qu'on te dirait tout. On te dira tout.

Je me levai et partis mettre le CD-rom dans la poche de mon manteau.

— François, dis-je en revenant dans le salon, nous devons trouver une solution pour protéger Lucie.

Le député acquiesça.

— Oui. De toute façon, j'ai bien réfléchi. Je suis désolé, Damien, mais tu as jusqu'à ce soir pour résoudre ton affaire. Et quoi qu'il arrive, demain, nous mettons les autorités au courant. Cela devient trop dangereux.

Je hochai la tête, résigné.

— On va devoir expliquer tout ça à la police, mais aussi aux gendarmes de Gordes… Et d'une façon ou d'une autre, il va falloir qu'on prévienne le Vatican. Ils ont du ménage à faire ! Quand on aura révélé ce qui se passe dans les arcanes d'Acta Fidei, je suppose que tout le monde au Vatican ne va pas trouver ça très catholique…

— Sans doute. En attendant, il faut qu'on découvre un moyen de sortir Sophie de là !

Je m'assis à nouveau sur le canapé, et nous restâmes ainsi presque une heure, échangeant quelques brèves paroles, quelques regards. Les secondes passaient et emportaient avec elles mes derniers soupçons de patience.

Puis au milieu de l'après-midi, Claire entra précipitamment dans le salon en tenant son portable levé.

— Ça sonne ! s'écria-t-elle.

Je sursautai. François se leva. Estelle apparut derrière la jeune femme. Le téléphone continuait de sonner.

— Vous voulez répondre ? me demanda Claire en me tendant le portable.

Je fis oui de la tête. J'attrapai le téléphone.

— Allô ? répondis-je un peu vite. Allô ?

J'étais à bout de nerfs.

— M. Louvel ?

— Où est Sophie ? m'écriai-je, furieux. Elle n'a rien à voir avec ça, foutez-lui la paix !

— À vingt-deux heures, ce soir, devant la tombe de Michelet. Apportez la Pierre, ou elle mourra.

— Mais je n'ai pas...

Je n'eus pas le temps de finir ma phrase. On avait raccroché.

Je me laissai tomber à nouveau sur le canapé, la tête dans les mains.

— Qu'est-ce qu'ils ont dit ? me pressa Badji, debout devant moi.

— Vingt-deux heures, ce soir, devant la tombe de Michelet, balbutiai-je.

— Il est enterré où, celui-là ? répliqua maladroitement le garde du corps.

— Au Père-Lachaise.

— Il est fermé, à cette heure-là, le Père-Lachaise, ajouta Badji.

— C'est sans doute pour ça qu'ils ont fixé le rendez-vous là-bas...

— On va devoir faire le mur, en conclut le garde du corps.

— Je me demande pourquoi ils ont choisi le Père-Lachaise... C'est un peu loufoque, non ? On aurait pu s'attendre à une vieille usine désaffectée en banlieue, non ?

— Non, répliqua Badji. Il n'y a personne la nuit dans le cimetière, à part quelques punks défoncés. Difficile d'appeler au secours. Et puis il y a des obstacles partout, plein d'endroits pour se cacher... Ça me paraît logique.

— Ce qui m'inquiète, coupai-je, c'est surtout qu'on n'a pas la Pierre !

— Ils devront se contenter du code, dit François. Ou alors on appelle les flics.

— Hors de question ! fulminai-je. C'est le meilleur moyen qu'elle se fasse descendre. Non ! On y va, on leur explique qu'on a le code, pas la Pierre, et on prie pour qu'ils acceptent de s'en contenter.

— C'est ton plan, ça ? intervint François. Prier ?

— T'as mieux ?

Il fit non de la tête. Je me tournai vers Estelle.

— Où en est l'horloger ?

— Il avance, mais c'est pas fini !

— Je ne sais même pas ce qu'on doit faire exactement, avec cette putain de machine. Il faut que j'appelle Jacqueline !

Je pris mon téléphone et appelai aussitôt l'amie de Sophie. En essayant de ne pas lui communiquer mon angoisse, je lui exposai la situation. Elle commença bien sûr par paniquer, mais je lui dis que nous n'avions plus le temps de céder à la panique et qu'il fallait agir.

— Bon, j'ai donc besoin du code pour ce soir. Qu'est-ce que je fais avec cette foutue Joconde ? Tu as eu le temps d'avancer ?

Je n'avais vu Jacqueline que deux fois, mais j'avais l'impression de la connaître depuis longtemps. Comme si Sophie m'avait transmis l'estime qu'elle avait pour la mathématicienne de l'art.

— Oui. J'ai avancé. Je ne suis sûre de rien. Mais on va tenter le coup. Alors, il faut que tu places *La Joconde* à la verticale, à exactement 52,56 centimètres de la machine.

— Combien ? m'exclamai-je.

— 52,56 centimètres. C'est une coudée. On ne comptait pas en mètres, à l'époque de Dürer.

— Comment t'as trouvé ça ?

— Tu veux vraiment savoir ? C'est compliqué.

— Essaie toujours, l'invitai-je.

— Le carré magique, en plus de faire un résultat de trente-quatre dans tous les sens, donne aussi des coordonnées à suivre au sein de la gravure. Ces coordonnées tombent sur des objets ou des signes, lesquels forment une sorte de phrase qui, je suppose, est le mode d'emploi de la machine. Je ne suis pas vraiment sûre de mon coup, mais ça a l'air d'avoir du sens, ce qui n'est déjà pas mal. De toute façon, on n'a pas d'autre choix.

— OK.

— Il y a donc deux coordonnées qui, si j'ai bien compris, indiquent la distance à laquelle doit se trouver *La Joconde* : la première tombe pile sur le *I* de *Melencolia I*, et la seconde tombe sur le coude du personnage. *I* et *coude*, j'en déduis qu'il faut se mettre à une coudée, soit 52,56 centimètres.

— D'accord. C'est un peu tiré par les cheveux, mais essayons.

— T'as mieux à proposer ?

— Non, avouai-je.

— Alors faisons confiance à mon interprétation. On verra bien. Fais attention, il faut que ce soit parfaitement vertical, et à 52,56 centimètres exactement de la machine, face au cône qui sort de la petite boîte.

— Attends ! Je vais dans l'atelier ! expliquai-je en sortant du salon. La machine n'est pas complètement finie, mais je peux déjà installer le tableau... Il n'est pas en très bon état, avec l'incendie, j'espère que ça va marcher quand même !

J'arrivai dans l'atelier. Je saluai l'horloger qui me lança un regard médusé. Je n'avais pas le temps de lui expliquer quoi que fût ni de lui faire quelque civilité.

En me retournant, je vis que tout le monde m'avait suivi. Il n'y aurait jamais la place.

— Tout le monde dehors ! ordonnai-je. Sauf Lucie !

Elle était la plus à même de m'aider dans cette affaire.

— Ne quitte pas, Jacqueline, je vais prendre un kit mains libres, comme ça je pourrai faire ce que tu me dis tout en te parlant.

Je sortis du garage et partis chercher dans la voiture l'écouteur de Badji et le branchai sur mon téléphone. J'attachai le portable à ma ceinture et retournai rapidement dans le garage.

— Ça y est, j'y suis. Alors, tu disais, je dois mettre le tableau à 52 centimètres de l'avant de la machine ?

— 52,56 centimètres, exactement.

— À quelle hauteur ?

— Il faut que le bas du tableau soit exactement à l'horizontale du bas du premier miroir...

— Comment je calcule ça ?

— Je sais pas. Avec une règle et un niveau à bulle, ou un fil à plomb !

— Je devrais trouver ça, après tout, je suis dans le garage d'un franc-maçon ! ironisai-je.

Je me mis à chercher dans les outils. J'essayais de ne pas faire trop de bruit pour ne pas déranger l'horloger. Finalement, je trouvai mon bonheur après avoir mis tous les placards en désordre et déplacé la moitié des cartons entassés dans le garage. Une grande règle, un niveau, des clous, un marteau, et deux hauts trépieds qui avaient sans doute servi à porter des enceintes.

Avec l'aide de Lucie, j'essayai de fixer le tableau sur l'un des deux trépieds. Après plusieurs tentatives ratées, je reposai le tableau par terre en soupirant.

— Bon, Jacqueline, c'est un peu compliqué, je vais raccrocher, et je vais essayer de faire ça bien. Je te rappelle, d'accord ?

— Bon courage !

J'appelai François à la rescousse. Visiblement, il avait attendu juste derrière la porte car il apparut aussitôt. Il connaissait son garage bien mieux que moi et n'eut aucune peine à trouver des outils mieux appropriés. Sans interrompre son travail sur la machine de Vinci, l'horloger nous prodigua quelques conseils et, finalement, le tableau fut en place, solidement ancré.

François vérifia plusieurs fois qu'il était à la bonne distance et dans le bon alignement. C'était difficile toutefois d'être d'une précision sans faille... 52,56 centimètres ! Avec l'aide de l'horloger, il fixa aussi la machine au sol pour éviter d'avoir à tout recalculer par la suite.

Je repris mon téléphone et appelai à nouveau Jacqueline.

— Ça y est, annonçai-je. Mais c'est difficile d'être sûr que c'est bien aligné !

— C'est pas trop grave, me rassura-t-elle. Si j'ai bien compris, la première position te permet de calibrer l'appareil.

— Ah bon ? Ah, alors c'est pour ça sans doute qu'il y en aurait trente-quatre alors qu'il n'y a que trente-trois lettres.

— Sûrement. En fait, je ne comprends pas bien pourquoi, mais la première position te donne ce que Dürer a appelé la « palette ».

— Et alors ?

— Je pense que ça veut dire que les éléments du code sont en fait des couleurs.

— Mais les couleurs correspondraient à des chiffres ?

— Pourquoi ? demanda Jacqueline.

— Parce que, d'après Lucie, il est possible que le code soit une succession de chiffres. Mais comment les couleurs pourraient-elles correspondre à des chiffres ?

Lucie m'attrapa le bras. Elle me demanda de répéter ce que Jacqueline m'avait dit au téléphone. Je m'exécutai.

— C'est génial ! s'exclama-t-elle.
— Quoi ?

La jeune fille faisait les cent pas. Elle était complètement agitée.

— Vinci était vraiment trop fort ! murmura-t-elle comme si elle continuait de comprendre la résolution de l'énigme dans sa tête.

— Explique !

— Il a inventé la numérisation avant l'heure ! Encore une fois, c'est un procédé qui se rapproche de ce qu'on fait en informatique aujourd'hui !

— Comment ça ?

— C'est un peu le même système que la compression des fichiers GIF. Chaque image GIF dispose d'une palette de couleurs qui lui est propre, une sorte d'index numéroté, intégré au fichier. À chaque couleur est attribué un numéro précis dans la palette. Et Vinci aurait donc déjà pensé à ce système de codage ultrasimple ! Réfléchissez ! Il ne pouvait pas prendre le risque d'utiliser des codes couleurs en sachant que celles-ci risquaient de vieillir. Il a bien fait d'ailleurs, puisque les teintes de sa peinture ont en effet bruni. Donc, il a inséré sa palette, la référence de ses couleurs, dans le tableau lui-même ! Ce qui fait que la palette a subi le même vieillissement que les couleurs du tableau.

— Ah. Et toi, tu comprends comment ça marche ?

— Bien sûr ! répliqua Lucie complètement excitée. Du moins, je crois ! Regardez. La première position de la machine va nous permettre de zoomer sur ce qui doit être la palette. Si je ne me trompe pas, on va découvrir une suite de trente-trois couleurs, alignées les unes derrière les autres. Ainsi, on saura que la première couleur correspond au chiffre 1, la deuxième couleur au chiffre 2, et cætera. Ensuite, les trente-trois positions, je suis prête à le parier, vont nous donner trente-trois couleurs, une chacune, et nous n'aurons plus qu'à regarder la position de cette couleur dans la palette pour trouver la correspondance en chiffres.

— Euh, si tu le dis !

— Mais évidemment ! C'est parfait ! On aura notre code de trente-trois chiffres !

— OK. Mais s'il y a trente-trois couleurs, ordonnées, il y aura donc des chiffres de un à trente-trois, or il n'y a que vingt-quatre lettres dans l'alphabet grec !

— Mais il ne s'agit pas de lettres, il s'agit de chiffres ! De chiffres qui nous indiquent de combien de positions il faut décaler les lettres du message crypté ! Il faut considérer que l'alphabet est une boucle. Dans l'alphabet français, par exemple. Si on avait A et 2, ça donnerait C, on est d'accord ?

— Oui. Ça, on avait compris.

— Eh bien, si on avait A et 30, ça donnerait… attendez, je calcule…

Mentalement, je la vis faire défiler les lettres dans sa tête.

— Ça donnerait E ! On a fait une fois le tour !

— Compris. D'accord. Il ne nous reste plus qu'à attendre la machine ! m'exclamai-je, impatient.

— J'aurai fini dans un peu plus d'une heure ! intervint l'horloger. Mais j'ai besoin d'un peu de silence, si ça ne vous dérange pas.

Le pauvre homme avait sans doute du mal à se concentrer au milieu de nos effervescences. Je fis signe aux autres de sortir et nous retournâmes dans le salon. Je promis à Jacqueline de la rappeler dès que nous aurions la machine en main.

Les minutes qui suivirent nous parurent interminables. Je ne cessai de me lever et de me rasseoir, me frottant les mains comme pour chasser le stress. Estelle nous fit du thé, et Lucie essaya de mieux nous faire comprendre son laïus sur la palette de Léonard. Elle était subjuguée par l'ingéniosité du peintre italien et on sentait qu'elle avait envie d'aller le raconter sur l'un des nombreux forums où elle retrouvait ses amis *hackers*. Mais l'heure n'était pas à la vulgarisation en ligne. Cela viendrait.

Plus tard, en début de soirée, Estelle proposa de nous faire à dîner. Mais personne n'avait faim. François se leva pour allumer la télévision, puis l'éteignit quelques secondes plus tard, réalisant qu'il ne pouvait pas supporter le bruit.

Soudain, l'horloger fit irruption dans le salon.

— J'ai fini ! annonça-t-il, tout sourire.

Nous nous levâmes tous d'un bond.

— Oh là ! enchaîna-t-il en nous faisant signe de nous calmer. Pour aller plus vite j'ai négligé un peu la solidité de certaines pièces. C'est donc un appareil extrêmement fragile ! J'aimerais bien que vous fassiez très attention !

— Bien sûr, le rassurai-je. Seuls Lucie et moi allons entrer dans le garage, les autres, vous regarderez par la porte.

— Tu ne veux pas qu'on attende Sophie ? proposa Estelle.

— Mais non ! intervint François, impatient. Tu ne suis rien ! C'est le code qu'on cherche, là ! On va pas décrypter le message, on va juste chercher le code. On en a besoin pour libérer Sophie !

— Excusez-moi, mais c'est pas simple, votre affaire !

Lucie et moi suivîmes l'horloger. Il nous montra fièrement son chef-d'œuvre. Il avait travaillé à une vitesse remarquable, et avec une discrétion qui forçait le respect. Je lui serrai la main de la manière la plus chaleureuse possible, puis j'appelai Jacqueline.

— Allô ? C'est Damien. Bon, voilà. Je suis devant la machine. Elle est prête. Et le tableau est en place.

— Parfait ! Alors, attends voir, mon grand. Tu vois la partie centrale ? L'espèce de boîte qui coulisse sur les axes crénelés ?

— Oui.

— Amène-la le plus possible vers la droite, jusqu'à ce qu'elle bute contre le petit taquet.

J'attrapai ce qui ressemblait au célèbre perspectographe de Vinci et le fis coulisser vers la droite. Il y eut des petits cliquetis à mesure que la boîte avançait sur les crans de l'engrenage, puis le tout se fixa au bord de la machine.

— C'est bon ? demanda Jacqueline.

— Je crois.

Lucie trépignait derrière moi.

— Bon, maintenant tu fais pareil, mais de bas en haut. Tu pousses l'arrière du boîtier pour que l'avant se soulève.

— D'accord.

Je répétai le geste minutieusement. L'horloger, juste à côté, me regardait faire. J'entendais sa respiration inquiète dans mon dos. La pression était énorme. Tout le monde me regardait. J'avais peur d'abîmer la machine, ou de la déplacer.

— Ça y est ?

— Oui, annonçai-je en lâchant la petite boîte de bois.

— Bien. Alors, il doit y avoir un petit trou rond à l'arrière de la boîte, de ton côté. C'est un viseur, comme dans un appareil photo...

— Euh, oui. Enfin, il n'est pas rond, il est carré, précisai-je, mais je pense que c'est parce que l'horloger n'a pas eu le temps de le faire rond.

Je me retournai. L'artisan approuva en hochant la tête rapidement.

— Bon, regarde dedans et dis-moi ce que tu vois. Logiquement, tu devrais voir le tableau grossi des centaines de fois.

Je me frottai les mains et approchai mon œil du petit boîtier. J'avais l'impression de regarder dans le plus vieux microscope du monde. Et pas le plus pratique.

— Je vois, euh, des couleurs, vaguement. Rien de précis.

— D'accord. C'est maintenant que tu vas pouvoir ajuster la machine, m'expliqua Jacqueline. Il ne faut plus que tu touches au boîtier, mais seulement au socle. Normalement, tu peux le faire tourner de droite à gauche et de haut en bas, lui aussi, très doucement. Il doit suffire d'un millimètre. Il faut que tu trouves la palette.

— C'est-à-dire ? demandai-je tout en commençant à bouger l'appareil.

— Une suite de couleurs, je sais pas, moi ! Cherche ! Une fois que tu auras la palette, non seulement ça te donnera l'index des couleurs, mais en plus tu seras sûr que la machine est bien calibrée pour les trente-trois positions suivantes.

Mes doigts tremblaient. Je n'arrivais pas à être précis. Je me redressai en soupirant.

— Lucie, essaie, toi ! Je ne suis pas assez habile !

La jeune fille prit ma place. Elle mesurait une bonne vingtaine de centimètres de moins que moi et l'appareil était mieux adapté à sa taille. Mais surtout, elle était beaucoup plus agile et méticuleuse. Délicatement, elle fit pivoter le socle de la machine de Vinci.

— Alors ? la pressai-je.

— Shhh ! fit-elle sans bouger.

Elle leva une main en l'air, ajusta encore un peu l'appareil, puis elle recula lentement.

— Et voilà ! Pile dans l'axe ! C'est exactement ce que je pensais, regardez !

Je m'avançai lentement vers le viseur. J'avais peur de faire bouger l'appareil et de tout dérégler.

— Attends ! cria Jacqueline à l'autre bout du fil. Pendant que vous êtes bien calibrés, avant de faire des bêtises, resserrez la vis du socle !

— Quelle vis ?

L'horloger s'approcha.

— Je n'ai pas encore mis de vis, chuchota-t-il. Attendez, je vais en mettre une maintenant. Tenez bien le socle, il ne faut pas qu'il bouge !

Il partit chercher une vis perforante et un tournevis, puis il fixa solidement le socle. Je mis mon œil contre l'ouverture. Alors, effectivement, j'aperçus une suite de couleurs parfaitement alignées, des petites touches en hauteur que Léonard de Vinci avait cachées dans le tableau. Une sorte de code-barres ancestral et teinté.

— Mais comment a-t-il pu faire des détails aussi petits ? m'étonnai-je. On a de la chance de pouvoir les voir sur cette reproduction !

— C'est une excellente reproduction ! intervint Jacqueline.

— Oui, mais elle a quand même survécu à un incendie ! Et ça ne répond pas à ma question...

— Je pense qu'il a utilisé un système de loupe et un pinceau avec un seul poil. Ou peut-être a-t-il peint avec une sorte d'aiguille. Je ne sais pas...

— En tout cas, je vois nettement les couleurs. Je vais essayer de les compter.

Je m'y repris à plusieurs fois. Les repères étaient tellement proches les uns des autres qu'on avait du mal à ne pas s'embrouiller. Mais les couleurs étaient bien distinctes. Et même si *La Joconde* dans son ensemble donnait une impression assez monochromatique, je comptai bien trente-trois couleurs différentes dissimulées dans ce coin du tableau.

— Bingo ! m'exclamai-je. Trente-trois couleurs ! C'est dingue ! Je ne sais même pas vraiment où je suis dans le tableau. Probablement sur une des zones entourées de crayon par mon père.

Lucie s'approcha de *La Joconde* et promena sa main sur la surface jusqu'à ce que je puisse voir ses doigts.

— Stop ! l'arrêtai-je. Voilà ! C'est là !

Elle avait le doigt en haut à droite du tableau, précisément à l'un des endroits marqués par mon père.

— C'est bien ça ! Mon père était donc très près du but !

— Bon, reprit Jacqueline au bout du fil. Alors maintenant, ça va être un peu compliqué. Il faut que tu aies une bonne mémoire visuelle. Un par un, tu vas descendre les crans de l'axe horizontal et de l'axe vertical. Un de chaque en même temps. Tu devrais ainsi avoir trente-trois nouvelles positions. Chacune devrait te donner une seule couleur du tableau.

— Oui, enchaînai-je. Et la position de la couleur dans la palette me donnera donc un chiffre. Lucie avait bien deviné…

— Excellent. Alors vas-y !

J'inspirai profondément. Je savais que ça n'allait pas être facile. Je n'aurais jamais la mémoire suffisante pour me souvenir de la position de telle ou telle couleur dans la palette et il faudrait que je revienne régulièrement à la première position. Ce n'était pas simple, mais il n'y avait pas de temps à perdre.

J'actionnai la fabuleuse machine de Léonard de Vinci. Une à une, les couleurs apparaissaient, lumineuses, dans le petit viseur. Lucie me tendit un papier et un crayon, et je me mis à noter. Je me trompai plusieurs fois. Revins en arrière. Barrai ce que j'avais écrit. Recommençai. Mes yeux se mirent à me piquer. Ma vue se troublait. Je me reculai un peu, secouai la tête, et me remis au travail.

C'était un instant magique. La pièce était emplie d'un silence respectueux et angoissé. Nous attendions tous le secret que Vinci nous transmettait à travers les siècles. J'avais l'impression d'être dans son atelier à Milan. D'entendre son rire derrière moi. Léonard satisfait. Son astuce avait tenu.

Au bout d'une demi-heure, ou peut-être plus, je me redressai et annonçai à tout le monde que j'avais fini.

— Alors ? me demanda François.

— Alors quoi ? dis-je en lui montrant mes notes. C'est juste des chiffres !

Je regardai ma montre. Il était vingt et une heures quinze. Nous n'avions pas le temps de regarder le code de plus près. Les trente-trois chiffres étaient là. Dans ma main. La clef qui permettrait de déchiffrer le message de Jésus. Et j'allais devoir la donner à ceux qui avaient enlevé Sophie.

Qu'espéraient-ils ? Découvrir le message avant tout le monde et le garder pour eux ? Savaient-ils que nous avions récupéré le texte et que nous pourrions nous aussi le décrypter ? Allaient-ils alors essayer de nous éliminer ? C'était une possibilité. Une évidence presque. Mais je n'avais pas le temps d'y réfléchir. Pour l'instant, une seule chose comptait. Sauver Sophie.

— On y va ! Il faut qu'on apporte ça tout de suite au Père-Lachaise. C'est notre seule chance !

— OK, allons-y ! répéta François.

— Non ! coupai-je. Pas toi. J'y vais seul avec Stéphane.

— Tu plaisantes ?

— Je suis sérieux, François. Vous restez tous ici. J'ai pas envie de faire foirer ça. J'y vais seul, simplement avec Stéphane.

Badji s'avança dans la pièce.

— Il est en effet hors de question que vous veniez, François. Je refuse de prendre ce risque. En revanche, monsieur Louvel, continua-t-il en se tournant vers moi, nous n'irons certainement pas seuls là-bas.

— Qu'est-ce que vous racontez ?

— J'appelle les gars de ma boîte.

— Vous êtes fou ! On ne part pas en mission commando, là !

— Écoutez, Louvel, je vous aime bien, mais là, on n'a pas le temps de discuter, d'accord ? Vous avez déjà tenu un flingue ?

— Non.

— Vous avez déjà participé à une opération d'évacuation d'otages ?

— Non, mais...

— Eh bien moi, coupa-t-il, c'est mon métier, d'accord ? Alors vous me faites confiance, et on met toutes les chances de notre côté.

— Il n'y a pas intérêt à ce que ça foire ! répliquai-je.

Il acquiesça. Il prit son téléphone portable et partit vers la voiture. Je le vis fouiller dans le coffre de la Safrane tout en parlant à ses collègues à l'autre bout du fil.

François vint se mettre devant moi.

— Appelez-nous toutes les trois minutes, parce que nous, on va être morts d'inquiétude, ici !

— Peut-être pas toutes les trois minutes, répliquai-je, mais on vous appelle, promis !

Il nous restait trois quarts d'heure pour rejoindre le cimetière. Nous n'avions plus une seule minute à perdre. Nous n'aurions que le trajet en voiture pour nous mettre en condition.

Estelle m'apporta mon manteau, je glissai la note où j'avais recopié le code dans ma poche, et partis vers la Safrane.

Pendant que Stéphane m'aidait à attacher mon gilet pare-balles, je voyais Lucie qui me dévisageait. Je crois que je n'avais jamais vu un regard si intense. Comme si elle avait essayé de me transmettre quelque chose. Un peu de courage, sans doute. Je lui fis un clin d'œil, adressai un sourire aux Chevalier et montai à l'avant de la Safrane.

*
* *

Je n'ai sans doute jamais été autant angoissé de ma vie que pendant les longues minutes qui nous séparaient du rendez-vous. Quant à Stéphane, il conduisit encore plus rapidement que ne l'avait fait Sophie lors de notre fuite de Gordes. Mais c'était un professionnel, et je n'avais presque pas peur. Presque.

Pendant tout le trajet, Badji essaya de me rassurer. Il avait visiblement eu le temps de préparer un plan de dernière seconde avec ses collègues et m'expliqua qu'il resterait caché en retrait, derrière une tombe, prêt à intervenir au moindre coup dur.

— Et vos potes ? demandai-je, inquiet.

— Normalement, vous ne les verrez pas.

— Vous n'allez pas jouer les cow-boys, hein ?

— Si tout se passe bien, nous n'aurons pas à intervenir. Nous sommes d'abord là pour vous protéger.

J'avalai ma salive bruyamment et serrai les poings. J'avais froid, je me sentais faible. J'étais tétanisé.

— Surtout, avait-il dit, ne leur dites pas que vous n'avez pas la Pierre. Ne dites rien. Tenez le papier avec le code dans vos mains. Ce sera leur appât. Même s'ils voient que ce n'est pas la Pierre, ils voudront voir ce qu'il y a dessus.

— J'espère que vous avez raison.

Les lumières de Paris se mélangeaient dans un tableau flou qui défilait derrière la vitre. Je ne savais plus si Badji me parlait. Mon esprit était ailleurs. Accaparé par le souvenir de Sophie. Je ne vis pas passer les dernières minutes. Les derniers mètres.

Un peu avant dix heures, nous arrivâmes devant le cimetière, au pied du XXe arrondissement. Le Père-Lachaise était plongé dans un crépuscule de printemps. Quelques arbres renaissants surgissaient derrière la longue muraille qui entourait le cimetière. Badji gara la voiture sur le boulevard Ménilmontant. Il vint m'ouvrir la porte. J'étais encore désemparé à l'intérieur. Immobile. Puis, réalisant que la porte était ouverte, je sortis dans la rue. Les réverbères noyaient le trottoir dans une lumière orangée. Stéphane me tapa sur l'épaule. Me ressaisir. Nous nous mîmes en route.

Le Père-Lachaise est un village de tombes qui s'étale sur une large colline entre des sentiers pavés, bordés de tilleuls et de châtaigniers. Mais la nuit, il n'était plus qu'une grande masse obscure où les ombres des arbres se confondaient à celles des tombeaux dans une grande fresque inquiétante. Je tremblai.

Toutes les entrées étaient fermées depuis longtemps et nous longeâmes le haut mur de pierre jusque dans une petite ruelle qui remontait au coin sud de l'immense cimetière. Rue du Repos, la bien nommée. Il y avait là un endroit où l'enceinte était moins haute et où un pylône accolé au mur allait nous permettre de grimper. L'une des portes du cimetière était située un tout petit peu plus loin, et il faudrait être prudent car il y avait là un bâtiment qui était peut-être la maison du gardien.

Je retrouvais l'impression étrange que j'avais eue avec Sophie lors de notre expédition nocturne dans la maison brûlée de mon père. L'impression d'être un cambrioleur. Un cambrioleur très médiocre. Mais cette fois-ci, la peur était décuplée. C'est elle qui dirigeait chacun de mes gestes.

Le garde du corps me fit la courte échelle. Je m'agrippai au réverbère. J'appuyai mon genou gauche contre le mur. La surface rugueuse me faisait mal à travers mon pantalon. Mais je commençai à grimper. Poussant contre la paroi, et me hissant à l'aide du réverbère, j'arrivai enfin en haut et j'enjambai lentement le mur, faisant attention aux piques en métal qui étaient censées dissuader les visiteurs indésirables. Tout doucement, je me retournai et tendis la main vers Stéphane. Mais il n'eut pas besoin de mon aide et grimpa avec l'aisance d'un alpiniste.

Je sautai de l'autre côté, suivi de près par Badji qui atterrit juste à côté de moi, au milieu des buissons. Devant nous se dressait à perte de vue la colline de tombes englouties par la nuit. Je regardai ma montre. Dix heures moins huit. Nous avions moins de dix minutes pour arriver au rendez-vous.

— Ils sont où, vos amis ?

— Ils sont déjà à l'intérieur. En poste.

Il parlait soudain comme un militaire.

— On ne sait même pas où elle est, cette tombe ! chuchotai-je.

— Il y a une liste vers l'entrée principale, m'informa Badji.

Et il se mit à courir devant moi, en essayant de retenir ses pas et d'éviter les branchages pour ne pas faire trop de bruit. Je le suivis, jetant des coups d'œil alentour pour voir si on nous surveillait. Mais je ne vis personne. Nous courions parmi les tombes, sautant par-dessus les pots de fleurs, courbés en avant pour s'abriter derrière les stèles et les petites chapelles. L'enceinte du cimetière projetait sur nous une ombre protectrice. Avec si peu de lumière, je me dis que seuls les chats pouvaient nous voir, eux qui arpentaient le Père-Lachaise jour et nuit comme des âmes en peine.

Nous arrivâmes essoufflés devant un vieux panneau vert qui donnait la liste des tombes de célébrités. L'encre était un peu effacée, mais je trouvai tout de même le nom de Michelet au milieu d'une colonne. Division cinquante-deux. Presque au centre du cimetière. Les kidnappeurs avaient choisi une tombe qui était suffisamment éloignée des portes et de la maison du gardien pour leur garantir la tranquillité.

— Bon, commença Badji en me montrant le plan du cimetière. On va se séparer. Il vaut mieux qu'ils ne nous voient pas arriver ensemble. En fait, ils ne doivent pas me voir du tout. Vous allez prendre le chemin le plus direct, le plus logique, en passant par les rues du cimetière. Moi, je vais prendre position en retrait. Je veillerai sur vous.

Il fouilla dans sa poche puis en sortit un revolver.

— Tenez.

J'eus un geste de recul.

— Euh, vous êtes sûr que c'est nécessaire ?

— Faites pas le con, Louvel.

Au moins, c'était une réponse franche.

— Vous en avez un pour vous ? demandai-je.

— Deux.

Inutile de lutter. En vérité, j'avais beau détester les armes à feu, je n'étais pas mécontent de sortir couvert.

— Faites pas de connerie, pestai-je cependant. Il faut qu'on sorte Sophie de ce merdier. Pas de coup de feu inutile, OK ?

Il ne jugea pas nécessaire de répondre. Il connaissait son métier, et il se faisait sans doute plus de souci pour moi... J'étais sûr qu'il ferait tout ce qu'il pourrait. Mais je n'étais pas sûr en revanche que cela suffirait.

Il me frappa l'épaule, me fit un clin d'œil, et disparut à travers les alignements de stèles grises.

C'est alors que je me mis vraiment à paniquer. Seul, au milieu du cimetière, dans l'obscurité de la nuit, la vie de Sophie entre mes mains. L'équation était simple. J'étais le seul à pouvoir la sauver. Et je n'arrivais pas à assumer cette responsabilité. Ce pouvoir. D'autant que l'équation n'était pas juste.

Je n'avais pas la Pierre.

J'inspirai profondément, essayai de prendre du courage, puisant dans mes souvenirs ; le visage de Sophie, son sourire, sa force, sa volonté, sa tendresse cachée. Notre nuit à Londres. Puis celles qui avaient suivi. Je me mis en route.

Le vent glissait entre les tombes, jusque dans mon dos. Des chats miaulaient, se faufilant dans les allées. Chaque pas m'éloignait du bruit de Paris. Chaque mètre me séparait un peu plus du monde réel. C'était comme plonger au cœur des ténèbres. Saisir l'enfer à bras-le-corps. Je marchais sur les morts pour traverser le Styx. Je partais sur une île dont je ne voulais pas revenir seul.

Mes pas claquaient sur les rues pavées du cimetière. Quelques pigeons affolés s'envolèrent devant moi. Au loin, je vis se dessiner dans l'ombre la petite place près de laquelle devait se trouver la tombe de Michelet. Mais je ne voyais toujours personne.

Enfonçant mes mains dans mes poches, baissant la tête, je luttais contre la peur qui me dictait de rebrousser chemin. Chaque pas était une victoire, et un coup de canif à la surface de mes veines. Lutter pour avancer, lutter pour y croire. Je ne m'étais jamais senti aussi seul.

Bientôt, sans vraiment me rendre compte du chemin parcouru, je fus devant la tombe. Je distinguais mal les environs, forêt d'ombres et de pierres. La sépulture de Michelet était un petit monument, large stèle où une fresque, entourée de deux colonnes romaines, représentait un esprit drapé qui s'élevait au-dessus d'une tombe. La nuit projetait des ombres inquiétantes sur la blancheur de la sculpture. Je frissonnai.

J'entendis soudain un bruit derrière moi. Je sursautai. Lentement, je tournai la tête. Mais je ne vis rien. Je commençai à marcher à reculons, cherchant un repère, un soutien. J'étais terrorisé. Et la peur me donnait froid.

Puis une ombre noire apparut devant moi, comme surgie d'un tombeau. Je me tins immobile. Deux silhouettes se dessinèrent sous mes yeux, découpées comme des ombres chinoises sur la paroi blanche d'un caveau derrière elles. Il y avait un homme et une femme.

Très vite, je reconnus Sophie. Elle avait les mains attachées dans le dos et un bâillon sur la bouche. L'homme à côté d'elle tenait un revolver sur sa tempe. Il la poussait devant lui.

Je tremblais. J'entendais la respiration coupée de Sophie. Elle pleurait sans doute. Je ne pouvais voir clairement son visage, mais je devinais la panique dans ses gestes et son souffle. Elle était là, devant moi, comme une promesse qu'il allait falloir tenir. Si proche et pourtant inaccessible. J'aurais voulu tout arrêter. Que le monde s'arrête. Arracher Sophie à cette histoire et fuir. Fuir avec elle, tout simplement.

— La Pierre ! s'écria l'homme en redressant son arme contre le front de la journaliste.

Des gouttes de sueur coulaient sur ma nuque et je ne contrôlais plus mes mains. J'inspirai profondément et essayai de me ressaisir. Sophie était à quelques pas à peine. Je n'avais pas le droit à l'erreur.

Je glissai lentement ma main dans ma poche. Je sentis le papier entre mes doigts. Le code. Il fallait qu'ils acceptent ce code. J'avalai ma salive, et, la mâchoire serrée, je sortis lentement la feuille de ma poche.

C'était notre seule chance. La vie de Sophie contre un morceau de papier.

— Voilà, dis-je en tendant la feuille devant moi.

Le papier tremblait au bout de mes doigts. Rectangle blanc dans la nuit noire. Il y eut un souffle de vent qui souleva la page. Deux fois. Puis elle se bloqua contre mon pouce. Je ne bougeai pas.

Soudain, l'inconnu eut un geste brusque. Il secoua Sophie, qu'il tenait par le bras.

— Vous vous foutez de ma gueule ? hurla-t-il. Ce n'est pas la Pierre !

— Attendez... balbutiai-je. C'est le code... Je n'ai pas la Pierre, mais...

Je n'eus pas le temps de finir ma phrase.

Le coup de feu explosa dans un éclair blanc. Sec. Violent. Soudain. Je ne sais si le son vint avant la lumière. Mais je clignai deux fois des yeux. Sursautai par deux fois. Il y eut un cri. Le mien sans doute. La détonation résonna entre les pierres tombales. Revint en écho.

Puis, lentement, comme à la lumière d'un flash, je vis le corps de Sophie qui tombait en avant.

Ses mains restèrent le long de son corps. Aucun geste pour retenir sa chute. Aucun réflexe. Un mannequin sans vie. La tête projetée sur sa poitrine, elle s'écroula lourdement, comme une poupée de chair.

Il y eut le bruit terrifiant de son crâne contre les pavés. Et peut-être hurlai-je encore quand retentit le deuxième coup de feu. Mais je ne voyais plus rien. Je n'entendais plus rien. Et je me sentais tomber, tomber.

Le bourdonnement à mes oreilles se mélangea aux autres coups de feu. Déflagrations successives. Vagues d'échos. Une fusillade autour de moi. Mais je n'étais pas là. Éclairs blancs.

Non. Pas comme ça. Pas comme ça.

Soudain je fus projeté en arrière. Une douleur terrible à la poitrine. Des bruits de pas. Des cris. D'autres coups de feu.

Puis le silence. Et lentement, les larmes qui gonflaient mes yeux. Dans ma gorge, un nœud. La douleur. Je ne me souviens que de la douleur.

Puis Badji. Posant sa main sur mes épaules.

Vous avez pris une balle.

Il chuchotait.

Le gilet a arrêté le coup.

Depuis combien de temps étais-je là ? Était-ce la nuit noire ou bien ne voyais-je plus rien ? J'aurais voulu perdre connaissance. Disparaître. Ne plus savoir. Ne plus sentir. Que la douleur s'arrête. Repousser loin de moi cette pensée qui envahissait ma tête. Cette phrase irréversible. Ces quelques mots de trop. Sophie est morte.

Mais il n'y avait plus que ça. Ça, et la douleur.

DOUZE

Quand j'y pense aujourd'hui, je suis toujours étonné d'avoir réussi à lui survivre. Je n'avais jamais aimé comme j'ai aimé Sophie, et sans doute n'aurai-je plus jamais la force de le faire.

Pendant longtemps le monde a continué de tourner sans moi. Je n'en étais plus acteur, et même plus le témoin. Je n'étais plus qu'une loque, silencieuse, aveugle et sourde, au fond d'un fauteuil dans lequel je continuais de sombrer. Comme si la chute pouvait ne jamais finir. Comme si ces bras de cuir m'aspiraient dans une crevasse qui se refermait au-dessus de moi.

Sans Estelle et François, j'aurais sans doute succombé à l'envie de mettre fin à mes jours. Il ne me manquait que la liberté de le faire. Pas le courage. Mais ils s'occupèrent de moi comme d'un amnésique qui revient doucement à la vie. Je ne faisais rien pour les aider. Je n'attrapais aucune des mains qu'on me tendait. Je crois même que je ne les voyais pas. Leur amour était la camisole de force qui m'empêchait de me tailler les veines, point.

Chaque jour, ils me parlaient. Ils essayaient de me faire revenir au pays des vivants. Ils me tenaient au courant de l'évolution des choses. Comme pour me donner des repères.

Ils me racontèrent tout. J'emmagasinai les informations, indifférent, et j'en ratai sans doute la moitié.

On m'expliqua la fusillade du cimetière. La balle que Sophie avait prise en pleine nuque. Elle était morte sur le coup. N'aurait pas souffert. La balle que moi j'avais prise. Dans la poitrine. Sauvé par le gilet pare-balles. Merci Badji, mais j'aurais préféré crever. Je ne le dis pas mais je suis sûr qu'ils le lisaient dans mes yeux.

Les hommes de Badji étaient parvenus à intercepter deux des kidnappeurs avant qu'ils sortent du cimetière et les avaient livrés à la police. Après enquête, on avait découvert qu'ils étaient liés à Acta Fidei. Évidemment. Puis il y eut la longue investigation de la gendarmerie et de la police. On conclut que mon père et celui de Claire avaient étés tués par ces mêmes types qui avaient tué Sophie. Un groupe de malades échappés d'une organisation catholique intégriste. Quelque chose comme ça. Grâce aux connexions de François, on ne me mit pas en garde à vue pendant l'enquête, et les poursuites dont je faisais l'objet depuis ma fuite à Gordes furent enlevées sans question. Un psychiatre était venu me voir et avait annoncé que, pour le moment, j'étais encore en état de choc et donc pas en mesure de parler. Pauvre con. T'as fait des études de psy pour voir ça ?

Mais on continua de m'informer. Un jour, François me lut dans un journal la déclaration du Vatican qui condamnait officiellement Acta Fidei. L'organisation fut démantelée. Mais ses rapports avec l'Opus Dei et la Congrégation pour la Doctrine de la Foi furent à peine évoqués. C'était trop gros pour être vrai. Les journalistes n'ont toujours pas de couilles dans ce pays.

Le prêtre de Gordes, depuis son nouveau poste au Vatican, envoya pendant les premières semaines des lettres à François pour lui raconter comment évoluait la situation, vue de l'intérieur. Comme à New York et Paris, il y eut à Rome de nombreuses arrestations, puis en interne des mutations discrètes, et, après avoir fait la une de tous les journaux italiens, l'affaire retomba dans l'oubli. Le prêtre de Gordes ne put en savoir plus.

Quand il demanda à ses supérieurs si Acta Fidei était à l'origine de sa mutation, on lui rit au nez et il n'eut plus jamais l'occasion de se plaindre.

Quant au Bilderberg, son nom ne fut même pas mentionné par les journaux. François apprit toutefois que les membres dissidents se faisaient arrêter un à un, mais la presse ne couvrit aucune de ces arrestations. De toute façon, la presse ne parle jamais du Bilderberg. Jamais.

Et évidemment, il ne fut nulle part question de la pierre de Iorden et du message crypté de Jésus. On parla simplement d'un conflit d'intérêts entre mon père, celui de Claire Borella et Acta Fidei, mais jamais on ne précisa sur quoi portait ce conflit.

Le message de Jésus. La clef qui leur manquait.

Chacun leur tour, ils venaient me voir pour me raconter tout ça. Estelle, sa douce voix, le bébé dans son ventre. François, l'ami fidèle. Badji, qui m'avait sauvé la vie tant de fois. Lucie, la petite Lucie, qui me parlait comme à un grand frère et restait parfois des heures à me tenir la main. Tous me parlaient, me suppliaient de revenir, mais je n'arrivais pas à réagir. Je n'arrivais pas à m'intéresser. Après avoir perdu mes parents, j'avais perdu la première femme que j'aie vraiment aimée. Et je ne trouvais plus la poignée pour m'agripper à la vie.

Claire Borella me disait que je devais à nos pères respectifs de finir leur enquête. J'avais tous les éléments en main. Mais je m'en foutais. Le message de Jésus ne me rendrait pas Sophie. Et cela, Claire ne pouvait pas le comprendre.

Peu à peu, les gens se découragèrent. Claire Borella quitta le pavillon des Chevalier. Elle revendit l'appartement de son père, emménagea dans un studio quelques rues plus loin et reprit sa vie normale.

François et Estelle, eux, finirent presque par oublier que j'étais là. J'étais devenu un meuble du salon. Par moments, ils venaient me parler, mais sans vraiment y croire.

Badji retourna faire ses formations.

Jacqueline, elle, prolongea son séjour en France. Ce fut la seule à ne jamais me parler. Sans doute avait-elle compris que cela ne servait à rien. Ou peut-être sa peine était aussi grande que la mienne. Une fois par semaine, elle venait chez les Chevalier, elle s'asseyait à côté de moi, et elle se servait un whisky. Je l'entendais boire, jouer avec le glaçon dans son verre, soupirer, mais je ne la voyais même pas.

Et pourtant, un jour, je refis surface.

*
* *

C'était au beau milieu d'un après-midi comme les autres. Mes yeux brûlés de larmes étaient à peine ouverts. Enfoncé dans mon fauteuil. Les mains traînant par terre à côté d'une bouteille vide. Un mois avait passé. Ou peut-être plus. Dehors, l'été commençait à jouer de ses couleurs dans mon indifférence. Il m'en fallait bien plus que ça pour me décider à bouger. Je n'avais même pas chaud. Seulement soif.

Vers seize heures, alors que le soleil de juin parvenait à peine à percer les volets que je laissais fermés, Lucie appela chez les Chevalier.

D'habitude, elle venait prendre des nouvelles et discutait quelques instants avec Estelle. Mais cette fois-ci, elle demanda qu'on me passe le téléphone. Elle savait pourtant pertinemment que je ne parlais toujours pas, que je refusais encore de sortir de mon mutisme. François n'était pas là, occupé par ses fonctions politiques, et je passais mes journées avec Estelle qui, ironie du sort, occupait son congé maternité à me materner, moi.

Estelle s'approcha de moi et me tint le téléphone contre l'oreille, sans trop y croire. Je ne bougeai même pas.

— Damien, commença Lucie d'une voix décidée, c'est Sphinx à l'appareil. Dans une heure, si vous n'avez pas bougé votre gros cul de ce putain de fauteuil, je décrypte le message à votre place.

Sa voix résonna longtemps dans ma tête. Comme si elle devait parcourir un long chemin avant d'atteindre son but. Mais le message, par miracle, m'atteignit enfin. Clic. Comme un engrenage qui se désoxydait. Et soudain, je me décidai à ouvrir la bouche. Enfin. La première phrase que je prononçai depuis la mort de Sophie fut :

— J'en ai rien à foutre !

Estelle, qui tenait toujours le téléphone contre mon oreille, écarquilla les yeux. Elle n'avait pas entendu ma voix depuis si longtemps qu'elle n'arrivait pas à y croire.

— Ah ouais ? insista Lucie. Je pense que Sophie aurait été fière de vous. Super fière. Pauvre con !

Elle raccrocha. D'un coup.

J'entendais la tonalité du téléphone contre mes oreilles. Estelle ne bougeait pas. Elle me dévisageait. Je ne suis pas sûr qu'elle avait compris que Lucie n'était plus au bout du fil. Mais soudain, je me levai en jurant :

— La petite conne !

Je me précipitai vers le premier étage du pavillon. Je me mis à courir dans l'escalier, abandonnant Estelle dans le salon. Je courais à toute vitesse, comme pris de folie. Estelle dut croire que j'allais sauter par la fenêtre. Elle se leva à son tour pour me courir après. Mais quand elle arriva dans le bureau de son époux, essoufflée, se tenant le ventre, elle vit que j'étais assis devant l'ordinateur. Pas en train de sauter par la fenêtre.

Des larmes coulaient sur mes joues. Mais c'étaient des larmes pleines de vie. Mes yeux étaient grands ouverts. Je fixais l'écran de l'ordinateur. Je le dévorais du regard.

J'avais gardé le code au fond de ma poche depuis la mort de Sophie. Je le tenais toujours serré dans mon poing, prêt à le jeter, sans jamais trouver le courage. D'une main, je tenais le code. De l'autre, le reste de la balle qui s'était écrasée contre mon gilet, sur ma poitrine. La balle qui aurait dû me tuer.

Mais ce jour-là, je sortis le code de ma poche et le posai sur le bureau. Reniflant comme un gamin en pleurs, je le lissai en passant ma paume par-dessus.

Puis je levai les yeux vers Estelle.

— Va me chercher le CD-rom de Lucie dans mon manteau, lui demandai-je sans la moindre politesse.

Elle était trop contente d'entendre le son de ma voix. Sans hésiter, elle repartit vers l'escalier et descendit les marches aussi vite que sa grossesse le lui permettait.

Je lançai Photoshop. Le logiciel s'ouvrit lentement. Estelle refit apparition dans le bureau. Elle me tendit le disque. Elle avait les yeux brillants. Je me frottai les mains, puis j'attrapai le CD. Je le glissai dans l'ordinateur. J'ouvris le fichier.

Lentement, la photo de la tablette s'afficha sous mes yeux emplis de larmes. Je pris le papier devant moi, et le portai à côté de l'écran. Comme une partition.

Je tremblais. Toutes mes souffrances se résumaient à ça. Deux images sous mes yeux. Les deux éléments du puzzle virtuellement réunis devant moi. Le code de la pierre de Iorden, trouvé dans *La Joconde*, et une photo du texte crypté de Jésus. J'inspirai profondément, et de la manche de ma chemise essuyai mes yeux.

Je commençai à comparer les deux images. À gauche, des chiffres, à droite, des lettres grecques. Je n'avais plus qu'à décoder. Le message était là. Offert. Deux pièces séparées qui attendaient depuis deux millénaires que quelqu'un les assemble à nouveau.

Je savais comment faire. Comment Lucie aurait fait. Comment Sophie aurait fait. Mais c'était à moi de jouer. Une à une, je décalai les lettres de la tablette selon le chiffre qui correspondait. Impossible de mémoriser. J'attrapai un stylo sur le bureau, posai la feuille du code sur la table, et recommençai à déchiffrer, écrivant les lettres décodées une à une.

Estelle me regardait faire, se tordant les doigts. Ses yeux allaient du papier à mon visage, cherchant une réponse, un réconfort. Soudain, j'éclatai de rire.

Estelle eut un geste de recul. Elle devait me prendre pour un fou.

— Quoi ? s'emporta-t-elle en m'attrapant par l'épaule.

— On a dû se gourer quelque part, c'est du charabia ! Ça ne veut rien dire !

— T'es sûr ? s'inquiéta-t-elle en regardant la photo.

— Oui ! Regarde ! Ça ne veut rien dire !

Je lui montrai le papier où j'avais écris la succession de nouvelles lettres grecques. Aucun mot n'apparaissait. Aucune logique. Quelque chose clochait.

— C'est pas possible ! s'emporta-t-elle. Tu es si près du but ! Essaie encore !

Je fis quelques vérifications, mais je ne m'étais pas trompé. Le décryptage ne faisait aucun sens.

— Elle est dans le bon sens, la tablette ? demanda Estelle.

— Ben oui, elle est dans le bon sens ! répliquai-je. Tu vois bien que les lettres sont à l'endroit.

Je lui montrai la photo sur l'ordinateur.

Et soudain, je compris.

— Attends ! m'écriai-je. Mais oui, bien sûr ! Tu as raison ! Je suis trop con !

— Quoi ?

Je me mis à rire à nouveau. Je repris le stylo que j'avais jeté sur la table et recommençai à écrire.

— Vinci écrivait à l'envers ! expliquai-je. Ce con de Vinci écrivait de droite à gauche ! Il a dû faire pareil avec la palette ! Il faut prendre les chiffres dans l'autre sens !

Je ne savais plus trop si les larmes qui coulaient sur mes joues étaient des larmes de tristesse ou des larmes de joie. Sans doute un peu des deux.

En essayant de garder mon calme, je transcrivis les lettres les unes après les autres. La première. La seconde. J'hésitai. À présent c'était sûr. J'allais découvrir le message. Je ne pourrais jamais être certain qu'il venait bien de Jésus, mais je devais le lire. Pour Sophie. Pour mon vieux con de père.

Je m'arrêtai et posai le stylo sur la page. Je me mordis les lèvres.

— Estelle, dis-je en me tournant vers elle. Ça te dérange si...

Je n'eus pas besoin de finir ma phrase. Elle comprit et me fit un sourire.

— D'accord, je te laisse. Pas de problème. Je vais en bas !

Elle sortit lentement du bureau, à reculons. Elle souriait. Ses yeux me disaient de garder courage. Elle savait que j'avais besoin d'être seul.

Estelle était la meilleure amie dont je pus rêver. Tout comme François, elle me connaissait peut-être mieux que je ne me connaissais moi-même. En tout cas, elle m'aimait certainement plus que je ne m'aimais, moi. Elle referma doucement la porte du bureau.

Je me retrouvai seul. Seul devant la fin de l'énigme. J'aurais tellement voulu que Sophie fût là. Mais je devais faire cela sans elle. Et pour elle.

Elles étaient là, les poignées pour m'agripper à la vie. Dans cette tablette. Devant moi. Ce message qui ne demandait plus qu'à être traduit. Ce message dont la presse n'avait pas compris l'existence. Ce message que nos ennemis n'avaient pu décrypter. Car les deux pièces du puzzle n'étaient toujours pas réunies. Tout restait à faire. Je hochai la tête, rapprochai lentement mon fauteuil du bureau, et recommençai la transposition des lettres. Le message m'appartenait. Il me revenait de droit. C'était l'héritage que me laissaient Sophie et mon père.

Une à une, je continuai de décaler les lettres. La troisième. La quatrième. Progressivement, le message prit forme sous mes yeux. Un mot, un deuxième. Une simple phrase grecque. Peut-être vieille de deux mille ans. Le message du Christ à l'humanité.

L'*euaggelion*.

L'enseignement que ses contemporains n'étaient pas dignes de recevoir. Et nous ? Aujourd'hui ? Étions-nous dignes enfin d'entendre ce que cet homme étrange avait voulu nous apprendre ? Avions-nous progressé pendant ces deux mille années ? Quel progrès y avait-il dans la mort de Sophie ? Dans les crimes du Bilderberg et d'Acta Fidei ? Étions-nous vraiment plus dignes que les hommes qui l'avaient crucifié ? Combien d'hommes étaient morts pour conserver ce secret, et combien pour le découvrir ?

Mes doigts tremblaient. Du bout de l'index, je soulignai le texte que je venais de transcrire.

Huit mots grecs. Jésus parlait araméen, mais son message, il nous l'avait légué en grec. La langue noble. La langue des instruits. Je n'avais pas fait de grec depuis plus de dix ans, et je relus la phrase plusieurs fois. Il ne me fallut guère longtemps toutefois pour comprendre enfin le message.

Aussi simple que cela. Pas un message religieux. Pas une révélation irrationnelle. Pas un dogme. Pas une loi. Pas un commandement. Une simple affirmation.

En tX kTsmw esmen mTnoi pantacTu tVV gVV

Je répétai la phrase en souriant. *En tô kosmo esmen monoi pantaxou tès gès*. Je transcrivis dans ma tête la phrase avec des mots d'aujourd'hui : *nous sommes seuls dans l'univers*. Trente-trois lettres grecques pour nous révéler un secret si simple et pourtant essentiel.

*
* *

Caché deux millénaires au cœur d'une pierre, tel était donc le savoir absolu du Christ. La connaissance qui le rendait unique. Lui savait. Était-ce là la réponse à notre question universelle ? Était-ce là le mystère de la mélancolie ? La seule chose que nous ne pouvons connaître, quelle que soit notre maîtrise des sciences et des arts. Comment savoir, dans un univers infini, si d'autres êtres nous attendent ? Comment répondre à cette question éternelle ? Je le comprenais, à présent. Savoir que nous sommes seuls est bien la connaissance absolue. Car nous ne pourrons jamais visiter l'univers infini. C'est la seule interrogation à laquelle nous ne pourrons jamais répondre.

Je ne sais pas si ce message est authentique. Comment savoir ? Et s'il l'est, rien ne prouve que Jésus ait eu raison. Était-il l'illuminé noble qui a reçu l'omniscience ?

Mais aujourd'hui, j'ai compris que cela n'avait aucune importance. Qu'elle soit vraie ou non, cette phrase a changé ma vie.

Mieux, elle lui a donné un sens.

Parce que pour la première fois de ma vie, j'ai envisagé que cette vérité puisse être absolue. J'ai envisagé la possibilité que nous soyons vraiment seuls. Seuls dans l'univers.

J'ai réalisé que cela remettait tout en question. Que cela changeait toutes nos perspectives.

La question est toujours restée posée. Depuis des siècles, l'homme cherche une autre présence dans l'univers. Dieux, extra-terrestres, esprits… Simplement une présence. Ne pas être seul. Et l'on continue de chercher. Pour beaucoup, c'est un espoir, même. Mais cet espoir ne nous éloigne-t-il pas de ce que nous devrions vraiment chercher ? Cette fuite vers l'autre, vers l'inconnu, ne nous ôte-t-elle pas nos responsabilités ?

Et si, soudain, le doute était enlevé ? Si, un instant, on acceptait ce simple message qui a parcouru les siècles ? Si l'on écoutait l'enseignement de cet homme peu ordinaire ? Si le doute n'était plus permis ? Si chercher ailleurs n'avait plus aucun sens ?

Je ne cesse alors de penser à notre responsabilité. Au sens de nos vies, si elles devaient être uniques. À l'importance de chacune d'entre elles. Par rapport à nous-mêmes, et par rapport à l'univers tout entier. Je ne cesse de penser au sens de l'humanité. De notre humanité. De notre présence.

Car voilà, si nous sommes seuls, nous n'avons pas le droit de disparaître. Nous n'avons pas le droit à l'erreur.

Tout est là. Nous n'avons pas le droit de nous laisser nous éteindre.

Depuis le jour où j'ai traduit son message, je ne peux m'empêcher de penser à la vie de Jésus. Au sens de ses enseignements. Tout aujourd'hui m'apparaît tellement différent.

Je me souviens des mots de Sophie, qui, pourtant, ne croyait pas en Dieu. Elle avait dit quelque chose comme : « L'un des principaux enseignements du Christ, "Aimez-vous les uns les autres", n'était qu'un moyen de préparer les hommes à recevoir son message. »

Tous les jours, ces paroles résonnent dans ma tête.

Je ne sais pas quelles seront les conséquences de notre découverte. D'après mon père, Jésus ne voulait pas la révéler à ses contemporains, car il estimait qu'ils n'étaient pas encore prêts.

Mais la vraie question est : le sommes-nous aujourd'hui ?

Comment vont réagir les gens ? Ce message remet-il en question l'existence de Dieu ? Les hommes sont-ils prêts à accepter qu'ils sont seuls ? Qu'il n'y aura pas de réponse ailleurs ? Pas de salut ailleurs ? Et que donc nous devrons trouver la réponse en nous-mêmes. Que nous ne pouvons faire confiance qu'à l'homme. Et que pour cela, nous devons devenir dignes de notre propre confiance.

Sommes-nous assez mûrs pour comprendre la portée de ce message ?

Je ne sais pas.

Pour l'instant, je ne pense plus qu'à une seule chose. Vivre. Et c'est un premier pas.

Je me demande si cela valait vraiment la peine que Sophie et mon père meurent pour ce message. Était-il si important pour que Acta Fidei et le Bilderberg soient prêts à tuer ? Non, bien sûr. Aucun secret au monde ne pourrait justifier la mort de quiconque. Aucun ne pourra me faire oublier Sophie. Aucun ne pourra refermer ma plaie.

Mais il en est ainsi. Acta Fidei et le Bilderberg étaient prêts à tuer pour entendre le secret de Jésus. D'ailleurs, ils ne connaissaient pas encore le contenu de ce message quand ils en sont arrivés là. Peut-être s'imaginaient-ils que ce contenu représentait une menace d'envergure pour leurs organisations respectives. Ou peut-être espéraient-ils que ce secret leur donnerait une puissance que rien au monde ne pourrait acheter.

De toute façon, ils se trompaient, et Sophie est morte.

Le rédacteur en chef de *90 minutes* m'a demandé s'il pouvait finir l'enquête de Sophie. Je lui ai répondu que je ne pouvais pas m'y opposer. Je me souviens des paroles de Sophie : « Si ce n'est pas nous qui découvrons le sens de la pierre de Iorden, qui nous garantit que celui qui le fera rendra sa découverte publique ? » Oui, elle aurait sûrement voulu que les gens sachent.

À présent, je veux me laisser le temps de réfléchir. J'ai essuyé mes larmes. J'ai demandé pardon à François, à Estelle. À la petite Lucie. Je ne retournerai pas à New York. Demain, j'irai à Gordes. J'ai une maison, là-bas. Je crois bien que j'ai aussi une moto à récupérer.

Et je vais peut-être écouter les conseils de François : écrire un livre. Si je trouve les mots justes. La chambre de mon père au deuxième étage de la maison de Gordes doit être un endroit idéal pour écrire tranquillement. Écrire enfin autre chose.

Et puis j'ai une décision à prendre. Estelle et François m'ont demandé si je voulais bien être le parrain de leur fille. Pourquoi pas ?

Mais avant tout, j'irai chez Jacqueline avant qu'elle ne retourne en Angleterre. Nous prendrons un whisky à la mémoire de la femme que nous aimions. Et j'essaierai de rire.

Je crois que Sophie aurait aimé ça.

FIN

Remerciements

J'avais ce roman sur le cœur et dans la tête depuis de nombreuses années. Le finir était pour moi un rêve, qui m'a parfois semblé inaccessible, et si ce rêve est aujourd'hui devenu réalité, c'est notamment grâce à ceux qui, d'une façon ou d'une autre, m'ont aidé à le faire.

Ainsi, je voudrais remercier Emmanuel Baldenberger, Jean-Bernard Beuque, Stéphanie Chevrier et Virginie Pelletier, James Gauthier, Philippe Henrat, Valentin Lefèvre, Jean-Pierre Lœvenbruck, Loïc Lofficial, Paula et Michael Marshall Smith, Fabrice Mazza et Bernard Werber qui m'ont aidé au cours des divers stades de l'écriture de ce roman.

Mais aussi les familles et les amis qui toujours me soutiennent, les Lœvenbruck, Pichon, Saint Hilaire, Allegret, Duprez et Wharmby, Barbara Mallison, Stéphane Marsan, Alain Névant, David Oghia et Emmanuel Reynaud.

Et enfin, merci à mes deux muses, Delphine et notre petite Zoé, à qui je dois tout.

Si vous avez envie d'en savoir plus, consultez :
http://www.henriloevenbruck.com

8251

Composition Nord Compo
Achevé d'imprimer en France (La Flèche)
par CPI Brodard et Taupin le 24 juillet 2009. 53623
EAN 9782290001516
1er dépôt légal dans la collection : mars 2007

Éditions J'ai lu
87, quai Panhard-et-Levassor, 75013 Paris
Diffusion France et étranger : Flammarion